Fuera de mi liga

ELEANOR RIGBY

Fuera de mi liga

Grijalbo

Papel certificado por el Forest Stewardship Council®

Primera edición: marzo de 2024

© 2024, Eleanor Rigby
© 2024, Penguin Random House Grupo Editorial, S. A. U.
Travessera de Gràcia, 47-49. 08021 Barcelona

Penguin Random House Grupo Editorial apoya la protección del *copyright*.
El *copyright* estimula la creatividad, defiende la diversidad en el ámbito de las ideas y el conocimiento,
promueve la libre expresión y favorece una cultura viva. Gracias por comprar una edición autorizada
de este libro y por respetar las leyes del *copyright* al no reproducir, escanear ni distribuir ninguna
parte de esta obra por ningún medio sin permiso. Al hacerlo está respaldando a los autores
y permitiendo que PRHGE continúe publicando libros para todos los lectores.
Diríjase a CEDRO (Centro Español de Derechos Reprográficos, http://www.cedro.org)
si necesita fotocopiar o escanear algún fragmento de esta obra.

Printed in Spain – Impreso en España

ISBN: 978-84-253-5844-9
Depósito legal: B-745-2024

Compuesto en Comptex & Ass., S. L.

Impreso en Black Print CPI Ibérica
Sant Andreu de la Barca (Barcelona)

Si bien la novela ha sido inspirada por el romance entre dos figuras públicas y podrás encontrar guiños muy concretos a estas, todos los personajes que aparecen son ficticios y no pretenden en modo alguno emular ninguna relación real.

Este proyecto se ha llevado a cabo poniendo por delante el respeto y el cariño hacia ellos y con el único objetivo de homenajearles por habernos dado los mejores momentos de la cultura pop.

1
I'll Set Fire To Your Picture
Alexia

Aunque a los tabloides les encante describirme como una superestrella caprichosa, no lo soy, ¿de acuerdo? Hay artistas que exigen que les reciban en su camerino con doce botellas de whisky añejado durante sesenta y cuatro años y un dromedario con patines, pero mis condiciones para actuar son bastante sencillas. Quiero que se me permita fumar, que nadie ponga en el reproductor los éxitos de mi discografía, y que no se pronuncien palabras negativas en los minutos previos a la entrada en escena.

El cumplimiento de estas condiciones y un equipo de belleza es cuanto una chica de Luisiana necesita para hacer historia en el espectáculo de medio tiempo de la Super Bowl.

Refugiada en las entrañas de un estadio de fútbol en Chicago, Illinois, succiono una boquilla teñida de pintalabios Ruby Woo de MAC, el mejor tono de rojo del mercado, mientras soporto una suerte de torturas contemporáneas para lucir como una venus recién salida de su concha de mar. Hay un peluquero dándole forma a las ondas naturales de mi pelo, una manicurista aplicando la última capa de brillo a mis uñas, un maquillador pegándome las pestañas postizas y una mánager consultando frenéticamente las noticias de actualidad.

No por trabajo, sino porque padece una internitis aguda.

Dudo que un paseo por TikTok vaya a contribuir al éxito de mi actuación, pero ¿quién sabe si no estará invocando a una pitonisa online para pedirle sus bendiciones? Como ella dice, con ese gusto que tiene por referirse a sí misma en tercera persona: «los caminos de Lara Cosima son inescrutables».

—¿Sabemos cómo van los Jets? —pregunto por el placer de confirmar que anda inmersa en sus redes sociales de confianza.

Cometo el grave error de intentar ladear la cabeza hacia ella.

Cuatro criaturas están a punto de abalanzarse sobre mí para maniatarme al asiento. «¡No hagas eso, o saldrás con una línea del ojo más larga que otra!»; «¡No hagas eso, o se te encrespará la melena!»; «¡No hagas eso, o el mundo sucumbirá a la devastación!».

—¿Los Jets? —repite ella, como si le hubiera hablado en pársel.

Está sentada con las piernas cruzadas en el borde del amplio tocador.

Poner el culo en una silla es demasiado *mainstream* para ella.

—Sí, los que están jugando ahora mismo —respondo complaciente.

—¿Y a mí qué me cuentas? Yo ando revisando las novedades de Zara. —Lara Cosima gira el móvil para mostrarme la web de la tienda de ropa—. ¡Sabía que tenía que pelearme con Trinity para que te pusieran un *body* de lentejuelas! Es la tendencia que llegará en primavera, mira. —Desliza el catálogo con el dedo para que sepa que no miente—. Da igual la sección en la que te metas: brilli-brilli hasta en la categoría de calzado. ¡Soy una visionaria!

Obviamente, ni ella se pondría por voluntad propia una prenda de Zara, ni permitiría que yo la llevara para algo distinto a «dar un refrescante paseo por Central Park con mi perro», como rezaría el correspondiente titular. Y eso solo si debiera lavar mi imagen de diva y presentarme ante los paparazzi con un aspecto humilde. Pero a mi mánager le gusta confirmar que sus pronósticos de moda se han cumplido consultando tiendas de gama media, donde se refleja con claridad cristalina qué tendencias han calado en la sociedad desde la Semana de la Moda de París.

—Pero los Jets van ganando, si tanto te interesa —apostilla el peluquero, que no iba a permitir que me quedara con la duda—. Si no, a estas alturas mi hermano me habría llamado llorando.

—Confirmo —interviene la manicurista—. Jets, 24; Boston Beasts, 16.

Asiento como si tuviera el menor interés y cierro los ojos para repetir mis mantras de la suerte. Catorce años de carrera musical, y sigo necesitando mis tres minutos de introspección para pedirle a la musa que llevo dentro que me bendiga con su buena suerte.

Al igual que las lentejuelas, mi representante exigió que hiciera mi entrada en el escenario elevándome sobre una plataforma, así que no iba a arriesgarme a perder el equilibrio y abrirme la crisma invocando a la fortuna durante el ascenso.

—A mí el fútbol me importa un bledo —comenta el maquillador. Espera con la mano apoyada en la cintura a que el pegamento se seque sobre la línea de las pestañas. No lo sé porque lo esté mirando, sino porque es la postura con la que Paolo se enfrentaría a un ciclón—, pero respeto muchísimo la Super Bowl como evento cultural.

—Sí, claro. Tú lo único que respetas son los valores bohemios, como la belleza... de los jugadores —dice el peluquero, Manish, en tono de mofa. No lleva siete años a mi lado como Paolo, pero lo quiero como si así fuera—. Miente y dime que no has venido esperando que Vinny Bravano te localice entre el público y se enamore perdidamente de ti, como pasa en los fanfics que te gustan.

—¡Pues no! He venido a trabajar, listo —se defiende el aludido. Al abrir un ojo, capto una sonrisita de suficiencia en sus labios brillantes por el *gloss*—. Y, para tu información, no tendría por qué ser Bravano. Si se enamoran de mí Armstrong o DiMarco, lo celebro igual.

—Hombre, y si se pelean los tres por ti, mejor que mejor —se ríe Manish.

—Ganaría Bravano, que para eso es el jugador más completo —sentencia la manicurista, Aya, terminando de limar los bordes insurrectos—. Es el *tight end*. El único que sabe correr, coger la pelota, defender, proteger...

—... derretir al público con uno de sus bailecitos en el campo... —agrega Manish.

—... sacudirte como a un desodorante vacío... —se aventura Paolo con aire soñador.

—Pero ¡no interrumpáis a la única que sabe de fútbol en esta habitación, pervertidos! —me quejo, divertida con el marujeo inocente. Recojo las piernas y me abrazo las rodillas con la mano que ya no apesta el camerino con humos tóxicos—. Algunas no sabemos del tema y no nos vendría mal tener una remota idea de cara a las entrevistas. Seguro que me preguntan a qué equipo he estado animando, y mi única certeza es que están jugando los New York Jets y los Boston Beasts. Eso, y que sois un cliché andante —me burlo.

—¿Por qué? —rezonga Paolo—. ¿Porque nos gustan los hombres en su forma animal?

—Yo no lo habría dicho mejor. Eso de ganarte la vida placando con el hombro se asemeja más a los valores del antiguo neandertal que a los del hombre actual. No se me ocurre nada menos sexy que un tío como un armario que se presta a la publicidad dental con su sonrisa de implantes.

—Bueno, *amore*, basta con ver a tu querido Brian para saber que a ti te van los alérgicos al gimnasio. Es una opción respetable, ojo —añade, aunque no se lo cree ni él. De todos mis estilistas, Paolo es el único que no tiene miedo de tratarme con condescendencia—. Sobre todo porque dejarás más para el resto. No me gustaría competir contigo por el amor de un maromo. Si Johnny de Wisconsin y la novia de América se interesaran por el mismo armario, ¿quién de los dos crees que se lo llevaría a casa?

Johnny de Wisconsin es él, claro. Paolo es su «nombre artístico». Se lo puso después de descubrir que Lara Cosima se llamaba Lara Cosima de verdad. Le entraron unos celos terribles hacia los nombres compuestos y pretenciosos de la clase alta sureña.

—Oh, venga, no te pongas tristón. Tú también encontrarás a tu armario tarde o temprano, Johnny de Wisconsin —le asegura Manish, palmeándole la espalda con afecto condescendiente—. Un sábado en las rebajas de un mercadillo, por ejemplo.

—Oye, capullo, ¿te tengo que recordar que estas malas vibraciones en el ambiente están prohibidas? Alexia sale a bailar en treinta y siete minutos exactos.

—Descuida, Paolo, que no solo nos pelearíamos por armarios distintos, sino que los armarios que a ti te querrían no tendrían ojos para mí —aclaro antes de que comience la decimotercera guerra civil entre Paolo y Manish. Aya se da cuenta de que se me ha apagado el cigarrillo y prende una cerilla para que pueda acabarlo. Le lanzo un guiño de agradecimiento y agrego—: Según tengo entendido, los gays no suelen interesarse por las mujeres.

—Eh, ¿hola? La bisexualidad existe, eso lo primero. Y segundo —se yergue con solemnidad y levanta el dedo para proclamar una de sus verdades irrefutables—: Ningún hombre te amará jamás como un gay amante del pop petardo. Si crees que no te elegirían por encima de mí solo porque no tienes cuca, estás muy equivocada.

—Te agradezco la inyección de optimismo, cariño. Abrazos a mi ego es justo lo que necesito.

—Estamos para servir, monada.

Ahora que las pestañas están en su sitio, las uñas se han secado y la musa ha sido invocada, puedo girarme hacia mi representante sin ser reprendida para buscarle explicación a su inquietante silencio. A Lara Cosima no le dieron dos nombres, un apellido compuesto y el título de Miss Abita Springs por casualidad, sino para que pudiera prolongar hasta el infinito la respuesta a una pregunta tan sencilla como «quién eres tú». Uno de sus temas de conversación preferidos son los hombres «romantizables», que no los hombres a secas: esto es, personajes de series de vampiros y cualquier celebridad que quede lejos de su alcance, como, en este caso, una que practique un deporte.

Es inconcebible que no haya hecho su aportación en los últimos cinco minutos.

—¿Pumpkin?* —se me escapa una nota vacilante al llamarla. Le ha aparecido la arruga antibótox en la frente, y eso, en su idioma, quiere decir que hay un problema—. ¿Qué pasa?

—Se habrán agotado los vestidos lenceros —se burla Paolo con una mano en el pecho—. ¡Trágico!

---

* «Pumpkin» significa «calabaza».

La aludida tarda en darse cuenta de que la conversación se ha desplazado hacia su terreno. Primero alza la mirada en mi dirección, luego devuelve la vista a la pantalla del móvil, que proyecta una luz tétrica sobre su rostro perfecto, y finalmente se lo esconde en el bolsillo trasero del pantalón.

Se palmea los muslos y me ofrece una sonrisa tirante.

—¡Nada! ¡Todo va sobre ruedas, cielo! ¡No tienes de qué preocuparte!

Pero sé que tengo de qué preocuparme, porque durante ese instante en el que me ha dirigido una mirada desorientada, ha compuesto esa expresión de horror dramático que le valió el papel de Carrie en el teatro del instituto.

—Lara Cosima —la advierto señalándola con el dedo—. Se te ha quedado la misma cara que cuando leíste en Twitter teorías sobre mi presunto hermafroditismo. ¿Qué se cuenta esta vez?

—Eres una egocéntrica —jadea en todo su esplendor de escurrebultos—. ¿Es que solo puedo ponerme nerviosa por una noticia sobre ti?

—Por eso y porque Bella Hadid no ha cerrado los últimos desfiles en Milán, pero la Semana de la Moda nos queda bastante lejos. ¿Y bien? —Relajada, alargo el brazo para depositar las cenizas en el recipiente de cristal—. Ilumíname con las tonterías de esta noche, por favor. ¿Me he casado en secreto con una réplica de mí misma creada con inteligencia artificial? ¿Ha salido a la luz que grabo mis canciones en pleno ataque de sonambulismo?

—Deja, que te lo consulto yo en un momentito —se presta Aya ahora que está desocupada. Basta con que desbloquee la pantalla de su móvil para que mi mánager, hasta el momento sentada con rigidez en el tocador, se abalance sobre ella y trate de arrebatarle el iPhone. La manicurista se defiende levantando la mano por encima de sus cabezas—. Pero ¿qué haces, mujer? ¡Se ha vuelto loca!

—¡Suéltalo! ¡No vamos a mirar las redes sociales hasta que haya terminado el espectáculo! —Y por un momento le sale la vocecilla irritante con la que le replicaba a su padre si este le decía que llevaba una falda muy corta—: ¡Es una orden!

Manish pone los ojos en blanco y aporta su granito de arena pulsando el icono de Twitter de su propio móvil. No deja de criticar por lo bajini las exageraciones de mi representante hasta que sus ojos van a parar a una noticia que le descompone la expresión. La mirada sombría que me dedica lo dice todo: no podrá darme la primicia, pero porque ha enmudecido.

De acuerdo. La cosa se está poniendo fea.

Arrojo el cigarrillo sobre el cenicero y me levanto del asiento.

—Dame el móvil —exijo, extendiendo la mano—. Ahora.

Manish se encoge sobre sí mismo para protegerlo con su pecho y su propia vida.

—No.

—¿Que no? Me estáis asustando entre todos, y no hacéis más que empeorarlo.

—Lex, yo misma te lo diré después, pero no creo que sea buena idea que en este momento te pongas a leer bulos absurdos —insiste Lara Cosima en su papel de princesa de la asertividad. Desde que descubrió el *mindfulness*, ha podido perfeccionar sus dotes de manipuladora pasiva. Y sí, lo he dicho bien: meditación y manipulación, técnicas hermanadas en el mundo de mi mánager—. Debes concentrarte en los quince minutos de actuación. ¿Has hecho tus ejercicios vocales? ¿Quieres que ensayemos una vez más alguna de las coreografías...?

Después de un forcejeo violento que, ante las cámaras, podría haberme costado la reputación, consigo arrebatarle el móvil a Manish.

No tarda en dar unos prudentes pasos atrás.

—Yo lo he intentado —se defiende—. Luego que no me digan que es culpa mía.

—Oh, descuida, a lo mejor eres el único al que no despido por intentar ocultarme información —replico con una mirada fulminante.

Pensaba que tendría que buscar el origen del mal entre una miríada de tuits, o como quiera que se llamen ahora desde que Twitter no es Twitter y el mundo se ha vuelto loco, pero el peluquero ya se había puesto a leer las respuestas de los usuarios a una noticia de Pop Crave, la fuente online de noticias relacionadas con la industria musical.

Justo encima de la opinión de un tipo al que nadie se la ha pedido —«con su historial romántico, no me extraña nada», reza—, destaca una foto de la última alfombra roja de Brian. Una servidora aparece abrazándolo mientras lo mira con una sonrisa de orgullo afectuoso.

Siempre he adorado esa foto. Los lectores del lenguaje corporal de TikTok suelen interpretar mi postura como una muestra de amor en sí misma.

> Fuentes cercanas a Brian Harris confirman que el compromiso entre el actor y la artista Alexia Lux ha sido anulado por diferencias irreconciliables.

—¿Perdón? —se me escapa en voz alta.

Lo de diferencias horarias lo podría comprar, porque él está grabando una película naturalista en una base científica de la Antártida.

Pero ¿irreconciliables?

—Estoy segura de que ha sido un error —me garantiza Aya. Debe de ser su mano la que siento sobre el hombro, la única parte del cuerpo en la que aún noto corriendo la sangre—. Brian es todo un caballero. Si hubiera tenido alguna clase de duda con respecto al compromiso, te la habría comunicado a ti antes que a ningún medio o a un amigo suyo con el defecto de chivato, que sería el que habría vendido la noticia para sacar tajada... —Su voz se va apagando antes de volver a arrancar con vehemencia—: ¡Pero no ha pasado nada parecido! ¡Apuesto mi alma!

Ese sería un excelente consuelo si viniera de alguien que conoce a Brian de algo más que de los personajes que encarna. O si necesitara un consuelo, cosa de la que puedo prescindir porque no hay quien se trague esta basura.

Puede que por trabajo nos hayamos visto obligados a separarnos durante los últimos siete meses. Y es posible que haya pasado algunas noches pendiente del teléfono, reproduciendo una y otra vez cada avance que sale de su nueva película porque su compañera de reparto es un bombón con el que se le ha visto muy acaramelado en el set. Y sí, vale, no nos mostramos particularmente cariñosos cuando intercambiamos mensajes, además de que llevamos tres semanas sin oír nuestras respectivas voces.

Pero esto... esto es imposible, se mire por donde se mire.

—Voy a llamarlo —le digo a nadie en particular.

—¡No! —exclama Lara Cosima, tratando de arrebatarme el *smartphone*—. No, Lex, no es el momento—. Si no te lo coge... —Ante mi mirada fulminante, se obliga a callar y a rectificar ipso facto con las manos en alto—: Y seguro que, si eso pasara, tendría una explicación lógica, tú...

—¡Oh! —Me pongo una mano sobre el pecho, fingiendo asombro—. ¿Ahora eres la defensora número uno de

Brian Harris? Creo recordar que ayer te referiste a él como una sanguijuela pomposa con manos de *T-rex*, la única clase de manos que justificarían que no respondiera a mis mensajes.

«Y que no te deje satisfecha en la cama», añadió anoche con una botella de Merlot vacía entre las piernas.

Como si la necesitara para echar por tierra el valor humano de mis parejas.

En honor a la verdad, ella y yo no solemos discutir cuando el equipo está delante, así que dejo correr la pullita.

—... podrías empezar a preocuparte —prosigue—, y todo por una tontería que se ha inventado Pop Crave.

—Sophie Turner se enteró de que Joe Jonas le había pedido el divorcio gracias a Pop Crave, entre otros medios —sentencio con frialdad—. Si voy a ser la siguiente celebridad que se queda soltera, me gustaría estar preparada para afrontar la humillación.

Marco el número que me sé de memoria y pego la pantalla a mi oreja con cuidado de que no afecte al copioso maquillaje, el único que sobrevive a los focos agresivos de un estadio. Me alejo del grupo para gozar de una falsa intimidad en el pasillo. Trato de acompasar la respiración, pero cada pitido que se extingue sin la interrupción de Brian suena y se siente como un disparo a traición.

Tiene el móvil encendido, y, por ende, puede contestar.

¿Por qué no lo hace la primera vez?

¿Y la segunda? ¿Y la tercera...?

Cuando empiezan a temblarme las manos, me apresuro a escribirle un mensaje de texto exigiendo explicaciones.

Apuesto por que Manish, el último en incorporarse a mi equipo de estilistas, encuentra mi actitud fuera de lugar: «¿Se pone así por un simple rumor?».

Sí, me pongo así por un simple rumor, porque si algo he

descubierto a lo largo de mi carrera profesional es que, cuando el río suena, agua lleva... Por no mencionar que no sería la primera vez que me veo en estas. Y es que cuando tu pareja te deja a los diecisiete años mediante una llamada de once segundos, una llamada que se produce minutos antes de tu primer concierto en Nueva York, comprendes que hombres y mujeres somos fundamentalmente cobardes en cuestiones románticas. Así que ¿en qué se diferencian mi exnovio de hace más de una década y Brian? En nada. Si una revistilla digital o bien un llama-cuelga les puede hacer el trabajo sucio, ¿para qué mancharse las manos?

«Eso es injusto con Brian. Él es un hombre hecho y derecho, no un adolescente asustado», me replica la vocecita interior.

Por el bien de mi paz mental, me aferro a la esperanza que me ofrece en bandeja.

Pero compruebo de un rápido vistazo que nuestro chat da pena. He iniciado yo las últimas diez conversaciones, y él no se ha molestado en seguir muchas de estas, limitándose a responder con un escueto emoticono, o el temido «OK» que una mujer más sensible que yo se tomaría como una declaración de guerra.

Pensaba que se debía a la monotonía, pero ¿y si me equivocaba? ¿Y si Brian es como todos esos príncipes azules que dejé entrar en mi vida después de saltar a la fama?, ¿un hombre que me usa para conseguir algo y luego me abandona?

Para Lara Cosima, Brian es un contrasentido andante: tiene manos de *T-rex*, y, al mismo tiempo, también las tiene lo bastante largas para servirse de la fama que le da salir conmigo y así obtener oportunidades laborales en el mundillo cinematográfico.

Para mí... para mí, Brian era otra cosa.

Según parece, he estado muy equivocada.

A sabiendas de que todo el equipo está con el alma en vilo, giro sobre mis botas, y entonces pronuncio las palabras que me convierten en el hazmerreír del autoengaño:

—Es problema del sótano; aquí no tengo rayitas. Voy a ver si fuera hay cobertura.

2
The 81
Alexia

Cuando acepté actuar en el espectáculo de medio tiempo de la Super Bowl, ya sabía que no me iban a pagar. He estado poniendo mi alma, como se suele decir, «por amor al arte». Lo que no me voy a poder creer es que, encima de no ganar pasta, vaya a salir con pérdidas.

Con un prometido menos, para ser exactos.

Derrotada y con el corazón en un puño, deambulo por el recinto interior del estadio. Si no tuviera un molesto pitido instalado en los oídos, seguro que oiría los aullidos y aplausos de las gradas, o el choque de los equipos de protección de los titanes que se disputan el anillo de la victoria.

Se supone que tengo que salir en media hora, tal vez veinticinco minutos, pero no me siento las manos, y la musa que llevo dentro se ha apagado como una Campanilla a la que le han dicho que no la quieren.

Desde luego, a mí me han dicho que no me quieren, pero con pocas palabras. Porque estoy segura de que este no es uno de esos rumores que los fanáticos se inventan solo porque aparezco en una foto sin pedrusco de compromiso, o a él lo cazan saliendo del apartamento de su compañera de reparto a la mañana siguiente de una fiesta.

Con los años, una aprende a diferenciar los bulos de la

posible realidad. Como los sentidos arácnidos, este saber conlleva una gran responsabilidad; es, de hecho, una carga para quienes a veces preferimos negar la verdad y abrazar la tranquilidad de la fantasía.

Acabo empujando las puertas de algo que se parece sospechosamente a un vestuario. No sé cómo he llegado hasta aquí, porque las que conocen el rumbo son mis piernas, pero el olor a sudor concentrado me advierte de que los jugadores ya han pasado por su refugio para refrescarse. Eso significa que ya ha terminado la primera parte. O, en otras palabras, que deberían estar aplicándome los últimos retoques para salir a entretener a los Estados Unidos de América.

Lara Cosima me va a matar.

Bueno, me va a matar Cosima; Lara me va a entender.

Más por supervivencia que por elección, la veo como una especie de Dr. Jekyll y Mr. Hyde: dos criaturas opuestas encerradas en un solo cuerpo. Una es la manipuladora, resolutiva y brillante relaciones públicas, esa que no siempre tengo la paciencia para aguantar —Cosima—, y la otra, Larita, sigue siendo la mejor amiga con la que hice un pacto de saliva a la tierna edad de ocho años. No mucho tiempo después, cuando proclamé en mi garaje que quería ser una estrella del rock a la altura de Mick Jagger, ella me ofrecería su patrocinio. Y yo aceptaría, porque si existe alguien en este mundo capaz de vender hielo a los pingüinos, esa es mi niña.

Al menos en su papel de Cosima, que es en el que tiene la mayor credibilidad. Pensé que le pegaba más bautizar así a su lado profesional, porque parece referenciar a la esposa sanguinaria de un Médici sediento de poder.

Recordar a mi representante es más agradable que darle vueltas al posible abandono de Brian. Me apena decepcionarla y arrojar su duro trabajo por la borda, pero no me veo haciendo algo distinto a tomar asiento en un banco al azar y apoyar la espalda contra las taquillas.

Cierro los ojos un instante, paladeando la amargura de una derrota más, y lentamente voy dejando caer la cabeza entre las manos.

La triste verdad es que esta ni siquiera sería la peor ruptura que he sufrido, pero sí supondría un bochorno insoportable. Y, siendo sincera, prefiero una puñalada en el pecho que otra humillación pública a manos de mis parejas.

O exparejas.

En mi ingenuidad, creí que superaría la vergüenza y el miedo a que se hablara de mi vida personal en cuanto conocí a Brian. Era, y supongo que sigue siendo, el hombre perfecto: no le gustan las cámaras ni tiene afán de protagonismo.

Ahora veo que estaba equivocada.

No se me ocurre nada más patético que imaginar mi estampa ahora mismo. Ya es triste sollozar por un cobarde con el pijama que tu padre te compró en Walmart en el ochenta y seis, pero con un *body* de lentejuelas y flecos brillantes diseñado por una renombrada casa de moda y tres horas de peluquería, sentirse un fraude es de traca. El que entre y vea a una tía de metro setenta doblada sobre sí misma se creerá el puto amo en comparación.

Suerte que puedo desahogarme a solas.

—Oye, perdona por interrumpir tus ejercicios de meditación, pero creo que no deberías estar aquí.

Mantengo los ojos cerrados unos segundos más antes de alzar la barbilla con mi mejor cara de «esto tiene que ser una puta broma». Pero si se tratara de eso, estaríamos hablando de la broma más grande que me han gastado en la vida, y en el sentido literal: tengo delante a la clase de tipo extraordinariamente colosal, a lo alto y a lo ancho, que no podría parecer patético ni con un sombrerito de papel en la cabeza.

Un metro noventa de masa bañada en sudor se mueve entre las taquillas como si el suelo llevara su nombre. Un amasijo de tela que momentos antes habrá sido su camiseta cuelga de uno de sus hombros con desenfado.

Su actitud relajada despierta en mí unos absurdos celos que van mutando en una sensación algo menos amarga cuando capto en sus labios una intención de sonrisa.

—Confirmo: no deberías estar aquí, sino ahí fuera —resuelve con seguridad en cuanto hacemos contacto visual—. A no ser que Alexia Lux tenga una hermana gemela.

—En casos como este, a una le gustaría que no la reconocieran en todas partes —mascullo, más para mí misma que para que él lo oiga.

—Incluso si no fueras quien eres, brillarías en la oscuridad, nena —se ríe con aire soñador. Señala mi atuendo con el mentón, y acto seguido se gira para abrir una taquilla.

El movimiento me permite apreciar con claridad dos graciosos hoyuelos sobre la tira del pantalón deportivo, ajustado a sus muslos firmes, y las líneas perfectas de una espalda tonificada...

Joder. Parece que mi cuerpo ya haya pasado un luto al que ni siquiera mi mente se ha hecho a la idea. Me imagino lo que diría Johnny de Wisconsin: «Conque no nos van los armarios, ¿eh? Los del Ikea quizá no, pero a este que te viene montado y bien puesto no le quitas los ojos de encima».

No pienso disculparme.

Cualquier distracción es buena.

—Si tú estás aquí —me obligo a responder—, también tendrás algo que hacer en la Super Bowl, ¿me equivoco? ¿No deberías reunirte con el equipo y chocaros los nudillos para desearos suerte de cara a la segunda parte?

El tipo se gira hacia mí después de sacar algo misterioso y brillante del interior de la taquilla. Es un anillo, pero nada que ver con el modelo de joyas incrustadas que Tiffany's diseñó para el vencedor del campeonato de la NFL;* es igual de aparatoso, sí, pero hecho a mano de un modo muy rudimentario. Reconozco los abalorios de plástico de colores que nos regalan a todas las niñas para fabricar nuestra propia joyería cuando ya no hay riesgo de que nos los traguemos.

—Mi única suerte está aquí. —Lo lanza al aire y lo captura al vuelo antes de introducirlo en una cadenita de plata y colgárselo del cuello—. Es mi amuleto, ¿sabes? Lo llevo conmigo a todos lados. Con las prisas y los nervios, se me ha olvidado cogerlo. —Bizquea, exasperado con su torpeza—. Así nos ha ido la primera parte del partido.

Esbozo una sonrisa incrédula.

—No me digas que crees en esas tonterías supersticiosas.

Él enarca una gruesa ceja del mismo rubio ceniza que luciría su pelo si no lo llevara rapado al uno. Que lleve un corte tan extremo destaca aún más su mandíbula firme.

—Yo no catalogaría de tontería algo que te ayuda a confiar en tus habilidades. ¿No se supone que los cantantes también tenéis mantras? ¿O lo único que haces antes de salir al escenario es encerrarte en un lugar secreto?

—Eso solo lo hago cuando me entero de que es posible que mi compromiso se haya ido al traste. —Hago una pausa para organizar mis ideas, perpleja—. Y... no sé por qué he dicho eso.

De brazos cruzados, y con una mirada fija que transmite seguridad, se recuesta contra las taquillas.

* La National Football League es la mayor liga de fútbol americano profesional de Estados Unidos.

—¿Sucede a menudo? Lo de que tus bodas se vayan al carajo, digo.

—¿No ves las noticias? —replico en tono burlón.

—No me digas que sales en el telediario.

—Más bien en las revistas, donde también debe de aparecer tu vida sentimental.

—No suelo prestar atención a los idilios que no tengo pero que la gente insiste en achacarme. Tú tampoco deberías —apostilla, rompiendo la pose para acercarse a mí—. Y hablo, especialmente, por los rumores que no se han confirmado.

—¿Cómo sabes que ha sido rumor y no una ruptura oficial lo que me ha encerrado aquí? ¿Te ha dado tiempo a consultar la prensa rosa en el descanso?

Él chasquea la lengua antes de dejarse caer en el banco, justo a mi lado. Quizá demasiado cerca. Prendas a través, siento el calor que emana su cuerpo hinchado por el ejercicio. Luce una colección de moratones en el primer estadio de curación.

Lo que yo diga: neandertal.

—La que se ha encerrado aquí eres tú. El rumor solo ha sido la excusa.

—Claro —le concedo con resentimiento—. Me estoy exponiendo a un ridículo interplanetario porque me apetece ser una llorona, y no porque el mundo se me acabe de venir encima.

—Yo no lo habría descrito mejor.

Me giro hacia él con toda la intención de espetarle que hay que tener cara para hablarle así a alguien que no conoces. Se me quitan las ganas al capturar un brillo travieso en sus ojos grises, la clase de ojos que no pierden la vivacidad y siempre te sonríen con camaradería... y una pizca de diversión pagana.

Es curioso que su mirada transmita calidez cuando el resto de su físico intimidaría a un batallón. Lleva la barba crecida lo bastante desarreglada como para darse un aire de corsario pendenciero. El bronceado le ha espolvoreado una colección de pecas en la piel que el vello facial deja a la vista.

Siento una extraña curiosidad por averiguar si es cierta mi teoría de que todos los jugadores de fútbol, al igual que los reguetoneros, llevan implantes dentales. Y para eso habría de sonreír. Pero no estoy en mi momento más humorístico, ni mucho menos cuando me da la impresión de que me está vacilando.

—Tú no podrías ni imaginar cómo me siento en realidad —repongo con lentitud, como si fuera corto de entendederas.

Él junta las manos como si rezara en señal de disculpa y se las frota, pensativo. No tarda en ladear la cabeza hacia mí, a tan escasa distancia que podría pararme a contar sus pestañas rubias.

—Pero me puedo hacer una idea de cómo te sentirás si te quedas aquí. Tú lo has dicho: te espera un ridículo interplanetario, y si te tomas así un cotilleo inofensivo, no creo que pudieras sobreponerte a la decepción del mundo entero.

—No eres el mejor consolando a los demás, ¿sabes?

—Por eso juego al fútbol y no soy psicólogo —afirma con una sonrisita socarrona—, pero no es mi culpa, ¿eh? El entrenador nos planta agujas en el asiento para que no nos pongamos demasiado cómodos y, quieras que no, eso te fortalece el carácter.

—Ya veo. Ahora, como estás traumatizado por el trato que te dispensan, quieres traumatizarme a mí.

—Eh, eh, cariño, ni siquiera nos hemos presentado —protesta, alzando las palmas de las manos—. Deja las confesiones sobre los traumas para la primera cita, ¿quieres?

—No tengo que decirte mi nombre para que sepas quién soy, listo.

—Ni yo debería decirte el mío para que me reconozcas. Aunque vayas a cantar hoy, es mi noche, no la tuya.

Se incorpora ante mi cara de pasmo y se dirige como Pedro por su casa a la taquilla que ha dejado abierta. Se ocupa de que entienda que está de guasa lanzándome un guiño juguetón por encima del hombro. Luego, y en absoluto incómodo por tener público, se va colocando las protecciones.

Debo admitir que, aunque el fútbol no me interese lo más mínimo, hay un elemento hipnótico en el proceso de prepararse para la acción. Recuerda a cuando los guerreros medievales se ponían sus armaduras para marchar a la guerra.

Salvando las distancias.

Cierra la taquilla y, ya listo y con el casco en la mano, se gira hacia mí.

—Por si quieres decirme algo bonito a través del micro, soy el ochenta y uno de los Boston Beasts —anuncia con solemnidad, como si de veras pensara que voy a darle esa satisfacción.

Señala el dorsal plateado sobre el tono púrpura de la camiseta para que no me quepa la menor duda.

—Estás tú muy seguro de que pienso usar el maldito micro —mascullo, frotándome los muslos por encima de las medias transparentes. Tengo la piel de gallina—, no ya para animarte, sino solo para cantar.

—Eres Alexia Lux. Cantar es lo que haces —replica, encogiendo un hombro. Y se queda tan ancho—. Acabarás recuperando la conciencia y comportándote como cabe esperar. Si no, tendrás que atenerte a las consecuencias.

—¿Atenerme a las consecuencias? ¿Me estás amenazando?

—Esta es la noche que gano la liga por primera vez —se excusa con determinación—. Todo debe ser perfecto. Incluida tú... —Me mira de arriba abajo, al principio con gesto de incredulidad, y, al concluir, con una satisfacción a la que respondo poniéndome firme—. Lo tienes fácil porque vienes de fábrica con todo en su sitio. Solo falta que no seas tan testaruda.

—Así que es una cuestión de egoísmo y no de humanidad. Intentas convencerme de salir para que tu partido sea el más visto.

—También porque me apetece ver qué has preparado. De todos modos, se me está agotando el tiempo para convencerte —dice, señalando el reloj digital que pende sobre las puertas que dan al campo—. Con tu permiso, voy a pasar a la acción.

Abro la boca para preguntar a qué se refiere, pero no necesito respuestas en cuanto veo a la mole de músculos avanzando hacia mí. Si hubiera llevado el casco puesto, habría temido por mi integridad física. Y resulta que debía temer por ella igual, porque aunque tiene una mano ocupada, se apaña con la otra y, haciendo palanca con el hombro, me echa sobre él con una facilidad pasmosa.

Por un momento, no sé qué está pasando, qué hago, por qué no batallo en defensa propia: el mismo shock que me ha incapacitado al leer la condenada noticia se adueña de mí durante unos segundos. Luego, al comprobar que el 81 camina tan campante pasillo arriba, se me ocurre intentar incorporarme y darle un manotazo en la espalda.

—¡¿Qué coño haces?!

—Salvar la Navidad futbolística, cariño. Pensaba que había quedado claro.

—¡¿Y para eso tienes que cargarme como un saco de patatas?!

—¿Qué trato quieres que te dé? Hace un rato te parecías más a un saco de patatas que a una exitosa cantante internacional. Nena, no puedes permitirte defraudar a todas las personas que han venido al partido por ti; a las que trasnocharán para verte actuar a las tantas de la madrugada porque viven en Seúl o en Tetuán. Hazme caso. —Me da una palmadita afectuosa en la pantorrilla—. Me lo agradecerás.

—Sí... ¡con una patada en las pelotas! ¡Créeme! ¡Sé que esa zona no la llevas cubierta! —Él suelta una carcajada que hace que le tiemblen los hombros. Algo bastante incómodo, porque se me clavan las protecciones en el vientre—. Te ha enviado Lara Cosima, ¿verdad?

—No sé qué cojones es una Lara Cosima, pero lo que sea que te ayude a creer en el destino —me concede, tan magnánimo él.

Abro la boca para seguir quejándome, pero noto un cambio en la temperatura y la graduación de las luces, y comprendo que estoy justo donde me dijeron que habría de presentarme a las ocho menos cuarto de la noche. El jugador ha sabido orientarse mejor que yo y traerme al corazón del estadio, de donde habré de surgir como una venus en su nacimiento.

—¿Cómo has sabido dónde tenía que estar? —pregunto, perpleja.

Él se agacha para que pueda poner los pies en el suelo en condiciones de digna humanidad.

Es de agradecer después del numerito.

Trato de recuperarme apartándome el pelo de la cara con aspavientos.

Su respuesta jocosa no se hace de rogar:

—Hago esto todos los años.

—¿Las fugas de artistas son habituales?

El tipo encoge un hombro con coquetería.

—Ya ves que no eres tan especial.

Pero su mirada vibrante dice justo lo contrario, y aunque

intento enfurecerme con él por haber aparecido de repente, frustrando mi desahogo, y haberse tomado la libertad de hablarme como si me conociera, no puedo.

Es irritantemente adorable.

Mi mánager y el resto del equipo se abalanzan sobre mí antes de que pueda dirigirle una última palabra al salvador. Según la cuenta regresiva que destaca en números rojos sobre nuestras cabezas, quedan veinte segundos para hacer mi aparición en escena. En esos veinte segundos, Paolo limpia el rímel que haya podido correrse por culpa de una lágrima traicionera y me retoca los labios con un pincel. Manish echa el último chorro de laca sobre las ondas caoba, y mi amiga del alma me hace entrega del micro como si de la antorcha olímpica se tratara.

Es al rodear con los dedos el dichoso aparatito cuando caigo en la cuenta de que es verdad, de que él tiene razón: soy Alexia Lux y no puedo defraudar a nadie. Es algo que no me está permitido desde que América me escogió como su favorita, así Pop Crave, *Vogue* u Oprah anuncien que mi novio ha resultado ser un asesino a sueldo.

Cierro los ojos y me sitúo donde me mandan, en el cuadrante que habrá de elevarse hasta el escenario entre una nube de humo y luces de neón. No sé de puestas en escena; dejo que esto corra a cuenta de los profesionales. Solo me hago cargo de las pocas responsabilidades que me corresponden, que consisten en cerciorarme de que llevo un micro en la mano y la correa de la guitarra ceñida al pecho.

Un momento.

La guitarra.

Busco a Lara Cosima entre los rostros mal iluminados del equipo. Las entrañas de un escenario pueden asemejarse a la casa del terror, y no solo porque el aire esté impregnado de nervios y expectativas inalcanzables.

—¡Pumpkin! ¡La guitarra!

Ella compone una mueca de horror al comprender lo que pasa. A partir de ahí, todo sucede muy rápido: los presentes, incluidos los encargados de producción y sonido, se vuelven locos buscando el instrumento que, en teoría, debería estar allí. Transcurren los tres últimos segundos más terroríficos de la historia, y, al cumplirse, la plataforma se despega del suelo y comienza a elevarse para presentarme ante la afición.

Cuando mi representante localiza la guitarra, es tarde para soñar con alcanzármela. Mide uno sesenta sin tacones, y uno de sus brazos acaba en un iPad. Una heroica escalada para salvar el día queda fuera de toda cuestión.

No sé si estoy a medio metro sobre el nivel del suelo o a un metro entero en el momento en que el 81, que ha estado observando el ajetreo, ataca de nuevo. Guiado por las indicaciones del equipo, coge carrerilla y se impulsa desde el borde de la plataforma con la guitarra colgada a la espalda. Se incorpora, jadeante, y clava en mí una mirada de orgullo, no sé si hacia él por haber evitado que salga sin instrumento, o hacia mí por estar donde es mi deber en el día más importante para la afición futbolística.

Entonces me viene a la cabeza la conversación entre el equipo antes de conocer la noticia: el *tight end* todo lo puede. Corre, alcanza la pelota, protege y defiende. Eso le convierte en...

—Tú eres Bravano —afirmo justo cuando las luces empiezan a iluminarnos.

Él, que debería apellidarse más bien Bravucón, da un pequeño paso hacia atrás para doblarse en una graciosa reverencia que proclama un humilde «a tu servicio». Y esto es lo primero que los espectadores captan de nosotros cuando la plataforma alcanza el escenario: a un jugador de fútbol americano con una guitarra a la espalda, y a una estrella de la música pop mirándolo a caballo entre la perplejidad y la extraña simpatía.

He cantado antes en estadios, pero nunca con el corazón en un puño y mi feliz futuro romántico pendiendo de un hilo. Nunca con el pulso latiendo a toda pastilla por culpa de la precipitación de los últimos acontecimientos y el estrés de haber estado a punto de defraudarnos, a mí y a los fans. Durante unos segundos, mis oídos se defienden de los aullidos del público emitiendo un pitido sordo; mis ojos tardan en acostumbrarse a la luminosidad de los focos, que apuntan directos en mi dirección, determinados a buscarme un defecto.

«Nuestra dirección», me corrijo en cuanto vuelvo en mí misma.

El 81 respira muy cerca de mi rostro, y me mira como si esperara una orden para dejarme a solas con la música.

Me aferro al fulgor optimista de sus ojos y a las palabras desenfadadas que me ha dedicado en el vestuario. Me aferro a que esta es su noche, al igual que la de otros muchos jugadores, y no tengo derecho a arruinarla con un espectáculo mediocre. Y me aferro, sobre todo, al gesto de generosidad con el que él me apoya dando el primer paso: siendo quien se retira la cinta de la guitarra con un movimiento dramático que hace berrear a las gradas y arrodillándose para ofrecérmela como si de una espada medieval se tratase.

Se me escapa una carcajada incrédula, pero no permito que mis clases de interpretación hayan sido en vano y acepto su humilde obsequio con un cabeceo. Incluso me tomo la licencia de gesticular breve y elegantemente, en el papel de esa reina antigua que agradece la venia, y levantarlo del suelo.

Aunque está en su salsa y podría llevar el espectáculo hasta el final, Bravano parece preparado para marcharse. Pero no quiero que se vaya sin saber que su intervención ha sido crucial, y me alzo sobre la punta de mis botas brillantes para darle un beso en la mejilla.

Y entonces sí que damos un espectáculo, porque Bravano interpreta mi acercamiento como que iba a besarlo, y es tan gentil como para coger el guante tomando la iniciativa: me sujeta de la barbilla sin ejercer presión alguna y me planta un beso en la boca.

El contacto con sus labios expulsa el bloqueo de mis oídos: puedo oír con total claridad que el público está a punto de derrumbar el estadio con su desproporcionada reacción. Creo que incluso los seguidores de los Jets están chillando, pero en contra del favoritismo que acabo de demostrar.

Procuro arreglarlo dando un paso atrás, incapaz de disimular mi pasmo. Bravano no se da cuenta de que ha sido un malentendido, porque nada más hacer contacto visual, encoge un hombro, como si todo hubiera sido producto de una gamberrada inocente. Por eso puede marcharse con toda naturalidad trotando por el escenario, moviendo las manos arriba y abajo para animar al público a cantar conmigo.

Claramente no tiene ni idea de lo que ha hecho, porque en mi mundo nadie se puede permitir esas gamberradas...

Y hace mucho desde que la inocencia dejó de existir.

3
Look How You Made Me Look!
Vinny

—¡Y... lo han conseguido! ¡Los Boston Beasts son campeones de Chicago en esta final de la NFL contra los New York Jets! ¡El partido toca a su fin con una diferencia de tan solo tres puntos!

La conclusión del comentarista sigue resonando en mi cabeza cuarenta y cinco minutos después de que se desatara la locura. Tras el *touchdown* que nos ha granjeado la victoria, Noah se arrojó al suelo agitando los puños en el aire, y Creed, DiMarco y yo nos fundimos en un abrazo que desembocó en un torpe baile al ritmo de los aplausos de las gradas.

Bueno, torpes son ellos; yo me muevo bastante bien... O eso dice mi madre.

Desde que miré el marcador e hice una fotografía mental del resultado, me he visto envuelto en una vorágine de felicitaciones, palmadas en la espalda, aullidos de alegría y despedidas burlonas a los perdedores de la liga. A raíz de los besitos que les he lanzado a estos últimos, lo mismo algún Jet me espera a la salida del vestuario para romperme la cara, pero la burbuja de felicidad en la que estoy inmerso me protegería hasta de un puto huracán.

Ya con la bolsa echada al hombro, el anillo de la suerte

convenientemente a resguardo y el equipo entonando cánticos a mi espalda, salimos del refugio del estadio para ir al encuentro de los periodistas.

Pensaba que la prensa deportiva formaría un semicírculo en torno al *quarterback*, como lleva sucediendo desde que Noah Armstrong se convirtió en una leyenda. Pero, esta vez, muchos de los medios lo esquivan grácilmente para acorralarme a mí en la acera.

Y habría que ser imbécil para no saber por qué.

—¡Vinny! ¡Vinny, una pregunta!

—Si solo es una... —suspiro con fingido hastío.

—¿Estaba programado que aparecieras en el escenario con Alexia Lux?

—¿Crees que unirte al espectáculo ha inclinado la balanza a favor de los Beasts? ¡Algunos jugadores de los Jets le han dicho a este medio que ha sido un injusto gesto de favoritismo, y que tomarían medidas!

—¡Vinny! ¿El beso fue algo improvisado?

—¿Ese contacto físico fue una respuesta a los rumores de que el compromiso entre Alexia y Brian Harris ha tocado a su fin...?

No es que me haya disgustado besar a un icono sexual en beneficio del guion, pero me irrita que las preguntas de mi primera victoria giren en torno al único rato en el que no he jugado al fútbol. Mi hermana pequeña me diría: «¡Ja! Ahora que priorizan tu vida sentimental sobre tus logros, puedes saber lo que se siente al ser mujer».

Y desde luego que molesta. Hace una década, los Boston Beasts no existían. Hace un lustro, ni siquiera habíamos adquirido aún la categoría profesional. Y hasta hace dos, cuando Capobianco se dignó a entrenarnos, no podríamos haber siquiera aspirado a vencer a los Texans del 2022, entonces conocidos por haber fracasado con un estrépito vergonzoso.

Pero la adrenalina todavía corre por mis venas, y los codazos cómplices de mis colegas me hacen saber que toda publicidad será buena para que se siga viendo el partido en diferido.

—A ver, a ver... —intento calmar a las masas con la palma en alto—. Vamos de uno en uno, que he recibido tantas hostias que creo que me he quedado sordo de un oído.

Una carcajada general detiene por un instante la lluvia de preguntas. El más rápido de la fila me acerca el micrófono y arroja su pregunta a la velocidad del rayo.

—¿De qué conoces a Alexia Lux?

—De lo que la conocemos todos. De ser la mujer más guapa del mundo entero... —Me acuerdo de mi hermana otra vez, y pienso en la cara de fastidio que me pondría por señalar el físico de la artista y no su meteórica carrera musical. No necesito exagerar para añadir con orgullo de fan—: Y de su primer disco, claro. El homónimo.

—¿Escuchas pop, Vinny? —se extraña una periodista.

—El primero era de rock, si no recuerdo mal. Y ¿de dónde crees que salió mi enamoramiento adolescente? —apostillo con un guiño—. No es solo de su anuncio de lencería de 2021, créeme; también la admiro por razones artísticas e incluso intelectuales.

—Si no la habías tratado personalmente —se alza otra voz entre la masa—, ¿qué te impulsó a besarla?

Me encojo de hombros antes de inclinarme para responder cerca del micro.

—Eso de que no nos hemos tratado lo has asumido tú, cariño. Pero digamos que nos hacía falta a los dos una inyección de optimismo, y fíjate si ha servido. Ella ha estado impecable, y nosotros hemos ganado, ¿no?

—¡¿Qué te ha parecido su actuación, Vinny?! —grita un reportero entre la nueva oleada de preguntas.

—Épica; a la altura de su nombre. Nos ha bendecido el partido. —Señalo a una pobre novata que lleva cinco minutos intentando hacerse oír por encima del barullo—. Dime.

—¿Estás diciendo que vuestra interacción fue determinante para la victoria? —articula con timidez.

—No es por desmerecer el talento de mis compañeros… —le lanzo un beso juguetón a Creed, que atiende a mi entrevista negando con la cabeza con aire exasperado—, pero ¿cómo no vas a ganar la liga nacional si la novia de América está de tu parte?

—Se está hablando de un romance secreto entre los dos, Vinny —anuncia alguien en tono informativo—. ¿Puedes confirmarnos que Alexia ha dejado a su prometido para salir contigo?

—Eso se lo tendréis que preguntar a ella —respondo con ambigüedad—. Pero decidle que, si quiere, tengo libre la noche del jueves.

—No se te conoce por comprometerte con las mujeres, Bravano. ¿Con Alexia harías la excepción e irías en serio?

—No puede ser casualidad que el trofeo de la NFL sea un anillo de Tiffany's, cariño. Si Alexia no quiere el de Brian Harris, yo tengo uno que ofrecerle. Y ahora, si no os importa —añado antes de que la marabunta estalle en aullidos—, tengo una victoria que celebrar.

Gracias a la audacia del relaciones públicas del equipo, logramos abrirnos paso a brazadas entre la marea de periodistas.

Para evitar convertirnos en enemigos de la prensa, como algún que otro jugador del equipo que yo me sé, Otis nos recomienda que nos fijemos en qué medios intentan entrevistarnos para no perder el tiempo con carroñeros de nuestra vida personal. No sería la primera vez que DiMarco le ladra a un periodista o le arrea un manotazo a un paparazzi y los Boston Beasts aparecen en televisión como dignos representantes de su nombre: un puñado de bestias sin modales. Pero salvo cuando quiero reivindicar mis triunfos futbolísticos y no mis actitudes con las mujeres, a mí no me suele importar hacerme notar por razones distintas al trabajo. Sé que caerle bien a la afición te reporta una serie de beneficios —contratos para anuncios publicitarios y patrocinios de grandes marcas—; beneficios que me han estado viniendo de lujo para ganar dinero a espuertas antes de que el equipo llegara a las grandes ligas.

Y si ponerme meloso ante la prensa me consigue una cita con Alexia Lux, pues bienvenidas sean las preguntas impertinentes.

—La jugada del beso te podría haber salido fatal, Vinny —comenta Creed en cuanto nos refugiamos en el vehículo oficial—. Yo no me habría arriesgado tanto por un minutito de fama.

Para tratarse de uno de los corredores más veloces fuera de la categoría de atletismo, Ashton Creed es un tipo bastante prudente y tranquilo.

—Por eso nadie te pide ni la hora, Ash —repongo en tono burlón—; ni eso, ni que salgas en anuncios de ropa interior. Quien no arriesga, no gana.

—Fíjate, si al final vas a tener algo en común con Alexia —se burla Noah desde el asiento delantero. Entre sus numerosos derechos de *quarterback* figura el de ocupar el lugar del copiloto—. Los dos os desnudáis para Calvin Klein.

—Una pena que no nos llamaran a los dos para la misma campaña —suspiro en voz alta—. Está claro que el destino se estaba reservando la presentación oficial para el día más importante de nuestras vidas.

—Pero ¿de verdad crees que ella piensa lo mismo?, ¿que

la artista pop más famosa del mundo se va a acordar de ti? —Ash enarca una ceja tan rubia que se confunde con su piel pálida—. Si lo más probable es que aceptara el beso porque le vino bien para el espectáculo, y a los cinco minutos de empezar a cantar se olvidara de tu cara.

—A ti lo que te pasa es que estás celoso porque soy yo el que le ha dado la guitarra. No hay un solo tío en el Pussy Wagon que no quisiera estar en mi lugar.

—Si lo dices así, parece que seamos todos unos salidos —bufa Noah—, y el que llamó así a la furgo es DiMarco.

—¿Cómo querías llamarla? ¿El jardín de las delicias? —rezonga el aludido, que no ha dejado de teclear en su móvil como si estuviera inmerso en una pelea cibernética.

No me extrañaría. Se rumorea que tiene una cuenta de Twitter para insultar a simpatizantes de Donald Trump.

Ashton es el único con valor para admitir la verdad.

—Yo no le habría hecho el favor arrojándola a los lobos en el proceso, eso te lo aseguro —replica con mucho tiento. Ser todo un caballero es su principal rasgo de personalidad—. Entre unas cosas y otras, ahora debe de tener a la prensa rondándola como buitres.

—Vinny —me llama Noah. Se gira hacia mí con el móvil en la mano—, es Savannah. Quiere felicitarte.

—¿Y te llama a ti y no a mí? —rezongo, aceptando el teléfono.

El *quarterback* se encoge de hombros.

Para haber ganado la NFL por primera vez, como decidió que sería su objetivo vital en cuanto entró en el equipo, no parece particularmente entusiasmado. Noah Armstrong tiene tanta seguridad en sí mismo que sabía, antes incluso de que yo tomara mi amuleto y me sirviera de los labios de Alexia Lux como si de una fuente de poder se tratara, que ganaríamos el partido.

A estas alturas, sus habilidades sobrenaturales no pueden sorprenderle. Y es una lástima, porque todo el mundo debería experimentar esta dicha una vez en la vida.

—Dice que tienes el móvil apagado —se justifica con naturalidad.

—Y una mierda, hombre. Si mi madre me ha estado diciendo que soy el mejor antes de salir a atender a los periodistas...

Antes incluso de pegarme el iPhone a la oreja, oigo los aullidos de emoción de mi hermana pequeña.

—¡Vinny! ¡No me lo puedo creer! ¡Ha sido el mejor partido que he visto en mi vida! ¿La jugada de engaño de Ash? ¡Espectacular! ¿Y el último *touchdown* de Noah? ¡Pasará a los anales de la historia como uno de los diez mejores, estoy segura! Y tú, simplemente... ¡no podrías haber jugado mejor!

—Todo eso ha sido gracias a tu anillo de la suerte. Pero no finjas que me llamas por algo distinto al episodio con Alexia Lux —me mofo.

A Toots* le encanta el fútbol americano, el baloncesto, el béisbol... La eduqué desde muy pequeña en los valores masculinos, que comprenden considerar el deporte la salvación del espíritu y el aburrimiento.

Pero por encima de los balones y la fuerza bruta, está su pasión por las artistas pop.

Con tan solo diez años, me agradeció la entrega de mis conocimientos deportivos enseñándome a memorizar los temas de las estrellas del momento. En concreto, los de las que siguen siéndolo más de una década después de su primera aparición en la MTV.

Hay un silencio elocuente al otro lado de la línea.

* Apodo afectuoso para chica que significa «cariño».

—Quería bailarte un poco el agua antes de ir al fondo de la cuestión —reconoce, en absoluto avergonzada.

—Te conozco desde hace veintitrés años, Toots. Te veo venir de lejos.

—¿Puedo ir al reservado donde vais a celebrar la victoria? ¡Quiero que me lo cuentes todo en persona!

—¿Mi hermana pequeña en el reservado de la discoteca más exclusiva y por ello salvaje de Chicago?, ¿donde estará rodeada de once capullos con una copa en cada mano, moviendo las caderas de forma obscena y escogiendo desde el palco a las próximas víctimas de sus promesas de llamar mañana?

Mi dramática enumeración tiene el efecto deseado: levantar un coro de quejas en el Pussy Wagon.

—Yo solo quería ir para abrazaros —dice ella con fingida inocencia—, pero ahora que me lo planteas como si eso fuera Sodoma y Gomorra, me lo has vendido hasta mejor.

—Ni hablar. No me he esforzado por evitar que estos cerdos te corrompan para echar por tierra en una noche el trabajo de toda una vida —mascullo, vigilando a mis compañeros con el rabillo del ojo.

—Siempre se comportan delante de mí —se queja ella.

—¡Porque no nos queda otro remedio, guapa! —se lamenta DiMarco, inclinándose sobre el móvil para que Toots pueda escucharlo. Suele viajar en tercera fila, y lo hace colgado como un mono en el respaldo del asiento delantero.

Le dirijo una mirada fulminante.

—No llames guapa a mi hermana.

—¿Y puedo llamarla esta noche? —replica en tono burlón.

Si no fuera porque conozco a Myles DiMarco desde hace años, interpretaría su vacile como una amenaza. La prensa dejó de rondarle hace siete meses, una heroicidad que habla por sí misma: para meterle a los tabloides el miedo suficiente como para que no se atrevan siquiera a acercarte un micro, tienes que ser un desalmado sin modales.

Pero eso no significa que ya no sientan fascinación por su figura. Dale a las revistas un jugador de fútbol americano con un pasado de abandono infantil, una ceja partida y un historial de rollos de una noche sacado del catálogo de modelos y actrices del momento, y le quitarán la etiqueta de mujeriego despreciable para convertirlo en una leyenda viva.

Por suerte, aún le quedan escrúpulos —dos o tres contados—, y una de las líneas que sabe que no puede cruzar es acercarse a mi hermana para algo distinto de pedirle fuego.

Y luego está obligado a alejarse para no rozarla con el humo del cigarrillo.

—No le hagas ni caso. Está puesto hasta el culo de la hormona de la felicidad —me excuso—. Como todos.

—Bueno, pues procura que a ti no te siga afectando tanto como para andar robándole besos a las artistas del momento. Con poner el mundo patas arriba una vez es suficiente —me advierte Toots.

—Oye, yo no le he robado nada —me extraño con su perspectiva, y solo para aclararle que ha sido un acto natural, apostillo—: ¿No lo viste? Se puso de puntillas y me acercó los labios.

—Eso dice una de las facciones guerrilleras de internet. Te han declarado el nuevo novio de Alexia; el único que le gusta a los fans desde hace una década.

—No me digas... Espero que eso hable muy bien en mi favor ante ella. Por cierto —añado antes de que Alexia le robe protagonismo a mi disculpa—, siento no ir directo al hotel para celebrarlo contigo y con mamá. Noah y los demás me hicieron prometer que no me escaquearía de la fiesta. A este puñado de solteros empedernidos no les parece bien que yo sí tenga no solo una, sino dos mujeres esperándome con los brazos abiertos para aplaudirme las victorias, y quieren arrebatarme el privilegio alejándome de vosotras.

—Savy nos recibiría a todos con un abrazo, lo que pasa es que no nos dejas ir a sus cenas a pesar de estar invitados porque te da miedo que nos quiera más al resto —se burla Ash.

—Si los acabara queriendo más, te lo tendrías merecido, Vinicius. No me dejas ir a la fiesta, no me dejas ir a buscarte nada más terminar el partido... ¡A duras penas me has dejado asistir a la Super Bowl!

—Toots, ya hemos hablado de esto —suspiro cansinamente—. Sabes que la prensa se vuelve loca en cuanto pongo un pie fuera del campo, y no quiero ni que te graben, ni que te relacionen conmigo. Nunca se sabe cómo...

—Lo sé, lo sé. Solo estaba siendo un poco bruja. Ya lo celebraremos mañana mamá, tú y yo. Porque no pienso abrirte la puerta antes de las cuatro de la madrugada, Vinny, así que no pienses ni por un instante en largarte pronto para hacernos compañía.

Mierda, me ha leído el pensamiento.

Me gusta la fiesta y ligar como al que más, pero me cuesta disfrutar si no tengo la tranquilidad de que Toots se encuentra en casa, o bien estudiando para uno de los finales universitarios, o bien acompañada de sus mejores amigas en una fiesta.

Sin alcohol y sin hombres. Preferiblemente, en una inocente quedada para ver comedias románticas de los años dos mil y lanzar teorías sobre el sexo desde la ignorancia juvenil.

Sexo que solo conocen y conocerán cuando tengan sesenta y cinco desde la perspectiva biológica de una asignatura sanitaria.

—No me quedará otro remedio que amanecer en un contenedor con un órgano menos —me lamento con dramatismo.

—¡Esa es la actitud! —aplaude ella.

Cuelgo justo cuando el vehículo aparca en la discoteca de moda de Chicago.

En un alarde de confianza en los Boston Beasts, Noah se tomó la molestia de reservar un palco para celebrar nuestra más que evidente victoria futura. Si hubiéramos perdido, nos habríamos tenido que romper la colección de botellas de alcohol de alta gama en la cabeza mientras buscábamos culpables, pero si esto se lo menciono al *quarterback*, ya sé lo que me va a decir: «Eso no iba a pasar bajo ningún concepto».

Hasta la fecha, es la única persona que podría convencerme de unirme a la secta del terraplanismo. Gracias a Dios que es un tipo con dos dedos de frente y no pone su credibilidad discursiva al servicio de la ignorancia.

Se me escapa una sonrisa cuando, nada más atravesar los pasillos privados para acceder al reservado desde donde se ve la pista de baile, reconozco una de las canciones del momento: Alexia Lux entona una letra en defensa de la soltería sobre una base de pop tan pegadiza que hasta DiMarco ha sido cazado tarareándola tras un entrenamiento.

Antes de dejarnos a solas para celebrar nuestro triunfo por todo lo alto, Otis insiste en hacernos unas fotos para subir a Instagram. Después de sacarnos a algunos con polos, a otros con sofisticados trajes sin chaqueta, y a mí con un chino y una camisa blanca con un par de botones desabrochados, nos da instrucciones a los que llevamos nuestras propias redes para no olvidarnos de mantener al tanto de nuestras andanzas a la afición.

A diferencia de algunos de mis compañeros, que se rebelan contra estas obligaciones extraoficiales, entiendo por qué un puñado de desconocidos querrían saber qué hago después de la Super Bowl; a mí, sin ir más lejos, me interesaría conocer el paradero y los pensamientos de Alexia.

Podría no haberse consolidado como superestrella si no hubiese llegado a tiempo al escenario. Seguro que le ha dado alguna vuelta al asuntillo de haber estado a punto de rajarse.

Me cuesta creer que mis fantasías se materialicen en una aparición inesperada. Y es que sé que algo ha truncado el curso de la noche en cuanto las carcajadas de los jugadores se extinguen, y, uno a uno, se van apartando de la pasarela que una belleza subida a unos tacones recorre en mi dirección. Noah, que es con quien estaba hablando hasta que se hizo el silencio, señala por encima de mi hombro para que la vea desfilar con un vestido de cóctel color bronce, a juego con algunos mechones de su melena.

Uno la reconocería incluso pescando en los ríos helados de Alaska. Tiene una forma hipnótica de moverse, las mejores piernas del país y un lunar sobre el labio que es el sueño febril de los adolescentes... y de los que ya no lo somos tanto; de los que solo nos comportamos como uno.

Me sonríe de lejos con una emoción que no atino a descifrar, y se toma la libertad de coger el cubata que DiMarco estaba sosteniendo para no llegar a mi altura con las manos vacías. A juzgar por la que creía que era una expresión de alegría, ha aceptado la invitación que lancé al aire en la entrevista y viene a cobrarse una primera cita.

O eso pensaba hasta que se detiene a un palmo de mi cara y su rostro se desfigura en una mueca iracunda.

Lo siguiente que noto es el escozor del ron salpicándome los ojos y cómo un cubito de hielo aterriza en mi mandíbula.

Ella no espera a que me recupere del ataque a traición para ladrarme:

—¿Se puede saber qué coño has hecho?

4
I Knew You'd Be a Problem Right When I Saw You
Alexia

Me limpio la cara mientras trato de recuperar la visión. De fondo me parece escuchar las exclamaciones nerviosas y las risitas de mis compañeros, que quedan en un segundo plano cuando consigo enfocar la vista y me topo con los ojos azules de Alexia.

No me habría importado que en otras circunstancias me dirigiera una mirada chispeante, pero me temo que en este contexto significa que estoy en un brete.

—¿Ganar la NFL? —pruebo con un intento de sonrisa.

Ella planta el vaso vacío en la mesita más cercana y busca con la mirada otro cubata con papeletas para convertirse en un arma arrojadiza. Previendo estas intenciones, evito que dé un paso hacia Noah bloqueándole el avance con los brazos extendidos.

—Eh, eh, eh... Para el carro, vaquera. ¿Cantar te ha dejado afónica y ahora no puedes expresarte hablando, como la gente normal? ¿Cuál es tu problema?

Se nota que no le gusta el tono desenfadado que he utilizado, porque pone los ojos como platos antes de fulminarme con la mirada.

—¿Mi problema? —repite, levantando la voz. Me clava un dedo acusador en el pecho—. ¡Tú eres mi problema! ¡No contento con plantarme un beso en la boca en la Super Bowl, te pones a responder alegremente las preguntas de todos los periodistas carroñeros que te han seguido! ¿Quién coño te ha dado derecho a inventarte una historia de amor?

—No me he inventado ninguna historia de amor; he contestado con sinceridad a lo que los reporteros querían saber —me defiendo, aún demasiado perplejo para decidir si estoy molesto por su irrupción o avergonzado.

—Sí, lo de ser tu amor platónico te ha quedado precioso. Igual que la insinuación de que no era la primera vez que hablábamos. ¿De dónde te has sacado esa telenovela de bajo presupuesto? ¿Tu representante te ha dicho que te aproveches de mi fama para salir mañana en la prensa? ¿Dónde está? Vamos a tener unas palabritas, él y yo...

Alexia amenaza con darse la vuelta e ir a propinarle una paliza a Otis.

Por el bien general, la rodeo y vuelvo a bloquearle el paso con una sonrisa de circunstancias.

Me pude imaginar que no me había reconocido en el vestuario, y no ya porque no comentara nada al respecto, sino porque se nota cuándo alguien pretende obviar una historia en común y cuándo se olvidó de ti en cuanto desapareciste de su campo de visión.

Pero el recordatorio no deja de suponerle una patada con efecto a mi pobre ego.

Sé que el día que coincidimos yo no era ni famoso, ni un jugador de fútbol con posibilidades reales de alcanzar el estrellato, pero, hombre, no me jodas. Siempre he tenido una cara bonita. Y viendo los novios que Alexia se ha echado desde entonces, si bien no encajo en su canon estético, por lo menos tengo el atractivo genérico en común con ellos.

—No era mi intención ponerte en una situación comprometida.

—¿Y qué pensabas que estabas haciendo al echar más leña al fuego? No eres el contable de una empresa de maderas, eres el campeón de la NFL. Tendrías que hacerte una ligera idea del revuelo que causaría tu estúpido jueguecito.

—A ver, la que empezó ofreciendo su boquita fuiste tú.

Pésima elección de palabras; lo sé en cuanto las pronuncio. Alexia entra en combustión.

—¡¿Perdona?! ¡Yo no te di ni las buenas tardes, flipado! ¡Iba a agradecerte que me acercaras la guitarra con un beso en la mejilla, y tú lo interpretaste como te salió de las pelotas!

—Pero si me estabas mirando los labios y todavía no habías girado la cara... —insisto, ahora con el ceño fruncido.

No puede ser que me haya tomado por un abusón cuando se apoyó en mis hombros para buscar mi boca. Porque eso hizo, ¿no?

A lo mejor me equivoqué, pero...

—Oh, joder —jadea ella—. Estás a una frase de decir «tus labios decían que no, pero tus ojos decían que sí». Ni siquiera si hubiera cerrado los ojos habrías tenido derecho a comprometerme de esta manera. ¿No has leído lo que se está diciendo en redes sociales? ¡Que llevamos saliendo desde que se supone que mi relación con Brian se ha estado yendo a pique, y que esta ha sido nuestra manera de hacerlo público!

—Deberías salir de internet de vez en cuando, Alexia. No creo que la gente del mundo real piense que hay nada entre los dos, y si tanto te preocupa, haz un comunicado declarando que fue un beso de amigos —resuelvo con un encogimiento de hombros.

—No doy crédito —murmura, perpleja—. ¿Es que te da igual? ¡Esto te afecta a ti tanto como a mí!

—Lo dudo. —Encojo los hombros—. No tengo que responder ante una novia celosa.

—Este está cavando su propia tumba —oigo que comenta Ash.

—Y no seré yo el que le lleve flores después —apunta Noah.

—Callad, coño, que no me entero de la peli —gruñe DiMarco, con los cinco sentidos puestos en nosotros.

—¡Pues yo sí tengo que responder ante alguien! —aúlla Alexia—. ¡Y que hayas contestado eso significa que eras consciente de las implicaciones que tendría!

Me cruzo de brazos.

—Ya que lo has sacado a colación, ¿qué opina el fulano sobre este asunto? No te irá a dejar por una burda puesta en escena que se puede explicar bien rápido, ¿no?

Abre la boca para seguir ametrallándome con reproches, pero se desinfla como un globo ante la mención velada del tal Brian.

Si soy del todo sincero, no me importaría que, en efecto, fuera lo bastante imbécil para dejarla por una burda puesta en escena. O para dejarla, a secas. Toots dice que el prometido de Alexia no parece de fiar, y coincido en que esa es una característica de todos sus novios hasta la fecha.

Aunque, por otro lado, y solo *a lo mejor*, lo de despreciar a sus parejas es una característica de todos los que no hemos sido sus novios hasta la fecha. Pero, por favor, estamos hablando de la mujer más deseada de los Estados Unidos de América. No puede ir en serio con esa pantomima de casarse con un actorucho de poca monta que ha rodado una única superproducción de Netflix de las que pasado mañana ya no recuerda ni el Tato; un trabajo que, por cierto, encontró porque su novia tiene más poder sobre la economía social y la cultura que el presidente del Mundo Libre.

—Todavía no lo ha visto —responde con la boca pequeña.

Lo que yo diga.

Además de un vendido de proyectos irrelevantes, es una basura de pareja y hasta un traidor a la patria.

¿No poner la tele cuando están echando la Super Bowl? ¿Qué eres? ¿Ciego?

Ni eso te excusa, porque sigues teniendo oídos para escuchar al comentarista.

—¿No lo ha visto? —repito, exagerando mi perplejidad—. ¿Quieres decir que has protagonizado el espectáculo del evento más esperado del año, y él no ha podido encender la televisión y ver cómo dejabas boquiabierto al planeta entero? O, en su defecto, que le robaban a la chica en directo —añado por lo bajini.

Ella se eriza como un gato.

—Pero ¿qué te has creído? ¡No le han robado nada! ¡Y no me vengas con manipulaciones psicológicas para cambiar de tema! ¡Si no ha visto la Super Bowl, por algo será!

Sí, porque no te quiere. Y por un delito igual de grave y posiblemente tipificado: no le interesa el fútbol.

Tengo la gentileza de no hacer puntualizaciones, aun así.

Alexia no es idiota. Sabrá tan bien como yo que eso es exactamente lo que significa el desinterés de su pareja. Y, como a todas las mujeres de este mundo, no le gustará que le recuerde una obviedad, insultando su inteligencia y obligándola a abandonar su refugio de autocomplacencia en el proceso.

Toots siempre me dice que una chica tiene derecho a vivir una mentira si eso la hace feliz, y que Dios me libre de minimizar las pajas mentales del género femenino.

—¿Por qué estás tan nerviosa, mujer? —intento tranquilizarla con mi mejor tono relajado. La mención de su prometido le ha puesto la piel de gallina, y creo que la prefiero cuando se convence de que soy su mayor problema—. Madonna y Britney Spears se morrearon en unos premios y siguieron con su vida.

—¡Porque Madonna no salió diciendo que le había encantado la experiencia! —replica con resentimiento—. ¡Les has dicho que me ibas a entregar el anillo de la victoria, insinuando que vamos en serio! Pero ¿en qué mundo vives, tío? —Me suelta un débil golpe en el pecho con el canto del puño.

Pues vivo en un mundo en el que ni se me había pasado por la cabeza que los fans podrían interpretar un acto inocente como el comienzo de un idilio. Pero Alexia no me permite contestar, y después de advertirme en tono ominoso de que «tendré noticias de su abogado» —hay que joderse—, da media vuelta y abandona la escena, dejándome con las explicaciones en la boca y a merced de las burlas de mis compañeros.

—¿Te acuerdas de cuando hace alrededor de una hora todo el equipo habría querido estar en tu lugar? —comenta Noah—. Bueno, pues no creo que nadie envidie tu suerte ahora mismo.

—Cállate, Armstrong —ladro abriéndome paso para seguir la estela del único vestido dorado del reservado. Me escoltan las risas del equipo, la mayoría consternadas.

Hay alguno que otro deseándome buena suerte.

Y menos mal, porque la voy a necesitar.

Reconozco que habría afrontado la conversación con madurez en otras circunstancias, cuando Alexia no hubiera emergido entre las sombras como una aparición mariana y yo no hubiese tenido mi quinta copa en la mano. Es un milagro que no me tambalee siguiéndola por el estrecho pasillo que desemboca en la salida trasera, por donde el dueño del garito nos ha guiado a nosotros para no tener que hacer frente a los *flashes* y las declaraciones de amor del resto de los clientes.

—Alexia… ¡Alexia!

Ella ni siquiera se gira. Su fabulosa melena ondea en su espalda como una muestra más de su indignación supina; esa melena que ha bailado al son de los últimos éxitos en un espectáculo sin parangón justo después de que yo le ofreciera la guitarra.

Tuve que perderme el comienzo del show en tanto que bajaba del escenario y me reunía con el equipo, pero no se ha visto nada igual desde que empezaron a llenarse de música las finales de fútbol. Si no hubiera adquirido una disciplina espartana a lo largo de los años para concentrarme en el juego incluso en las situaciones más complicadas, no habría podido quitarme de la cabeza el meneo de sus caderas en directo. Eso es el talento, sin duda; estar sollozando en la soledad de un vestuario un minuto y, al siguiente, guiñándole el ojo a las cámaras y sonriendo con un carisma arrollador mientras ejecutas una coreografía imposible.

Podría haberme pasado el resto de mi vida soñando con sus piernas embutidas en unas botas de ama sadomasoquista si, al alcanzarla en la puerta que da al callejón, no me hubiera dado nuevo material para fantasear.

No puedo evitar mirarla de arriba abajo cuando ella, alertada por mi gesto de cogerle la muñeca, gira en redondo y me castiga con su frialdad.

Solo soy un pobre mortal deslumbrado por la estrella entre las estrellas. Un vestido con un escote hasta el ombligo me haría volver la cabeza en cualquier circunstancia, pero sobre su cuerpo saca al grosero y al nervioso hijo de puta que llevo dentro.

—Te has puesto muy guapa para venir a cantarme las cuarenta, ¿no? —insinúo en voz baja—. ¿Es para restregarme en la cara que no podré acercarme a ti en lo que me queda de vida?, ¿o para recordarme que he tocado la manzana prohibida del Edén, y ahora he de pagar las consecuencias?

Alexia suelta un bufido que, desde una perspectiva optimista, podría parecer una risa exasperada.

—¿Me has seguido para decirme esa mierda de Romeo

trasnochado? Solo estás acumulando razones para que te monte un pollo legal, Bravano.

—No compliquemos la situación llamando a los abogados, ¿quieres? Podemos resolver esto como dos adultos.

—Porque eres el hombre más maduro que hemos tenido el placer de conocer... —ironiza con desdén.

Se deshace de mi contacto retirando la mano de una sacudida, y da un paso hacia la acera para que corra el aire entre los dos. Una ráfaga de viento le agita la melena, un extra dramático que me hace pensar que hasta los cuatro elementos están de su parte... o a su servicio.

—Has aparecido cuando llevaba cinco copas —me justifico—. Habría que ver cómo te comportas tú con alcohol en sangre.

—¿También tenías alcohol en sangre cuando me besaste? —contraataca con los ojos entrecerrados, una fina línea azul tan afilada como una flecha.

—Mira... —empiezo en tono conciliador, alzando las manos en un gesto exculpatorio—, no lo hice como demostración de poder, o para burlarme de ti, o para aprovecharme de tu fama, o por cualquiera que sea el motivo asqueroso del que me crees capaz. De corazón te digo que pensé que ibas a besarme por cómo te inclinaste. Si mi error te ha metido en problemas, lo siento. Y si puedo hacer algo para ayudarte a solucionarlo, no tienes más que decirlo.

Alexia me sostiene la mirada en busca de la trampa, pero, insisto, solo soy un pobre mortal deslumbrado. Ella debe de darse cuenta, porque relaja los hombros, que hasta ahora había estado luciendo como pendientes, y suspira con resignación.

—Es tarde para que salgas a aclarar que todo lo que dijiste en la entrevista posterior es mentira, y es esa entrevista la que ha acabado de engrosar el bulo.

—Entonces ¿qué quieres de mí? ¿Que me inmole? ¿Que diga que soy gay y hablaba de ti desde la admiración? ¿O no quieres nada, y no solo no has venido hasta aquí con fines conciliadores, sino que pretendes devolverme la ofensa mojándome la cara?

Alexia aprieta los labios para contener un improperio que me habría gustado oír. Me he tragado demasiadas comedias románticas sobre rivales y enemigos por culpa de mi hermana como para no verle el encanto a las mujeres que me insultan.

Además, estoy borracho y solo puedo pensar en que ya podría mojarme la cara de otra manera. Me provoca dolor físico no poder sacar al capullo coqueto que llevo dentro.

Más todavía, quiero decir.

—Creo que sigues sin entender la gravedad de lo que ha pasado.

—Es posible. —Me meto las manos en los bolsillos—. A mí no me importa que me relacionen contigo. Es más; mantengo lo que he dicho en la entrevista. Estoy libre por si un día te apetece repetir. El beso que parece que me va a costar la vida ni siquiera es de los veinte mejores que podría darte.

Ella busca con la mirada a un público invisible con el que compartir su indignación, pero acaba conformándose con sonreír incrédula al fondo del callejón. Alguien ha grafiteado la pared de ladrillos con la tipografía característica del arte urbano. Cómo no, rezan las líneas de una canción de Alexia: «A ti, chico malo, te convierto en el príncipe azul en tan solo una noche».

Ni se da cuenta, pendiente como está de mí, pero a mí la casualidad me saca una sonrisa tonta.

—Hay que tener cara para intentar ligar conmigo después de todo —replica con una mirada fija. Ya no hay juicio o desprecio en su expresión. Solo... ¿curiosidad?

—Ser el *tight end* de un equipo de fútbol consiste en aprovechar las oportunidades, cariño.

—No soy tu «cariño». —Hace las comillas con los dedos—. ¿Es que no te enteras de que podrías haberme metido en un problema con mi pareja?

—Pensaba que tu pareja ya se había metido en un problema contigo al permitir que se hiciera público el rumor de vuestra ruptura. ¿Por qué no lo miras por el lado positivo? —Me arriesgo a acercarme salvando la acera que nos separa, todavía con las manos en los bolsillos—. Si te ve siendo admirada por un hombre distinto a él en televisión, a lo mejor espabila y se da cuenta de que no va a encontrar nada mejor.

Ella enarca una ceja.

—No me interesaría que volviera conmigo solo porque «no encontrará nada mejor». No salgo con fanáticos que me perciben como una diosa intocable, sino con gente que ve más allá.

—Pues ya tiene mérito tu proeza, Alexia Lux. Para toparte con un solo hombre sobre la faz de la Tierra que no te quiere enterrar en alabanzas, habrás buscado con ganas.

—Y tanto. —Da un paso adelante para mirarme con la barbilla alzada y una sonrisa venenosa en los labios pintados de rojo—. Significa que no me conformo con el primero que me dice cuatro tonterías.

—Me parece a mí que tienes las supuestas tonterías en muy bajo concepto. Los amuletos de la suerte a los que te referiste en los vestuarios como una idiotez y los halagos como este son lo que nos mantiene circulando, Alexia.

—A los idealistas con un ego que os lo pisáis, desde luego que sí.

—Nadie había desnudado mi alma con tanta precisión jamás —suspiro con una mano en el pecho, y me inclino sobre ella con una sonrisa suficiente—. A lo mejor estamos hechos el uno para el otro, después de todo.

—Para ser medias naranjas como dices, tú deberías hacer lo mismo: desnudar mi alma.

—Si te digo la verdad, no empezaría a desvestirte por ahí.

Ella suelta una carcajada ronca que rezuma desdén, pero el bello sexo no es ningún misterio para mí y sé lo que significa ese brillo desafiante en su mirada. En el fondo, nada le gusta más a una mujer con los pantalones bien puestos que un tío que le lleva la contraria. Y reconozco que me tengo que esforzar para vacilarle, porque preferiría ganarme su respeto.

Cuando entré en el vestuario y la vi acodada sobre los muslos, no me lo pude creer. ¿Cuáles eran las probabilidades? El escenario y el camerino improvisado en las instalaciones, donde supimos desde el principio que Alexia pasaría los momentos previos a la actuación, me quedarían demasiado lejos para tropezarme con ella por casualidad.

Pero tuvo que venir a mí en un increíble giro de los acontecimientos.

No iba a interrumpirla con un autógrafo; lo primero, porque mi hermana me ha mantenido al día de las demostraciones de carácter de Alexia a lo largo de sus casi quince años de carrera musical y sé que no le gusta que la molesten fuera de galas y eventos, y, en segundo lugar, porque no me interesa una mierda enmarcar su firma. Una foto de ambos bien abrazaditos, todavía, pero ¿yo para qué quiero un garabato? ¿Sobre todo pudiendo acercarme y sacarle conversación?

Esta es una mujer que puede poner nervioso a un hombre. Requirió todo mi autocontrol no delatarme como uno de esos tíos que montan una tienda de campaña a las puertas del estadio para verla en primera fila.

—A ti tendrían que haberte llamado Vinny Bravo —retoma ella con los brazos cruzados.

—No me desagrada. Llámame así tú, si quieres.

—Oh, no pienso volver a contactar contigo en cuanto te pierda de vista.

—¿Y eso cuándo va a ser? No parece que estés ansiosa por marcharte.

Ella se humedece los labios, no sé si molesta porque siga erre que erre o porque le resulta apetecible la idea de quedarse a ver cómo la seduzco. Voy a abrir la boca para invitarla a subir y divertirse con nosotros en el reservado, o para que se venga conmigo al hotel, o para que simplemente me acompañe de la mano al baño más próximo, pero un barullo no muy lejano capta la atención de los dos.

Nos giramos a la vez hacia la única entrada al callejón. Allí se ha congregado un grupo de jóvenes con los móviles en la mano, todos ellos de punta en blanco. Solo me da tiempo a pensar en que son clientes de la discoteca que han salido a fumar antes de comprender el primer impulso de Alexia, que es cogerme de la mano y tirar de mí hacia el interior del edificio.

La sigo frotándome un ojo que ha salido perjudicado por los *flashes* de las cámaras.

—No me lo puedo creer —masculla en cuanto nos refugiamos en la oscuridad del pasillo. Se seca las palmas sudorosas en la falda del vestido brillante—. ¡Me has gafado!

—¿Yo? La que ha venido a mi fiesta y luego me ha sacado a la calle has sido tú.

—¡No te he pedido que me sigas! Dios... —Se pellizca el puente de la nariz para acabar dejando caer el brazo, derrotada. Sin preocuparse por si yo me atraganto con mi propia saliva, cosa que ni afirmaré ni desmentiré que suceda, saca el móvil del escote con un movimiento sugerente y pulsa la marcación rápida para hacer una llamada—. Debería haber sabido que no me ibas a traer nada bueno en cuanto me pillaste en el vestuario —masculla mientras espera respuesta—. Soy una estúpida ingenua.

Quiero defenderme de la acusación, aunque solo sea por la costumbre que acaba de instaurar —ella me insulta, yo la aplaco—, pero la persona a la que llama contesta. Alexia se pierde por el corredor intercambiando balbuceos frenéticos con su interlocutor, y yo, que poco más puedo hacer, me encojo de hombros en el sitio y regreso al reservado, donde seguramente me digan lo mismo: que soy un imbécil, además de carne de cañón para los tabloides.

La diferencia es que mis compañeros no tienen una cara de muñeca que me inspire a ser un caballero, así que les puedo mandar al infierno y quedarme tan ancho.

5
Everything's Too Bad
Alexia

—Me he tomado la libertad de imprimir una selección de los mejores tuits que referencian tu situación actual —anuncia mi representante en tono informativo—. Según una inteligencia artificial que me ha ayudado a dividirlos en categorías, hay alrededor de un noventa y un por ciento de usuarios a favor de tu nuevo romance...

—Presunto romance —corrijo desde mi favorecida posición: tendida sobre un sillón reclinable con una pasta de algas en la cara y una rodaja de pepino sobre cada párpado.

—... con Vinny Bravano —continúa, imparable—. El seis por ciento aún apoya tu compromiso con Brian Harris, y un tres por ciento se ha abstenido de opinar.

—¿Solo un tres por ciento tiene ocupaciones que atender más urgentes que mi vida personal? Caray, no sé cómo este país sale adelante —mascullo por lo bajini.

Algo que uno ha de saber sobre Lara Cosima es que se toma muy en serio sus responsabilidades. O las que ella cree que son sus responsabilidades. Acordamos hace cuarenta y cinco minutos que nos aprovecharíamos de mi nombre, mi tarjeta de crédito y los numerosos servicios del hotel de Chicago para disfrutar de un masaje tailandés y una pedicura en nuestra suite presidencial, pero ella se ha ausentado alegando que tenía que ponerse su bata de seda china, o, de lo contrario, «no estaría profesándole el respeto que merece a la sesión de belleza», y ha hecho una bomba de humo.

Ha regresado con la mencionada prenda de diseño, claro está, y con unas pantuflas con pompones. Pero, como aprecio al incorporarme y abrir un ojo, también porta un taco de hojas grapadas.

Un paseo por redes sociales ha bastado para medir hasta qué punto estoy jodida.

—Un detalle —agrego, procurando recordar que mi amiga no tiene la culpa de que el mundo entero lleve aguantando la respiración desde la Super Bowl—: las matemáticas y la estadística básica no cuentan como inteligencia artificial. Y ¿se puede saber en qué lugar recóndito de este hotel has encontrado una impresora para materializar tus teorías?

—Las vías de Lara Cosima son inescrutables. Tú solo relájate y disfruta. —Carraspea con solemnidad y apoya la yema del dedo en la punta de la lengua antes de pasar la primera página. Conociéndola, habrá imprimido también una portada colorida que resume el contenido de su PowerPoint. Era la encargada de que nuestros proyectos comunes tuvieran un aspecto presentable en el instituto—. «Por fin nuestra Alexia encuentra a un hombre con un trabajo serio y ambiciones, y se aleja de uno que chupa del bote»; «Es la pareja perfecta: la cantante pop más relevante de la industria musical y un jugador de fútbol en la cima de su carrera. ¡El verdadero sueño americano!»; «¿Significa esto que Alexia por fin sale con hombres de verdad?».

—¿Qué clase de machistada es esa? «Hombres de verdad» —repito, engolando la voz—. ¿Qué pasa, que se les mide por el volumen de sus músculos? Por favor...

Vuelvo a dejarme caer devolviendo la rodaja de pepino a

donde debe estar: al ojo que fulmina con la mirada a mi representante.

Incluso si ella no puede verlo.

—¡Aún no hemos llegado a mi preferido! «¿Quién creeríais que ganaría en una pelea, Brian o Vinny? Es verdad que el jugador está mazado, pero si compitieran en la categoría de patetismo, el pobre no tendría nada que hacer».

—¿Estás intentando decirme algo? —pregunto con aparente inocencia—. Algo que no lleves repitiendo desde que conocí a MI NOVIO, me refiero.

—Oh, no, no estoy leyendo esto porque me regocije en el hecho de que todo el planeta odie a ese patán —replica en tono ingenuo—. Ahora mismo defiendo el rol de mánager, y a tu mánager poco le importa que hayan transcurrido veinticuatro horas desde el beso de gracia y TU NOVIO —me imita— todavía no te haya escrito. A tu mánager le llama la atención que se haya recurrido a la inteligencia artificial (en este caso no son matemáticas ni magia potagia) para juntaros a Vinny y a ti en composiciones románticas. ¡Mira esto, Lex!

Nunca ha existido la opción de apartar la vista. Cuando se me ocurre abrir los ojos al mundo, Lara Cosima ya está agitando su iPhone ante mis narices. Muestra una colección de imágenes a cada cuál más cursi. No bromeaba cuando decía que el supuesto romance entre Vinny y yo ha levantado pasiones. Los fans, o lo que ellos creen que responde a la definición de «fan», han aprovechado su acceso a las IA para ponerme en situaciones de ensueño.

—Aquí dais un paseo en barca por un lago... —me recita, como si no pudiera verlo por mí misma. Desliza a la siguiente fotografía, donde una grotesca Alexia abraza por la cintura a un Vinny Bravano con su equipación de los Boston Beasts al completo.

El programa no se ha quebrado la cabeza. Lo pinta tal cual aparece en la mayoría de los enlaces de Google Imágenes.

—Se da un aire —comento, por decir algo—, pero está claro que a la inteligencia artificial aún le queda rato para ser perfecta. Yo no tengo un ojo vago, y no han sabido replicar en condiciones la sonrisa de Bravano. En la vida real, se le tuerce hacia ese lado...

Mi voz se va apagando cuando mi amiga se gira hacia mí muy despacio.

Enarca la ceja con un gesto elocuente que clama al cielo.

—Conque no han sabido replicar en condiciones la sonrisa de Bravano... —repite en tono de sospecha.

—¿Qué? No es que haya estado cotilleando su Instagram. Ayer lo tuve delante un buen rato, y dio la casualidad de que me sonrió bastante.

—Porque le gustas —me pincha ella con una expresión lobuna.

—¡Porque es un sobrado!

Y también es atractivo, vale. No voy a intentar tapar el sol con un solo dedo porque me caiga de culo. O porque *quiera* que me caiga de culo. No soy ninguna fetichista de las equipaciones de fútbol, así que me gustó bastante más encontrármelo con una camisa y unos chinos cuando quise cantarle las cuarenta. Entonces fue innegable que el tipo tiene su público.

¿Formo yo parte de él?

Eso tendrán que sonsacármelo en una sala de interrogatorios, aplicando el tercer grado y amenazando con ir a por mi familia después.

—Mira, mira, la colección sigue —insiste Lara Cosima, entusiasmada. Empiezo a sospechar que es ella la que se ha pasado la noche tecleando en el iPad con sus uñitas de porcelana para que la IA haga su trabajo: atormentarme—. Tus fans tienen una imaginación desbordante. En esta no, en esta hacéis un romántico pícnic a orillas del mar. Muy básico. Pero aquí estáis regresando de una carrera al galope en la época victoriana, y, en esta, él es un *highlander* que te secuestra para hacerte su esposa... —Llega hasta una imagen que la pone repentinamente firme, y que a mí me da ganas de enterrarme viva a cuatro metros bajo tierra—. ¡Oh, maldita sea! ¡No pretendía enseñarte esto!

Digamos que «esto» es lo que temen los sabios —y ahora las figuras públicas— acerca de los problemas que la inteligencia artificial podría acarrearnos: que a una la pinten desnuda y sin su consentimiento sobre un jugador de fútbol americano, y todo por un puñado de «me gusta» a un tuit que ni siquiera les reportará beneficios económicos para pagar la hipoteca.

Si al menos pudieran sacar rédito, lo entendería más.

—¡Joder! —Arrojo las rodajas de pepino sobre el cenicero donde descansan los cigarrillos que he estado fumando compulsivamente, y me levanto para huir del espectáculo—. ¿Desde cuándo una de tus competencias como mánager es la tortura psicológica, Lara Cosima?

—¡Lo siento! ¡No sabía que eso... estaba ahí!

Pretendía seguir torturándola, pero mi representante demuestra una tolerancia cero ante las injusticias sociales, ante combinar sombreros de fieltro con *outfits* casuales, y, sobre todo, ante la grosera tendencia de hablar de la sexualidad en voz alta. No es de extrañar que haya entrado en pánico ruborizándose hasta la punta de las orejas, y no seré yo quien la mantenga en severo estado de shock cuando ella también acaba de pasar por el trauma de ver desnuda a su mejor amiga.

Mi pequeña y entrañable Pumpkin se divierte inventando historias de amor que superan las convenciones sociales con el tipo que caza leyendo en el metro, y suspira por el amable barista que siempre se acuerda de cómo le gusta el café, pero, eso sí, desde una perspectiva romántica. Es decir, podría pasar el día entero hablando de hombres, solo que no como un pedazo de carne apetecible, sino como «aquel de los cabellos de oro y la sonrisa angelical».

Si plantara a mi amiga en una mansión victoriana junto a un señor con chistera, no sería la obra de una IA. Sería un reencuentro familiar muy realista.

—¿Me harías el favor de borrarte como mánager y traer de vuelta a mi colega? —suspiro al fin—. La necesito más a ella que a ti, pedazo de sádica sin escrúpulos. ¡Gracias!

—¡Solo quería que vieras que no es el fin del mundo! ¡Vinny puede ser tu salvación!

—Pensaba que en el siglo veintiuno las mujeres ya no queríamos ser salvadas.

—No, claro que no. Lo digo en sentido figurado.

—No quiero ser salvada por Bravano, ni en sentido figurado, ni literalmente.

—¡Pues no haber ido a su reservado a pegarle cuatro voces! ¡Y, encima, para exponerte a que la gente te hiciera veinte mil fotos y las subiera a redes sociales! No sé si has echado un vistazo, pero andan circulando imágenes bastante sugerentes en las que Vinny está inclinado sobre ti con «la sonrisa que la IA no sabe replicar» —cita con retintín, haciendo las comillas con los dedos—. Y tú, amiga mía, apareces devolviéndosela.

—Imposible —desestimo con un aspaviento—. Lo habrán retocado con Photoshop.

Por desgracia, soy consciente de que habla de una foto tomada de forma inocente —todo lo inocente que es hacerle reportajes a perfectos desconocidos— con un móvil. De última generación, sí, por lo que ni un exceso de zoom afecta a la calidad de la imagen. La he visto esta mañana, cuando he querido regalarme veinte minutos de desconexión deslizando TikToks con la mente en blanco, y he de decir que Vinny podría aportar esa fotografía en un juicio para que el juez de turno le diera la razón: «Este jurado declara a la acusada culpable de encontrarle simpático... y eso como mínimo».

—¿Qué querías que hiciera, Pumpkin? —me defiendo, hastiada, ante su mirada insinuante—. Cuando un tío como un armario se te pone coqueto en una situación límite, tienes que elegir entre reír o llorar. Y elegí la risa porque, como ya sabes, soy una persona fundamentalmente optimista —afirmo con ironía.

—O sea, que lo que te estaba haciendo mucha gracia era el contexto, y no que Bravano sea un tipo divertido. Vales más que esta mentira que te estás contando para salir del paso —prosigue antes de que se me ocurra interrumpirla con una justificación inverosímil—, pero no tengo tiempo para una intervención. ¿Me permites hacerte una sugerencia para solucionar esta situación... límite, como tú la has llamado? Y te prometo que luego nos metemos de lleno en la tarde de chicas y el nombre de Vinny no vuelve a salir de mis labios.

—¿Sugerencia? No creo que haya que hacer de esto una estrategia publicitaria, como tantas molestias se están tomando los usuarios de la red.

Lara Cosima empieza a pasearse por la habitación con la bata ondeando cual capa.

Lo hace aposta. Le gusta el efecto que le da. Se siente el alma fantasma de una marquesa condenada a vagar por los pasillos de su mansión.

—Entonces, si Brian nunca llega a responder y los tabloides publican noticias cada vez más injustas sobre tu vida sentimental —prosigue con tiento—, ¿no te plantearías ni por un solo segundo fingir ser la novia de Vinny Bravano?

Estaba rebuscando en el cenicero una colilla para acabar de fumármela cuando deja caer la bomba. Y lo hace como cuando pide disculpas, con la boca pequeña y la incomodidad de estar haciendo algo o bien en contra de sus principios —¿aceptar que ha cometido un error? ¡Jamás!—, o, en este caso, de los míos.

—Tú te has leído demasiados libros —jadeo, pasmada.

—¡Oh, vamos! —Rompe la pose de dama enigmática y arroja el taco de hojas sobre la cama. Se detiene a pensar en mi argumento un instante, y no le queda otro remedio que ceder a su parte de verdad—. Bueno, vale, sí, siento debilidad por los *fake-dating*. Pero ¡como si lo de Kylie Jenner y Timothée Chalamet no fuera un burdo truquito de relaciones públicas! Las dos sabemos que esas dos personas jamás han coincidido en la misma habitación, y que los vídeos que hemos visto han sido creados por un genio maligno que quiere jugar con nuestra mente.

—Claro, y las pirámides fueron obra de los alienígenas.

—Esas cosas pasan en la vida real, Lex, y, en tu caso, creo de corazón que una mentirijilla podría beneficiarte. No lo digo solo como representante, que conste —apostilla, apoyando una delicada mano sobre el aún más delicado escote de seda. Finge jugar con él haciéndose la remolona—, sino como amiga. Entre los dos hay química.

—Sí, la química mortal que resulta de mezclar dos elementos tóxicos.

—¿Tóxicos? Habla por ti, guapa —masculla por lo bajini, dándose la vuelta ofendida—. Ese chico es encantador.

Lanzo un gritito indignado.

—¡Ni siquiera has hablado con él! ¡Te gusta porque salvó la Super Bowl!

—¡Ya es más de lo que ha hecho Brian, que no pudo ni

encender la televisión! —me espeta al reconocer en mi tono una sombra de amenaza.

Sé que su enfado no está dirigido a mí, sino a las carencias notables que mi prometido demuestra en el ámbito sentimental. Pero, hasta hace poco, Brian y yo éramos una sola persona, y cualquier ataque dirigido en su contra representaba una crítica hacia mí.

Ella comprende que la puntualización no me sienta muy bien, y, aunque no baja la guardia, sí que se justifica.

—Oye —se acerca a mí mientras se ajusta el lazo de la cintura con movimientos airados—, aunque descartes sin miramientos cada idea que se me ocurre porque te parece simplona o descabellada, estoy quebrándome la cabeza para rescatarte de una situación comprometida. Y no lo hago por mi sueldo, ni porque sea obligatorio; podríamos dejar que las bestias te hicieran servir de carnaza con cada noticia que saliera y permanecer calladitas en la sombra, como hace Rosalía cuando la acusan de algo, por poner un ejemplo. Si estoy dándole vueltas, es porque sé que odias que tu vida privada sea la comidilla del público. Quizá ofrecer a las fieras un romance de ensueño sea lo contrario a la discreción con la que desearías llevar tus relaciones, pero ¿no es mejor lo que propongo antes que exponerte a que vuelvan a destriparte en las revistas? Ya sabes cómo funciona el mundillo. No va a tener piedad. Y lo que es más, te conoces lo suficiente para anticipar cómo te enfrentarás al problema. Y yo también. Estaba allí cuando sucedió la última vez. Rompiste con Richie y deambulaste por tu apartamento dos semanas enteras leyendo cada palabra que se decía sobre lo supuestamente difícil de querer que eres.

Aparto la mirada para huir de su compasión.

Porque sí, eso es compasión. En el sur la solemos sazonar con dureza.

Por supuesto que preferiría que se rumoreara que abandoné a Brian o incluso le arrojé el anillo a la cara en un arrebato violento que no se merecía; que le puse los cuernos porque soy un zorrón insaciable. Cualquier cosa antes que aguantar que los *haters* se reafirmen en que estoy hecha para un par de revolcones, y que salto de novio en novio porque necesito material en el que inspirarme para escribir mis canciones.

Es ridículo. Hay quien todavía no se ha enterado de que mi música no va sobre los hombres que pasan por mi vida, sino de cómo me siento yo al respecto.

Hasta donde sé, eso me hace egocéntrica, no adicta al amor.

—Yo... solo... —mascullo. Me imagino moviéndome por la habitación con aire desamparado, y, avergonzada por la imagen, me obligo a tomar asiento en el borde de la cama—. Es que no me puedo creer que todavía no me haya llamado —reconozco con un hilo de voz. Busco a mi amiga con la mirada—. No puedo elegir tan mal a los hombres, ¿verdad, Pumpkin? Que uno de ellos sea un cerdo es un mal inevitable; que te topes con dos es casualidad, pero ya más de tres fracasos... Es como si los estuviera buscando.

Lara Cosima se sienta a mi lado y me pasa un brazo por la cintura. El olor dulzón de su colonia me envuelve como un abrazo. Como una camisa de fuerza, mejor dicho. Utiliza la clase de perfume de autor con el que basta con que te acerques a ella para perder el equilibrio.

Aún no he encontrado el valor para decirle que huele como una nonagenaria nostálgica de la aristocracia más rancia. Es decir: como su abuela Eula Mae.

—Eh... —Me peina los mechones más cortos del flequillo—. No te he mencionado este tema porque quiera hundirte la moral. No tienes la culpa de que los hombres se sientan amenazados por tu fama o muy pequeños en comparación con tu talento, o que descubran que eres mucho más que una leyenda pop, como una mujer con arrestos y sentimientos de los que se tienen que responsabilizar. No puedes permitir que la ruptura te venga grande porque nada es más grande que tú, ¿entiendes?

Nunca me ha defraudado cuando he necesitado no ya un hombre en el que llorar, sino una animadora a tiempo completo. Sé con plena certeza que nadie ha creído ni creerá tanto en mis capacidades como ella. Por eso siempre elijo aceptar sus palabras de consuelo. Vienen respaldadas por una historia de sacrificio y lealtad.

Como hija de un rico republicano con ideas anticuadas sobre el lugar que debe ocupar una mujer —no la universidad, eso seguro—, jamás habría tenido por qué trabajar. Podría haber tomado el testigo de su familia directa y haberse quedado en Luisiana disfrutando de la vida social que le corresponde a «un ama de casa con empleada del hogar», como mi madre siempre ha descrito a la suya.

Lara Cosima habría sido un excelente aditivo de la alta sociedad sureña. Habría cumplido rigurosa y gustosamente con el exigente calendario de *brunchs*, clubes del libro y carreras de caballos que viene con el título, porque ya estaba enamorada de su profesor de equitación a los quince años, suscrita a las revistas de decoración mensuales, y se divertía participando en los cotilleos de las tardes de té vecinales.

Pero renunció a una vida tranquila que podría haberla hecho feliz para abrirme camino.

Abandonó sus prejuicios hacia «la farándula», como la llama toda su familia, y se esforzó por estudiar cuantos cursillos e información encontraba acerca del arte de la representación artística. Ha tenido que soportar que los propietarios de las discográficas la menosprecien por un acento del sur que le costó años domar —todavía se le escapa cuando se enfada, llora o está a solas conmigo—, y puede que también por su gusto desmedido por los cuellos con volantes. Y si a mí me han tocado el culo y me han dirigido cumplidos envenenados por la lascivia en mi ascenso al estrellato, no me quiero ni imaginar lo que ella habrá tenido que tolerar al presentarse sin quererlo como la presa débil.

Hasta hace poco, Lara Cosima no sabía que el castaño claro la hacía parecer más madura que el pelirrojo natural que le valió el cruel apodo de «Pumpkin» en el instituto, y del que nos apropiamos para que aprendiera a querer a la niña acosada del pasado. Tuvo que sustituir los zapatitos de charol por los tacones, y renunciar a los vestidos de cuadros combinados con cintas de colores con los que su madre la disfrazaba de señorita bien.

Descubrir que su forma de vestir apelaba al predador que los licenciosos productores llevaban dentro la instó a aprenderlo todo sobre el mundo de la moda. Así es como deja boquiabierto al equipo de estilistas soltando de pronto un dato sobre el respeto que merece una mujer en función del tono de sus medias.

Por todo esto, creo de corazón en sus decisiones y la valoro como una profesional sin parangón.

Nada de esto significa, por otro lado, que vaya a valorar su absurda propuesta.

Estoy a punto de aclararlo, pero ella se adelanta a mi respuesta levantando el dedo de E. T.

—No hace falta que digas nada. Lo sé —sonríe en un pronto de iluminación—. Fingir un noviazgo es demasiado para ti en estos momentos. Pensaré en alternativas para lavar tu imagen —me promete con un asentimiento solemne.

Suspiro, aliviada, y alargo un brazo para cogerla de la mano.

—Eres la mejor.

Una llamada entrante frustra la que iba a ser la decimotercera reconciliación de esta semana, porque sí, ella y yo mantenemos un romance tormentoso.

Sé que se trata de mi teléfono por un sencillo motivo, y es que Lara Cosima jamás dejaría el suyo a más de quince centímetros de distancia.

Me levanto sin ninguna esperanza de ver el nombre de Brian en la pantalla, y mi sorpresa no puede ser mayor al comprobar que me equivocaba, porque sí: es él.

Y ya dice mucho que me asombre que haya hecho por contactar conmigo.

—Con un poco de suerte, solo tendremos que salir a decir que todo ha sido un bulo estúpido —murmuro con aparente desenfado—, y que el más estúpido de toda la historia es Vinny Bravano.

Disimulando el nudo en el estómago, me retiro al salón de la suite para gozar de una relativa intimidad. La boca se me ha secado de pronto, pero, aun así, trato de tragar saliva y respiro hondo para enfrentarme a la hora de la verdad.

—¿Sí?

6
You're Not Leaving Me By Myself, Dude
Alexia

La voz grave de Brian responde al otro lado de la línea.
—Lex.
El estómago se me revuelve nada más escucharlo. Es como si me cayera encima el estrés de las últimas veinticuatro horas, desde que leí la dichosa noticia de Pop Crave hasta que Lara Cosima ha mencionado la posibilidad de renunciar a mi novio.
De pronto, no entiendo por qué no seguí llamándolo hasta que lo cogiera.
¿No se supone que el amor es insistir?
«¿Y no se supone que tu psicóloga te ha dicho que tu estrategia de control es atribuirte culpas que no te corresponden?», me replica la vocecita interior.
Agradezco que sea él quien se canse del silencio que compartimos y suspire.
—¿Qué es lo que ha pasado? —me pregunta con una ligera complacencia.
—Eso mismo me pregunto yo. ¿Qué es lo que ha pasado para que ignoraras mis llamadas?
—Ya sabes que estoy en el culo del mundo. Aquí no hay cobertura que se diga, y hemos estado grabando durante más de cuarenta y ocho horas consecutivas. Estaba muerto cuando llegué a la cama, y me quedé dormido.

—¿Me estás diciendo que no tuviste tiempo para sacar el móvil y desearme suerte, o para comprobar que todo había ido sobre ruedas? —repongo, aferrando el teléfono como si fuera su pescuezo—. No era un concierto cualquiera, Brian.

—Bueno —dice con frialdad—, por lo que he visto al consultar las redes nada más despertarme, parece que no tenía de qué preocuparme. Estabas en muy buenas manos.

Cierro los ojos y me entrego a un grito interno.

Jodido Vinny Bravano.

Antes de contraatacar con la noticia de nuestra presunta ruptura, me sorprendo justificándome con mentiras piadosas.

—Fue una estrategia. El equipo pensó que sería buena idea que un jugador me entregara la guitarra, y...

—Venga ya, Lex —me corta con impaciencia—. No me vengas con monsergas. Lo único que tiene que hacer el artista invitado, aparte de cantar, es mostrarse neutral de cara al partido. No te habrían dejado hacer acto de presencia con uno de los Boston Beasts a costa de desmerecer a los Jets, y a la inversa. No sabré mucho de fútbol, pero hasta ahí llego.

—De acuerdo, de acuerdo —balbuceo, pasándome una mano nerviosa por la cara.

¿Qué me pasa? ¿Por qué he intentado mentirle, como si yo fuera culpable de algo? No he hecho nada malo. No lo he hecho, ¿verdad? Vinny malinterpretó mi impulso de besarlo en la mejilla y tomó las riendas de la situación, de la que fui el sujeto pasivo. Fin de la historia. Si, además, Brian ha visto las fotos en el callejón de la discoteca, también podría ofrecerle una explicación razonable: fui a exigir una compensación, a vengarme, a tratar de aclarar un problema... O a festejar la victoria con los ganadores porque me dio la puñetera gana, cosa que, según entiendo, no tengo prohibida.

Actué en todo momento con la inocencia por bandera, porque no es como si Vinny se me antojara algo mejor que un aspirante a galán con los ojos grises, o como si lo hubiese buscado por razones distintas a limpiar mi imagen. Si luego no me resultó del todo asqueroso, o incluso si me cayó simpático, no tendría por qué disculparme.

¿No?

—¿Y? ¿Vas a explicarte? —insiste Brian ante mi silencio—. Lex, no sé si eres consciente del revuelo que ha causado el episodio de la Super Bowl. Y luego, para más inri, fuiste a celebrar la victoria con el equipo a un reservado; echaste más leña al fuego. ¿Es que no se te ocurrió pararte a pensar en cómo afectaría a mi imagen?

Esa réplica victimista me saca de mis casillas. Sobre todo por la curiosa manera de verbalizarlo. «Afectaría a mi imagen», ha dicho. Como si fuera una proyección astral o el reflejo de un espejo, y no una persona con sentimientos que mis actos pudieran herir.

—¿Perdona? ¿No se te ocurrió a ti pensar en cómo me sentaría a mí que le contaras a «una fuente cercana» que no ves claro lo de casarnos?, ¿y que la noticia se publicara unos minutos antes de mi actuación? Qué oportuno, ¿no?

Conozco a Brian lo suficiente para interpretar su silencio como una expresión de asombro.

—O sea, déjame ver si lo he entendido bien —retoma la conversación transcurridos unos segundos—. Besaste a ese tipo en público y luego te pusiste a coquetear con él en plena calle para vengarte de mí por un bulo absurdo. ¿Me equivoco?

—¡No era una venganza! ¡Le acabas de dar la vuelta a lo que he dicho!

¿O no?

¿Y si me vengué?

Lara Cosima tiene razón. Me dejé llevar por el talento natural de Vinny para el flirteo. Es posible que correspondiera a sus insinuaciones en mayor o menor medida. ¿Y por qué? ¿Estaba devolviéndosela a Brian de forma inconsciente?

Haber ido a terapia para abrir el tercer ojo ha sido la condena definitiva de mi alma. Dudo bastante que los romanos se cuestionaran el trasfondo psicológico de sus coqueteos, y seguro que vivían mejor.

—Eres tú la que ha mencionado esa estúpida noticia de una revistilla digital que no tiene presencia más que en un par de redes sociales —contraataca Brian—. Por no tener, no tiene ni credibilidad. ¿En serio pensaste que te dejaría a través de un comunicado de prensa?

Pintado de esa manera, suena tan bochornoso que agacho la cabeza sin darme cuenta. Me froto los muslos de forma compulsiva, como si de ahí fuera a salir un genio con la respuesta correcta, pero estoy sola ante las consecuencias de mis decisiones. Y no logro encontrar la calma.

—¿Y qué iba a pensar? —replico débilmente—. Desde que te fuiste, no me has escrito un mensaje como Dios manda, y tampoco me has llamado. Parece que te moleste que intente contactar contigo. Lo único que sé de ti es lo que se dice en internet sobre tu química con la coprotagonista de la película. Supongo que he llegado a un punto en el que cargaba con tantas dudas que... que... no me extrañó del todo que se sugiriera nuestra ruptura.

—¿Y no será que intentabas librarte de mí para irte con el jugador de fútbol? Porque a mí me da la impresión de que te aferraste a la primera tontería que viste sobre nosotros para justificar una humillación pública. Hoy me he levantado con un aluvión de mensajes sobre ti, sobre nosotros, que te sacarían los colores, Alexia.

—¿Por qué no paras de repetir lo de los mensajes y cómo estos te han hecho quedar? —le recrimino antes de pararme a pensar—. ¿Has visto cómo un hombre me besaba en directo y solo se te ocurre decirme que tu reputación ha sufrido un revés? ¿Y si me hubiera incomodado? ¿Has pensado en eso siquiera?

Él ignora el último planteamiento de forma deliberada, quizá porque sabe que no lo hizo en absoluto... o porque no es el hombre que yo pensaba que era.

—Lo del beso no se puede deshacer —resume con llaneza—. Mi situación, sí.

Se me escapa una sonrisa amarga.

—Qué frío eres.

No era una acusación, sino una mera descripción de carácter enunciada en tono decepcionado. Pero Brian reacciona como si lo hubiera insultado.

—¿Yo soy frío? —levanta la voz—. ¿Yo, y no tú, que eres la que se arroja a los brazos de cualquiera en cuanto tiene la mínima sospecha de que su novio le ha salido rana? Pensaba que eras una mujer madura, o, por lo menos, con dos dedos de frente. Pero tu comportamiento ha hablado por sí solo.

—Intenté llamarte, y no una, sino muchísimas veces —insisto, tratando de mantener la compostura—. Y no te atrevas a repetirme que no había cobertura o tu móvil estaba apagado, porque oí los tonos de llamada. A lo mejor no lo llevabas encima, pero te conozco y no eres de los que abandonan el iPhone en la habitación contigua antes de irse a dormir. ¡Consultas las notificaciones cada dos por tres, por el amor de Dios!

—Esa es tu teoría, entonces —sentencia en tono neutro—. Que te he ignorado aposta y soy el causante del problema.

—No estoy buscando culpables, Brian, y tú tampoco deberías hacerlo. Esta llamada tendría que servir para aclarar las dudas y… y averiguar en qué punto estamos. Yo no besé a Vinny Bravano, ¿de acuerdo? Sí fui a buscarlo después, pero para tratar de suavizar la repercusión social que ha tenido, esa que ahora es tu prioridad. Lamento que eso se haya malinterpretado —concluyo, en parte con sinceridad y en parte con una dosis de sarcasmo.

—Con lo familiarizada que estás con que se malinterprete lo que haces, no entiendo cómo te pudiste tragar un bulo sobre nuestra ruptura. ¿No deberías haberte acostumbrado a esto?

—Nunca he querido acostumbrarme a la anormalidad de que mi vida privada esté en las mesas de debate —replico, apretando el móvil con rabia—. No cuando el riesgo es que me deshumanice. Así que no, no lo he hecho.

—Una decisión muy respetable —concluye con sencillez—, pero si esto es lo que me espera contigo, Alexia, no nos veo futuro.

No sé qué pretendía con esta llamada. Para empezar, que Brian reaccionara como un hombre que te quiere ante la posibilidad de que un tipo te haya violentado con su acercamiento, inocente o no: preguntándome cómo me he sentido después de una experiencia a menudo desagradable, y no haciéndome reproches. En menor medida, porque no habría sido una reacción razonable —pero sí profundamente humana; esta la habrían apoyado los romanos—, había albergado la esperanza de que los celos le impulsaran a tomar un avión y plantarse en Chicago para exigir explicaciones.

O para atravesar a Vinny con un gladius.

Pero no. Nada de eso.

En el pasado he dado triples saltos mortales para evitar aceptar lo que trasluce una apatía semejante, pero ha llovido mucho desde que era una ingenua. Y sé que, al final, esto es lo que hay: le importo una mierda a Brian Harris.

—Eso era lo que querías desde el principio —me oigo decir en tono neutro—. ¿Por qué no puedes admitirlo?

—¿El qué?

—¡Romper el compromiso! ¿O es que crees que me chupo el dedo? ¡Llevas meses preparando el terreno, Brian! Espaciando cada vez más las llamadas, respondiéndome los mensajes con menos interés, y hasta dándome largas para no vernos ni siquiera cuando estamos en la misma ciudad, un milagro del que antes te aprovechabas. No eres lo bastante valiente para decírmelo a la cara, y el beso de Vinny te ha venido como caído del cielo para largarte por la puerta grande y con la etiqueta de víctima.

Mi desahogo le sirve para sacar una conclusión poco halagadora.

—Estás loca.

—Lo que me faltaba —jadeo, simulando una especie de risa cansada—. Que te jodan, Brian.

—Pero antes de que me jodan —prosigue con una calma desquiciante—, quizá deberíamos hablar de las cuestiones materiales del compromiso, ¿no?

—Descuida, que te devolveré el anillo.

—¡Sí, porque falta le va a hacer recuperarlo si esta noche quiere cenar caliente! —espeta Lara Cosima desde la puerta.

Le hago un frenético gesto para que haga mutis y después para que se desvanezca en el dormitorio contiguo.

—No me refiero solo a eso —continúa Brian—. Tendríamos que hacer un comunicado oficial al respecto para calmar a las masas. O, si quieres, puedo dejarlo en tus manos, y yo lo respaldo más adelante reposteándote en Instagram. Hay que pensar bien las razones que vamos a aportar para justificar la ruptura. Quizá que tenemos vidas muy diferentes, o que nos queremos centrar en nuestra carrera profesional, o que yo quiero hijos y tú no.

Ahora que estoy escuchando su alegato de relaciones públicas, me cuesta recordar las razones por las que lo quise. Porque sí, lo quise en algún momento, y no lo sé porque aún queden vestigios de ese enamoramiento inicial, sino porque recuerdo la sensación.

Le resultó muy sencillo conquistarme hace tres años en una alfombra roja, y no porque fuera irresistible. Yo acababa de reunir el valor para dejar a Richie, con quien tuve una relación muy mediática y controvertida porque, como toda estrella del rock que se precie —y él lo es—, tenía comportamientos inaceptables de cara al público. Lo único que Brian tuvo que hacer para captar mi atención fue presentarse como la perfecta contrapartida del conspiranoico sin modales.

Aún entonces no le habían corrompido las mieles del éxito. Le impresionaban los ambientes lujosos, luchaba por merecerlos llevando sus principios por bandera, y lo que era más importante, parecía muy consciente de que tenía delante a Alexia Lux. Esto me llevó a pensar, quizá como una ingenua, que no me daría por sentada después de cuatro polvos, igual que varias de mis parejas anteriores a Richie.

Nunca me enamoré de Brian como de su predecesor, y menos mal. Habría sido como si un rayo hubiese caído dos veces en el mismo sitio. Por eso me aferré a los sentimientos novedosos de tan asombrosamente soportables que me inspiró, alejados por miles de años luz del tormento romántico que me consumía con Richie.

También por eso acepté casarme con él diecisiete meses después.

La experiencia romántica me ha enseñado que quiero a

mi lado a un tipo al que no vayan a pillar montándoselo con una *groupie* en una caravana. O que, como Richie, no aproveche sus conciertos para pregonar valores republicanos muy pasados de moda; peroratas que su guitarrista tenga que interrumpir con los primeros acordes de una canción.

Brian sigue siendo la cara opuesta de Richie, porque a Richie jamás le importó un carajo ponerse al mundo entero en contra. Pero la ética del uno y del otro ya no se diferencia demasiado. A raíz de que la adaptación cinematográfica de un *best seller* le catapultara a la fama, sufrió un cambio radical en el que no quise reparar... o que, quizá, nunca me importó lo suficiente para tenerlo en cuenta. Porque estoy siendo muy rápida al juzgar a mis exparejas como víctimas de la presión mediática, pero a la vista está que yo tampoco he sido la novia del año. Estaba dispuesta a casarme con él para acabar con los rumores de que nadie me pondría jamás un anillo en el dedo. Incluso si el novio dejó de hacerme sentir mariposas en el estómago medio año atrás.

Aun reconociendo mi parte de culpa, tengo que interrumpir su lluvia de ideas con una confesión.

—No te reconozco en este discurso sobre cómo manipular a la opinión pública, Brian. Y supongo que a partir de ahora no va a ser mi asunto, pero te voy a pedir que tengas cuidado. Ojalá no te acabes convirtiendo en la mascota de la prensa.

Cuelgo sin llegar a ningún acuerdo.

Se me revuelven las tripas solo de pensar en romper una relación de tres años y acto seguido ponerme a divagar sobre «repostearnos en Instagram», y todo para que quince mil desconocidos comenten en la publicación «por favor, papá y mamá; ¡volved juntos! ¡No quiero ser un hijo del divorcio!». Justo lo que a una le apetece leer mientras pasa el luto de una ruptura después de tomar una decisión que, sí, puede cambiarte la vida, porque elimina del tablero a la persona con la que ibas a compartirla. No es suficiente con esta carga psicológica, que, además, has de lidiar con la decepción ajena y luchar para no dejarte influir por sus opiniones. Yo he llegado a preguntarme si @tipsy_pussy_lover9 no tendría razón acerca de Richie, y fui cruel al abandonarlo cuando los medios y hasta sus propios fans le dieron la espalda.

Está bien que Brian haya cedido a las presiones y se haya convertido en esa persona inquietantemente práctica que antepone la reputación a las emociones. Pero yo no quiero parecerme a ese modelo de cíborg ni un poco.

—¿Todo bien? —pregunta Lara Cosima desde el umbral de la puerta, en el que no sé cuánto tiempo llevará reclinada. Así, con la cara limpia de maquillaje y el pelo enroscado en los rizadores sin calor que las *influencers* pusieron de moda, se parece tanto a la niña con la que me sentaba a jugar a las muñecas que consigo relajarme.

A veces creo que fue un error mezclar el trabajo con el placer invitando a mi mejor amiga a formar parte de mi equipo. Como, por ejemplo, cuando me sugiere que finja ser la pareja de Vinny Bravano, top 5 ideas descabelladas que se le han ocurrido. Pero en ocasiones como esta, en las que necesito aferrarme a una manifestación sólida de humanidad para no sentir que soy el producto del divertimento de otros, sino una persona de carne y hueso, agradezco su presencia.

El solo hecho de que exista, en realidad.

—¡Olvídate de ese capullo! —me ordena—. A diferencia de él, tú tienes más compromisos en tu agenda que el de llamar a tu pareja para dejarla.

Suelto una carcajada y me dejo mimar por sus caricias pacientes.

Tengo la tranquilidad de que, mientras Lara Cosima esté en este mundo, yo seguiré siendo algo más que Alexia Lux y sus parejas. Seré, de hecho, Alexandra Marie Landry, la gótica de Abita Springs, Luisiana, que nunca bailaba en las ferias del pueblo, forraba las paredes de su dormitorio con pósters de estrellas del rock y quedaba con su amiga del alma para pintarse las uñas a escondidas de sus padres.

Ella está a mi lado para recordarme por si me olvido.

7
She's A Freakin' Genius
Vinny

—Dime que sigues en Chicago.

Me giro hacia mis acompañantes con una mueca trastocada por la incomprensión, esperando que ellos respondan a la duda implícita en mi cara: ¿quién es esta mujer?

Pero ni siquiera se han dado cuenta de que acabo de coger una llamada. Están inmersos en la disputa del segundo premio más importante desde el anillo de la NFL: ¿quién se llevará el bote de la partida de póquer mensual que jugamos con Toots?

No suele ser difícil reunir al equipo en torno a una mesa redonda, porque todos residimos en Boston durante la temporada de fútbol, pero ahora que ha concluido, algunos se han largado unos días a su casa de retiro espiritual en la costa de Miami.

En los pasados seis meses, cada uno de los contrincantes ha ganado una sesión: primero fui yo, luego mi digna sucesora, Toots; siguieron, en este orden, DiMarco, Ash y Noah. Este último aún no ha hecho acto de presencia, y nos estamos cansando de jugar amistosos mientras se digna a aparecer.

Ha sido durante esta espera cuando me ha sonado el teléfono.

—Perdona —me disculpo educadamente—, pero ¿no tendría que saber quién eres antes de mandarte mi ubicación?

—Soy Lara Cosima, la representante de Alexia Lux.

—Ah... —Sonrío al serme revelado uno de los misterios de la artista—. Así que tú eres la «Lara Cosima». Tiene gracia que haya resultado ser algo real. Cuando te mencionaron, no me sonó a nombre de mánager. Lo siento.

—Pues no soy la única Lara Cosima del mundo —se defiende—. ¿No has oído hablar de la hija de Florian Henckel von Donnersmarck?

—No he tenido el placer. —Me recuesto contra la pared, de espaldas a los jugadores—. ¿A qué se dedica, aparte de a coleccionar apellidos?

—Es director de cine, pero da igual. Eso no es lo importante. ¿Estarías interesado en tropezar con Alexia por casualidad?

La forma en que lo ha verbalizado me arranca una carcajada.

—¿Es una pregunta trampa? ¿Cómo voy a tropezar con ella por casualidad, si me lo acabas de proponer? ¿O no he interpretado en condiciones tu insinuación?

—Sí, lo has interpretado de maravilla. ¿Has echado un ojo a los temas que son tendencia de las últimas veinticuatro horas? Las palabras clave son las que te recito a continuación: «Alexia», «Vinny», «hashtag Team Bravano», «hashtag El Amor Está En El Aire», «hashtag Bye Bye Brian»...

—Vale, vale, creo que lo capto. No lo he mirado, pero mi hermana me ha comentado algo al respecto. —Ha dicho, y cito textualmente: «Bye Bye Brian es tan pegadizo que da rabia. No me gustaría estar en la piel del fulano»—. ¿Me llamas para tomarle la palabra a Alexia con el tema de los abogados? Porque me sentiría muy decepcionado. Ya le dije que una disculpa es lo único que le puedo ofrecer.

—Esa es la cosa, Vinny, que puedes ofrecerle mucho más que una disculpa. Puedo llamarte Vinny, ¿no?
—¿Yo puedo llamarte Lara?
—No —responde en un tono brioso con el que me cuesta mosquearme.
—¿Te tengo que llamar por tu nombre compuesto?
—Exacto. Me pusieron dos por algo.
—De acuerdo —cedo, tratando de contener la risa—. ¿Y en qué estabas pensando, Lara Cosima?
—Le sugerí a Alexia que contactáramos contigo para proponerte una relación romántica para la prensa. Le serviría para limpiar su imagen ahora que se ha hecho eco de la ruptura con Brian, y también para ensalzarte a ti aún más como el chico de oro. Tengo entendido que nunca le has presentado una pareja formal a la afición. Quizá va siendo hora de que te libres de la sospecha de que escondes taras inquietantes.

Creo que no he hablado de mis taras ni con mi madre.

Pero sé a lo que se refiere.

A diferencia de DiMarco y Noah, no he permitido que me vean en público con las mujeres que me endulzan la vida. No porque me avergüence de ellas, sino porque solemos quedar para un objetivo concreto que suele requerir la desnudez y exige una mínima intimidad. Esto ha levantado legítimas dudas sobre mi carácter que, claro está, nunca me ha importado un carajo despejar.

Me... ¿alegro de que a Lara Cosima sí le importe?

—Lo primero es que ya tengo un relaciones públicas, así que no preciso tus servicios..., pero te agradezco la recomendación. Más allá de ofrecerme tu sabiduría y mencionarme lo que ibas a hacer por Alexia pero ya no, ¿tienes algo que proponerme?

—Ya te lo he dicho. Un encuentro casual. Esta noche va a estar en la fiesta de compromiso de una supermodelo.

—Eso es estupendo —le celebro con entusiasmo—, pero a mí no me han invitado.

—De hecho, sí estás invitado.

Cambio el móvil de mano, entretenido con la cháchara.

—Pues me acabo de enterar.

—Verás. —Se aclara la garganta—. He estado investigando a las personas que Terry (ya sabes, la novia) y tú podríais tener en común. A raíz de una sola coincidencia en Instagram, he hecho mis averiguaciones y he descubierto que tu amigo Myles DiMarco, si no lo he pronunciado mal, salió un tiempo con Terry. Le he escrito a la homenajeada para preguntarle si DiMarco ha sido convidado al evento, y me ha dicho que sí, que tenía que restregarle en la cara que se iba a casar, y... Sí, bueno, cosas de chicas que no entenderías. El caso es que podrías dejarte caer con él aprovechando que las invitaciones se pueden extender a segundas y hasta terceras personas.

Estoy tentado de preguntarle cuánto tiempo le ha tomado realizar dichas averiguaciones, pero me contengo en señal de respeto temeroso.

Eso queda entre su cuenta de Instagram y ella.

—Supongo que Alexia no tiene ni idea de que convive con Maquiavelo.

—Sabe cómo me las gasto, pero esto me lo voy a reservar por su bien. Por ahora.

—Mira, Lara Cosima... Aunque me encantaría volver a coincidir con tu representada, ella dejó bastante claro que no quería verme ni en pintura. Me imagino que, ahora que estamos en boca de todos, menos aún. No me gustaría ponerla en otro compromiso, ¿entiendes?

—Perdona, creo que me he explicado mal. Al presentarme como la mánager y no como la amiga, se ha desvirtuado el mensaje. Más allá de que Lex me haya contratado para proteger su reputación y eso sea lo que pretendo hacer, mi objetivo es bastante inocente. Más que nada porque la fiesta es privada; no habrá paparazzis y con toda probabilidad confiscarán los teléfonos en la entrada para que nadie suba fotos no oficiales.

—¿Entonces?

—Acaba de romper con Brian, como tú bien sabes, y creo que se beneficiaría de pasar el rato contigo.

Ante una declaración semejante solo cabe responder:

—¿Qué?

—Conozco a Alexia desde el colegio, y la última vez que le sonrió a un hombre como te sonrió a ti ayer, todavía no le había salido vello en las piernas. Tanto si ella lo admite como si no, le caes simpático y hay química entre los dos. Ahora que está soltera y decepcionada con los hombres, necesita rodearse de tipos que la respeten, la valoren y la hagan reír.

Su descripción me va como anillo al dedo, pero no estaría siendo prudente si no le transmitiera mis dudas.

—¿No te parece un tanto exagerado animarme a hacer esto solo porque han salido un par de fotos de los dos coqueteando? En la misma página web que ha subido una opinión sobre nosotros, podrás encontrar otra serie de artículos teorizando sobre lo mujeriego que debo de ser si me junto con DiMarco. ¿Eso no te disuade?

—No, porque me acuerdo de ti —resuelve con sencillez—. Vi con mis propios ojos que eres un buen hombre. Algo aún mejor, en realidad: la clase de persona normal y corriente de la que debe rodearse toda celebridad para no sucumbir a la deshumanización de los artistas.

Está claro que el día que conocí a Alexia, cada uno puso su atención en el elemento que más le llamó la atención, porque ella no se acuerda de mí, pero yo sí de ella; porque Lara Cosima se quedó con mi cara, pero yo no sabría describirla más allá de como la presencia sobreprotectora que procuraba que el *meet & greet* fuera sobre ruedas.

Me siento más halagado por su afinada memoria que culpable por haberla borrado de la estampa.

—No sé si alegrarme de que Alexia sea la única del equipo que piensa que soy un cabrón.

—Si volvéis a tropezar ahora que sabe que tú no has sido el problema, podrás lavar tu imagen. Lex no es tan testaruda como parece. Solo suele necesitar tiempo para aclararse.

Eso espero. La fanática que moriría y mataría por Alexia Lux es la universitaria con *babylights* que está sentada barajando las cartas; yo solo me he dejado arrastrar por su pasión musical. Pero tampoco me gustaría que «Lex» me odiara para siempre por una equivocación inocente. A saber cuál es el contacto más poderoso que conserva en su agenda al que podría llamar para destruirme. ¿El presidente de Estados Unidos, quizá? Apuesto a que incluso tiene línea directa con el inframundo y podría resucitar al padre de la bomba atómica.

Pero al margen del respeto que siento hacia su innegable poder sobre hombres y mujeres, instituciones y panteones divinos, esta no es mi única razón para ceder a la demanda.

Por más que me haya pavoneado delante del equipo y me haya atrevido a flirtear con ella, no creo tener una oportunidad real para sustituir a Brian. Entre otras cosas, porque no dedico mis energías a las relaciones románticas por una razón de peso: necesito concentrarme en mi juego y en mi familia.

Sí, claro que he salido con modelos, actrices y también cantantes de forma casual o para tener sexo esporádico, pero aspirar a Alexia Lux me parece que me viene grande. Ahora bien: ¿por qué no convertirme en su apoyo moral, o en su amigo, o simplemente en un tipo que habita el mismo mundo que ella y en el que pueda pensar de vez en cuando sin que le cueste contener las náuseas?

Me giro hacia la mesa de los jugadores.

—DiMarco. —Él levanta la cabeza—. ¿Te parece que vayamos a la fiesta de compromiso de Terry?

Se tiene que quitar el cigarrillo de los labios para contestar.

—¿Quién es Terry? —pregunta en voz alta.

—¿En serio? —jadea Lara Cosima al otro lado del teléfono—. ¿No se acuerda de ella?

—¿En serio? ¿No te acuerdas de ella? —parafraseo en mi mejor tono indignado, que poco tiene que hacer comparado con el de la representante—. Salisteis juntos una temporada. Es modelo.

—Ah, sí, esa Terry. —Finge pensarlo antes de volver a las cartas—. No.

—¿Por qué no?

—No me gustan las fiestas de compromiso. —Pausa dramática—. Ni las ex.

—Pásamelo —exige Lara Cosima—, y tú ve eligiendo lo que te vas a poner. Me he tomado la libertad de buscarte en Google para comprobar cuál es tu estilo, y más te vale no aparecer con esos pantalones ajustaditos. Los hombres elegantes no van marcando la herramienta, señor Bravano.

En otra persona, tal vez me molestaría el atrevimiento, pero cuando una mujer tiene los ovarios en su sitio y guarda la menor relación con Alexia Lux, ¿quién se va a quejar?

—Te lo paso, pero, antes… ¿cómo has conseguido mi número personal?

—Las vías de Lara Cosima son inescrutables —ataja con la naturalidad de quien ha adoptado una frase como coletilla.

Encantado con la experiencia de tratar con personajes, hago lo que me ordena y le tiendo el teléfono.

Toots levanta la cabeza como una ardilla ante el crujido de una rama, y me mira esperanzada.

—¿Es Noah? —Coloca sus cartas boca abajo sobre la mesa, dispuesta a salir corriendo hacia la puerta de entrada para recibirlo, si hiciera falta—. ¿Te ha dicho cuándo viene?

—No, Toots. Lo siento.

¿Cómo no te vas a disculpar cuando su decepción clama al cielo? Aun con todo, y por descorazonador que sea presenciar la pena de mi hermana, tengo que resistirme a poner los ojos en blanco. No me suele importar que Noah Armstrong sea el indiscutible príncipe azul de la liga de fútbol... salvo cuando ejerce indirectamente su poderosa influencia sobre Toots.

Como el *quarterback* está entretenido con sus misteriosos pensamientos y sus idilios pasajeros, ella y yo hemos podido establecer una dinámica que nos permite conservar la paz en nuestros hogares. Toots se cree que no me he dado cuenta de su enamoramiento, cuando ni siquiera si tuviera los ojos en el culo podría pasarlo por alto, y yo no desmiento su absurda teoría actuando como si fuera imbécil profundo.

Estos últimos años nos ha ido de lujo.

—Qué —responde DiMarco tras equilibrar el móvil entre el hombro y la oreja. En una mano sujeta el abanico de naipes, y en la otra, el cigarrillo en las últimas—. Ajá. Ajá. Ah, que no tengo ni que quedarme, solo entrar. Ajá... Me la suda que sea bueno para mi imagen, como tú comprenderás. Ya. Bueno. ¿Por qué no hacemos un trato? Tienes voz de estar buena y me hace gracia tu acento. Si vienes tú también, me paso un ratito y nos conocemos. ¿Que por qué? Pues porque necesitaré entretenimiento. ¿Cómo? Ah. Sí, sé que habrá otras tías... ¿Cómo quieres que las llame para no ofenderte, si no? ¿«Damas»? Yo no soy un caballero. Ven y te lo demuestro.

Ash y yo intercambiamos una mirada divertida. En la de él nada la resignación: «Este tipo no tiene remedio». No me queda otra que compartir su opinión con un encogimiento de hombros, y acto seguido apoyo las manos sobre los hombros de Toots.

A fin de animarla porque su adorado Armstrong se haya desmarcado del desplume de rigor, me inclino y le susurro:

—¿Me ayudas a elegir qué me pongo para reencontrarme con Alexia?

8
As Sweet As Revenge
Vinny

—¿En qué habéis quedado? —le pregunto a DiMarco en cuanto nos montamos en el ascensor. La fiesta se celebra en la exclusiva terraza de un rascacielos, a la que se tiene que acceder por el vestíbulo de un hotel de cinco estrellas. Lo mejor para lo mejor—. Porque algo te habrá ofrecido para que vengas. No haces las cosas gratis.

—Me ha dicho que me hará llegar una cesta con regalos.

Se me hace cómico imaginar al magnánimo DiMarco, con sus cien kilos de músculo y carne magra, su barba negra y cerrada y sus camisetas de grupos punk sujetando una cestita de mimbre con un lazo rojo y un mantel de cuadros.

—¿En serio? —me mofo—. ¿Tan barato le ha salido sobornarte?

—Se supone que la cesta incluye entradas para el próximo concierto de Alexia y una botella de ron jamaicano valorada en treinta mil dólares. Yo con lo segundo me doy por satisfecho, y seguro que Savy se alegra de ahorrarse una pasta en ver a su querida Lux en primera fila.

A lo mejor a quien no lo conozca le extraña que Myles DiMarco tenga corazón, pero su trabajo en el campo ya te da una pista de qué valores le mueven fuera de él.

Los linieros ofensivos del equipo se dedican a conseguir oportunidades para el resto; de entretener a los rivales con su propio cuerpo para que el corredor pueda correr, para que el *quarterback* pueda pasar el balón, para que al receptor no se le tire encima una horda de salvajes cuando intente saltar para agarrarlo... Como su propio nombre indica, es una posición ofensiva, es decir: abiertamente violenta para con el equipo contrario. Pero es, asimismo, una posición generosa, porque no pretende satisfacer ambiciones individuales, sino proteger.

Para mí, representa el corazón del trabajo en equipo, y eso es DiMarco cuando se quita las protecciones.

En lugar de darle las gracias, porque las odia tanto como los aplausos, le propino un codazo sutil.

—Tú ni siquiera bebes ron.

—Son treinta mil palos de ron, chaval. Si no me gusta, lo revendo. Quería ver hasta dónde estaba dispuesta a ceder para que viniera a la fiesta de marras. —Hace una pausa solemne para torcer el gesto con genuina preocupación, y gruñe—: Si esa mujer llegara al gobierno, estaríamos jodidos.

La conversación se queda ahí, porque el ascensor llega a su destino y, nada más abrir la puerta, nos recibe un éxito pop de los dos mil, un puñado de miradas cargadas de curiosidad y un camarero con una bandeja repleta de canapés.

No me gusta la comida con pinta de que le hayan puesto más cariño a la presentación que a la preparación en sí misma, así que rechazo el ofrecimiento, y DiMarco, que es de los que creen que el mundo conspira para envenenarlos, hace lo mismo.

—Supongo que voy a saludar a la novia —comenta con hastío.

Me río, como cada vez que utiliza la coletilla «supongo que» para introducir una obligación social inapelable que, de hecho, ya está en camino de cumplir.

Con la venia, se despide de mí y se larga con las manos metidas en los bolsillos de los vaqueros rotos, un atuendo informal con el que proclama a los cuatro vientos que preferiría mil veces estar dormitando medio borracho en un contenedor. A mí tampoco me habría desagradado el plan alternativo si no hubiera localizado a Alexia con los codos apoyados en la baranda, desde el que se obtiene una vista panorámica de la ciudad de Chicago.

Quizá aprovechando que no habrá cámaras, ha combinado unos vaqueros de talle alto con unas medias rotas, y las botas de motera con la chupa de cuero. Aunque el rollito rockero le favorece, no es esa la imagen que suele ofrecer al público *mainstream*. Yo me he acostumbrado a verla en televisión con purpurina, tonos pastel, y nada en exceso provocativo. A veces parece que por contrato solo la dejen enseñar las piernas, que reconozco que son uno de sus grandes atributos, pero no el único.

Nada más apoyarme en la baranda a una distancia prudencial, no vaya a ser que parezca que la he buscado aposta, me fijo en que tiene un cigarrillo entre los labios.

—¿A los cantantes no os prohíben consumir todo lo que sea perjudicial para las cuerdas vocales?

Ella se gira hacia mí con los ojos muy abiertos, como si acabara de ver un fantasma. Vigilo su expresión por si delatara la más mínima molestia, momento en el que me retiraría igual que un ninja, así le costara a DiMarco la primorosa cesta de regalos. Pero no veo nada más que un chispazo de sorpresa que, acuciado por su necesidad de disimular, se extingue rápido.

—¿Quién lo iba a prohibir? ¿Un sindicato de artistas?

Porque se les iba a complicar encontrar apoyos. Mick Jagger, Elvis Presley, Kurt Cobain, Bono... —empieza a recitar sin energía—. Eran o son fumadores empedernidos y nadie les decía ni dice nada. Me lo reprochan a mí, que me echo uno cuando estoy nerviosa.

—Esos que has mencionado son cantantes de rock, no de pop. ¿Y solo se te han ocurrido nombres de tío? ¿En serio?

Me lanza una mirada perdonavidas.

—Stevie Nicks se fumaba tres paquetes al día. Patti Smith fuma mientras escribe. A Debbie Harry la pillaron el otro día fumando en una terraza con setenta y siete años y ningún aprecio por su vida. No te pongas todo feminista conmigo, ¿quieres? Si algo tengo es cultura musical, admiración por las mujeres...

—... y argumentos para defender un vicio malsano, también.

—Siento mucho haberte decepcionado, papá —ironiza. Se gira hacia mí con el pitillo aún entre los labios y le da una calada por el gusto de llevarme la contraria, pero expulsa el humo donde no puede molestarme. Luego deja caer el brazo contra la cadera, mirándome de hito en hito—. Creo que ni me sorprende que estés aquí.

—¿Por qué? ¿Porque me habías estado invocando o algo así? He venido con DiMarco —señalo con el pulgar a ningún sitio en particular—, que por lo visto salió con la novia y no quería que lo dejaran solo ante las fieras.

—No os habríais perdido nada si os hubierais quedado en casa —comenta con la vista perdida en el paisaje nocturno.

—Discrepo. Me habría perdido confirmar que ya no me guardas rencor.

Alexia me mira de reojo, como si no se pudiera fiar aún de mí, y se acerca el pitillo a los labios.

—¿De dónde te has sacado eso, campeón?

—Pareces mucho más tranquila que ayer, que a saber lo que habrías hecho conmigo si hubieras tenido un machete a mano.

Ella se ríe, pero no es una risa sincera. Se ríe como quien se insulta para sus adentros.

—Ayer tenía mucho más que perder que esta noche. Y, que yo sepa, han confiscado los teléfonos en la puerta. Hoy podríamos montárnoslo aquí en medio y no pasaría nada.

—¿Y qué es lo que te está deteniendo? —insinúo, juguetón.

Me mira de arriba abajo con languidez. El maquillaje no desentona respecto a las prendas. Sigue el mismo estilo *grunge* que el resto de los complementos —una colección de pulseras finas y oscuras que tintinean al mover los brazos—: sombra de ojos negra y labios llamativos.

—Me duele la cabeza —resuelve con un encogimiento de hombros.

Esta vez me toca reírme a mí; reírme de verdad.

—Eso es que andas pensando demasiado. Asumo que se debe a que tu novio no puso la Super Bowl.

—No se alegra de que ganaras, pero tampoco se alegró por mí... Oye, deja de tirarme de la lengua, ¿quieres? —me espeta con resentimiento—. Te conozco desde hace cinco minutos y ya me has visto en pleno episodio autocompasivo dos veces.

—Tranquila, no se lo voy a decir a la prensa. No llevo el móvil, ¿recuerdas?

Solo que sí lo llevo. A mí no me han confiscado nada.

Pero es lo normal. Estoy acostumbrado a que me vean por la calle y nadie se atreva a robarme.

Alexia se permite esbozar una sonrisa teñida de amargura, pero sonrisa, al fin y al cabo.

Agacha la mirada para contemplar las cenizas que se desprenden del cigarrillo. Se queda un rato pensativa antes de volver a enfrentarme.

—Ayer no fui muy civilizada. Las circunstancias y el estrés no acompañaban al ánimo, así que lo pagué contigo más de la cuenta. No es que estés libre de toda culpa, ¿eh? —me advierte, señalándome con la mano que sujeta el pitillo—. Pero tratándose de un malentendido, tampoco fue de recibo que sacara a la bruja que llevo dentro.

—No te preocupes; me cayó bastante bien. Y por lo menos esa no tiene el vicio de fumar.

—No es mi peor vicio, ¿sabes? Tiendo a coleccionar novios que también son perjudiciales para la salud. Mental —apostilla.

—*Touché*.

Y ahora, ¿qué se hace? Iniciar una conversación informal, o tratar de seguir el mismo hilo. No suelo tener que esforzarme para sacarle tema a una mujer, pero esta no es una mujer cualquiera, y no ya porque tenga el título de reina del pop, sino porque acaba de romper con su novio. Si me pongo coqueto, ¿me estaría arriesgando a que me arreara un bofetón? Si me excedo en mis consuelos y mi compasión, ¿la cabrearé por tratarla como a una niña desamparada? Si no menciono el asunto, ¿estoy siendo egocéntrico o insensible?

Por suerte o por desgracia, no tengo que dar respuesta a las preguntas. Alexia se pellizca el puente de la nariz, a caballo entre la incredulidad y el espanto.

—No me jodas —masculla por lo bajini.

—¿Qué pasa?

Con la vista fija en mí, y procurando no mover los labios demasiado, señala el ascensor con la cabeza.

—Mira quién acaba de entrar.

Cabría esperar que se hubiese personado Brian Harris en persona, o alguno de los novios indeseables que ELLA ha dicho que ha tenido, no yo, que conste (aunque lo suscribo), pero qué va. Se trata de una chica asiática que, nada más poner un pie en el vestíbulo, lanza una mirada de superioridad a su alrededor para valorar a la concurrencia. Viste a la moda: lo sé porque Toots me ha enseñado una foto del bolso que quiere que le regale por su cumpleaños, y es la misma novedad de Louis Vuitton que cuelga del antebrazo de la recién llegada.

Antebrazo que termina en la pose de mano lánguida que tantas veces he replicado para citar a alguna pija insoportable.

—No tengo ni idea de quién es, pero me ha dado un escalofrío.

—Normal. Es Viena Clifton, la *influencer* de moda. Adivina por qué se ha hecho conocida.

—¿Porque tiene un padre millonario?

Esa siempre es la respuesta correcta. No falla.

—Aparte. —Cabecea con impaciencia—. Por ser la persona que siempre tiene la primicia de lo que está sucediendo en el mundillo del famoseo. O me esfumo antes de que me vea, o va a terminar de hundirme. ¿Cómo se le ha ocurrido a Terry invitar a esa mujer? —continúa refunfuñando en voz baja—. ¡Si fue la que desveló lo suyo con DiMarco!

—¿Quién es la cotilla ahora? —me burlo.

Con un rápido vistazo, Alexia se asegura de que nadie nos vigila y de que hay suficientes invitados entre Viena y los dos para que no se percaten de nuestra huida en desbandada. No pensé que fuéramos a desaparecer en el mismo sentido, pero ella me coge de la mano y tira de mí en una dirección que al principio desconozco, y que luego descubro que confluye en los servicios de la terraza.

La fiesta no ha hecho más que empezar, así que están vacíos e impecables. Huele a desinfectante y a un pesado ambientador de lavanda.

Alexia empuja la puerta del único cubículo y me hace un gesto para que la acompañe.

Y quién soy yo para negarme.

Cuando una chica guapa te invita al excusado, tú le agradeces el detalle.

—¿Se puede saber qué hacemos aquí? —pregunto en tono cortés, observando sus movimientos frenéticos. En vista de que no va a sentarse, me acomodo sobre la taza del inodoro; ella se apoya contra la puerta cerrada.

—Escondernos de Viena Clifton, que te aseguro que nos estará buscando por todo el recinto para interrogarnos y sacarnos fotos sin que nos demos cuenta.

—No es por menospreciar tu generosa iniciativa, pero ¿no habría sido más fácil que nos separáramos?

—El simple hecho de estar en la misma terraza ya nos convierte en carne de cañón para el cotilleo. Esa bruja se las apañaría para tergiversar que hayamos coincidido y vender la historia de una cita romántica. —Cuando ha terminado de arreglarse el pelo, me mira de arriba abajo—. Aparte, no eres una mala compañía ahora mismo, Vinny Bravano.

Se me escapa una sonrisa de incredulidad, y no porque acabe de dedicarme un halago en su idioma escaso en cumplidos, sino por lo visionaria que ha resultado ser la tal Lara Cosima. ¿Acaso no dijo textualmente lo mismo sobre «mi compañía»?

No he visto del todo claro esto de obrar a espaldas de Alexia y tratarla como si fuera una pobre criatura que requiere de la intervención del resto para salir adelante. Mi hermana me enseñó a sus dieciséis años que nada le sienta peor a una víctima que el paternalismo, del que por lo visto también pueden pecar las mejores amigas.

Pero parece que Alexia y su representante son la misma persona, porque ha acertado.

—... aunque solo sea por comparación. El último hombre con el que he hablado es bastante más indeseable que tú —agrega en tono jocoso.

Bueno, no se puede acertar a la primera tirada.

No esperaba que me declarara su amor ahora mismo.

—Pues que sepas que soy un chico respetable —me quejo—. Para encerrarme en un baño con alguien necesito, como mínimo, un anillo.

Ella enarca la ceja burlona.

—¿No tienes bastantes con el de la NFL y el que te da buena suerte? A ver si no soy la única que acumula joyas, solo que de compromisos fallidos —se burla de sí misma, bufándole a la nada.

—Eres un poquito monotemática, ¿no? No dejas de redirigir la conversación a tu exnovio.

—Exprometido, en realidad.

—Da lo mismo. El prefijo «ex» significa que ya no nos importa una mierda.

—¿Nos? —repite, perpleja. Se cruza de brazos—. Bonito plural mayestático.

—Gracias, así es como me dirijo a mí mismo, como el rey del fútbol que soy.

Ella intenta disimular una risotada con un resoplido exasperado, pero acaba carcajeándose de lo lindo. Cuando vuelve a mirarme, lo hace directamente a los ojos. Los suyos brillan como si acabara de abrir el cofre del tesoro y la luz se reflejara en sus pupilas.

No me importaría que nos quedáramos en silencio las próximas veinticuatro horas, pero Alexia no es de la misma opinión. Se desembaraza del momento de complicidad como si fuera una telaraña que le ha caído del techo, y carraspea para decir:

—En realidad, y ya que estamos, podríamos cuadrar una estrategia diferente. Decirle a la prensa que somos amigos, por ejemplo. Que me diste un pico casto y afectuoso para desearme suerte, y que nos hemos estado viendo ahora porque me apoyas después de la ruptura con Brian.

—¿Y si no le decimos a la prensa que somos amigos y, por ejemplo, se me ocurre... —pongo los ojos como platos— nos hacemos amigos de verdad? ¿Demasiado arriesgado y excitante, quizá?

Ella desestima de lleno la propuesta con una dramática caída de ojos.

—No tengo por costumbre echarme amigos que se quieren acostar conmigo.

—A mí me encantan ese tipo de amigas, no sé de qué estás hablando.

Alexia sacude la cabeza, exagerando una irritación que ni siquiera siente.

—¿Puedes ser serio durante cinco minutos?

—No. Entraría en combustión. Te lo juro —insisto al ver que trata de contener una sonrisa—, como un vampiro al sol.

Pone los ojos en blanco, pero está controlando una carcajada.

Me fijo en las roturas de las medias, que dejan a la vista la piel pálida de quien no tiene mucho tiempo para irse de vacaciones; en el escote del top, que permite apreciar el encaje del sostén y un par de lunares pintados por el diablo.

—No tendrás muchos amigos, entonces —medito en voz baja—. Estarías harta de quitártelos de encima.

—Más bien de abajo; prefiero el rol activo —responde

con un guiño, sabiendo lo que va a provocar y desentendiéndose de ello—. Pero sí, solo mujeres y gays. No es que las mujeres y los gays no puedan acercarse a mí para obtener algo a cambio; la diferencia es que por lo menos con ellos merece la pena decepcionarse, porque, mientras dura la amistad, te diviertes tanto que debería ser ilegal.

—Con lo de que estarías harta de «quitártelos de encima» no me refería a los aprovechados, sino a tus enamorados.

—Lo sé, pero no he seguido esa línea de conversación porque entonces te tendría que haber preguntado de qué enamorados hablas, a lo que tú me habrías respondido que tengo a toda América a mis pies, y blablablá. Yo me vería en la tesitura de averiguar por qué crees que le gusto tanto a los hombres, y tú me darías una contestación muy *muy* —recalca con dramatismo— decepcionante sobre las razones.

Se me escapa una sonrisa incrédula.

—¿A quién no le ibas a gustar?

Ella se impulsa desde la puerta para acercarse un paso, todavía con los brazos cruzados.

Hace un segundo, estaba de ánimo para bromear. Lo he visto en la sonrisa que se resistía a esbozar y que se le desbordaba por dentro al presionar la boca, marcándole unos paréntesis en las comisuras de los labios. Pero el modo en que su expresión se ensombrece me lleva a confiar en que es sincera al replicar con languidez:

—¿Ves? Esa no era la respuesta correcta.

—¿Perdón? —jadeo, fingiendo indignación—. Uno intentando no sexualizarte al hablar de virtudes, ¿y así me lo pagas? ¿Con un suspenso?

Alexia entorna los ojos para mirarme desde su altura con un desafío irresistible.

—Intenta sexualizarme, a ver qué pasa —sugiere en tono neutro.

—Que un equipo de SWAT echará la puerta abajo, seguro. Apuesto a que está prohibido tocar el tesoro nacional. Aunque seguro que no necesitas un equipo de SWAT para defenderte.

—Solo el cubata de tu amigo. Pero hoy no lo llevo en la mano —levanta las palmas abiertas—, ¿ves?

—¿Y cómo sé yo que no escondes alguna otra arma arrojadiza que lo sustituya?

Alexia extiende los brazos tanto como se lo permite el espacio en un gesto de inocencia. Me lo tomo como lo que su sonrisa salaz me dice que me lo tome, como una oportunidad para registrar que no lleva proyectiles encima.

—Vaya —comento con voz queda—, a la niña le gusta jugar.

Por si cambiara de opinión, me limito a posar las manos sobre sus caderas, pero ella aguanta en el sitio con gesto expectante, y a mí no es que me apetezca: es que *necesito* tocarla desde que la he visto.

Regalo una caricia a la curva de sus nalgas y tanteo las costuras de los bolsillos traseros para confirmar que no hay nada más que la cajetilla de tabaco y el Zippo. Sigo hacia arriba en dirección a su espalda. La piel que el top deja a la vista arde al contacto. Incluso hay un rastro de sudor en la línea de la columna, porque el bochorno se concentra en los baños y ella lleva una chaqueta de más.

Esa no se la registro, claro.

No es de mi interés lo que no esté en contacto directo con su carne.

Alexia mantiene la mirada fija sobre mí, sobre mi exploración. Sus ojos están forjados en acero. Me complace saber que no hay una pizca de ingenuidad en su carácter. Pero sorprende, porque, por sus letras y sus álbumes dedicados a sus exnovios, todo el mundo la tiene por una sensiblera.

Una que no se metería en un baño a ser manoseada ni puesta hasta el culo de cerveza.

Yo, por otro lado, no necesito ni un sorbo para bordear la orilla de los vaqueros y acariciar el vientre terso que deja a la vista: solo una oportunidad.

—¿Ves cómo soy inofensiva? No guardo sorpresas.

Su comentario me hace levantar las cejas y dedicarle una sonrisa benigna, porque tiene más peligro que una pantera negra. Introduzco los dedos en las trabillas del vaquero y la atraigo hacia mí. Alexia apoya una mano en mi hombro, y siguiendo la ley contacto por contacto, yo descanso la barbilla entre sus pechos para mirarla a la cara.

—¿Ninguna sorpresa? ¿Eso significa que desnuda estás exactamente igual de buena? ¿No me voy a llevar ni una alegría, ni una decepción?

—Eres demasiado optimista de cara a ganarte mis favores. Y los amigos no se dicen esas groserías, Vinny Bravano.

—Ni tampoco te besan en la Super Bowl.

Ella entorna los párpados, no muy satisfecha con la referencia.

—Eso no lo haría ni mi enemigo.

—Pues sea quien sea el que lo haga con tu consentimiento... —murmuro, dejando que mi mano trepe desde el botón del pantalón hasta el ombligo, y del ombligo al aro del sujetador. Hacemos contacto visual— es un tío muy afortunado.

Ella se humedece el borde del labio con la punta de la lengua. La tonalidad que ha elegido, un rojo vibrante, desafía las normas no escritas sobre la mujer viuda, la mujer recién separada, esas que establecen que una ha de pasar un periodo de duelo antes de salir a la calle a provocar... lo que sea que signifique eso.

El pintalabios está un poco desvaído, aun así; ahí donde el cigarrillo ha dejado la huella.

Alexia apoya la otra mano en el hombro paralelo y se inclina para rozar mi nariz con la suya.

—¿Aunque fume? —tantea en voz baja, jugando con la costura de mi camisa.

—Y aunque fueras venenosa —le confirmo en el mismo tono.

Una sonrisa se va formando lentamente en sus labios.

—Esa sí es la respuesta correcta.

Como dar por hecho las cosas me ha jugado malas pasadas, me quedo en el sitio a esperar su siguiente movimiento con el alma en vilo. Pero esta vez sé que va a besarme. Su mirada realiza un viaje fugaz a mi boca entreabierta, que la aguarda con el aliento entrecortado, y justo antes de inclinarse sobre mí, se muerde el labio inferior.

Un golpe brutal a la puerta nos arranca de la situación.

—¡Venga ya, joder! —grita una voz desesperada—. ¡Algunos tenemos que usar el baño para lo que está! ¡Iros a un hotel!

Alexia se separa bruscamente para mirar con espanto por encima del hombro. Abandona el cubículo sin decirme nada, porque no hace falta: entiendo que nos hemos vuelto a poner en una situación comprometida.

La escucho disculparse con el tipo en cuestión. Mientras, intento recuperarme de lo que *no* ha pasado. Acabo levantándome, aun así, y me asomo bajo la puerta para ver a Alexia haciéndome un gesto con la mano para que me largue aprovechando que el tío, como no podía ser de otro modo, se ha olvidado de sus necesidades básicas en pro de conseguir un autógrafo.

Me escabullo procurando no hacer ruido, y, una vez en el pasillo, adonde llega la música ambiente, suspiro aliviado.

Menos mal que he seguido el consejo de Lara Cosima y no me he puesto un pantalón ajustado. Si no, se iban a enterar de lo poco elegante que el señor Bravano puede llegar a ser.

9
My Dear Fan
Alexia

Da igual que una lleve diez álbumes de estudio a sus espaldas, un par de EP y otras tantas grabaciones en directo. Siempre que tengo que presentarle un proyecto a la discográfica que creyó en mí cuando ni siquiera yo pensaba aún en mis posibilidades, se me forma un nudo en el estómago y no puedo ni comer.

Como cada lunes por la mañana, Lara Cosima revolotea a mi alrededor con el móvil pegado a la oreja, demasiado ocupada salvando el mundo para darme unas palmaditas en la espalda. Esto significa que me dejará a solas con Jerry Rowland en el despacho principal del sello.

Heme aquí, con un dosier que me he tomado la molestia de preparar con mimo durante la última semana, esperando a que uno de mis jefes termine de ladrarle por teléfono a su enemigo de las siete y media.

No me extrañaría que Jerry hubiera tenido problemas hasta con el dalái lama. Tiene un talento natural para sacarnos de nuestras casillas, y yo, en lo personal, no me fío de las personas que, o bien no me miran a los ojos cuando les hablo, o bien me van apartando la vista en el transcurso de la conversación. Jerry no es que me la evite, es que es esa clase de víctima de la moda que no puede quitarse las gafas de sol con cristales amarillos ni en los interiores.

En mi opinión, ese es solo otro motivo para que no me parezca de fiar.

—¡Pasa, Alexia! —grita desde el interior.

Me encomiendo a los dioses lanzando una mirada exasperada al techo, y obedezco cargando bajo el brazo la carpetita con mis sueños y esperanzas.

Jerry está en la misma postura en la que lo dejé hace tres meses, cuando me citó para comentarme amigablemente —si le preguntas a él; yo lo sentí una exigencia— que espera un nuevo disco para el próximo enero: reclinado en un sillón que le viene grande a su metro cincuenta y dos, los rizos negros peinados hacia atrás y la camisa setentera, que en este caso va a juego con las gafas retro estilo aviador.

—Dime que traes buenas noticias, que llevo un día que no se lo deseo a nadie.

—Traigo noticias, a secas. Tu trabajo es decirme si son buenas o si me tendré que aguantar, ¿no? —comento con una pizca de resentimiento.

Él suelta una de sus estridentes carcajadas con las manos entrelazadas sobre el vientre.

Le encanta que le recuerden que es un dictador.

—Exacto, exacto. ¿Dónde te has dejado a esa mánager tuya? Dime que se ha quedado en Brooklyn, en el Waldorf Astoria o donde sea que pase la mayor parte de las noches. Lo que me faltaría esta mañana sería enzarzarme en una pelea con la Princesa del Sur.

Jerry no soporta que Lara Cosima le saque diez centímetros de estatura y siempre se salga con la suya. Es la antagonista de su larga historia profesional de victorias y más victorias.

—Está atendiendo una llamada, pero ahora vendrá. Y por el momento andamos en hoteles, si tanto te preocupa.

—Claro, claro, antes vivías con el novio ese tuyo... El que nunca le gustó a nadie.

Me resisto a poner los ojos en blanco.

Lo que aprecio de Jerry es que carece de opinión propia, lo que significa que no tengo que lidiar con sus expectativas personales. ¿Lo malo? Que él hace o deshace en función de la opinión popular, lo que al final es peor. Se traduce en que he de lidiar con las expectativas de todo el planeta.

—Ya le he pedido a una de mis ayudantes que traslade los bártulos del apartamento que compartía con Brian en Manhattan. No creo que me quede en Nueva York. —Cruzo las piernas para autoconvencerme de que estoy cómoda en este nido de víboras y las paredes no me están asfixiando. No me interesa un carajo lo que Jerry tenga que decir sobre dónde planeo empadronarme, pero necesito ganar tiempo hasta que entre Lara Cosima y lo ponga de los nervios—. He pensado en comprarme un rancho a las afueras de Nueva Orleans. Ya sabes, para estar en contacto con mis raíces.

—Anda ya, con lo que costó que te deshicieras de ese acento tuyo, como para que ahora lo recuperes en unas vacaciones. Búscate una ciudad bien conectada, grande y donde vivan las estrellas, como Los Ángeles. Te puedo pasar el número de mi agente inmobiliario, que vende propiedades de lujo por toda la costa de California.

—Eres muy amable.

No me mudo a Los Ángeles así mi vida dependa de ello.

—Bueno. —Jerry hace un gesto impaciente con la mano—. ¿Qué me traes?

Saco el dosier de su pequeño escondite y lo planto encima del escritorio. Jerry tiene la gentileza de mostrarse interesado apoyando los codos e inclinándose para ojear con cautela las páginas que voy pasando.

Cualquiera creería que una artista de mi calibre goza de libertad creativa para concebir su música, pero cuando estás subordinada a las cláusulas abusivas de un contrato que firmaste cuando no te quedó otro remedio si querías formar parte de la industria, sacrificas parte de tu alma.

Cuando no tu alma entera.

—Ya había estado trabajando en algunas canciones antes de la Super Bowl, pero ha sido después cuando he empezado a crear a un ritmo vertiginoso.

—Me gusta cómo suena eso —asiente, orgulloso.

Claro que te gusta, pedazo de esbirro capitalista.

—Por ahora tengo alrededor de... ocho canciones, o posibles canciones. Necesitan una revisión, claro; a algunas aún debo agregarles la melodía. Y he estado pensando...
—«No vaciles, Alexia. Los perros huelen el miedo. Di lo que piensas y sientes. Eres su gallina de los huevos de oro, no podrá negarse»—, que, por variar un poco respecto de los últimos nueve álbumes —recalco con la esperanza de que capte el mensaje—, el concepto del disco podría beber de otras corrientes, como el glam rock, que no es un rock muy duro ni llamativo, sino tipo Queen o David Bowie; folk rock, también, que le daría un toque de blues... Nada en exceso punk —me apresuro a aclarar—. No pienses en los heavies, ni en los Sex Pistols, ni nada de eso. Y, por supuesto, los temas versarán sobre lo mismo de siempre. Enamoramientos, rupturas... Lo único que cambiará será el estilo.

Jerry chasquea la lengua, decepcionado, y se va reclinando hacia atrás.

—Lex, Lex... —suspira con condescendencia—. Ya hemos hablado de esto. ¿En serio vamos a estar con la misma cantinela cada vez que vengas a verme? El rock está en peligro de extinción...

—De eso nada. Desde que apareció Måneskin en el mapa, vuelve a llevarse.

—Los Måneskin son una pandilla de veinteañeros italianos de género fluido. No te compares con ellos, que no tienes en común ni la edad, ni el exotismo, ni a su público objetivo.

Le ha faltado decir que tampoco tengo su carisma... lo cual sería verdad.

—¿Acabas de llamarme vieja?

—Tú ya has comprobado de primera mano que ir adaptándote a las corrientes de moda es lo que garantiza el éxito —prosigue, ignorando mi queja—. Si la fórmula aún te funciona, ¿por qué no seguir por ese camino?

—Porque me aburro —resuelvo, sosteniéndole la mirada con determinación.

Él, que se ha quedado a medio discurso, permanece unos instantes con la boca entreabierta. Por un momento parece que me va a echar la bronca, pero solo se ríe entre dientes.

—No todo el mundo tiene que ser feliz en su trabajo, Alexia. Mucha gente querría estar en tu lugar, ¿sabes? Currar un rato, aunque se aburra, y luego poder divertirse con el dinero que le reporta ese pequeño sacrificio. Que no es poco —agrega con la ilusión de convencerme.

Pero tampoco es suficiente.

—¿Has leído los tabloides últimamente? A mí no me parece un pequeño sacrificio estar en boca de medio planeta cada maldito día de mi vida. Me merecería la pena si pudiera trabajar en la clase de álbum que quiero, pero llevas años coartando mi libertad creativa, Jerry. Y yo no me metí en esto para divertirme con el dinero de los beneficios. Me metí por la música.

—Lamento mucho que te sientas así —responde con hastío.

Por supuesto, no lamenta un carajo. Es verdad que discutimos por el mismo motivo cada vez que me cita en su despacho; por eso nuestras reuniones se van espaciando más y más conforme nuestra relación profesional se desarrolla, porque espera que, como a su mujer, «se me pase el enfado» perdiéndolo de vista durante el tiempo suficiente.

Le asombra que el truco no funcione conmigo. Lo noto incluso si no puedo verle los ojos con claridad.

—¿Significa eso que vas a ceder? —pregunto sin la menor esperanza.

Jerry suspira.

—Mira, puedes meter un par de canciones de rock, siempre y cuando el álbum conste de más de doce pistas. Pero ¿cambiar tu estilo de forma radical? ¿Es que andas buscando el suicidio profesional, mujer?

—Cambié mi estilo de forma radical a partir del segundo álbum, y eso no pareció molestarte tanto. Te recuerdo que empecé con el rock puro de los sesenta, con el sonido de Elvis, B. B. King…

—¿Y cuántas copias vendiste de ese primer álbum homónimo? Veinte millones menos que cuando salió *Lionhearted*, si no me falla la memoria.

—Se supone que el mundo entero me quiere —le recuerdo—. Que ya no es la música, sino el personaje. ¿Qué importa entonces que ahora pruebe otras corrientes, o vuelva a mis orígenes, si sigo firmándolo como Alexia Lux?

—Sí, todo el mundo te quiere, pero no olvides por qué: porque eres la reina del pop, no del… rock puro de los sesenta, o lo que acabes de decir —desestima con desdén—. El público es muy volátil, Alexia. Si no sacas un álbum cada doce meses, te olvidará; si al menos una canción no se viraliza en TikTok, no llegarás a nuevos hogares; si intentas modificar la imagen que tienen de ti, te darán la espalda, porque se sentirán engañados o incluso traicionados. Créeme, me dedico a esto. Lo sé, y así te lo transmito porque lo he visto con mis propios ojos.

En las primeras reuniones que tuvimos a propósito de mis ambiciones musicales, esas amenazas veladas hacían que me temblaran las rodillas. ¿Perder el respeto y apoyo de mis fans? ¿Ver cómo mis canciones son despreciadas por la crítica, no aparecen en las listas de más escuchadas, no son nominadas a los premios que les dan caché? Pensar en mi caída en desgracia me mantenía despierta por las noches, y, cuando conseguía dormirme, me atormentaban las pesadillas: sufría la angustia de verme de buenas a primeras volviendo al pueblo con el rabo entre las piernas, siendo llamada para cantar en ferias del pueblo ante nostálgicos de mis éxitos antiguos, y convertida en el objeto de mofa de los más jóvenes. Solo me invitarían a programas como *Vergüenza ajena* y sucedáneos, donde tendría que prestarme a que me arrojaran una tarta a la cara, o, peor: a que un comediante de baja estofa me insultara. Y yo, para colmo, tendría que reírme, o las redes se encargarían de recordarme que años atrás perdí mi valor humano y no tengo derecho a molestarme porque me digan La Pura Verdad.

Ese futuro sigue sin hacerme ninguna gracia. La música aún me saca de la cama a horas intempestivas para coger un lápiz y empezar a garabatear posibles versos. La música todavía me estremece el corazón cuando me subo a un escenario y de mis labios surgen letras con las que, sí, puede que ya no me identifique, porque la Alexia de veinte y veinticinco años solo se me parece en el nombre, pero sigo sintiendo parte de mi historia. El problema es que ahora, en el punto álgido de mi carrera, hago balance de los pros y los contras, y ya no estoy tan desesperada por permanecer en el Edén como para no morder la manzana. Nunca dejé de querer ser Mick Jagger; me resigné a renunciar a ello porque Jerry quiso llevarme por los derroteros del pop comercial, y mi contrato estipulaba que tendría que obedecerlo durante diez álbumes. Pero esa prohibición ha estado alimentando un deseo obsesivo dentro de mí, y creo que ahora soy capaz de desobedecer a Dios en persona con tal de volver a mis comienzos.

Unos nudillos impacientes tocan a la puerta. Sé que es mi representante porque entra una oleada de perfume de Memo, y su colección de joyas de Pandora tintinea para advertir de su inminente entrada.

—¿Habéis hablado de lo del álbum rockero? —pregunta con el móvil todavía pegado a la oreja.

—Lo hemos resuelto —ataja Jerry, a quien se le ha torcido el gesto nada más verla—. No va a haber álbum rockero.

—Eso ya lo veremos. Déjame negociar con Rowland, Lex.

—¡No es negociable! —rezonga Jerry—. ¿Por qué piensas que puedes hacer que dé mi brazo a torcer?

—Porque llevo más de diez años haciéndolo. No creo que hoy vaya a ser distinto... No, no te lleves el dosier. —Lara Cosima me arranca la carpeta de donde la había refugiado del rechazo ajeno, y me promete salir de allí abrazando el éxito con una mirada determinada—. Nos vemos en un rato. Tú quédate en la salita de al lado mientras tanto.

Nunca ha dejado de resultarme curioso que, un buen día, nos intercambiáramos los papeles, porque no mucho tiempo atrás era una servidora la que daba la cara por Lara Cosima.

Yo era la única habitante de Abita Springs que iba al instituto a sus tiernos trece años con la sombra de ojos de Taylor Momsen. Esto podría haberme convertido en el hazmerreír, o, dado que vivíamos en un pueblo profundamente cristiano, en una representación a menor escala de Satanás. Tuve la suerte de que me vieran como a un sujeto peligroso, y, a raíz de que empezara a defenderla del acoso, mi amiga dejara de ser blanco de las burlas. Quise que siguiera siendo así cuando comenzamos nuestro periplo en la industria musical; al principio, me tiraba de los pelos con el cabrón que se interpusiera en nuestro camino, pero me resigné a delegar responsabilidades porque resulta que los representantes están para eso, para apretarles las tuercas a tus enemigos en tu nombre. Y la mía le ha cogido el gusto, así que, ¿por qué no consentir que la niña se divierta? Sabe Dios que yo no me puedo permitir perder los papeles delante de nadie.

Abandono la estancia con una amarga sensación de derrota, y dejo que la secretaria de Jerry me conduzca a una coqueta salita de estar con televisión de plasma, licorera y una cantidad obscena de plantas de interior. Me arrojo sobre el sillón de cuero blanco, escuchando de fondo el debate acalorado de un programa del corazón, y saco el móvil para matar el rato.

Por extraño y revolucionario que parezca, me encargo de mis propias redes sociales. Solo las consulto en presencia de mi equipo, eso sí. Soy sensible a determinadas críticas y me resulta catártico leerlas en voz alta y ver cómo Paolo, Manish y Aya se pelean para ver quién destripa con mayor vileza al *hater* de turno.

Nunca he dicho que fuera perfecta.

Hoy, para variar, me meto en Instagram sin el respaldo de mis estilistas.

Hace una semana desde que mi único objetivo es convencerme de que no me importa si Brian me ha dejado de seguir o no. Pero en cuanto me quedo sola o mi acompañante se despista, compruebo con un nudo en la garganta que todavía somos *mutuals* en Instagram.

Odio que a esto haya quedado reducida la interacción humana; a las conclusiones que sacamos si alguien nos da un «me gusta» a una foto antigua o nos responde a las historias con el emoticono del fuego, que, también te digo, vaya ridiculez. Yo no me relaciono con el mundo como un usuario corriente, pero estaría siendo una ingenua si no contemplara las implicaciones de que Brian hubiera archivado nuestras fotos.

Cosa que no ha hecho, gracias al cielo.

No sé por qué, porque los mensajes directos son algo que no tengo ni tiempo ni energía para contestar, pero decido echarles un ojo a las conversaciones unilaterales de mis seguidores. El corazón me da un brinco al toparme con una cuenta verificada entre los primeros diez chats: en negrita, «@vinnyelbardo te ha enviado un mensaje».

No, no me ha mandado un mensaje.

Me ha mandado una foto.

En dicha imagen aparecemos los dos vestidos como en una novela de Jane Austen y montados en dos flamantes corceles.

Uno de ellos con la pata doblada en un ángulo imposible, por cierto.

Ya la he visto y sé de dónde procede, pero me hace gracia su comentario al respecto.

> Parece que nos lo pasamos genial ese día. Quieres repetir?

Creo que es la primera vez que me río desde hace una semana.

Y la última vez que me reí también fue por su culpa.

Perdón, pésima elección de palabras: la última vez que me reí también fue *gracias a* él. Me niego a dejarme someter por la presión de mostrarme alicaída tras la ruptura y a sentirme el diablo encarnado por sonreír por obra de un tipo atractivo.

Me meto en Google para descargar otra de las imágenes generadas por inteligencia artificial y se la mando. En ella, aparezco sobre el hombro de un Vinny con kilt.

¿Cómo describió Lara Cosima el espectáculo? ¿Como... un *highlander* secuestrando a una pobre doncella?

> Después de esto, contigo no voy ni a la vuelta de la esquina. No tengo síndrome de Estocolmo

Vinny me envía un audio hablando con acento escocés.

—*Aye*, no seas rencorosa..., *bonnie lass*. ¿No te acuerdas de que te traté con amor?

Pongo los ojos en blanco, pero me cuesta contener otra carcajada. Este tipo tiene la misma forma de ligar que un chico de una fraternidad.

Y si tengo que decir la verdad, está funcionando.

No he contactado con él porque, si bien las aguas no se han calmado, mi representante ha aceptado mi decisión de guardar silencio hasta que esté en condiciones de hacer un comunicado oficial. Mi objetivo era escribir un borrador y enviárselo a Vinny para que diera su visto bueno. Básicamente, vendrá a decir lo que le sugerí la última vez que nos vimos: que rompí con Brian, y él, como el mejor de los amigos, estuvo ahí para consolarme.

He sentido tentaciones de escribirle, pero no se me ocurría nada que decir y, al final, desistía. Además, sabía que no sería apropiado. Una no le envía mensajitos a un tipo con el que estuvo a punto de montárselo en un baño público si no pretende retomar la cita donde la dejaron. Y yo, una vez superé el shock inicial de la ruptura y me vi libre de la influencia sexual de Vinny, comprendí que no estoy por la labor de pasar de una cama a otra para tener la mente ocupada.

Sobre todo porque puedo ocupar mi mente con otros asuntos.

El que Lara Cosima está defendiendo con honor en la habitación de al lado, por ejemplo.

Un nuevo mensaje aterriza en el chat.

> Qué has estado haciendo? Como no te has besado con nadie en público últimamente, ya pensaba que habías desaparecido de la faz de la Tierra

> Me dedico a escribir como una posesa, a fumar como un carretero, a escuchar la música que me inspira para captar ritmos y melodías… A dormir mucho, comer de forma desordenada, ir de fiesta hasta el amanecer y hacer compras compulsivas por internet. La vida de una estrella, baby

> A comer de forma desordenada? Eso te lo soluciono yo en un momento. Ven a Boston y te preparo una cena inolvidable

> Me pillas a trescientos kilómetros

> Y? Tu avión privado se ha puesto malito?

Se me escapa otra carcajada. Este tío es imbécil. Pero su propuesta es tentadora.

> No puedo permitir que nadie interfiera en mi proceso creativo. Necesito soledad y silencio. Por cierto… Qué es eso de Vinny el Bardo?

> Si vieras el fútbol de vez en cuando, sabrías que tengo una doble identidad. Me llaman así porque me pongo a cantar siempre que gano

—... Alexia Lux —escucho de pronto.

Tengo un sexto sentido para captar mi nombre entre una maraña de ruido.

Levanto la mirada y busco a mi alrededor, pero estoy sola. Proviene de la televisión.

La cámara acaba de enfocar a uno de los periodistas del corazón que no han dejado de cotorrear desde que he llegado. Emulando la pose solemne de un entrevistador del telediario, con tan solo la mano que sujeta el bolígrafo apoyada sobre la mesa, se dirige al espectador con gesto sombrío. Cualquiera diría que va a arrancar a hablar de una catástrofe natural, pero no. La pantalla se segmenta en dos planos, y en uno de estos aparece Brian caminando de la mano con una mujer.

Me pongo de pie sin darme cuenta.

—Nos acaba de llegar información que arde sobre el estado de la relación entre nuestra cantante favorita y el actor del momento. Hasta hoy, ninguno de los dos había hablado con los medios; ni siquiera se percibía actividad en sus respectivas redes sociales. Ni una foto, ni un tuit. Pero parece que Brian Harris ha concluido la grabación de su proyecto actual, y no ha regresado solo al continente americano: lo hace del brazo de Willa Wallace, la coprotagonista del largometraje. Fotografías tomadas en el centro de Nueva York en la noche de ayer confirman una relación entre los dos. Dentro las imágenes, Pete.

Y el cabrón de Pete reproduce las imágenes obedientemente, para deleite de la mesa de debate y para mi completo horror. Es Brian, de eso no cabe la menor duda, y sé que no son fotografías de hace cinco años porque tuvo que dejarse el pelo largo para grabar en la Antártida. Está guapísimo, eso es innegable: recuerda al Brad Pitt de *Entrevista con el vampiro*, con la melena suelta sobre los hombros y la raya en medio.

Se ha acicalado a conciencia para sacar a Willa a pasear. El reportaje los muestra cogidos del brazo, de la mano, de la cintura, de los hombros; sonriéndose también. A ella robándole un beso en la mejilla, a ella acariciándole la cara mientras él cierra los ojos; a los dos besándose a las puertas de Central Park, que, en esta época del año, está precioso...

Solo les falta enseñar la foto donde empiezan a arrancarse la ropa a dentelladas.

—Testigos aseguran haber visto a la actriz abandonando el apartamento de Brian Harris en el corazón de Manhattan esta misma mañana —afirma la presentadora.

El apartamento de Brian Harris en el corazón de Manhattan.

Es decir, mi apartamento.

El que yo he pagado con mi dinero.

El que hasta hace poco era de los dos, y del que no terminé de sacar mis pertenencias hasta cuarenta y ocho horas atrás.

—¿No hacen una pareja encantadora? —continúa suspirando el periodista de la mesa de debate—. ¿Qué tendrá que decir Alexia, que ha estado inquietantemente callada esta última semana? Parece que ha decidido guardarle el luto a Brian, o que esté avergonzada por lo sucedido en la Super Bowl. Pero, en vista de los acontecimientos..., ¿recibirá este medio fotos de Bravano y de Alexia en un futuro cercano?

—Oh, puedes estar seguro de que sí —masculo.

El repiqueteo de unos tacones apresurados advierte de la entrada de Lara Cosima.

—¡Lex! —exclama en cuanto cruza el umbral, sonriendo de oreja a oreja—. ¡He conseguido que Jerry ceda a que el álbum tenga una cara A y una cara B! Dice que la cara A tendrá que ser de pop, pero que en la cara B puedes dar rienda suelta a tu espíritu rockero... —su voz se va extinguiendo al encontrarme con cara de haber visto a un fantasma—. ¿Lex? ¿Qué ha pasado?

Creo que nunca he odiado a nadie tanto como a Brian ahora mismo. De no haber sido por él y su nuevo romance, habría podido celebrar con mi mejor amiga esta victoria profesional.

—Gracias, Pumpkin. Eres maravillosa —logro articular, no sé cómo, cuando la rabia está a punto de consumirme. Al pasar por su lado, le aprieto la mano en señal de afecto, pero no me detengo en mi camino a la salida—. Y no ha pasado nada, pero va a pasar. Prepara tus cosas, que nos vamos a Boston ahora mismo.

10
I Did Myself A Mischief
Vinny

—¿Va en serio, tío?

—Muy en serio.

No debería ni haberlo dudado. Ash no es la clase de hombre al que se le da bien bromear. Y, aun así, todo el equipo ha estallado en carcajadas cuando ha seleccionado una canción de Alexia para amenizar el entrenamiento.

Tras unos merecidos días de vacaciones, hemos vuelto a reunirnos en el estadio Gillette para retomar los ejercicios de mantenimiento.

—A mí esta me encanta —reconoce Noah, saltando al step de aerobic como si se tratara de un escenario. Agarra un micrófono invisible y entona con los ojos cerrados una letra familiar para todos los que teníamos dieciocho años cuando salió el *single* del segundo disco de Alexia. Lo da todo hablando de un par de adolescentes que se conocieron en circunstancias poco propicias para tener una relación: la gran Lux quiso hacerle un homenaje a Romeo y Julieta.

—Por favor. —DiMarco se incorpora después de una enérgica serie de flexiones y, jadeante, se pone en jarras—. ¿Te la sabes de memoria? —Ash, en señal de apoyo a Noah, extiende los brazos y va corriendo hacia DiMarco vociferando la siguiente estrofa: «¡Llévame a donde podamos convertirnos en un único ser!»—. ¡Quita, hombre! —DiMarco huye de un contacto inesperado encogiendo las manos contra el pecho, y nos mira a todos intermitentemente como si lo hubiéramos traicionado—. Sois todos una panda de sensibleros patéticos. Ponéis serenatas para burlaros de Vinny, y al final os dejáis en evidencia vosotros.

—Lo primero es que no nos burlamos de Vinny; le apoyamos, que es diferente —replica Ash con su tonito de señorita Rottenmeier.

—Y lo segundo: normal que no te duren las novias si no respetas a Alexia Lux —se mofa Noah—. ¿Es que no sabes que es la diosa del monoteísmo predominante actualmente...? ¿Y que no hay nada más atractivo que un tío que escucha música pop?

—Sé que prefiero no ligarme a nadie mintiendo sobre mis gustos —rezonga DiMarco.

—¿Quién está mintiendo sobre sus gustos? —se queja Noah, levantando los brazos para seguir canturreando—. *You'll be the king, and I'll be your mistress...! We'll be a big glory, honey, just...!**

—¿Se puede saber qué estáis haciendo? —ladra el entrenador. Aparece por la puerta grande con el mismo caminar que el personaje de San Andreas, aún cuadrado a sus cuarenta y nueve años y con una carpetita bajo el brazo—. ¡Venga ya con las tonterías! ¡Poneos con la sentadilla búlgara!

Ash hace un puchero y finge secarse una lágrima de sufrimiento. Aquí cada uno tiene su debilidad; la suya es entrenar pierna, y la mía sigue sonando a través de los altavoces.

El entrenador ni siquiera hace el amago de apagar el reproductor. De hecho, finge anotar un garabato en la prime-

---

* *¡Tú serás el rey y yo tu amante...! ¡Seremos gloria, cariño, tan solo...!*

ra página de sus apuntes para que no nos demos cuenta de que sigue la letra moviendo los labios.

Además de apreciar la buena música, tiene una hija que ha crecido escuchando a Alexia.

Me acerco a Ash como quien no quiere la cosa y le doy un codazo amistoso.

—Te cambio tus veinte sentadillas búlgaras por mis minutos de plancha.

—Yo encantado, pero se nos va a notar.

—¿En un sentido físico, dices? No creo. Todavía no entiendo para qué tanta sentadilla, si con este culo que tenemos deberían retransmitir los partidos en horario de adultos —suspiro trágicamente.

—Menos cháchara —se queja el entrenador con el ceño fruncido—. ¿Qué os habéis creído? ¿Que por ganar la NFL os ibais a poner cómodos? Os recuerdo que la XFL empieza la semana que viene, y quiero otra victoria de campeonato.

—Usted no se cansa de pedir —rezonga Noah.

—Y tú no te cansas de lloriquear. ¡Anda a correr! ¡En quince minutos os quiero formando equipos con los cascos puestos para un partido rápido! Voy a ir a pedir que quiten la música —anuncia, dándose media vuelta, y me lanza una mirada socarrona por encima del hombro—, no vaya a ser que El Bardo se nos despiste más todavía.

—¿Despistado? —repito, secándome el sudor de la cara—. ¿Yo?

—Hombre —comenta DiMarco—, cada cinco segundos le echas una miradita anhelante a los vestuarios, donde seguramente te esperará la respuesta de Alexia a tus mensajes de acosador.

—Aquí el ladrón cree que todos son de su condición. Tú sí que estás pendiente de lo que te has dejado en la taquilla, capullo; llevas gimoteando por enchufarte un cigarro desde que has entrado al campo.

—¿Y qué? No creo que el tabaco piense que DiMarco es un pesado —se burla Ash.

Pongo los ojos en blanco por decimocuarta vez y me escabullo de la conversación para dar mi vueltecita de cardio. Voy sacudiendo las manos mientras recorro el perímetro del campo, ignorando que el equipo sigue canturreando la canción de Alexia.

Debería haber imaginado que si le contaba a DiMarco una noticia relacionada con ella, mis compañeros se enterarían a los cinco minutos, y en los quince siguientes ya me estaría llamando Oprah para que le concediera la exclusiva. No es que no confíe en mis amigos, porque en otras circunstancias les habría descrito hasta cuántos lunares tiene en la espalda, pero es evidente que Alexia valora la intimidad. Apuesto a que ella no le ha contado a Lara Cosima ni que «coincidimos» en la fiesta de compromiso de Terry.

Sacudo la cabeza e intento concentrarme en el agradable escozor de gemelos, que empiezan a quemar cuando giras por la banda.

La XFL no tiene ni punto de comparación con la copa que acabamos de ganar, pero se me sigue requiriendo en plena forma para abordar el reto. Hace unos años habríamos gozado de meses y meses de descanso; por fortuna o por desgracia, y para mí es una suerte, Dwayne Johnson, entre otros aficionados al fútbol, rescató esta liga de la bancarrota por quince millones de dólares para que tuviéramos algo que hacer entre finales de febrero y finales de abril. Los ocho equipos que participamos jugaremos diez partidos hasta la final del 13 de mayo, de la que espero formar parte.

Se supone que ganar la Super Bowl te trae la gloria definitiva, pero las reglas generales de la NFL son las que los

Boston Beasts llevamos interiorizando desde que jugábamos en el instituto; la XFL, en cambio, ofrece una experiencia innovadora con normas distintas en cuanto a las revisiones de jugadas, áreas de gestión del reloj... Detalles a los que aún tenemos que habituarnos y que por desconocimiento podrían costarnos la victoria.

Después de dar una vuelta entera, me reúno con mi equipo de entrenamiento en el centro del campo. Nos quedamos de pie los unos frente a los otros, esperando que Capobianco tenga a bien reaparecer para medir los tiempos. Pero quien cruza las puertas que dan al vestuario no es el entrenador, sino una figura femenina sobre unos tacones de vértigo.

—Y una mierda —murmuro de pura incredulidad, apartando las manos de mis muslos e incorporándome en su dirección.

La melena suelta ondea a su espalda, y el viento que le da de cara ciñe a los contornos de su cuerpo el sencillo vestido camisero. No soy el único al que se le sube el corazón a la garganta; a mi lado, Ash traga saliva, Noah levanta las cejas, pasmado, y DiMarco lanza un silbido apreciativo.

El primero en apartarse para abrirle paso es el *quarterback*, que simula una reverencia con la cabeza al dar un paso atrás. Contiene una sonrisa en el proceso; la que DiMarco sí se permite esbozar justo después de cruzarse de brazos.

—Bienvenida a nuestro humilde estadio —comenta este último—. Espero que lo encuentres de tu agrado.

Alexia no lo mira al contestar.

—Tranquilo, que no te voy a arrebatar el protagonismo por mucho tiempo.

Yo no me quito de en medio para colaborar en la formación del pasillo. Más que nada porque no hay lugar para las dudas en su mirada fija: soy el destino.

En cuanto se planta a un palmo de mis narices, pone los brazos en jarras.

—¿Quieres ser mi nuevo novio?

Un conmovedor «oh» se levanta entre los compañeros. Ella pone los ojos en blanco, pero yo sé exactamente a qué se refiere: a nada de la familia del romanticismo.

Y aun así, contesto encantado de la vida:

—Pensé que nunca me lo pedirías.

—¡Qué bonito! —aplaude una voz aguda desde las puertas del estadio.

Asumo que se trata de Lara Cosima sin girarme en su dirección. Solo tengo ojos para la mirada vibrante de Alexia, para esa expresión en teoría serena que usa como armadura y que parece haberse comprometido con una venganza personal.

Me puedo imaginar que no viene porque se haya dado cuenta de que estamos hechos el uno para el otro. Ni siquiera yo sé si estamos hechos el uno para el otro. He de reconocer que a cualquier tío, por seguro de sí mismo que esté, le impresionaría recibir una propuesta semejante sin una agenda oculta detrás.

A mí, que no me van los noviazgos, más todavía.

Pero a Alexia Lux no se le puede soltar la mítica de «no estoy buscando nada serio».

—Y esa, ¿qué? —Señala DiMarco a la mánager. Esta se disculpa con los presentes para acercarse a nosotros dando pequeños saltitos—. ¿Nos ha venido de regalo?

Todos tomamos la sabia decisión de ignorarlo.

—¿Puedes librarte del entrenamiento un rato? —me pregunta Alexia.

Lara Cosima no tarda en intervenir juntando las manos en un rezo.

—¡Sería lo mejor! Esto de venir a Boston ha sido bastante improvisado, y Alexia tiene que estar en un concierto en Buenos Aires mañana mismo. No nos sobra el tiempo para hablar de... —Parece recordar en ese preciso momento que tenemos público y no se puede revelar la naturaleza del acuerdo—. Bueno, de las cuestiones relacionadas con la prensa, que nos tenemos que quitar de encima para que podáis disfrutar de una mínima intimidad como pareja.

La representante es tal como te la esperas al oír su voz. Tiene unos ojos castaños que no le caben en la cara, solo se maquilla con colorete rosa y le da igual que los complementos que le gustan la hagan parecer una cría de colegio privado. Lleva unos calcetines con un volante de encaje debajo de los zapatos de charol, y una gruesa diadema de satén con pequeñas perlas incrustadas.

—Tendré que pedirle permiso al entrenador —contesto mirando a Alexia—, pero voy a necesitar alguna que otra explicación antes de...

«Antes de firmar nada».

No lo digo en voz alta, pero ella lo sobreentiende.

—No esperaba menos —responde la estrella.

Se da media vuelta con toda naturalidad, como si no hubiera revolucionado al gallinero o no le importara, y se interna en las fauces del estadio con la certeza de que la seguiré.

No se equivoca, pero aprovechando que está de espaldas y no puede condenar nuestras risitas infantiles, DiMarco formula con los labios «eres un campeón». Yo asiento, como si me hubiera resignado ya a ser tan afortunado, y por el camino voy chocándole la mano silenciosamente a todo el equipo.

—Parece que tienes hasta a Capobianco a tus pies —comento en cuanto tomamos asiento en el despacho del entrenador, que ni lo ha pensado a la hora de excusarme y ofrecernos su retiro privado—. A veces han venido grupos enteros de ultras para pelearse con DiMarco por deudas pendientes, y no le ha perdonado la sesión de entrenamiento ni para evitar que le prendieran fuego a los vestuarios por venganza.

Es una lástima que haya cedido. Tenía la esperanza de que, sabiéndose amo y señor del territorio, sentara a Alexia en las gradas como una niña castigada y tuviera que quedarse a ver nuestro amistoso. No soy como Ash, que rindo mejor cuando hay alguien mirando —preferiblemente, una monada—, pero me hacía ilusión que se empapara de cultura deportiva.

No en plan soy-el-predicador-y-profeta-del-fútbol, sino en plan mira-qué-bien-juego-nena.

—Es un tipo listo —responde Alexia, cruzando las piernas muy despacio para no comprometer la seguridad de la falda. Un vestido muy corto + muy vaporoso = Vinny feliz—. Se tiene que oler lo que se va a debatir aquí, y sabrá de sobra que os vendrá de perlas de cara a la publicidad del equipo que Alexia Lux salga con uno de los jugadores.

—No me digas que hablas de ti misma en tercera persona.

—Jamás, pero gente de mi entorno lo hace y se me ha contagiado.

Se gira hacia Lara Cosima para hacerle un asentimiento. Con este, la mediadora interpreta que tiene la palabra.

—Ya sabes por qué estamos aquí, ¿no? Porque una semana después de la Super Bowl, la gente, en lugar de calmarse, ha empezado a engrosar el bulo. Que si como los colores de los Boston Beasts y los que Alexia llevaba en el espectáculo combinaban, la aparición fue preparada para anunciar vuestro noviazgo; que si como Alexia tiene un álbum titulado *1981* y tú eres el ochenta y uno, estabais destinados... Blablablá. —Abarca el resto de los extras con un frenético movimiento de mano, pero se nota en la cara iluminada que se está gozando la narrativa como una cría—. Lo que propongo después de haber hablado con Lex en el avión, que es lo que tendrás que firmar además de un contrato de confidencialidad, es lo siguiente: cinco apariciones públicas de los dos, entre diez y quince historias de Instagram juntos además de una publicación, un intercambio de tuits muy insinuante, cuyo guion me encargaré de preparar, y un videoclip para el *single* de su nuevo álbum, *I Belong To You*. Esto se irá realizando a lo largo de los próximos tres meses. El contacto concluirá el quince de mayo después de una semana de silencio, y se dirá que no hubo una relación como tal, sino que ambos estabais pasándolo bien, sin compromisos. Así acabaremos con la leyenda negra de que Alexia es una criatura de relaciones serias que se van a pique porque es demasiado intensa.

—Por decirlo de forma suave —comenta la involucrada, mirándose las uñas con aparente indiferencia.

Pero está que arde. De hecho, está furiosa desde que ha llegado. No conmigo, lo que es un progreso, sino con un suceso misterioso que no parece por la labor de mencionar.

—Guau... —es lo único que se me ocurre decir después de palmearme los muslos. Alexia se activa al oír mi voz—. En un segundo, nuestra relación ha pasado de ser inocente a adquirir una dimensión un tanto sórdida, ¿no?

—¿No se supone que habrías hecho lo que fuera para ayudarme?

—Yo nunca dije eso textualmente, pero, eh —apostillo con las manos en alto—, todavía no me he negado.

—¿Planeas hacerlo? —contraataca a la defensiva—. Por lo que Lara Cosima me ha dicho, a tu vida sentimental tampoco le vendría mal un poquito de atención mediática. Hay mucho misterio sobre por qué al *tight end* de los Boston Beasts no se le ha conocido ni novia, ni rollo ocasional.

Me inclino hacia delante, apoyando los codos sobre los muslos.

—Si tú quieres saber por qué, yo te lo digo.

Alexia lanza una mirada rápida al techo, como si valorara la propuesta. Mientras, se acaricia el cuello bebé del vestido con aire distraído. Ni siquiera me doy cuenta de que sonrío como un palurdo hasta que recupero la postura formal.

Esta mujer tiene el flirteo y la seducción tan integrados en su lenguaje corporal que es un espectáculo mirarla.

—Creo que sois perfectos el uno para el otro. Desde una perspectiva de relaciones públicas, por supuesto —aclara la mánager enseguida, viendo que, si nos deja solos, nos vamos por las ramas—. Alexia se beneficiará de tu talante desenfadado para que dejen de verla como una obsesa del amor y las bodas, y tú te aprovecharás de su romanticismo para que te tomen en serio. ¿Te suena bien?

—¿Quién no me toma en serio? —me quejo.

—Me he negado a que se te pague en metálico —añade Alexia, mirándome fijamente para valorar cómo me sienta—. Ya sabes, como extra por el favor. No quiero verlo como tal, sino como un toma y daca. Espero que no te importe no percibir beneficios económicos directos.

—No tendrías que pagarme para estar contigo ni aunque fuera ciego y sordo. ¿Más instrucciones? —Alargo el cuello para tratar de leer los garabatos del taco de páginas que la representante sostiene sobre su regazo—. ¿Alguna letra pequeña que me convenga leer?

—Para evitar que nos hagamos una idea equivocada de lo que vamos a hacer y tengamos presente en todo momento que es un acuerdo, será imperativo no mantener contacto físico. Lara Cosima lo ha dejado por escrito en el borrador del acuerdo: en público, nos limitaremos a cogernos de la mano, besarnos en la mejilla y, como mucho, darnos algún que otro pico, porque, total... —pone los ojos en blanco—. Eso ya lo han visto.

—¿Y en privado? —tanteo con una pequeña esperanza.

—¿Es que no me has escuchado? —replica con retintín, aunque tiene que contener una sonrisa juguetona—. Nada de nada, por supuesto, porque no tendremos por qué vernos fuera de los lugares públicos donde mi mánager planea poner las trampas.

Tuerzo el gesto.

—No me gusta cómo ha sonado eso. ¿Puedes pintarlo de forma menos rigurosa? Ya sabes —aireo la mano en un ademán desenfadado—, como si en el fondo estuvieras ligando conmigo.

—No vamos a tener sexo, Bravano —resume ella con un suspiro—. ¿Lo he dicho con el suficiente desparpajo, o te lo repito con unas maracas?

Me llevo una mano al pecho para exagerar mi indignación. Solo que en el fondo no tengo que exagerar la pena que me ha dado.

Si algún atractivo tenía toda esta historia...

—Eso me rompe el corazón, Alexia.

—Es para que termines tu colección de radiografías —responde con fingida compasión—; debe de ser lo único que no te han roto en eso a lo que te dedicas.

—Qué poco respeto hacia lo desconocido. Cuando quieras, te enseño cómo se juega.

—¿Con mucha mala leche? —adivina Alexia.

—Con mucha *mucha* resistencia —recalco en tono sugerente.

Ella sonríe de lado.

—¿De cuánta resistencia estamos hablando? ¿Cuatro minutos?

—Cuatro cuartos, de hecho —corrijo, incorporándome

para mirarla a través de las pestañas—. Cada uno de quince minutos de duración, intercalados con periodos de doce de descanso. —Luego, para rebajar la tensión y hacerme el inocente, añado—: Es en lo que se dividen los partidos de la NFL.

—Y tú te llevas el trabajo a casa, ¿no?

—Le pongo a todo la misma pasión, no puedo evitarlo.

Ella se ríe de buena gana, y yo me lo tomo como una victoria.

Toots siempre me dice que debería ver la vida como algo más que una sucesión de triunfos y derrotas, pero no creo que haya que complicar la definición más allá de eso; en el día a día tenemos lo que nos hace sentir ganadores, y lo que nos hace sentir unos pringados. Hacer reír a la superestrella ahora, cuando no hace ni una semana estaba a punto de casarse con un tío al que imagino que tenía en gran estima, es un éxito rotundo. Y Alexia es la primera consciente de que estamos hablando de un milagro, porque cuando no me mira como si la exasperara mi actitud desahogada, lo hace con cierta curiosidad, como si no comprendiera por qué me resulta tan fácil ahuyentar el nubarrón de tristeza que se cierne sobre ella.

—¿Todo esto es por lo que ha salido de Brian? —pregunto por fin—. ¿Lo de que se ha echado una novia?

—Sí —responde sin ningún tipo de vergüenza.

Y que no quepa la menor duda de que agradezco profundamente su sinceridad.

El fondo de sus objetivos, que no sé si es vengarse o poner celoso a Brian, me cuelga la etiqueta de consuelo pasajero y de conejillo de Indias, pero conozco mi valor y sé que puedo ganarme otros títulos mejores si Alexia pasa a mi lado el tiempo suficiente. Y viendo los ojos brillantes con los que Lara Cosima nos vigila, como si fuéramos la pareja principal de su serie de ficción preferida, estoy seguro de que se van a dar más ocasiones aparte de las contractuales para traerla a mi terreno.

Y en el terreno de juego soy imbatible.

—Tengo que coger un avión en cuarenta y cinco minutos —anuncia Alexia, poniéndose en pie—. Cualquier duda te la puede resolver mi representante. Y si quieres que te las resuelva yo, ya has descubierto cómo contactarme, así que no necesitas que te dé mis datos.

Me levanto también para despedirla.

Ha demostrado un sinfín de veces que la solemnidad de la alta educación no es su estilo, y que, de hecho, le gusta burlarse de ella: no me cuesta interpretar su mano tendida como una broma privada de la que quiere hacerme objeto.

Se la estrecho con firmeza, sosteniéndole la mirada.

—Ya sabes... —se regocija con la coquetería maliciosa de la reina del baile—. Este va a ser todo nuestro contacto físico.

Me inclino hacia ella con una sonrisita canalla, y susurro en su oído:

—Si solo me das la mano, prepárate para que el resto de tu cuerpo se ponga celoso.

Retira el brazo con aire burlón y me mira de arriba abajo.

—Podrá soportarlo —sentencia en su camino hacia la salida.

Tengo que girar sobre mí mismo para echarle el vistazo de gracia antes de que desaparezca.

—Eso lo iremos viendo, cariño.

11
Every Woman You've Loved 'Til Now
Alexia

Como a veces me sobrevienen arrebatos de furia incontrolable, mi terapeuta me ha animado a organizar mis emociones en una lista. Una lista que describa punto por punto qué es lo que me ha llevado al borde de la paciencia.

La que estoy garabateando ahora mismo sobre varias servilletas de tela, porque en una sola no cabe mi indignación supina, está quedando tal que así:

1. Llevo veinticinco minutos con el culo plantado en una de las sillas de una mesa para dos. No tengo problema con el asiento, porque es bastante cómodo. El detalle es que mi acompañante no ha llegado aún. Insisto: veinticinco minutos. Ni siquiera yo hago esperar tanto a mis fans antes de aparecer en el escenario.
2. Como no estamos siguiendo un orden de importancia, sino que añado o descarto en función de lo que me va viniendo a la cabeza, anotaré también el origen de la cadena de decisiones que me han arrastrado hasta un restaurante de lujo en el corazón de Boston: Brian se ha tomado la libertad de echarse una novia sin consultármelo, es decir, de actualizar el estado de nuestra relación sin previa negociación. Y sí, ya sé que yo le colgué cuando él intentó proponer una lluvia de ideas, pero me da igual. Eso no le da derecho a dejarme como una cornuda ante determinados sectores de la población.

3. No he elegido lo que llevo puesto. Ha sido obra de Lara Cosima. Me fío de sus criterios de vestuario para transmitir una impresión u otra, pero sé que he aparecido con un vestidito pastel porque pretendemos que los Grandes Conocedores de la Moda de Internet lean en función de mi atuendo de niña fresa que estoy emocionada por lo que pueda salir de mi primera cita con Vinny. Y, joder, odio esta estética.

4. ¿He dicho ya que Vinny no se ha presentado todavía? ¿Y que le he enviado doscientos mensajes directos para recordarle que estoy aquí ya, y que un contrato le obliga a hacerme compañía?

Debería haber previsto que esto no saldría bien. Vi la cara del *tight end* cuando le sugerí que fuera mi novio, y aunque se recuperó a tiempo para soltar una de sus respuestas rápidas, reconocería a un alérgico al compromiso a miles de años luz.

Sin ir muy lejos, le dediqué una canción remasterizada de diez minutos y con videoclip extendido a uno de los de su calaña.

Una cosa sí tengo, y es experiencia en el sector de los hombres infames.

La última vez que nos vimos —tres días atrás— Vinny se ofreció a explicarme por qué es un soltero empedernido, pero el tiempo apremiaba y, de todos modos, no necesitaba oírlo de sus labios. Ya está demostrando que le parece una pérdida de tiempo coger un Uber para ir a cenar con una estrella de la música pop.

—¿Más vino, señorita? —interviene el sumiller con un brazo a la espalda. En la otra mano porta una botella cuya boca busca tímidamente mi copa vacía.

La retiro de su tentadora influencia.

Solo faltaría que me fotografiaran saliendo borracha, además de sola, de un restaurante para parejitas.

No pienso convertirme en el ejemplo gráfico de que Dios sí castiga dos veces.

—No, gracias. Parece que mi acompañante ha tenido un problema durante el trayecto —continúo, fingiendo consternación ante un posible accidente automovilístico. Que se noten las cuatro o cinco películas que he grabado—. Dígame cuánto le debo a la casa y liberaré la mesa.

> 5. Este tío acaba de mirarme con lástima. Un tío que con toda probabilidad colecciona mis discos desde los quince años, porque no aparenta más de veinticinco. Ya no le pareceré digna de admiración.

—Por supuesto, señorita.

Me niego a levantar la cabeza del mantel o siquiera respirar hasta que el sumiller se ha desvanecido. Procuro mantener los puños ocultos bajo la mesa.

Me muero de ganas de llegar al hotel que he reservado expresamente para que la prensa se entere de que estoy en Boston y empiece a especular sobre las razones, y preguntarle a Lara Cosima en qué demonios estaba pensando.

Seguro que en replicar conmigo de protagonista algún exitoso *fake-dating* de TikTok.

Tengo mis propias ideas, ¿vale? No soy una marioneta en manos de los demás, y con esto me refiero a que no necesito que me programen las citas. Casi me alegro de que Vinny no se haya presentado. Reunirme con él en un restaurante con dos estrellas Michelin grita «fraude» lo mires por donde lo mires, porque sospecho que al jugador le va la pomposidad tan poco como a mí.

¿No habría sido más realista para los fans, además de carne de cañón para memes, que nos cazaran sentados en la acera de enfrente de un Wendy's, yo acurrucadita en su hombro y él con la mejilla salpicada de salsa Worcester?

En cosas como esta, salta a la vista que mi representante nació en el seno de una familia con dinero. Mi querida Pumpkin no iría a un garito de comida rápida ni bajo amenaza.

Cuando llega la cuenta, me planteo tenderle un billete de cien al sumiller: «Mi reino a cambio de que no tuitees sobre lo sucedido. Y de que borres la foto que seguro que me has hecho desde la entrada a la cocina. Y de que nada más llegar a tu casa arrojando la bolsa con el uniforme sobre el aparador de la entrada, no te acerques a tu pareja, un niño mono que teletrabaja desde el sofá y solo bebe *pumpkin spice lattes*, con la coletilla "¿a que no sabes qué ha pasado?"».

Pero no. Creo que ya me he rebajado suficiente por lo que llevamos de noche, y eso que no ha hecho más que empezar.

Estoy deseando leer las noticias de mañana. Uno puede esperar cualquier cosa de la imaginación desbordante de los periodistas, pero, al final, nada distinto de un plantón podría explicar que salga de aquí antes del entrante.

Le hago un rápido llama-cuelga al chófer y me dirijo con la mayor discreción posible a la salida. Es justo entonces cuando un número desconocido aparece en la pantalla de mi móvil.

—¿Qué? —ladro.

Responde con un silbido apreciativo.

—Caray, vaya humos. Sí que estás sintiendo mi ausencia. Bueno es saberlo.

—No me lo puedo creer —jadeo, perpleja—. ¿Acabas de bromear sobre haberme dejado plantada? ¿Cuál es tu jodido problema? ¿Te has propuesto que te odie, Bravano?

—No, mujer, si yo habría estado encantado de ponerme una corbata e ir a tu encuentro, pero me ha surgido un problema en casa.

—¡¿Y no podrías haberme avisado con antelación?!

Miro a mi alrededor como si me estuvieran siguiendo.

Es peor todavía: me están observando fijamente porque me han reconocido.

Hay un instante de tregua entre el famoso y el público: ese en el que lo ven pasar y piensan en lo familiar que les resulta su figura o su forma de gesticular. Pero ese momento de legítima duda, de inocente vacilación, se desvanece en un tris, porque al siguiente ya están sacando el móvil de los bolsillos como un vaquero su pistola y apuntándote con el *flash*.

—Nena, no programé el mencionado problema para que sucediera justo a la hora exacta en la que te iba a joder más —suspira él—. Estoy a tiempo de arreglarlo, ¿no? A lo mejor hoy no puedo desplazarme adondequiera que estés, pero podemos echarnos una foto jugando al póquer y así cumplimos con una de las quince historias de Instagram por las que firmé —agrega en tono sarcástico. Hace una pausa dramática—. ¿Sabes? Esa es una frase que nunca pensé que diría.

—Bienvenido a mi mundo. Todos los días digo frases que nunca pensé que diría. Y, Bravano, más te vale no haberme hecho pasar un segundo ridículo espantoso porque te han retenido en el casino. ¿Qué es eso del póquer?

—Una propuesta de ocio totalmente respetable. Te voy a mandar la dirección.

—¿Adónde? No me gustan las sorpresas.

—A un sitio donde te darán de comer, habrá baño privado y no tendrás que preocuparte por los móviles. ¿Te apetece?

—Lo que me apetece es romperte la cara, ¡eso es lo que me apetece! —me atrevo a exclamar ahora que estoy a salvo tras los cristales tintados de mi Cadillac—. ¡No puedes disponer de mi tiempo como te dé la gana, y tenerme dando vueltas más sola que la una por sitios atestados de gente! ¿Es que no entiendes que ahora me miran con lupa? ¿Que soy más interesante que de costumbre? ¿No te puedes figurar la vergüenza de que Brian esté paseando a Willa por Manhattan, y yo ande deambulando con el rímel corrido por la ciudad en la que eres residente? ¡Capullo! —Me callo al darme cuenta de que se ha sumido en un silencio sospechoso—. ¿Sigues ahí?

—¿No te parece un poquito pronto para ponerte en plan esposa disgustada conmigo? Coño, Alexia, que han sido veinte minutos...

—Media hora en total.

—... y lo único que podría haberme retenido habría sido o la muerte, o justo lo que ha pasado. A ver si crees que soy masoquista y me gusta que me eches la bronca.

Creo que es la primera vez que lo escucho realmente mosqueado. Todo lo mosqueado que puede estar un hombre que por lo visto piensa que la vida es un carnaval, como ha demostrado con su actitud desde que lo conozco.

Solo entonces se me ocurre que podría tener una buena excusa.

Reconozco que de un tiempo a esta parte no suelo contemplar la inocencia de los hombres que me rodean, y tengo mis razones. «La que solo era su amiga» o «la que ni siquiera le parecía guapa» es ahora la novia oficial de Brian, con la que vive en nuestro apartamento de Nueva York... hasta que nos reunamos con nuestros abogados, eso por descontado.

El caso es que demuestra mi teoría sobre el carácter traicionero del género masculino.

Mascullo un asentimiento de mala gana y cuelgo para perderme admirando las calles de Boston. No tardamos en ponernos en marcha porque Vinny me envía la ubicación enseguida.

Hasta se me ha olvidado preguntarle de dónde demonios ha sacado mi número de teléfono, y, si lo tenía, por qué no lo ha utilizado antes.

¿Será posible que sea la única persona de los Estados Unidos de América con un móvil de saldo?

Me recuesto en el asiento con los brazos cruzados e intento alejar mis pensamientos centrándome en la gente que se amontona en las aceras, en los letreros brillantes de los negocios, en la canción de jazz que Oliver ha escogido para amenizar el trayecto. Pero solo consigo ponerle un fondo de ambiente cosmopolita a mis tormentos.

Desde que Brian apareció en la televisión con Willa de la mano, no he podido pensar en nada diferente. Me hago las preguntas que corresponden en un caso así: si ella es la razón de que nuestro compromiso se fuera a pique o si se rompió antes, cuándo empezaron a acostarse, si habría tenido el valor de contarme que se había enamorado de otra... Me debato entre echarme la culpa de que todo terminara con una llamada de veinte minutos y la rabia hacia ese primer impulso de responsabilizarme, como si no tuviera derecho a ser la víctima.

¿Por qué siento que arreglar todos mis problemas pasa obligatoriamente por asumir que la he cagado yo, y que el otro es inocente?

Oliver aparca en la acera de enfrente de nuestro destino, una urbanización de una zona residencial próxima al centro de la ciudad.

Echo un vistazo rápido al rascacielos que se alza ante mí.

—Tiene que estar de broma —mascullo, buscando el móvil por todos lados para llamarlo. Él contesta al segundo tono—. ¿En serio? ¿Me has traído a tu casa?

—¿Adónde creías que te iba a llevar? —se ríe, por lo visto encantado con mi inocencia—. ¿A la bolera?

—Te dejé claro que no iba a pasar nada entre los dos.

—Menos mal que lo mencionas. Te iba a recibir con tan solo el delantal de «Besa al cocinero» —se mofa—. Las casas están para algo más que para follar, ¿eh?

—¿Ah, sí? ¿Es que vamos a limpiar el baño? ¿Ver el telediario de las ocho, quizá?

—Haz el favor de subir y deja de refunfuñar —sigue descojonándose.

—¡No hay quien te aguante! —Y cuelgo.

En un arrebato infantil, le hago un corte de mangas a la pantalla del móvil. Pero sé que la que esta noche está para que la acuesten y le cierren la puerta con llave soy yo.

Confío en tranquilizarme durante el trayecto hasta el apartamento.

Como el caballero que es, Oliver sale del coche para abrirme la puerta. Dudando de las intenciones de Vinny, un gran ejercicio de sabiduría, me acompaña hasta el portal y continúa el recorrido conmigo hasta el ascensor que nos lleva a la quincuagésimo tercera planta.

Porque, por supuesto, tenía que vivir en el ático. Puede permitírselo. Lara Cosima se ha empapado de información personal sobre Vinny y ha averiguado que su fortuna asciende a los treinta millones de dólares. También ha averiguado que, en una entrevista de hace cinco años, le propusieron jugar a Besar, matar y casar, y decidió que mataría a Ariana Grande, se casaría con Katy Perry y me besaría a mí.

—¡Estabais destinados! —exclamó mi representante, entusiasmada.

—Incluso si eso fuera cierto —le contesté yo—, estaría destinada solo a liarme con él. ¿No ves que prefiere a Katy?

—Bueno, pero Katy está con Orlando Bloom, y tú eres libre como el viento.

Le agradezco el paseo a Oliver, que en ausencia de los miembros de seguridad tiene que ejercer de escolta, y espero a que haya desaparecido en el ascensor para llamar al timbre.

Un Vinny con ánimo taciturno me recibe con...

—Pensaba que no me ibas a dar la bienvenida con tu delantal de «Besa al cocinero» —le recrimino sin energía.

—Te dije que me iba a poner algo debajo, y aquí está. —Retira el borde para mostrarme unos vaqueros en las últimas. Están tan desgastados que parecen blancos, y le quedan anchos de pierna—. ¿Puedo saludarte en condiciones?

Permito que se acerque y me bese en la mejilla. Me llega un olor a especias, al calor de los fogones, y no sé qué me hace más cosquillas, si la barba o sus labios.

En el fondo, siento curiosidad por lo que me deparará la noche. Me he visto en situaciones sociales de lo más descabelladas, pero nunca he tenido la oportunidad de entrar en la casa de un jugador de fútbol americano. Me la imaginaba minimalista salvo por el par de objetos decorativos con valor sentimental que delatan que ahí vive un deportista, como una pelota de béisbol firmada o una equipación enmarcada.

Pero no.

Aunque esté en el ático de un edificio moderno, se trata de una vivienda al uso, con su aparador salpicado de fotografías familiares, sus estanterías desordenadas y repletas de discos y películas antiguas, y su olor a comida casera.

Porque a eso huele todo el apartamento. Especialmente la cocina, a la que llego después de dar un tímido paseo de reconocimiento.

Hay una olla en el fuego y una chica rubia en pijama tratando de alcanzar un estante.

—Vinny, ¿me puedes ayudar? Me estoy acordando de la abuela, que siempre dice que esta casa está hecha a prueba de bajitos...

Con mi metro setenta y dos y mis tacones, soy la solución perfecta a sus problemas. Olvidando saludar antes, me acerco por detrás y cojo los platos que necesita para poner la mesa.

Debería haber previsto que ella reaccionaría poniendo los ojos como platos y dando un paso atrás.

—No puede ser —balbucea, alternando una mirada de espanto entre Vinny, sus calcetines estampados con el Monstruo de las Galletas y yo—. ¡Vinicius! —aúlla con voz aguda—. ¡Quedamos en que me ibas a avisar cuando estuviera en camino para ponerme otra cosa! Lo siento mucho, muchísimo. —Junta las manos en señal de ruego—. Mi intención era vestirme, pero nos hemos liado haciendo la cena, y... y... Qué vergüenza, no te mereces que te reciban con esto, con... —Coge aire intentando tranquilizarse y se recompone—. Soy Savannah.

Aunque no entiendo nada de lo que está pasando, su reacción me conmueve.

—No te preocupes. Por componer canciones todavía no nos han atribuido la categoría de reyes del mambo; no hay un protocolo de vestimenta que seguir en nuestra presencia... —Pretendía halagar su pijama, uno de dos piezas con botones delanteros que parece cómodo además de adorable, pero al quedarme mirándola, me asalta una duda—. Yo a ti te conozco, ¿no? Te he visto antes.

Sus ojos color caramelo emiten un destello de emoción.

La chica es una monada. Debe de tener veintidós, veintitrés años, y aunque está algo pálida y ojerosa, una sonrisa con hoyuelos y unas pestañas como esas nunca necesitarán maquillaje para que uno se gire a mirarla.

No recuerdo haberla visto en un pasado cercano, pero me suena mucho.

—¿En serio te acuerdas de mí? —logra articular con un hilo de voz—. Vinny me dijo que no me hiciera ilusiones, que era improbable que te hubieras quedado con mi cara, pero... Bueno, me había hecho la promesa de no mencionarlo. No te quería poner en el compromiso de mentirme para complacerme.

No tardo en caer en la cuenta.

—Claro que me acuerdo de ti. Viniste a uno de mis primeros *meet & greet*, al de un concierto en Phoenix.

—Entonces todavía vivíamos allí, sí. ¡Qué fuerte! ¡Sí que te quedaste con mi cara!

Antes de que a mí se me pueda pasar por la cabeza abrazarla, Savannah se abalanza sobre mí y me estrecha con fuerza.

El asombro por la casualidad me impide reaccionar enseguida.

¿Cómo no me iba a acordar de ella? La tuve muy presente durante un año entero, el que transcurrió entre que supe de su existencia y por fin nos conocimos en persona. Por aquel entonces, yo aún no había sacado mi tercer disco y apenas había alcanzado fama nacional, pero ella ya se proclamaba mi fan número uno. No me cupo la menor duda de que lo era porque, estando postrada en la cama de un hospital, lo único que se le ocurrió fue lamentar en un vídeo que, a pesar de tener entradas, se iba a perder mi primer concierto. El mencionado vídeo llegó a mí por Joanna, quien en aquella época se encargaba de mis redes sociales. Por lo visto, se había viralizado a lo bestia, logrando aunar las fuerzas de mis fans y de gente que ni siquiera había oído hablar de mí para bombardearme con mensajes para que aplacara a la enferma.

Lo había visto antes, aunque no lo había vivido en primera persona: seguidores de artistas o padres de seguidores de artistas que, durante una convalecencia más o menos grave, tratan de contactar a sus ídolos en busca de unas palabras de aliento.

Me acuerdo de dónde estaba cuando vi el vídeo. Savannah ni siquiera había tomado la iniciativa de grabarlo, porque aparecía de perfil a la cámara, hablando con una tercera persona imperceptible para el espectador.

Tenía dieciséis años, pero aparentaba muchos menos.

Primero me chocó su estado. Nunca había visto a un menor de edad en el hospital, y por suerte para mí y para mi familia cercana, jamás he tenido que pisar la planta de ingresados. Luego me asombró su vitalidad. Estaba relatando con sumo detalle y una inocencia conmovedora lo que haría en cuanto le dieran el alta. Lo único que consiguió apagarle el ánimo fue recordar que no podría asistir a mi concierto, que se celebraría al día siguiente.

Habría estado más que dispuesta a tocarle un par de canciones acústicas y conocerla personalmente mientras estuviera en condiciones de recibir visitas. Pero al equipo no le pareció bien que sorprendiera a la niña con la guitarra colgada del hombro. Por razones de agenda, y porque apenas pasaría cinco horas en el estado de Arizona, tuve que resignarme a enviarle un mensaje privado asegurándole que no le faltaría una entrada para un concierto del próximo tour.

No voy a exagerar diciendo que compuse el disco más rápido y me metí en otra gira nacional de mes y medio cuando no había transcurrido ni un año de la anterior solo porque quería darle a la niña la oportunidad de venir. Pero me acordé de ella en cuanto salieron las entradas, y mi ilusión no pudo ser mayor cuando me dijeron que se había recuperado.

En la medida de lo posible, claro. Al final, el lupus es una enfermedad incurable. Si el vídeo me impactó, fue porque un miembro lejano de mi familia lo padecía y falleció a los cuarenta y cinco de una insuficiencia renal complicada por esta dolencia. Dediqué parte de mi adolescencia a leer al respecto, conmocionada por la primera muerte de la que fui testigo, y desempolvé los conocimientos adquiridos tras conocer a Savannah porque quería asegurarme de que tendría una posibilidad real de verme actuar, como era su deseo.

Lo positivo es que se puede vivir de maravilla aun sufriendo de lupus, siempre y cuando se vigilen los hábitos y uno sea constante con la medicación. Savannah lo demostró apareciendo en el *meet & greet* al que fue invitada con las mejillas sonrosadas y más energía que los trescientos espartanos de las Termópilas.

Le ha imprimido a su abrazo la misma fuerza que observé en ella cuando la conocí.

Al apoyar la barbilla en su hombro, me fijo en que Vinny ha regresado de dondequiera que hubiera ido. Nos observa desde la puerta con una mezcla de ternura y preocupación, como si no le pareciera del todo seguro que estén tocando a quien solo puede ser su hermana.

Porque ahora que me paro a compararlos, son idénticos.

—Si no os importa, me gustaría cenar hoy —se queja él, acercándose a la vitrocerámica para apagar el fuego. Retira la tapa de la olla y espera a que la campana absorba el calor para hundir el cucharón.

—Y a mí me habría gustado recibir a la invitada con unos vaqueros, al menos —replica Savannah con resentimiento—. ¿No te he dicho que me avisaras?

—Te vas a ir directa a la cama en cuanto comas, así que no sé para qué querías cambiarte de ropa —comenta Vinny como si tal cosa. Sopla sobre la cuchara, y antes de que su hermana pueda seguir rezongando, se la acerca con la mano libre debajo—. Pruébalo a ver qué tal. Yo creo que esta noche estoy que me salgo.

—¿Qué es? —me atrevo a preguntar, echando un vistazo al contenido de la olla.

—¡*Passatelli*! —exclama Savannah después de probarlo y levantarle el pulgar al cocinero. Me hace un gesto impaciente para que tome asiento en la mesa del comedor, donde antes de mi llegada ya había dispuestos vasos y cubiertos—. Es un plato que nos hacían nuestros abuelos paternos cuando enfermábamos.

—Ningún italiano que se precie te prepara una sopita de lata —apunta Vinny sonriendo, quizá por el recuerdo de sus sabores de la infancia—. Se mete en la cocina y no sale hasta que te puede ofrecer una delicia como esta.

—¿Qué lleva?

—La joya de la Corona son los fideos gruesos: están hechos con huevo, pan rallado, queso Parmigiano Reggiano, nuez moscada y cáscara de limón. Pero se presentan en un caldo *in brodo* —pronuncia en un italiano exagerado.

—No sabía que hablabas el idioma.

—Y no lo hablo. Mi abuelo era el único europeo de la familia. No nos enseñó italiano, pero por lo menos sabemos hacer pasta casera.

—¿Esto es pasta casera? —Señalo el plato que me pone delante.

—Ajá. Y no se hace en cinco minutos. ¿Por qué crees que te he dejado plantada?

—Pues, por tu bien, espero que no sea por un plato de *passatelli* —le advierto.

Savannah, que se ha ocupado personalmente de asegurarse un asiento a mi lado, suspira y hunde la cuchara en el cuenco.

—Ha sido mi culpa —responde con naturalidad—. Vinny ya estaba preparado para irse cuando ha entrado en mi cuarto y ha visto que tenía fiebre. Me ha obligado a ir al hospital y luego ha insistido en quedarse a vigilarme. Se niega a aceptar que la gente con lupus se puede resfriar sin palmarla. —Pone los ojos en blanco y me lanza una mirada exasperada—. Es insoportable, pero apuesto a que eso no es nada que no supieras ya.

Aunque se me ha formado un nudo en el estómago, me obligo a devolverle la sonrisa y tratar el asunto con el desenfado con el que han decidido afrontarlo. Ahora que me fijo en su rostro ligeramente sudoroso, le ha salido una erupción en las mejillas y el puente de la nariz que, según sé, está relacionada con su enfermedad.

A juzgar por el gesto sombrío de Vinny, que se entretiene cortando rebanadas de pan rústico, me atrevería a decir que he acertado.

—¿Os saco el postre de la nevera y me voy? Así tenéis más intimidad en la fiesta de meterse con Vinny —se queja, exagerando su indignación.

Savannah lo coge de la muñeca y lo obliga a sentarse.

—De eso nada. Que a los dieciséis años pudiera tirarme una hora y media hablando sin parar con ella no quiere decir que adquiriera un hábito. Sigo sin saber qué se le dice a una superestrella —reconoce Savannah con una mueca de dolor.

—Lo mismo que a cualquier otra persona —afirmo a fin de calmar los ánimos—. Aunque el equipo me recomienda que no comparta con nadie información de nuevos proyectos... y que no critique a otros famosos.

—Pues ya nos has arruinado las conversaciones más interesantes —se ríe Savannah.

Le sigo el juego con un triste encogimiento de hombros.

—Supongo que sí...

—Come, que se te va a enfriar —interviene Vinny, acercándole el cuenco a su hermana.

—Veintitrés, Vinicius —le recuerda ella con los ojos entrecerrados—. Veintitrés.

Él bizquea y se dispone a atacar su plato. Si las cuentas no me engañan, Savannah se ha limitado a recordarle la edad que tiene, lo que supongo que nunca viene mal cuando tu hermano sobreprotector trata de avergonzarte en público.

Y digo «supongo» porque a mí me parece tierno a rabiar.

Opiniones de una persona que, por desgracia, ha crecido como hija única.

—¿Vinicius? —repito, perpleja—. ¿No te llamas... Vicenzo, o algo así? Por las raíces italianas, quiero decir.

—La familia Bravano ha nacido tal como se constituyeron los Estados Unidos: gracias a la mezcla de inmigrantes. Mi abuelo paterno era italiano, pero mi abuela materna pasó su infancia en Brasil. Le gustaba tanto el nombre que nuestra madre, por darle el gusto, se lo puso —explica Savannah. Le palmea el hombro con condescendencia—. Ahora, Vinny tiene que soportar que le haga *bullying* todos los días.

—Gracias, mamá —suspira él, mirando al techo.

La interacción entre los dos me saca una sonrisa, pero ya se me había bloqueado la garganta al relacionar a los personajes con un recuerdo envuelto en la nostalgia.

Si hago memoria y me traslado a ese encuentro posconcierto, me suena que Savannah no apareció sola. Yo estaba tanto o más nerviosa que ella mientras esperaba frente al tocador del camerino, y no olvidaré nunca que entró escoltada por un tipo que prácticamente duplicaba su tamaño. No me fijé en él, aun así; en mi entorno siempre han abundado los tipos mazados, que son los que el equipo suele contratar para seguridad, así que no me llamó la atención. Solo tuve ojos para la niña que vaciló en el umbral, retorciendo la camiseta de *merchandising* que quería que le firmara. A su espalda colgaba una mochila que parecía pesar el doble que ella y que contenía un paquete envuelto: un regalo para mí.

Ajenos a mi desconcierto, los hermanos se enfrascan en una conversación informal. Hay contacto físico, carcajadas, bromas pesadas, e intentan incluirme en todas ellas, pero yo no dejo de preguntarme por qué Vinny no me dijo nada.

Lo miro y lo miro, y él me devuelve la mirada, con toda probabilidad anticipando el interrogatorio al que lo someteré en cuanto estemos a solas. Pero se lo toma con filosofía.

No está ni nervioso, ni preocupado, ni siente que haya hecho nada malo.

No lo ha hecho, claro. La que no se ha acordado de él he sido yo, y supongo que eso me afecta porque le he dado a entender algo que no es cierto.

Porque que no lo reconociera como el acompañante de Savannah no quiere decir que aquella noche no significara nada para mí.

12
It's Awesome To Have a Fake Boyfriend
Alexia

—¿Se puede saber por qué no me has dicho nada? —exijo saber en cuanto Savannah se excusa para ir al baño.

Hora y media después de mi llegada, hemos devorado la cena y se nos ha ido el tiempo charlando durante la sobremesa. Apenas he dejado los cuencos vacíos en el fregadero, me he cruzado de brazos para dar comienzo al tercer grado.

Él observa mi gesto y enarca una ceja.

—¿Qué significa eso? ¿Que te plantas? Porque de eso nada, nena. En esta casa, con o sin éxitos en Billboard, todo el mundo colabora poniendo y quitando la mesa.

—Yo me encargo de los platos, pero tú respondes a mi pregunta.

Vinny claudica con un suspiro dramático.

—Si te refieres a que Toots sea mi hermana, no te lo he dicho porque no venía a cuento. ¿O cuándo pretendías que lo mencionara? ¿Cuando te di la guitarra en la Super Bowl, o cuando me tiraste un cubata a la cara?

Es verdad que no se lo he puesto fácil.

—¡Cuando estábamos en el baño, por ejemplo! ¡O el otro día, con Lara Cosima!

—¿Por qué iba a sacarlo a colación durante una conversación en la que se debatían estrategias de relaciones públicas? Una cosa te voy a decir, Alexia —continúa, lanzándome una mirada ominosa—, y es que esto no lo vas a utilizar para vender nuestra supuesta relación. Me da igual si somos amigos, novios o vecinos para la prensa; meter a Toots para embellecer nuestra historia está terminantemente prohibido.

—¿Qué dices? —jadeo, más dolida que ofendida por su insinuación—. ¡Ni se me ha pasado por la cabeza hacer algo así!

—Eso espero.

Vuelve a girarse para poner los platos en remojo antes de ir introduciéndolos en el lavavajillas.

Bufo, cansada, y apoyo las manos en la encimera.

—No te he reconocido —admito con la boca pequeña—. Qué vergüenza.

—Debería dártela.

Lo fulmino con una mirada molesta.

—Sigues sin ser el mejor consolando a los demás, ¿sabes?

—Solo digo la verdad. —Me mira de reojo con un atisbo de sonrisa ladina—. Eso hirió mis sentimientos, Alexia.

—Vamos —insisto, bizqueando, pero noto el calor de la vergüenza subiendo por mi estómago—, ni siquiera me dijiste tu nombre, ¿a que no?

—Claro que te dije mi nombre, pero pude ver en tu cara que no me habías escuchado. Ya te habías enamorado de Toots y no había nada que hacer. Por eso no me lo tomé a pecho.

—Ya veo que no te lo tomas a pecho —me mofo sin pizca de humor—. Me lo estás echando en cara.

—Eres tú la que ha empezado. Yo pretendía tener la noche en paz.

Le ayudo a terminar de recoger la cocina tendiéndole los platos húmedos, guardando los ingredientes donde me indica y secando la encimera con un paño. Cuando únicamente quedan pendientes las tareas de las que solo se puede hacer cargo el anfitrión, me apoyo en la pared y le observo moverse de acá para allá, a ratos tarareando, a ratos sumido en sus pensamientos.

Conocer a una persona en su propia casa es una experiencia única. Ves una cara oculta que, fuera de sus dominios, solo podrías haberte imaginado. Daba por hecho que Vinny era algo más que los flirteos inocentes y la alegría de ganar un partido, pero no esperaba que le favoreciera tanto el papel de dueño de su casa.

Habrá quien le encuentre irritante cuando se pasa de listo. Pero a mí, por el momento, me está costando localizar alguna de esas «taras» que los medios insinúan que debe de tener para estar soltero a los treinta y cinco años.

Desde luego, sorprende que no se le haya conocido pareja seria. Reconozco a un buen partido cuando lo veo —distinto es que luego elija a los que no me vienen tan bien—, y él lo es.

—Es por tu hermana, ¿no? —me aventuro a preguntar. Vinny, que estaba sacando el postre del horno con ayuda de un paño, me mira por encima del hombro con gesto interrogante—. La razón por la que no tienes pareja, me refiero. El otro día me dijiste que me contarías el porqué, pero creo que lo he adivinado antes.

Espera a dejar los brownies recalentados sobre la mesa.

—He salido con mujeres, pero todas las que querían algo serio me exigían que las convirtiera en mi prioridad, y eso ni se lo podía ni se lo iba a dar. Ojo —se echa el paño de cocina al hombro y enarca la ceja de las advertencias—, que las entiendo. Era normal que no quisieran perdonarme que las plantara casi sistemáticamente para ir a cuidar de mi hermana, y que me negara a mudarme con ellas cuando habría sido a costa de dejarla sola. Sabían que no formarían una familia conmigo sin incluir a Toots.

—¿Vives con Savannah?

Él se encoge de hombros con humildad.

—Alguien tiene que vigilarla.

—¿Y está de acuerdo con que ese alguien seas tú? —tanteo con delicadeza—. Porque no parece la clase de persona egoísta que se alegra de acaparar a su hermano. Todo lo contrario.

—No está de acuerdo —cabecea, resignado—, pero no hay otro pariente en el estado de Massachusetts. Entró en la universidad de Harvard y yo soy el único familiar que vive cerca. O sea... —se corrige enseguida—. Ya la has visto. Es un caramelo. Sus compañeros de la universidad, sus viejos amigos del colegio... Incluso mis colegas. Todo el mundo está encandilado con ella. Pero no le vas a pedir a un tío de la clase de Literatura Rusa que te lleve al hospital si tienes un brote, ¿no?

—Entonces has renunciado a tener una familia.

—Ya la tengo —replica a la defensiva—. Eso es lo que nadie quiere entender.

Le amenazo con el dedo índice.

—Baja el tono, chaval. Sabes de sobra lo que pretendía decir.

Él permanece callado mientras dispone los brownies en platos individuales. Me pide que coja uno con un gesto de cabeza, y lleva a la mesa los otros dos para tomar asiento a continuación.

Ya se ha quitado el delantal. Luce un jersey fino con el cuello redondo de un apagado tono celeste que realza las motas azules de sus ojos grises.

—Yo nunca voy a renunciar a nada —retoma la conversación en cuanto ha comprobado que el postre está a su gusto—. Tiene que haber una mujer en este mundo a la que no solo no le importe que Toots sea lo primero, sino que pueda aprender a quererla tanto como yo.

—Eso último parece imposible —confieso en voz baja, sonriéndole con calidez—, pero porque el amor de un hermano es incondicional.

—Ya... —Se pasa una mano por la nuca rapada, y fija en mí una mirada decidida—. Pero si resultara ser posible y tuviera la suerte de encontrar a la indicada, la perseguiría hasta que me dijera que sí.

Aparto la vista, en parte porque se forma un silencio significativo, en parte porque no estoy en condiciones de asimilar la intensidad de su promesa.

—Se deben dar muchísimos factores, ¿no lo piensas a veces? —reflexiono con la barbilla apoyada en la mano—. Lo acabamos de ver: no basta con que quieras a alguien. Vuestras filosofías de vida han de ser similares, vuestras rutinas tienen que encajar, vuestras familias deben aceptaros mutuamente... La cultura y la educación también son determinantes. Supongo que por eso el amor es un milagro: ¿cuál es la probabilidad real de que dos piezas, cada una de su padre y de su madre, hagan clic? No una vez, sino durante toda una vida... —Al sentir que se me ha quedado mirando, sacudo la cabeza—. ¿Qué le has echado a la sopa, si se puede saber?

—Los *passatelli* no tienen nada que ver. —Se reclina hacia atrás, satisfecho, y se palmea el vientre—. Si te sientes lo bastante cómoda en mi casa como para ponerte a divagar, el mérito es todo mío.

Pero no tiene ni la menor idea de hasta qué punto es meritorio.

Yo ya no me siento cómoda ni en la que fue mi casa hasta los dieciocho años. Adoro a mis padres con toda mi alma y siempre lo haré, pero son buena gente con aspiraciones humildes que no conoce los entresijos de la vida pública, que no ha sido corrompida por el vicio o manipulada en beneficio del consumo, y, por tanto, jamás podrían entenderme. No me siento cómoda con la familia de Lara Cosima, que, en parte, también fue la mía; desprecian la farándula, y cada vez que me presto a reunirme con ellos, me veo obligada a fingir ser alguien que dejé en el pueblo hace más de una década. No me siento cómoda a solas conmigo en los apartamentos que he adquirido y luego vendido durante la frenética búsqueda del escondite perfecto, porque a ratos se me olvida dónde termina Alexia Lux y dónde empiezo yo, si es que queda algo de ese «yo», y enfrentarme a mis pensamientos es una tortura psicológica. No me siento cómoda en fiestas multitudinarias, cuando los desconocidos me rodean en lo que a veces se me antoja una maniobra de bloqueo militar; no sé quiénes son esas personas que se toman la libertad de tocarme, hablarme como si me conocieran mejor de lo que me conozco yo, halagarme como si fuese alguien. No me siento cómoda cuando soy la protagonista de mi cumpleaños y solo mis seres queridos me acompañan, porque he acabado odiando estar bajo el foco de luz central, y porque el síndrome del impostor no pierde la oportunidad de susurrarme que no me merezco este afecto, este éxito.

Da igual con quién vaya o con quién esté. Las expectativas que he de cumplir, ya sean mías o ajenas, se presentan en la fiesta como ese personaje despreciable al que nadie ha invitado, y cuando no me arruinan la diversión, penden sobre mí igual que una espada de Damocles. Rara vez puedo hacer lo que se me canta, así que acallo gritos, silencio opiniones, contengo lágrimas y mantengo la compostura del personaje de Alexia Lux, aquel que hace más de diez años describimos sobre el papel con sencillez, sin saber los sacrificios que conllevaría... o sabiéndolo, pero creyendo ingenuamente que era lo bastante fuerte para soportarlos: Señorita Americana. Esa soy yo.

Pero a Vinny le he gritado, le he llorado, le he dado mi opinión. Así que al final resulta que el *tight end* no es solo el jugador comodín del equipo, el que corre, alcanza la pelota, protege, defiende... el omnipotente, en definitiva. Como dice Lara Cosima sobre las personas con su perfil, es como una sonrisa. Le sienta bien a todo el mundo.

—Chicos —nos llama Savannah desde la puerta. Se frota un ojo con el puño cerrado—, me ha entrado mucho sueño. ¿Os importa que os deje solos?

—Claro que no, Toots —responde él con suavidad—. ¿Te encuentras bien? ¿Tienes fiebre?

—*Nope*. Estoy perfecta. Es solo que ha sido un día muy largo y me apetece descansar. Lo siento, Alexia —se disculpa, pero la chica es terriblemente expresiva para bien y para mal, y se le nota a la legua que no lo lamenta.

Y no lo lamenta porque se ha propuesto dejarnos a solas.

El hermano mayor se levanta para comprobar que no tiene la frente ardiendo. Asiente, conforme, y le estampa un beso en la coronilla aunque Savannah le haya condenado con la mirada por creerla una mentirosa.

En cuanto desaparece camino a su dormitorio, Vinny suspira.

—Toots es mi Lara Cosima —señala con una sonrisita burlona—. Conspira a mis espaldas para cerrarme los mejores tratos, ya sean comerciales o sentimentales.

—Entonces te has dado cuenta de que ha sido una trampa.

Él me lanza una miradita socarrona.

—Me dan de hostias en el trabajo, pero todavía no me han dejado tonto hasta ese punto.

—Debe de estar desesperada por que te eches una novia. Todas las chicas de veinte años necesitan espacio, Vinny. Incluso las que a veces se ponen enfermas —agrego con suavidad.

—Y yo se lo doy, pero todavía me necesita. Podría haber llamado a Noah o a Ash para que se quedaran cuidándola; les confiaría mi vida, y Toots no es menos valiosa. Pero ella no quería estar con otra persona. Aparte, es manipuladora de cojones y no iba a desaprovechar la oportunidad de traerte hasta aquí —apostilla con sorna—. Aún te admira.

—Pues mis felicitaciones por la misión cumplida. Ahora que estoy por la zona, no me voy a largar. ¿No tienes una baraja de cartas, el *Twister* o el *Monopoly*?

—Puedo entretenerte de formas más interesantes —sugiere, batiendo las pestañas—, pero lo que mandes. Si puedo elegir a quién desplumar al póquer, esa serías tú, que según sé saliste en la lista de los más ricos de la revista *Forbes*.

—Tengo capacidad de ahorro —resumo con ambigüedad—. Anda, ve a coger las cartas, que odio hablar de dinero.

Abre un cajón bajo la encimera y saca una baraja sujeta con una goma del pelo.

—¿Por qué? —tantea mientras las organiza—. ¿Te han afectado las críticas que dicen que no se puede llegar a ser millonario de forma ética?

—No, pero estoy de acuerdo. No he tenido que explotar a nadie, eso sí; la única explotada he sido yo —me río sin energía—. A efectos prácticos, da lo mismo, porque se cumple la norma: no, no puedes ser millonario de forma ética.

Vinny reparte las cartas sin dejar de mirarme.

—¿No eres feliz haciendo tus cosas? —pregunta tras unos instantes de silencio.

Me dan ganas de soltar una carcajada y decirle que nos hemos venido muy arriba con las confesiones, pero él me ha hablado de su hermana. No se me caerán los anillos si le correspondo sincerándome. Incluso me sentiré mejor, libre de una deuda.

—A ver, tengo mis momentos malos —reconozco—, pero luego...

Luego ¿qué? Luego canto en el escenario y la energía que recibo de mi público me llena. No estaría mintiendo. Pero canto canciones que me han dicho cómo componer; que casi me han compuesto otros, en realidad. «Luego gano dinero que puedo gastarme en cosas que sí me hacen feliz». Es otra posible respuesta, y no exenta de verdad, pero no me reconozco en ella. Es lo que Jerry me incita a tener presente para silenciar el malestar de verme en el sitio equivocado. Pero ¿qué le importa a Vinny si me siento como si me hubiera subido a un barco y me hubieran cambiado la ruta en mitad del trayecto?

—Luego te das un paseo en tu yate y se te pasa —completa él al verme callada.

Consigue su propósito, que es robarme una sonrisa.

—No tengo ningún yate.

—Pues peor para ti. Seguro que las cosas se ven con más optimismo desde uno.

Viendo que necesito distracción, Vinny me confiesa que, si él se comprara un barco, dudaría sobre cómo llamarlo; nombre de mujer tendría, eso seguro, pero ¿de quién? Savannah sería de cajón, y Pamela quedaría muy frívolo, aunque la Anderson sea la actriz y modelo de la que lleva enamorado desde que era un adolescente.

Del nombre de nuestras embarcaciones, pasamos a hablar de los diminutivos y apodos, de los apellidos más raros que hemos oído jamás en el instituto, de cómo nos percibían nuestros compañeros de clase cuando éramos menores. Nos contamos anécdotas de nuestro baile de fin de curso, en el que él se acostó por primera vez con su novia de toda la vida, Stacey, y yo canté delante de un público muy exigente.

Saltamos de un tema a otro con una facilidad que no

deja de asombrarme. Yo, que soy una neurótica a la hora de otorgar mi confianza, tengo la seguridad de que no va a venderle datos sensibles a la prensa, de que ni siquiera los compartirá con sus amigos. Vinny es lo bastante normal para valorar la privacidad —que no se sepa nada de su hermana lo dice todo—, pero sigue estando en el círculo de celebridades. Eso significa que puede entenderme y, a la vez, saber exactamente cómo protegerme.

—¿Entonces? —retoma él tras Dios sabe cuánto rato—. ¿Vamos a jugar? ¿Cuánto dinero vas a poner sobre el tapete?

—¿Eso es lo que quieres? ¿Dinero? —bufo, fingiéndome ofendida—. Pensaba que aprovecharías para sugerirme que el perdedor se quitara una prenda, o que, si ganas, tienes derecho a un beso.

—Vaya truco barato de psicología inversa. Se te ha visto el plumero: me induces a proponer un intercambio sexual porque la que quiere quitarme los pantalones si fallo eres tú.

Se tiene que quedar sin respuesta por mi parte, porque me suena el móvil y el que llama no es alguien a quien uno quiera o pueda dejar colgado.

Lara Cosima ni siquiera espera a que conteste para empezar:

—¿Cómo que te has ido del restaurante porque Vinny no aparecía? ¿Dónde estás ahora?

—En su casa. Es que le había surgido un problema, pero todo bien.

—Ah, ¿estáis juntos?

—Ajá. Dile hola, Vinny.

Él se inclina hacia mí para hablarle al móvil.

—Hola, Lara Cosima.

—¿A qué esperáis para subir algo a Instagram? —se queja ella—. ¿Te ha preparado la cena? Pues foto a la comida, y luego lo etiquetas. Puedes incluso poner un emoticono sugerente, como el de la lengua, o el que tiene la cara roja y está sudando. ¿O estáis viendo una película? Mejor todavía: pon una pierna encima de la suya y subes la foto sin dar explicaciones, que cada uno se haga sus pajas mentales.

Vinny y yo intercambiamos una mirada cómplice.

—Se gana su sueldo, eso seguro —comenta él con desparpajo.

—Subiré algo, lo prometo. Buenas noches, Pumpkin.

—¿Cómo que buenas noches? ¡Todavía no te he hecho preguntas como amiga! ¡Solo las de mánager! ¿Qué estáis haciendo? ¡Lex!

Le lanzo un beso muy sonoro y le cuelgo antes de que me arruine la velada. No sería su culpa, porque solo hace su trabajo y estoy aquí por razones ajenas a la diversión, pero no quiero que el recordatorio de nuestro contrato enrarezca la atmósfera. Prefiero pensar en esta noche como una cita tranquila, y no como una trampa publicitaria.

Y, sin embargo, mi expresión debe de reflejar estos últimos pensamientos, porque Vinny pone los codos sobre la mesa para inclinarse y mirarme de cerca.

—Oye —me llama en voz baja—. Lo estábamos pasando bien. Olvídate del Instagram.

—Tengo que subirlo.

Aprovecho que aún sostengo el móvil para echarle una foto a los dos platos de brownies, el suyo empezado, el mío intacto. Procuro que salga uno de los brazos que tiene apoyados sobre el mantel, y sigo las órdenes estrictas de Lara Cosima: agrego su usuario y un emoticono sugerente.

Cuando pulso el botón azul, me vengo abajo irremediablemente. Porque incluso si lo estábamos pasando bien, las razones que me han traído aquí y los motivos que prolongarán nuestro contacto están muy alejados de que nos gustemos.

Porque incluso si lo estábamos pasando bien, como él dice, esto sigue siendo una mentira.

—Se ha hecho tarde —anuncio, poniéndome en pie. Evito mirarlo. Me siento como si le hubiera traicionado de alguna manera, como si rechazara su hospitalidad—. Será mejor que me vaya al hotel. Gracias por la cena y la compañía.

Me dirijo a la salida antes de darle pie a seguirme, pero me alcanza justo cuando ya he cruzado el umbral.

Me sabe mal marcharme sin una despedida en condiciones, y, aun así, cuando me giro y veo que se ha apoyado en el borde de la puerta, estoy convencida de que lo entiende.

—¿De dónde has sacado mi número personal, por cierto? —se me ocurre preguntar.

—Las vías de Lara Cosima son inescrutables —recita con la voz en falsete.

Se me escapa una carcajada sin energía.

—Debería haberlo imaginado.

—Espero que la próxima vez que te vea no tengas tan presente a Lara Cosima y todo lo que viene con ella —responde él, mirándome con fijeza—. Esto no tiene por qué sentirse como una gran estafa. Podemos ser buenos amigos de verdad, Lex.

No sé si es porque ha sonado sincero o porque me ha llamado por mi diminutivo, pero no se me ocurre rechazarle cuando avanza un paso y me toma de la barbilla.

El corazón se me acelera de pensar que pueda besarme. Él lo nota, lo sé porque curva los labios en una sonrisa más o menos disimulada, pero se apiada de mis nervios y solo me roza la mejilla con la boca entreabierta.

Reconozco que ya me gustaba envuelto en sudor y cubierto de moratones tras la primera parte del partido, pero ahora que huele a hogar y a cena casera se me hace irresistible.

—Buenas noches —susurra.

—Buenas... —apoyo la mano en su pecho para recibir el beso— noches.

Pero ninguno de los dos mueve una pestaña.

—Me gusta tu perfume —confiesa en voz baja. Noto la caricia de la punta de su nariz sobre la piel, y no puedo controlar un estremecimiento.

Se aparta lo justo para poder besarme en la otra mejilla, y yo, aunque no retiro la palma de donde sigue descansando, muy cerca de donde late su corazón, murmuro:

—¿Dos besos? Estás tentando a la suerte.

—¿No se dan dos besos en Europa?

—¿Y dónde te crees que estás?

—En el séptimo cielo —contesta antes de rozarme el puente de la nariz con los labios separados.

Yo cierro los ojos, seducida por la suavidad del contacto, y permanezco donde estoy a la espera de que dé el primer paso.

¿Por qué no me voy a ir de aquí con un beso? ¿Acaso no me lo merezco? ¿No me merezco que un hombre atractivo y encantador me saque la amargura de encima... aunque sea por un rato?

Estaba decidida a permitir que sucediera, pero pronto dejo de sentir su aliento sobre el rostro. Cuando vuelvo a mirarlo, él ya ha dado un paso atrás y me mira con una mezcla de deseo contenido y malicia satisfecha.

—Mírate ahí, tan guapa con tus ojitos cerrados... —No hay una pizca de burla en su tono, si acaso un rastro de ternura. Aun así, me pongo firme—. Si puedo hacer algo más por ti, solo tienes que decirlo, pero he aprendido mi lección. Yo ya no beso a nadie sin su consentimiento explícito, ¿sabes? Me he retirado.

Me dan ganas de espetarle que no se crea tan especial, pero no creo que tuviera ninguna credibilidad en este momento. Cuadro los hombros para que no le quepa la menor duda de que no me avergüenzo de nada, y me doy media vuelta.

En mi camino al ascensor, lo escucho reírse flojito antes de cerrar la puerta muy despacio, como si esperara que en el último momento cambiara de idea y me quedara a pasar la noche.

Buena suerte con eso, Vinny Bravano.
Con eso y con todo lo demás.

13
Mr. Terribly Bad
Vinny

El que me *hackee* el móvil se va a dar cuenta bien rapidito de que esto es un fraude. Y es que hoy he recibido vía mensaje la lista de acciones que habré de llevar a cabo como nuevo novio de Alexia Lux. Lara Cosima ha tenido la gentileza de detallármelas y hacerme las pertinentes acotaciones, como que para la gala de esta noche, donde se hará oficial nuestra supuesta relación —que de todos modos habremos de negar con sonrisitas y misteriosos encogimientos de hombros—, debería ponerme algo azul marino para ir a juego con el vestido de la cantante.

Como esto va de obedecer órdenes, he tenido que escaparme para que me ajusten un traje a medida. Ahora se ciñe a mi cuerpo preparado para ir al estadio Wasco Center, en Coral Grables, Florida. Es una suerte que la entrega de premios se celebre un sábado por la noche, o el entrenador se estaría planteando sustituirme.

Al igual que el billete de avión, la limusina que vendrá a recogerme correrá a cuenta de la estrella. Y he de reconocer que le veo el encanto a ser un *sugar baby*.

Aun así, no creo que mi orgullo tolerara este servicio durante mucho tiempo. A mí me enseñaron a ganarme el pan desde muy joven.

Mientras espero a que el vehículo se presente, consulto los últimos mensajes. El equipo entero está fundiendo el grupo de los Boston Beasts con sus comentarios chistosos sobre la situación, de la que en el fondo no tienen la menor idea.

Toots se preocupa por si estoy o no preparado enviándome un audio breve.

—Sé tú mismo y lo bordarás —me promete con una sonrisa en la voz—. Si has conseguido que la propia Alexia te adore, ¿por qué se te iban a resistir sus fans o los periodistas que llevan días queriendo convertiros en la pareja del momento?

Me dan ganas de responderle que lo de que Alexia me adora es mucho decir. Ha dejado de mirarme con desconfianza, eso seguro, y también salta a la vista que le atraigo, pero no sé cuánto puede uno fiarse de una mujer que lleva semanas dando vueltas en bucle en una montaña rusa de emociones… a la que no se ha subido por voluntad propia, por cierto.

Nunca he estado en su lugar, lo reconozco. Lo bueno de no implicarte emocionalmente con tus parejas es que no correrás el riesgo de que te dejen y te enteres en una revista… después de todos tus conocidos, y lo que es peor: enemigos. Ahora bien, eso no me impide imaginar que debe de ser una jodienda estar en el ojo público después de una ruptura aparatosa, para colmo teniendo que fingir que ahora quieres a otra persona.

Si de algo me sirvió invitarla a cenar fue para comprender que no está en su mejor momento vital, y que sigue siendo tan humana como demostró en el *meet & greet*.

Que se acordara de Toots me pilló con la guardia baja, pero no me sorprendió en lo más mínimo viendo cómo la miró durante la sobremesa. No con los ojos compasivos de la mayoría, sino como si le pareciera una persona digna de admiración. Y no porque superara el diagnóstico de lupus, porque fuera una «luchadora», palabra que siempre me ha dado un asco tremendo, sino por el que es su carácter. Me he topado con suficiente gente a lo largo de este proceso como para diferenciar a un morboso de la enfermedad de alguien capaz de ver detrás de esta y apreciar a la persona por lo que es.

Me hago una foto en el espejo de la habitación del hotel, que muy convenientemente Lara Cosima ha reservado para mí, y se la mando a Toots para que vea cuánto me favorece el azul marino. El sastre ha tenido en cuenta mis preferencias y mi comodidad, y se ha asegurado de que presento un aspecto formal incluso sin corbata y con unas botas elegantes en lugar de unos zapatos de vestir.

La limusina está esperándome en la entrada del edificio para cuando bajo al vestíbulo. El conductor abandona su puesto para abrirme la puerta, pero Alexia se le adelanta, asomándose con impaciencia. Me echa una mirada de arriba abajo que quiero tildar de apreciativa, y acto seguido me hace un gesto para que pase.

He estado en limusinas antes. Cuando Stacey, mi novia y pareja de la fiesta de fin de curso insistió en que nos recogiera a todo el grupo para ir al instituto, y cuando un jugador del equipo celebró su despedida de soltero. Pero esta es otro nivel, y no solo porque Alexia vaya dentro... aunque especialmente la valore por eso.

Lleva un vestido de satén con una raja abierta en el lateral que muestra la longitud de la pierna, tirantes muy finos y un escote hasta el ombligo. Siempre lleva el pelo suelto, y esta vez no iba a ser diferente, pero se lo han cardado sutilmente y llenado de pequeñas trenzas y perlas que brillan tanto como los zapatos de tacón plateados, los accesorios de las muñecas y el maquillaje de los ojos.

Parece una sirena.

En momentos como este, me pregunto qué necesidad tuve de ser un caballero y dejarla marchar sin antes darle un beso de tornillo. Era obvio que ella quería, yo lo deseaba, y si el fantasma de Brian Harris, por el que aún sigue penando, venía a buscarme clamando venganza, pues ya me las apañaría para hacerle un exorcismo, que no podría haberme quitado el gusto ni aun así.

—¿Te ha mandado Lara Cosima las instrucciones? —me pregunta nada más me pongo cómodo justo delante de ella.

—Me ha dicho que... —finjo hacer memoria clavando la mirada en el techo— me vista a juego contigo, no me separe de ti en las entrevistas, me haga el remolón cuando me pregunten qué tipo de relación tenemos y... y que no me pase con la bebida. No sé por qué ha tenido que hacer esa aclaración, la verdad. No es la primera gala a la que voy.

—Es la primera a la que vas conmigo —corrige, arreglándose los bajos del vestido y cruzando las piernas con visible nerviosismo.

En referencia al temblor de sus dedos, inquiero:

—¿Esperas ganar un premio hoy?

—No, llevo un año sin sacar música. No estoy nominada. Voy a presentar la categoría de mejor álbum.

—¿Por eso no paras de moverte, como si tuvieras hormigas en la ropa interior? ¿Tienes miedo escénico o algo así?

—Llevo más de diez años haciendo esto. Lo que me preocupa es toparme con Brian. Fue invitado en su día, y es muy posible que aparezca con Willa de la mano. Lara Cosima me ha dicho que lo evite en la medida de lo posible, pero si por obra del destino coincidimos en público, que lo salude con brevedad y afecto amistoso. Como si hubiéramos roto los dos porque nos atraían otras personas y nos lleváramos de maravilla.

Enarco una ceja al ver su gesto torcido en una mueca de disconformidad.

Apuesto a que preferiría romperle la nariz de un puñetazo en vivo y en directo.

—¿Crees que podrás hacerlo? —tanteo.

—No estoy segura —reconoce en tono vacilante, todavía sin mirarme—. La última vez que lo vi en persona, nos despedimos con un beso y la promesa de volver a vernos en casa. *Nuestra* casa. No sé cómo voy a reaccionar cuando tropiece con él.

—¿Sigues enamorada del tipo?

«¿Y a ti qué te importa?», me reprocha la voz interior, y con mucha razón.

Desde luego, a mí debería serme indiferente porque he sabido desde el principio cuál iba a ser mi papel en toda esta historia, y no, no era el de interés romántico de la protagonista. Pero si ya me parece sórdido verme reducido a una estrategia de relaciones públicas cuando siempre me he sentido libre de ser yo mismo ante la prensa, fingir el rol de su pareja cuando Alexia está por otro ya pasa a ser del todo desagradable.

—No —contesta ella para mi sorpresa. Tiene la mirada perdida en la ventanilla—. Solo me entristece cómo ha acabado todo.

Eso sí lo puedo entender.

Cuando empecé a perseguir la carrera de jugador de fútbol, mi novia del instituto no quiso ni pudo estar a mi lado sabiendo que mis prioridades eran otras. La relación no solo se fue a pique, sino que me consta que, a fecha de hoy, soy su mayor enemigo. Va por ahí contándole a todo el que la quiere escuchar que la cambié por la fama y el dinero; que me dejé comprar aunque el precio fuera sacrificar mi humanidad.

La historia no ha trascendido más allá de Phoenix, donde nací y di mis primeros pasos en el mundo del deporte, pero ha conseguido cambiar la percepción que algunos de mis antiguos amigos tenían de mí. Y da vértigo mirar atrás y ver que alguien a quien quisiste tanto es capaz de semejante crueldad.

Prefiero no señalarle esto a Alexia cuando está sumida en sus pensamientos; puede pensar que intento acaparar la conversación con dramas que ni siquiera tengo ya presentes. Por eso opto por pasar a la acción y cogerla de la mano para transmitirle mi apoyo.

Ella no solo no me aparta, sino que me agradece el gesto con una escueta sonrisa.

Así es como llegamos a las puertas del estadio, donde han colocado una alfombra roja flanqueada por periodistas e *influencers* que se las dan de entrevistadores.

Alexia rompe el contacto para alisarse las arrugas del vestido.

Antes de salir de la limusina, en torno a la que empiezan a amontonarse los curiosos, respira hondo hasta suavizar la expresión. Cuando abre la puerta, ha pintado una sonrisa brillante en su rostro.

Pasmado por el cambio de registro en apenas un instante, tardo varios segundos en seguirla; los segundos que dedico al pensamiento de no subestimar su talento para el artificio y a tratar de convencerme de que conmigo no finge la diversión.

Una ola de ovaciones se levanta en cuanto Alexia anuncia que trae un acompañante y yo hago acto de presencia con una sonrisa que es una copia de la suya. Un aluvión de *flashes* amenaza con cegarme en mi camino hacia la entrada, que hago procurando controlar el impulso de cubrirme la cara con el antebrazo para conservar la vista. Alexia sortea a los chismosos de la prensa con la naturalidad de quien está acostumbrado a ser el principal reclamo de las fiestas.

El primer paso es la alfombra roja, una especie de previa a la ceremonia donde los artistas van de un lado para otro posando para las fotos y respondiendo preguntas variadas. La mayoría deberían centrarse en lo que hemos venido a hacer: entregar o recibir premios y presenciar espectáculos musicales de los cantantes invitados. Pero tan pronto como Alexia deja de posar para las cámaras hambrientas y acude a mi lado, la periodista más rápida empieza a ametrallarla con cuestiones relativas a su vida personal.

—Alexia, ¿cómo te sentó conocer el nuevo romance de Brian Harris?

Ella compone una mueca de fingida incomprensión, como si le extrañara que cupieran dudas al respecto.

—Pues, como no puede ser de otro modo, me alegro mucho por él... igual que él se alegrará por mí, supongo.

—¿Cómo te enteraste de que había empezado una relación con Willa Wallace?

—Me lo comentó al poco tiempo de separarnos —resuelve con naturalidad—. Le di mi más sincera enhorabuena.

—Algunos usuarios de la red dicen que descubriste que él ya no quería estar contigo a través de un tuit. ¿Puedes desmentirlo para este medio? —Y le tiende el micrófono.

Al intuir que a Alexia no le hará mucha gracia responder a esa pregunta, me adelanto y sonrío a la periodista.

—Oye, guapa, es un poco maleducado preguntarle por su exnovio delante de mí, ¿no te parece? Al menos, dame un pelín de protagonismo para que no me sienta inseguro. —Me pongo una mano sobre el pecho—. Tengo mi corazoncito, ¿sabes?

Gracias al cielo, la entrevistadora es joven y demasiado empática para la labor que tiene que desempeñar, y se disculpa entre risitas para hacerme el favor de cambiar el enfoque.

Alexia entrelaza los dedos con los míos y me aprieta la mano en señal de agradecimiento.

—Ahora vuelvo —avisa en voz baja, y se justifica con la periodista—. Me están pidiendo que pose en el *photocall*.

—Nosotras cuidaremos de Vinny —le promete la chica antes de dirigirme una mirada de ojos brillantes—. ¿Y bien? Dijiste nada más ganar la NFL en el partido de la Super Bowl que le darías a Alexia tu anillo de la victoria de forma simbólica.

—¿Sabes qué pasa? —le pregunto en voz baja, inclinándome para contarle un secreto—. Que a ella no le van las joyas tan ostentosas. Yo habría estado encantado de entregárselo, pero prefiere algo más... delicado. Más femenino, ¿me explico?

—Entonces vais en serio, pero no está previsto un compromiso pronto.

—Nos lo pasamos muy bien juntos. —Me encojo de hombros—. Ya veremos adónde lleva eso, porque la verdad es que ninguno anda pensando en bodas. Lo del anillo fue una forma de llamar su atención, ya me entiendes. Cuando quieres conquistar a Alexia Lux, has de improvisar a lo grande.

—Y tanto que improvisaste a lo grande. ¡Vaya beso! ¡Toda América sigue conmocionada!

—A ella no le gustó mucho la sorpresa —reconozco, inclinado sobre el micrófono. ¿Cuáles eran las pautas de Lara Cosima? Ah, sí, intentar no avivar el fuego, pero ser lo bastante interesante para que los que aún dudan de nuestro romance arranquen el póster de Brian de su dormitorio y cuelguen uno mío—. Lex quiere llevar su vida privada con discreción, y no fui precisamente sutil... Pero vosotros sí le haréis el favor de no copar portadas con su cara, ¿a que sí?

La entrevistadora se ríe con mis ojos de Gato con Botas.

—Hacemos lo que podemos, pero tu chica tiene una trayectoria demasiado tentadora como para no retratarla a la menor oportunidad. Y tú no te quedas atrás... Enhorabuena por la victoria de los Boston Beasts, Vinny. ¿Veremos pronto a Alexia en uno de tus partidos? ¿Alguno de la XFL, quizá?

—Nada me haría más feliz. Recemos para que tenga un hueco en la agenda.

A fin de escabullirme de la horda de periodistas que esperan a que acabe con la entrevistadora para sepultarme en preguntas, pongo rumbo al baño de caballeros sin apartar la vista de mi destino. Tengo que apartar casi a brazadas a un noventa por ciento de la gente que trabaja esta noche para la prensa.

En parte, mi huida es una cuestión de supervivencia, porque no me imagino a Alexia o a Lara Cosima perdonándome que haya pasado por alto la obligación de esperar a la superestrella para responder preguntas sensibles.

Si me cayera otra bronca, podría defenderme fácilmente. ¿Qué hago yo, si mi acompañante desaparece de pronto? Porque no está en el *photocall*.

Ni siquiera la veo cerca.

La duda se disipa en cuanto alcanzo las puertas del aseo de caballeros.

Es demasiado pronto para que ningún invitado necesite usar el excusado, puesto que ni siquiera han servido aún las copas; supongo que por eso han venido aquí a refugiarse las dos personas que todavía tienen asuntos personales que resolver.

Nada más abrir la puerta del baño, una gruesa pared con azulejos te dirige hacia la izquierda. Desde mi discreta posición, puedo observar las espaldas de Brian Harris, su cabello rubio y suelto sobre los hombros. Su cuerpo tapa el de Alexia, a la que me imagino con los puños crispados y los ojos lanzando chispas.

Ninguno de los dos puede verme a mí.

—¿Y qué querías que hiciera? —rezonga Brian—. Te negaste a negociar el anuncio de la ruptura, y mi equipo de relaciones públicas tenía que hacer algo a la mayor brevedad.

—¿«Tenía que hacer algo a la mayor brevedad»? ¿Me lo estás diciendo en serio? —le ruge ella—. No me trates como si me chupara el dedo, que es una característica que no nos describen ni a mí, ni a tu publicista, que lleva aprovechándose de mi fama para darte bombo desde el primer día. Es imposible que tuviera prisa por librarse de mí.

—Hombre, por fin se caen las caretas. Ya sabía yo que siempre te has sentido superior a mí.

—No me siento superior a ti, Brian, porque no es un sentimiento —suspira, hastiada—: es un hecho contrastado. Cualquiera que esté conmigo subirá doscientos mil seguidores de un día para otro, tendrá más oportunidades laborales y empezará a resultarle interesante a la prensa rosa.

Puedo dar fe de ello. He llegado al millón de *followers* en Instagram gracias a ella.

—Teniendo eso en la cabeza, no me extraña que te sorprenda que mi equipo me recomendara desvincularme de ti a la mínima de cambio.

—Ya, tu equipo —replica Alexia con resentimiento—. Venga, por favor, Brian… Te has desvinculado tú porque llevas obsesionado con tu coprotagonista desde que hicisteis el casting. Dame el gusto de oírtelo decir, vamos. Dime que has estado acostándote con ella mientras grababais.

Brian suelta una carcajada incrédula.

—No me puedo creer que estés tan ciega. Ni me he enamorado de Willa, ni anuncié que estábamos juntos porque quisiera adelantarme a ti. Estaba esperando a que contactaras conmigo o respondieras a los correos de mi representante para actuar, pero como nos ignorabas, nos tomamos la libertad de hacer lo que más me convino. Y lo que más me conviene de cara a la publicidad de la película es que se piense que Willa y yo nos enamoramos en el set.

—Sí, claro. —Alexia suelta una risa envenenada, pero una duda razonable empaña su réplica—. Ahora me vas a decir que os echaron fotos dándoos besitos en Nueva York porque así venderéis más entradas.

—Por Dios, Lex —se exaspera el tipo—, ¿no deberías haber aprendido a reconocer un plan de relaciones públicas incluso con los ojos cerrados? Esas fotos han salido tan bonitas como para enmarcarlas porque las hizo mi propio equipo y las envió a las revistas. Entre Willa y yo no hay nada, y si no lo crees, ya lo verás cuando rompamos por diferencias irreconciliables una vez haya acabado la temporada de promoción. Me quedaré soltero más o menos cuando tú dejes al jugador ese; porque vas a esperar a sacar el nuevo disco para cortar con él, ¿verdad? Ahora el noviazgo te viene bien para limpiar tu imagen, y, más adelante, la ruptura te vendrá aún mejor como estrategia de ventas. A fin de cuentas, todos tus discos versan sobre el último tío que te haya estado entreteniendo.

Desde mi escondite, levanto las cejas con una mezcla de asombro y curiosidad.

Quién me iba a decir a mí que sería tan relevante como para formar parte de una pelea de antiguos enamorados.

—Voy a pasar del comentario de mierda que acabas de soltar. Pero ¿qué te hace pensar que yo me presto a las mismas tácticas de marketing que tú? Vinny es un hombre maravilloso, franco y sencillo; justo lo que una necesita después de haber estado con un esclavo de la fama.

—¿Maravilloso, franco y sencillo? Lo de franco y sencillo te lo compro, porque apuesto lo que sea a que es demasiado imbécil para saber mentir. No me tomes a mí por uno, Lex. No saldrías con un obseso del gimnasio con serrín en la cabeza ni aunque fuera tu última opción.

Tengo que resistir el impulso de intervenir.

Solo me controlo porque siento la estúpida necesidad de ver cómo contesta Alexia.

—¿Quién te has creído que eres para hablar así de alguien a quien no conoces? —jadea entre incrédula e indignada.

—No estoy hablando de él, estoy hablando de ti —corrige—. Lex, eres una artista, una persona con una sensibilidad especial; ¿qué podría aportarte un jugador de fútbol americano que hasta ahora era famoso por hacer bailecitos y ponerse a canturrear después de ganar un partido? Se nota a leguas que vuestra relación es una puta mentira, y quien no lo haya notado, ya se dará cuenta cuando lo dejes antes de tiempo por puro aburrimiento.

—Y supongo que lo describes así porque te crees mejor que él. Eres un pobre desgraciado, Brian. Si crees que contigo no me aburría, es que no estabas prestando atención.

El tipo avanza un paso, sospecho que para cubrir la mejilla de Alexia con la palma.

—Pues bien que estuviste a punto de casarte conmigo, cariño. Eso habla peor de ti que de mí.

Ella se deshace de su contacto con un manotazo.

—Todo el mundo tiene momentos de debilidad.

—Tú no tienes momentos de debilidad; llevas años y años rebotando de unos brazos a otros, como una bola de pinball, para ver quién te ofrece una boda. A tu nuevo novio le falta sesera y yo soy un aburrido, pero tú, nena, das mucha pena.

—Bueno —intervengo antes de que la discusión vaya a más. Brian se gira hacia mí con el rostro ceniciento, como si hubiera visto un fantasma—, creo que va siendo hora de que cierres la boca, ¿no te parece? Y si quieres seguir soltando mierda, el sitio perfecto para hacerlo te queda a unos tres metros de distancia. —Señalo uno de los cubículos vacíos con un gesto de cabeza.

Aunque podría haberme regocijado en la expresión de pánico de Brian, la que corresponde a un cobarde que no se responsabiliza de lo que dice, mis ojos van a parar a la reacción de Alexia.

Ella también ha empalidecido con el ataque de su ex. El tipo le ha dado donde sabía que le iba a doler, y lo ha conseguido.

Le tiendo una mano.

—Ven conmigo, anda.

Sale de su trance temporal y mira fugazmente a Brian, que no sabe dónde meterse, y luego posa la vista en mí, en la excusa que le ofrezco para huir de la escena. No llega a enfocar la vista, aun así. Como la mujer testaruda que es, con el extra de que ahora se siente fuera de lugar y más que ofendida, no acepta mi oferta y pasa por mi lado como un torbellino para dejarnos a los dos con un palmo de narices.

Pero no me lo tomo como algo personal, porque esto no va sobre mí.

Al quedarnos solos, Brian empequeñece más aún y evita mirarme, como si así pudiera librarse de una paliza si decidiera dársela.

No va a pasar, claro. Soy un hombre muy civilizado. Pero como nada me gusta más que intimidar a los capullos, a los pusilánimes y a los que son las dos cosas, me acerco y lo agarro del extremo de la corbata para acercarlo a mí.

Brian lanza un gritito ahogado que acallo colocándome el dedo índice sobre los labios.

—Hoy no, porque llevo un traje caro y no me quiero

manchar —le digo en tono cínico—, pero si vuelves a molestar a Alexia, vas a descubrir de primera mano lo obsesionado que estoy con el gimnasio. ¿Me he hecho entender?

Aunque el tipo también está en forma y no es de mediana estatura que se diga —ningún hombre con el que Alexia haya salido es más bajo que ella—, sabe que en una pelea no tendría nada que hacer. Lo demuestra asintiendo frenéticamente con la cabeza, y alzando las dos manos como señal de rendición.

Lo suelto con desgana, porque la verdad es que me habría encantado devolverlo a la alfombra roja con un morado que diera de qué hablar. Y a él también le habría encantado, eso seguro. Es uno de tantos hijos de puta a los que les encanta ser el centro de atención.

¿Cómo decía aquella patética frase? «Que hablen bien o mal, pero que hablen».

Lamentable.

Me arreglo la chaqueta y el cuello de la camisa frente al espejo, hacia donde también apunta la mirada conmocionada de Brian, y cuando considero que estoy listo, me doy la vuelta para asegurarme de que él también parece presentable. Le arreglo la corbata como mi madre me enseñó, y le doy una palmada en el hombro.

—En el fondo me da pena lo pringado que eres. —Señalo con el pulgar la puerta por donde Alexia ha desaparecido—. No vas a volver a tener tanta suerte en tu vida, chaval.

14
The Coolest American Couple
Vinny

Cuando los Boston Beasts entraron a jugar en la liga nacional, reconozco que se me subió un poco a la cabeza. La prensa deportiva te da un valor excesivo y empiezas a creerte la última Coca-Cola del desierto, y lo que es peor: actúas en consecuencia. Piensas que, como todo te cae del cielo, te lo mereces completamente y tienes el derecho de no valorarlo como es debido.

Llegó un punto en mi vida en el que me parecía normal que hubiera una supermodelo en mi dormitorio y que todos los días me llamaran para protagonizar anuncios millonarios. Luego, y gracias a Dios, Toots se cansó de mis estupideces y me dijo a la cara que me estaba convirtiendo en un energúmeno insufrible; que más me valía poner los pies en la Tierra de una vez por todas, y recordar que sigo siendo un chaval de Arizona al que se le da bien correr.

«Te sigues llamando Vinicius. Eso no lo cambiará ni tres millones en el banco», me dijo, y con mucha razón.

Gracias a este «proceso deconstructivo», como Savannah lo llamó gracias a los conocimientos sobre teorías de género que ha adquirido en la universidad, hoy puedo sentarme entre el público de los premios, mirar a mi alrededor y flipar como nunca antes. Hoy puedo asistir a la entrega de la categoría de mejor álbum, que preside Alexia, y no terminar de creerme que haya venido como su acompañante.

No solo eso, sino que la tuviera cenando en mi casa y hablando con mi hermana pequeña como si fueran amigas de toda la vida.

Le ha venido bien que la gala comenzara justo al salir del servicio. Se ha puesto su sonrisa falsa, se ha armado con su carácter complaciente para con todos y ha subido al escenario a representar ese papel de estrella risueña que, con un poco de empeño y autoengaño, espero que se acabe tragando para pasar la noche sin acordarse de Brian.

Brilla. No hay otra manera de describirlo. Brilla más que la artista que recibe el premio. Es más ovacionada que la susodicha. Si fuera por el público, le habrían entregado a ella el trofeo por decimotercera vez casi consecutiva.

¿O no he mencionado aún que tiene más de diez Grammys en su poder?

Como es natural, lo he contrastado en Google para que no me pillen con la guardia baja. Y porque siento curiosidad, lo admito. Esto de empaparme de información relevante sobre su carrera iba a constituir una búsqueda rápida, pero entre unas cosas y otras acabé viéndome en una situación muy comprometida a las cinco de la madrugada. Toots me cazó en el dormitorio sumido en las sombras con el edredón subido hasta la sien, la iluminación del móvil abrasándome las córneas, y sonriéndole como un bobo a una ceremonia de Billboard de hace cinco años en la que Alexia se equivocó pronunciando una palabra de su discurso. Al verme física y emocionalmente implicado en mi labor de investigación, mi hermana se tumbó a mi lado y me señaló los vídeos más relevantes de la cultura pop, como aquel en el que un cantante de rap conocido por sus delirios de grandeza intentó sabotear la victoria de Alexia señalando que otra artista se merecía más el premio.

Y mírala ahora, siendo la veterana que los entrega en mano.

Cuando regresa a su asiento después de aportar su granito de arena, relaja la expresión y posa una mano sobre mi muslo. Asumo que es porque la cámara nos está grabando, y me inclino hacia ella para besarla en la mejilla, ahí donde suelen decirme «¡Vinny, no! ¡Vas a arruinarme el *contouring*!».

—¿Estás bien? —le pregunto en voz baja. Ella, con la vista clavada en el escenario, asiente con discreción. Es imposible saberlo con certeza porque tiene unas cuantas clases de interpretación a sus espaldas, pero intuyo que está luchando por mantener la compostura. La tomo de la barbilla para que me mire—. ¿Seguro?

—No me hagas llorar con tus preguntitas, Bravano —me advierte entre dientes—. Por ahora estoy cumpliendo con mi parte.

—¿Te apetece que cumpla yo con la mía y te ofrezca apoyo moral?

—Tu parte no es ofrecerme apoyo moral. Es sonreír, asentir y estar bueno.

Se me escapa una carcajada que... no, no va muy a juego con su tono crispado.

—Me alegra saber que se me da bien eso último.

—Cuidado con lo que me dices —interrumpe por si acaso—, que seguro que nos graban y luego los clips se viralizan en internet. Solo nos faltaría que el vídeo llegara a un experto que lee los labios en TikTok y se supiera que hemos estado hablando de mi mal humor.

—Todavía no hemos mencionado tu mal humor, que, de todos modos, tiene fácil arreglo. ¿Te parece bien que me ponga cariñoso hasta que te ablandes? Te cambio tres historias de Instagram por un besito en los labios.

Ella le sonríe a la nada.

—Que más quisieras.

—No te burles de mis necesidades románticas. Yo también he sido insultado en ese baño, y solo un abrazo podría consolarme.

Alexia se gira hacia mí para medir cuánta verdad hay en mi afirmación. No mucha, lo reconozco, pero un pobre chico está en su derecho de improvisar para alejar a su novia de mentira de lo que anda afectándola.

Ella parece abochornada, como si tuviera alguna culpa del numerito de su ex. Debe de sentirse culpable, porque acaba reclinándose sobre mí para ofrecerme su cara perfecta.

—De acuerdo. Cambiamos dos historias de Instagram por otro beso en la mejilla. Hazlo bonito, ¿eh? —me pide.

Le echo un brazo sobre los hombros y acaricio lentamente su brazo desnudo, de arriba abajo, antes de posar los labios sobre su coronilla. Huele de esa manera que me hace la boca agua, y he de reconocer que no da el mismo morbo ponerse cariñoso en unos premios musicales que escondidos en el servicio de un *rooftop*. Esto es mucho mejor.

Me entretengo jugando con las puntas de su pelo, fingiendo prestar atención a la gala cuando mi único interés es captar cada mínimo movimiento de la mujer que tengo al lado. No solo no se reclina en la dirección contraria, sino que abandona todo su peso sobre mí, poniéndose cómoda de verdad.

—Creo que Brian es el novio más gilipollas que he tenido —reconoce de pronto.

—No sé yo. Tenía seria competencia, ¿eh? El Richie aquel... —Chasqueo la lengua—. Y Jacob dio de qué hablar con la cancioncita de los diez minutos. Eso por no mencionar tu amistad con la supermodelo aquella, Kylie Klum, creo. Hay gente que piensa que ha sido el gran amor de tu juventud... y que os liasteis.

—Lo hicimos —admite con naturalidad—. El mejor sexo de mi vida.

—No jodas. ¿Eres bisexual?

—Soy artista —resume, como si eso lo explicara todo. Y, de hecho, lo explica. También era una opción—. ¿Decepcionado? Me han recomendado que no lo anuncie públicamente porque... Ya sabes. La novia de América tiene que apelar a los intereses de la mayoría de la población, y la mayoría de la población no ha sido siempre muy abierta de mente. Por eso no tengo tatuajes, no tengo novias, no tengo un sentido del humor oscuro, no me manifiesto políticamente...

—Qué vida más aburrida.

—Ni te lo imaginas.

—Menos mal que he aparecido yo para hacértelo todo más llevadero. ¿Otro besito? —propongo con brío. Ella aguanta una carcajada y se presta al juego incorporándose lo justo para que su mejilla me quede lo bastante cerca.

Encantado con el deseo concedido, aprovecho para rozar con los labios un punto muy próximo a la comisura de los suyos. En lugar de quejarse, cierra los ojos y se entrega al placer de que la mimen.

Su expresión me remueve por dentro. ¿Cuándo habrá sido la última vez que se habrá sentido querida de verdad? O no ya querida, sino deseada.

Con el corazón en un puño, me propongo prolongar su disfrute deslizando la boca entreabierta por su piel brillante por el maquillaje y la purpurina. Rebaso el límite de la mandíbula y recorro la vena del cuello con la insinuación de un beso. Ahí se concentra el perfume que me trae por la calle de la amargura.

Alexia suspira, inmóvil, y cuando ladea la cabeza en la dirección opuesta para abrirme camino, presiono discretamente con la punta de la lengua ese rincón secreto bajo el lóbulo de la oreja.

—Estamos dando un espectáculo —musita ella, pero no hace el menor intento de desembarazarse de un servidor.

—¿Y? A mí me han pagado para ser actor, así que eso hago. Dar un espectáculo.

—No te pago, Bravano.

—A lo mejor no con dinero, pero porque hay cosas que no tienen precio.

—¿Te estudias las frases antes de venir? —suspira con exasperación.

—Qué va, es que tú me inspiras.

Vuelve a reírse. Me busca con la mirada risueña que ha desbancado la sombra de dudas y resentimiento anterior. Me toma de la barbilla y me atrae hacia sí para besarme en los labios. Es un beso casto que, al principio, encierra un agradecimiento. Pero al separarse y volver a hacer contacto visual, siento que ha cambiado de opinión y su intención ahora es inclinarse por la perversión. Lo hace volviendo a encontrarse con mis labios, de nuevo sin dientes, sin lengua, pero es un contacto más prolongado que despierta mi cuerpo.

Le rodeo el cuello por detrás y acaricio su espalda de arriba abajo, hasta donde el asiento me permite explorar.

—¿Nos pueden echar por escándalo público? —pregunto en voz baja.

—No creo que haya nadie mirando. Han apagado las luces y está actuando Lady Gaga.

—Anda que con quién hemos ido a ser irrespetuosos... Con una dama, ni más, ni menos.

Alexia suelta una carcajada. Permanece girada hacia mí en el asiento. Alarga una mano hacia mi rostro y resigue la línea donde empieza la barba, pasando por el bigote y luego descendiendo por los labios. Parece que el reconocimiento facial apele a su paz interior, porque se sume en un silencio circunspecto hasta que, pasados unos segundos, enfoca la mirada y me escudriña con aire calculador.

—En realidad —confiesa, sujetándome la cara con los dedos—, eres bastante guapo.

—Tú tampoco estás nada mal.

Debería haber parado el carro enseguida, porque uno no puede levantarse de sopetón en plena entrega de premios, coger en volandas a Alexia Lux y encerrarla en un baño hasta que admita que le gusto, para lo cual emplearía técnicas de persuasión que no salen en los libros. Quizá solo en cierto texto hinduista sobre el arte de amar. Pero se supone que sé controlar el juego, y ella está tan entretenida, o divertida, o intrigada conmigo, que dejo que la noche se convierta en una sucesión de caricias, besos robados y pueriles provocaciones que tienen un efecto devastador en mi cuerpo.

No recordaba la última vez que me puse duro con los flirteos de una mujer.

Para cuando acaba la gala, estoy tan concentrado en que no se note que estoy a un besito inocente de explotar que no medio palabra en el camino a la limusina. Se supone que hay una fiesta privada posceremonia con los artistas; Alexia tiene que cambiarse de ropa si quiere asistir. Pero no parece que esa sea su intención cuando entra en el vehículo, aislado del chófer por un cristal tintado, y se sirve una copa de champán de la cubitera.

Desde su posición de *femme fatale*, con las piernas cruzadas y la bebida en la mano, me lanza una mirada prometedora.

—¿Quieres?

Joder que si quiero. Lo quiero todo.

—No, gracias. Y tú tampoco deberías beber. Has tenido un encontronazo con un capullo que iba a ser tu marido, y luego otro capullo te ha estado manoseando en público. Lo de emborracharte después solo puede salir mal.

—¿Tienes miedo de que lo pague contigo?

—Depende —respondo, echándole un brazo por encima al respaldo de los asientos—. A veces lo pagas poniéndote cariñosa.

—¿Crees que me he puesto cariñosa porque estoy despechada? —Hay una nota de asombro en su voz. Da un sorbo a la copa, todavía con las cejas alzadas, y se queda degustando el champán moviendo los morritos pintados con aire pensativo. Tras un rato de deliberación, concluye—: No lo creo. Brian no es el mayor problema de mi vida ahora mismo, y saber que no me ha puesto los cuernos y que puede tocar mi punto débil sin pestañear me ha tranquilizado bastante. Me voy a ahorrar la humillación de cornuda y, encima, me he librado de un hijo de puta. Como siempre, Lara Cosima tenía razón... —Al reparar en su propia afirmación, me señala con un dedo que separa del cristal de la copa—. Como le digas que he dicho eso, te mato.

—¿En serio sientes lo que dices, o estás en la fase de negación? —tanteo con una ceja enarcada—. Me suena eso de decir «¡es un capullo!» —exclamo con la voz en falsete—, para luego quedar con él con las bragas y el sujetador que combinan... por si acaso.

Alexia me mira como si me viera por primera vez.

—Acabas de destapar uno de los grandes secretos de la feminidad como si tal cosa.

—¿Me corresponde cárcel por eso?

—Debería.

Pero mis conocimientos sobre el comportamiento de las exnovias aún enamoradas ni la enfadan, ni la asustan, porque se arrastra por el asiento contrario a la marcha para quedar justo delante de mí, rodilla con rodilla.

—¿Sabes cuando has pasado tanto tiempo agobiada, frustrada, dolida, furiosa… que llega un punto en el que sucede algo terrible, o te dicen algo particularmente injusto, y ni siquiera eres capaz de sentir? —me plantea con la vista fija en el líquido ambarino.

—Sentir, ¿qué?

—Sentir. A secas. Rabia, desesperación, autocompasión… —Remueve la copa con lentitud, como una experta enóloga. Le sonríe con resignación al fondo—. Me da pena que me dé igual, Vinny… —clava en mí una mirada insondable—, pero me da igual. Al final, esa es la verdad.

—Mejor para ti, ¿no?

—Y, sobre todo, mejor para ti —agrega en tono sugerente.

Trato de mantener la calma cuando, con una lentitud hipnotizadora, se agarra el vestido para sentarse a horcajadas sobre mí. Sus ojos, menos azules y más misteriosos por la escasa iluminación, brillan con la determinación de tomar lo que quiere.

—Pensaba que no íbamos a tener sexo —se me ocurre decir.

—Esto no es sexo.

—¿Y cómo llamarías tú a tener a Alexia Lux encima de la bragueta?

Ella lo piensa un momento antes de echar las caderas hacia delante para rozarse con mi entrepierna.

—Buena suerte.

Se me escapa una risita entrecortada. La rodeo por la cintura para guiar su baile sugerente. No puedo resistirme y acaricio el satén de la prenda hacia abajo, hasta abarcar una de las nalgas.

Ella jadea por lo bajo y apoya su frente contra la mía.

—En eso estoy de acuerdo —susurro, rozando su nariz con la mía. Alexia ladea la cabeza, jugando con mi paciencia y poniendo a prueba la suya. Remolonea moviéndose sobre mí. Me deja el corazón en un puño cada vez que acerca la barbilla, amenazando con besarme—. ¿Vas a pagar conmigo tu odio hacia Brian?

—Brian no tiene nada que ver con esto. Llevas poniéndome cachonda desde que presenté mi categoría, Bravano. —Chasquea la lengua con dramatismo—. Eso no se le hace a una buena amiga.

—Me he limitado a cumplir con mi parte del papel.

Alexia enarca una ceja y detiene el movimiento de caderas para plantar la mano sobre el bulto de mi pantalón.

—Pues, según veo... te has tomado tu papel muy a pecho.

Con la palma que aún descansa sobre sus nalgas, la atraigo hacia mí para que se siente sobre mi erección como Dios manda. Ella se deja manipular con un rastro de sonrisa perversa. Pienso que podría hacer maravillas con la mano que tengo libre, pero me resigno a cubrirle la mejilla y acariciarle el atisbo de ojera con el pulgar. Alexia cierra los ojos y ladea la cabeza en la dirección de mis atenciones, que prolongo por el lateral del cuello para aproximar su rostro al mío. Recorro con la yema del dedo esa vena gruesa que delata su pulso desbocado. La oigo suspirar por lo bajo antes de dar un último sorbo a su copa de champán y apartarla a un lado.

Acto seguido, me toma por la barbilla y me obliga a mirarla un instante antes de encontrarse con mis labios. Ni siquiera tengo que persuadirla para que me deje entrar; ella es la que entreabre la boca y busca un contacto íntimo entre nosotros, deslizando la lengua sobre la mía con un ronroneo de alivio. La siento dulce y también fría por culpa de la bebida, nada que ver con el modo criminal en el que se retuerce sobre mi bragueta, que es oscuro y caliente como el puto infierno.

Me aferro a los mechones enredados de su nuca para devorarla con un beso que comienza siendo curioso, y muy pronto se prende en llamas. Los dos, desesperados, nos lamemos y mordemos los labios hasta que no soporto la tensión que se ha apoderado de mí y dirijo mis manos al escote del vestido.

Sabía que no llevaba sujetador, pero aun así jadeo contra su boca al encontrarme directamente con el pezón erecto. Lo pellizco con suavidad hasta que ella gime, y entonces retiro el fino tirante para desnudar su torso. Alexia accede a soltar mis labios a cambio de unos besos igual de cálidos en sus otras zonas erógenas: me abraza por el cuello para mantenerme pegado a sus pechos, de los que de todos modos no pretendía escapar. Cubro de besos el contorno de los pezones, la voluminosa curvatura de los senos encogidos por el frío, y solo detengo un mordisco porque ella empieza a moverse con más impaciencia sobre un pantalón a punto de reventar las costuras.

Aferro el otro pecho para que no se sienta abandonado, y guío los besos al cuello impregnado por el perfume de mis amores. Mis manos vuelan por la cintura y las caderas, y se esconden bajo la fina tela del vestido para recorrer la cara interna de los muslos.

Creo que se me escapa un gruñido al llegar al borde de la ingle y rozar los pliegues húmedos.

—¿No llevas bragas? ¿En serio?

—¿Para qué? —jadea—. Se iban a notar con el vestido. No es porque planeara que la noche acabara así, créeme.

—¿Cómo es «así», exactamente? ¿Conmigo lamentando haber estado a punto de follarte? Porque yo sí que no planeaba acabar de este modo, nena. No he sido tan optimista como para llevar condones.

No sé cómo interpretar el destello fugaz de sus ojos, si como un insulto por poco precavido, o como un agradecimiento por no haberlo dado por hecho.

—¡Oliver! —llama al chófer—. ¿Tienes condones?

—No, señorita —contesta el susodicho al otro lado del cristal tintado—. Lo siento.

—¿Qué cojones? —se me escapa una carcajada—. ¿Es que no tienes vergüenza, mujer de Dios?

—Oliver me ha visto en todas las situaciones imaginables. Esta no es la peor.

Alexia se inclina sobre mí y me besa como si fuera lo último que hará en este mundo. Gruño al tocarla entre las piernas y confirmar que está empapada, más que lista para un maldito polvo que no va a tener lugar. Me tienta decirle a Oliver que pare en una farmacia y compre preservativos, pero en estas cuestiones no soy tan extrovertido, además de que prefiero no endosarle a terceros tareas delicadas. Y en el momento en que le empiezo a acariciar el clítoris y ella arquea la espalda para ofrecerme sus pezones endurecidos, se me olvida todo lo demás.

No es la postura más cómoda, pero no cambiaría esto de tenerla encima ni por todo el oro del mundo. La masturbo al ritmo que parece pedir con sus jadeos entrecortados, y cuando se mueve arriba y abajo, exigiendo más, introduzco dos dedos en su interior.

Alexia me clava las uñas en los hombros y agacha la cabeza un segundo, como si así pudiera ver lo que está pasando. Cuando alza la barbilla, me lanza una mirada borrosa por el deseo y se aparta el pelo de la cara de un bufido impaciente.

Primero se mueve contra mis dedos, y luego sobre ellos, y yo no pierdo de vista su expresión de éxtasis ni un instante. Pensaba que podría correrme solo siendo espectador de la locura que la posee, pero se apiada de mí y, sin dejar de montarme, pelea con el cinturón y la cremallera para rodearme la polla con dedos nerviosos.

—Joder —masculla. Recorre la línea que divide mis labios con la punta de la lengua antes de besarme otra vez, dominada por los nervios ante la proximidad del orgasmo—. Bah, ¿qué más da? Tomo la píldora, y no creo que tengas un herpes. ¿Tienes un herpes?

Me cuesta reírme en esta situación, con la garganta seca y los dedos dentro de Alexia.

Pero lo intento.

—No, que yo sepa.

—¿Enfermedades de transmisión sexual?

—*Nope*.

—¿Y piensas contárselo a alguien?

—¿Lo del herpes que no tengo?

—Lo que está pasando.

—No. Creo. ¿No? No me hagas un puto cuestionario ahora mismo, Alexia. Solo tengo serrín en la cabeza y estoy a punto de correrme en tu vestido.

Ella se ríe, encantada.

—Pues más te vale aguantarte, porque si lo mando todo a la mierda, es para que me dures. Cuatro cuartos, ¿recuerdas?

—Como mínimo —le prometo con un gruñido.

Alexia tira de mi muñeca en la dirección opuesta a ella. Capto su deseo y retiro la mano húmeda de su entrepierna para que pueda incorporarse, con las piernas temblando, y terminar de liberar mi erección para frotarse los labios inferiores con la punta. Echa la cabeza hacia atrás, gimiendo, y traza círculos lentos y pecaminosos con las caderas... hasta que se harta de jugar.

Cuando se detiene para alargar el momento de la verdad,

un golpe de calor me empapa la nuca. La anticipación me tensa todos los músculos, me agarrota las manos que he dirigido a sus nalgas para hundir las uñas. Pero la desesperación no dura mucho tiempo.

Alexia se eleva lo justo para insertarse de un brusco envite que la hace gimotear de alivio. Compone una mueca de exasperación rabiosa antes de encontrarse con mi mirada. Tiene la frente perlada de sudor, algunos mechones húmedos y el maquillaje se le ha empezado a correr, pero es la primera vez que sonríe de verdad en toda la noche.

Aunque también sonríe como una ninfa perversa. Se apoya en mis hombros y, jadeando ya, empieza a cabalgarme como si así pudiera ahuyentar al diablo. Aprieto los dientes para reprimir un gruñido y la atraigo más hacia mí para morderle el cuello, enroscar la lengua en torno al pezón, cubrirlo con la mano con la que no la espoleo a moverse; esa que ya no descansa sobre sus nalgas, sino que la aprieta y la azota cuando quiere arrancarle un gemido gutural.

—Eso es, nena, muévete así... Joder...

La sujeto por la mandíbula para que no huya de un beso que me estaba quemando en los labios. Ella lo recibe gustosamente, suspirando sin emitir sonido, y a partir de ahí no soltamos la boca del otro. El pintalabios desaparece, el límite entre los dos desaparece, las inhibiciones desaparecen, y nos quedamos ambos comportándonos como bestias; mordiéndonos, arañándonos, lamiéndonos. Alexia me monta mientras tanto a un ritmo enloquecedor; lo incrementa conforme ardemos hacia el orgasmo. La aferro por la cintura hasta dejarle la huella de mis dedos y absorbo su grito de liberación con un beso fiero y a la vez lento.

No solo no se detiene al correrse, sino que realiza una serie de quiebros nerviosos con la cintura que me dejan al borde de la locura.

La vista se me emborrona y pierdo la noción de mí mismo cuando alcanzo el orgasmo, en el momento justo en el que ella ya estaba aferrándose a mi cuello para recuperar el aliento y el equilibrio.

Alexia se derrumba contra mi pecho, manteniendo la mejilla pegada a la mía. No hace el amago de apartarse, y yo no voy a ser el que abandone su cuerpo.

—¿Ha sido como en tus sueños de fanático irracional? —oigo que me pregunta con la voz temblorosa por el esfuerzo—. Y no me mientas, porque lo veré en tu cara cuando te mire.

Sospechando por qué le preocupa no estar a la altura de las fantasías de quienes la endiosan, no dudo en obligarla a mirarme a los ojos, los dos todavía sin aliento.

—Ha sido aún mejor —le aseguro, recalcando cada palabra.

Ella se humedece los labios limpios, brillantes, también hinchados, y deja que la bese de nuevo, esta vez suavemente.

15
I Belong To You
Alexia

—Lo primero... —empieza Lara Cosima en cuanto nos quedamos a solas para retocar rápidamente el maquillaje. Parece aturullada, como si hubiera visto algo chocante—, ¿por qué todos tienen barba? Lo segundo... —Mira a un lado y al otro para confirmar que no la escuchan, y susurra—: ¿Por qué todos son tan guapos? Y lo tercero... ¿debería aficionarme al fútbol?

Tomo asiento delante del espejo que mi equipo ha improvisado para cerciorarse de que ofreceré un aspecto presentable a lo largo de la mañana. Con la venia del entrenador de los Boston Beasts, hemos escogido este día para grabar el videoclip de *I Belong To You*. Mi representante y los niños de mis ojos, Paolo y Manish, se han trasladado hasta la capital de Massachusetts para lograr un *look* de adolescente rebelde con una peluca rubia con mechas negras, un maquillaje atrevido y unas medias de rejilla con agujeros.

Sí, voy a tener que ser así de obvia para volver al rock.

Y no me importa. Echaba de menos las redes en los brazos.

—¿No te diste cuenta de que eran atractivos la otra vez, cuando vinimos a ofrecerle a Vinny un trato que no podría rechazar? —replico con ambigüedad. Mis chicos no saben que finjo tener novio para que no me acosen en el recreo, y así debe seguir siendo.

—No me fijé demasiado. Me sentí intimidada. Como ahora. ¡Por favor! ¡Si parece que los han contratado por guapos, y no por su talento!

—Como si fuera la primera vez que eso pasa —comenta Paolo por lo bajini, aplicando una segunda capa de sombra negra—. Tú también eres mánager por puro nepotismo, *amore*.

—Y algo de talento tendrán, considerando que han ganado la liga —interviene Manish, terminando de plancharme la melena—. ¿Te ha gustado alguno en particular, *la mia Larita*? Porque había un tipo con cara de malo mirándote fijamente...

—Concéntrate en tu trabajo —le ladra ella. Gira sobre sus tacones de infarto, procurando sacudir la melena en el proceso, y esconde su rubor de nosotros dirigiéndose a la puerta.

—¡Eso hago! —exclama Manish para que le escuche—. ¿Cuál crees que es mi trabajo? Cotillear. Lo de peinar mientras tanto es algo que viene con el oficio. Así somos los peluqueros, cariño mío...

Cierro los ojos y me abandono a las caricias de mi estilista. Así es como trato de disimular que se me ha formado un nudo en el estómago de pensar en volver a toparme con los guapos del equipo de fútbol, aka Vinny. Y lo haré, porque tengo entendido que el director del videoclip está dándoles instrucciones a los chicos ahí arriba, en el campo, donde llevan media hora reproduciendo en bucle la misma canción.

Si la escucho una sola vez más, me vuelo la tapa de los sesos.

Cualquiera diría que el *tight end* y yo deberíamos haber desarrollado algún tipo de familiaridad después de liarnos en Florida, pero es que eso pasó en Florida y ahora estamos en Boston. En el pueblo de Foxborough, de hecho; en el estadio que los Beasts comparten con los Patriots.

Cuando estas cosas suceden, me siento víctima del síndrome del campamento: si estás fuera de casa y te ves obligada a permanecer durante mucho tiempo al lado de las mismas personas, terminas forjando un vínculo intenso. Y se supone que, al regresar a tu ciudad y tomar contacto con la realidad, empiezas a recordar lo que sucedió en dicho campamento con cierta distancia, como si hubiera ocurrido en otra vida o lo hubiera protagonizado otra persona. Es un efecto del cambio de escenario y de personajes.

Pero a mí no se me ha olvidado. Tendría que tener lagunas de memoria francamente preocupantes para borrar de un plumazo una noche entera sudando en las sábanas de un hotel.

Porque no, a ninguno de los dos se nos ocurrió parar después de perder los papeles en la limusina.

A fin de cuentas, íbamos a dormir en el mismo cinco estrellas. ¿Por qué no hacerlo juntos? ¿Y hasta el amanecer? ¿Parando solo para beber agua? ¿Ganándonos el desprecio de los clientes de la habitación colindante?

—A esta se le ha puesto cara de viciosa —señala Paolo, entrecerrando los ojos. Acaba de incorporarse para admirar su obra—. Me da a mí que también tiene un jugador favorito, y que es verdad eso de que se vio a Vinny Bravano saliendo de su habitación de hotel a las siete de la mañana del día posterior a los premios.

—¿A las siete de la mañana? —Manish pone los ojos

como platos—. Hija, dejar seco al pobre hombre a cuarenta y ocho horas de uno de los primeros partidos de la XFL es de ser un tanto perversa.

—Bueno, si pierde, ya sabe dónde ir a consolarse —se mofa Paolo.

—¿Quién coño le vio salir de mi suite? —me quejo yo, ceñuda—. ¿Ya no te puedes fiar ni de los botones del servicio de habitaciones?

—Los botones son el mayordomo del siglo veintiuno, Lex, y te recuerdo que los mayordomos siempre eran el asesino en las novelas de misterio —replica Paolo—. Traicioneros por naturaleza.

—La próxima vez me iré a follar a una cueva —espeto.

Pésima elección de palabras, porque el equipo entero intercambia una mirada entre pasmada y entusiasta, y entonces estoy perdida.

Lara Cosima, que no sé en qué momento ha regresado o si había llegado a abandonar la estancia siquiera, toma las riendas de la discusión con una duda legítima:

—¿Entonces...? ¿Tú y él...?

Pongo los ojos en blanco.

—Oh, vamos, no tengáis las narices de haceros los sorprendidos. ¿De qué otra manera iba a acabar esto? ¿Es que no le habéis visto la cara al tipo?

—Nosotros se la vemos, descuida. —Manish airea la mano con la que sujeta la plancha—. Tú, en cambio... Andas un poquito ciega en estos últimos tiempos, Lex.

—Dudábamos de que algún día fueras a ser consciente de que él puede ser el tío más afortunado del mundo, pero tú, como su mujer, no te quedas atrás —apostilla Paolo.

Oír «su mujer» me tensa el cuerpo entero.

—¿Estoy lista ya? —interrumpo antes de que la conversación tome un rumbo más personal si cabe.

Manish lamenta mi silencio con un suspiro, y se aparta para que observe mi reflejo.

—¿Así es como lo querías, tipo Avril Lavigne?

—Perfecto, chicos.

—A ver por dónde sale esto —comenta Paolo con un suspiro—. Con estas pintas de gótica vas a traumatizar a mi sobrina, que se maquilla con purpurina porque te ha visto hacerlo a ti. Verás tú que aparece en Acción de Gracias con un flequillo emo y preguntando si conocemos My Chemical Romance.

No me detengo a discutir con mis estilistas lo que ya he peleado con la discográfica, con Lara Cosima, con mis propios padres y con mis terrores nocturnos. Me mantengo en mis trece abrazando los argumentos que me cuento para convencerme de que no cometo un error al darle un giro a mi carrera: a Miley Cyrus no le fue mal dejando su etapa de chica Disney, y, lo que es más, toda una generación maduró con ella y con su nueva personalidad musical.

Casi estoy tranquila cuando Lara Cosima me alcanza, correteando sobre sus tacones de vértigo, y retoma la cantinela con la que lleva días calentándome la cabeza.

—Lex, estás a tiempo de cancelar esto. No es una buena idea. Que tu primer *single* sea el de rock... y que el videoclip presente una estética tan diferente, tan... agresiva... Estoy contigo en que debes cantar lo que te dé la gana, pero si desobedeces las órdenes de Jerry sin miramientos y te lanzas a la aventura con la primera canción, él estará en todo su derecho de frenar la producción. ¿Lo entiendes?

—¿Y qué propones? —Enarco una ceja—. ¿Que mandemos a casa a los jugadores, que nos han hecho el favor de reservarnos la mañana cuando esta noche juegan un partido? No soy de las que cancelan en el último segundo, Pumpkin.

—Pues a veces te convendría hacerlo. No quiero ver cómo echas tu carrera por la borda.

Me detengo justo antes de salir al campo, el que será el escenario del videoclip, y le hago frente con los hombros rígidos.

—¿Te has parado a pensar en que a lo mejor podría salir bien? ¿En que, quizá y solo quizá, a mis fans les guste mi cambio de registro y… no sé, se disfracen de este personaje para Halloween, o vuelvan a escuchar rock a raíz de esto? Si con toda la influencia que tengo, un *single* de mierda puede arruinarme, es que ni tú, ni Jerry, ni yo hemos hecho nuestro trabajo en condiciones.

Segundos después, estoy interrumpiendo la reunión de testosterona en el campo.

El director del videoclip, una mente maestra de lo audiovisual, termina de darles las pautas a los jugadores, que le escuchan con sus protecciones ya preparadas y los brazos en jarras.

Intento no buscar entre las equipaciones el dorsal de Vinny, más por vergüenza hacia mi comportamiento posterior a la noche en el hotel que porque me impresione todo lo que hicimos. Él actuó como una persona normal y corriente en estos casos: me escribió después diciendo que se había divertido —vale, era un mensaje al estilo Vinny, lo que no contempla palabrería al uso, pero venía a significar eso—, y yo me comporté como la loca que no sabe lo que quiere ignorándolo durante varios días consecutivos.

Hasta hoy, que sigo ignorándolo como la loca que no sabe lo que quiere.

Pero es normal, ¿vale? A todo el mundo le pasa. No contestas enseguida porque vas a meditar la respuesta, es decir; te preocupas de dedicarle al mensaje el tiempo que se merece. Pero de pronto te acuerdas de que tienes un yogur dietético a punto de caducar en la nevera y te preparas la cena, luego te enganchas viendo un programa de adolescentes embarazadas, después te duermes con una pierna en el sofá y otra en la alfombra, al día siguiente tu representante te patea con sus *stilettos* hasta que te despiertas y puede arrastrarte a Nueva York para grabar tu *single*... Y, en fin: para cuando recuerdas que debías responderle a Vinny, Plutón ha perdido la categoría de planeta y los vaqueros de cintura baja han vuelto a ponerse de moda.

—Vaya pintas —comenta DiMarco nada más verme llegar. Por supuesto, no lo reconozco como tal porque haya estado estudiándome el Instagram de Vinny de arriba abajo. En absoluto—. Esto parece *Thriller*. ¿Se ha cambiado el guion y ahora el vídeo va de que la artista se carga a un jugador de fútbol?

—No, seguimos manteniendo la línea de la rarita adolescente que se prenda del guapo del equipo de la universidad —resumo con sencillez.

—Pues mucha pinta de adolescente no tienes —se desahoga DiMarco.

El que tengo entendido que es el *quarterback* —información que tampoco he obtenido después de un profundo *stalkeo* de redes sociales ajenas, que conste— le da un codazo en las costillas y le lanza una mirada de advertencia: «Eso no se dice, tío», parece expresar.

—Nos ha gustado la canción —añade para suavizar. ¿Noah, se llamaba...? *Ya, como si a estas alturas no me hubiera enterado de que es acuario y vive con su padre*—. Un giro drástico y arriesgado, pero de lo mejor que has sacado en años.

—Y encima es pegadiza —aplaude Ash, asintiendo conforme. Es la indiscutible monada del equipo, un rubio de tiernos ojos castaños que corre como Flash—. Ya me he aprendido el estribillo.

A mi espalda, Lara Cosima lanza un suspiro al aire.

—Adiós a las adolescentes, a las veinteañeras y a las mujeres de treinta que crecieron contigo; a partir de hoy, este es tu nuevo público. Los tíos con testosterona que van a *raves* de heavy metal —masculla por lo bajini.

Pero los chicos la oyen, y ahí donde algunos se ríen, otros se quejan sin rodeos.

—¿Tienes algún problema? —le bufa DiMarco—. No me digas que eres tú la mano negra que arrastró a Alexia Lux al pop comercial, cuando podría haber sido tan épica como Patti Smith.

—¿Cómo sabes tú lo del cambio? —Noah enarca una ceja—. ¿No decías que no la escuchabas?

—¿Y te gusta Patti Smith? —se extraña Ash—. Pensaba que no te acercabas a las feministas, Myles.

—Son ellas las que no se acercan a él —se ríe Noah.

—Para vuestra información, no, no escucho a Alexia, pero cuando hacía rock estaba obsesionado. Luego dejé de ponerme su música a modo de reivindicación moral —reconoce DiMarco. Le importa un carajo que la susodicha esté presente. Incluso me mira a la cara al decirlo—. Estuvo feo eso de venderte al género más rentable. Tenías talento.

Si él supiera cuánto tiempo llevo esperando oír eso, probablemente habría procurado decirme lo contrario, porque parece que su objetivo en la vida sea mosquear a las mujeres.

—Estoy intentando volver a mis inicios —le aseguro con un guiño—. Siempre y cuando me lo permita esa mano negra que dices, que, por desgracia, no es solo una.

—Pues aquí tienes un apoyo —anuncia Vinny. Mi corazón se salta un latido mientras lo busca entre las moles de músculo que se han amontonado en torno al director. Emerge entre la primera línea de jugadores, que le abren un hueco para que pueda pasarle a Noah un brazo por los hombros. Vinny ojea a su alrededor para contar a los presentes, como si no supiera cuántos juegan de titulares—. Once, en realidad.

Le sostengo la mirada con un nudo en la garganta, empapándome de las recriminaciones desenfadadas que no puede hacerme en voz alta, pero que sin duda estarán rondando su cabeza. Se nota que han estado entrenando mientras me preparaban, porque tiene el rostro sudoroso, las venas y tendones de los brazos hinchados por el ejercicio, y respira irregularmente.

Como cuando lo tuve encima, debajo y al lado en la habitación de hotel.

Pensaba que acabaría con la estúpida química entre nosotros echando un par de polvos, pero está claro que he subestimado el atractivo de Vinny Bravano.

Tengo que apartar la vista y hacerle un gesto al director del videoclip para que dé comienzo la grabación. Como si eso fuera a librarme de él, cuando el guion estipula que Vinny y yo somos los protagonistas de la historia. No solo por el rollito que nos traemos y que tanta atención mediática nos ha reportado, lo que sin duda popularizará la canción en cuestión de minutos, sino porque los Beasts son los ganadores de la Super Bowl. Tiene sentido que sean ellos quienes aparezcan en mi videoclip.

No sé si Vinny se corta porque tenemos público o porque está furioso por mi actitud posterior a la entrega de premios, pero agradezco su prudencia a la hora de abordar el proyecto. Me permite no solo respirar con normalidad, sino divertirme cumpliendo con mi parte, e incluso conmoverme con el apoyo activo de los jugadores.

Hay planos del equipo jugando un partido en los que yo animo desde las gradas, repletas de figurantes que luego se duplicarán con el programa pertinente; planos de los chicos celebrando, cogiéndose en brazos, mientras yo, en la piel de mi personaje, observo desde las sombras con el corazón partido.

Se ha contratado a una monada de veinte años para que se disfrace de animadora y finja ser la novia de Vinny en el videoclip. Apenas tienen una escena de flirteo, en la que él gira con ella en brazos y le retira un mechón de pelo de la cara, sonriéndole muy cerca. Pero no me cuesta fingir incomodidad como personaje al presenciar esas grabaciones.

Lo complicado llega cuando Vinny y yo nos enfrentamos en medio del campo y la cámara gira a nuestro alrededor. Solo tenemos que mirarnos a los ojos, pero no hay que desestimar la dificultad de aguantarle la mirada a un tío al que empezaste a ignorar después de una noche de sexo sucio y desinhibido.

Esto y la gota son dos de las torturas chinas más dolorosas.

No sé si el director se lo ha indicado, pero Vinny se humedece el labio inferior antes de mordérselo muy despacio, atrayendo mi atención a la zona.

Hay algo animal en él. Lo empecé a intuir cuando lo conocí, pero lo confirmé después, cuando le di carta blanca para hacerme todo lo que quisiera y supo exprimir al máximo cada segundo de mi tiempo. Quiero arrepentirme de haber dado ese paso, porque ya no hay marcha atrás; ahora estoy condenada a estremecerme cada vez que se me acerque..., pero no puedo. La sensación me recuerda que estoy viva, y que soy deseable, y que todavía me pueden sorprender.

Cuando acaba la parte de grabación en la que el equipo debe participar, todos los jugadores se marchan a los vestuarios para irse luego a casa. Yo me tengo que quedar para unos primeros planos y discutir con el director el enfoque o el descarte de algunas de las escenas. Lara Cosima nos observa enfurruñada desde la grada, todavía dudosa sobre si el arriesgado *single* echará por tierra mi carrera o me convertirá en un personaje legendario.

Lo que está claro es que dará que hablar, como muy bien señala el experto en audiovisuales.

Alrededor de una hora, hora y media después, hemos terminado y puedo regresar a la sala que han acondicionado para que monte mi pequeño camerino. No me ha salido gratis, por supuesto: el entrenador puso como condición que desembolsara una nada desdeñable cantidad de dinero y me presentara esa noche en el partido entre los Boston Beasts y los Houston Roughnecks, todo eso con la excusa de que «he elegido un muy mal momento para pedir la participación de sus chicos, y eso hay que pagarlo».

No sé qué espera conseguir con mi aparición estelar en las gradas. Es muy probable que le robe el protagonismo a la afición y, sin importar el resultado del juego, al día siguiente solo se hable de que estuve animando a mi presunto novio con su camiseta puesta.

Todavía no he empezado a desmaquillarme cuando recuerdo que he dejado el móvil en el vestuario, donde se han grabado un par de escenas. Está desierto cuando llego.

Casi lo lamento, porque una parte de mí esperaba tropezarse con Vinny.

No sé para qué. Si quisiera echarme en cara mi silencio, no me quedaría otra que agachar las orejas. Y reconocer mis errores o dejarme avergonzar por ellos no es algo que me guste hacer en mi tiempo libre.

Localizo el móvil sobre una de las bancas junto a las taquillas. Al ponerme a consultar los mensajes sin mirar por dónde voy, me tengo muy merecido chocar de golpe con una masa húmeda y que huele a…

—Así que ahora andas ignorando a tu novio —comenta Vinny—. Muy bonito, Alexandra. Muy bonito.

De pronto me siento como una niña a la que han pillado en plena travesura.

En el proceso de encontrarme con su mirada, me topo con que se está ajustando la toalla de baño a la cintura. No lleva nada más. Acaba de salir de la ducha, porque el vestuario se ha llenado de una densa nube de vapor y las gotas de agua echan carreras por su torso, a ver cuál es la más afortunada y se pierde antes donde desembocan sus oblicuos.

—Seguro que no te sorprenderá saber que soy una persona muy ocupada —me defiendo débilmente, intentando rodearlo para evitar que me acorrale. Pero ni siquiera se lo tiene que proponer: Vinny evita que me escabulla tan solo avanzando hacia mí. Así me cierra el paso—. Sería ridículo que hubiera intentado ignorarte siendo consciente de que volvería a verte, ¿no te parece?

—Eso mismo pensaba yo —resuelve con naturalidad, observándome fijamente—. Seguro que no ha sido el *ghosting* más sensato que has hecho en tu vida.

—No te he hecho *ghosting* —me quejo, apretando el móvil con fuerza.

Él está tan cerca que no puedo ver nada más que su cuerpo, los hombros hinchados por el ejercicio, la piel enrojecida por la temperatura del agua, el vello del pecho en el que me he enredado, me he recostado… que he besado.

—Pues has hecho algo muy similar, y que me ha gustado incluso menos. Si no confiara en mí mismo, pensaría que no te gustó cómo te follé y te daba miedo decírmelo por si me rompías el corazón. —Ladea la cabeza para seguir mirándome de hito en hito, comprobando cómo me sienta su comentario—. Pero no eres la clase de mujer a la que le da miedo romperle el corazón a alguien… y yo estaba allí cuando me pedías más entre sollozos.

—Estás muy pagado de ti mismo, Bravano —replico con la voz estrangulada.

Él evita que le gire la cara sujetándome por la barbilla.

—¿Cuál ha sido el problema? ¿Te dio miedo lo que sentiste? ¿Te preocupaba hacerte adicta? ¿Es eso?

—Respóndete tú lo que te haga sentir mejor.

Vinny sonríe con socarronería.

—¿Ahora te vas a hacer la dura? Nena, no tienes ninguna credibilidad en este momento. Si te gustó, no pasa nada; podemos hacerlo de nuevo. Y si no te gustó… Guardo un par de trucos bajo la manga para hacerte cambiar de opinión.

—¿Ah, sí? —musito sin voz, sosteniéndole la mirada—. ¿Cuáles?

Él aprovecha que ya tiene la mano sobre mi mentón para rodearme la mandíbula y bajarla por el grueso del cuello. Presiona los dedos contra mi garganta para apoyarme delicadamente en las taquillas, y se inclina sobre mí.

Ni siquiera intento fingir que no era eso lo que iba buscando. Lo recibo con los labios entreabiertos y un gemido de alivio que se pierde entre nuestros alientos tras un primer beso desesperado. No sabía —o no quería saber— lo mucho que lo deseaba hasta que me aplasta contra la pared con su pecho y puedo rodearle los brazos, los hombros, la espalda con unas manos sedientas de su contacto.

Vinny suelta todo el aire en una especie de risita socarrona, como si encontrara liberador el deseo que manifiesto. Recorro los volúmenes de su cuerpo, presionando ahí donde se endurece, y él no es mucho más contenido a la hora de esconderme en su abrazo: me rodea las nalgas con las manos y hunde los dedos hasta arrancarme un gemido, y luego sigue deslizándolas en una caricia sugerente por mis muslos.

Se detiene en la raja de la falda, en el borde del vestido corto y ajustado que he elegido para el vídeo, y ni lo piensa dos veces al levantármela hasta la cintura.

Abro los ojos en busca de su mirada, pero lo único que hay en mi campo de visión cuando apoya la frente contra la mía son sus labios entreabiertos. Me fijo en su respiración afectada al jugar con los bordes laterales del tanga, que enrolla en un dedo. Tira de uno de ellos y lo deja escapar para que me dé un latigazo.

—¡Ay! ¡Eso ha dolido! —me quejo, y también me vengo clavándole las uñas en la espalda.

—Te aguantas —canturrea—. Que no me respondas los mensajes también duele, guapa.

—¿Y me vas a castigar follándome en un sitio público? ¿Eso es lo mejor que se te ocurre para que no suceda de nuevo...?

Me interrumpe un jadeo ahogado. Vinny se ha aburrido de la ropa interior y ha introducido los dedos bajo el tanga para tocarme directamente entre las piernas.

—No es un castigo —murmura con los labios pegados a mi mejilla—. Es un recordatorio de lo bien que te lo puedes pasar si te dejas de juegos estúpidos.

—¿Juegos estúpidos? ¿En serio crees que lo de ignorarte era una forma retorcida de llamar tu atención, o de convencerte para que te obsesiones conmigo, o algo así...?

—Fuera lo que fuese, ha surtido efecto.

—Joder —masculló cuando empieza a masturbarme muy despacio. Mi primer impulso es juntar las piernas, que ya me estaban flaqueando, pero él lo impide introduciendo una rodilla entre las dos.

—Creo que no quieres meterte en la cama de otro tío tan pronto —deduce transcurridos unos segundos en los que estamos solos mis gemidos y yo—. Y es perfectamente comprensible..., pero yo no soy «otro tío». Soy *un buen tío*.

—Eso dicen todos los cabrones antes de hacerte una cabronada.

—¿Esto es una cabronada? —contraataca antes de penetrarme con un dedo.

Busco su mirada con el aliento contenido; él ya me está observando con los ojos oscurecidos, el rostro salpicado de sudor y del agua que aún no se ha evaporado.

—Vamos a... vamos a... —Trago saliva. Mis caderas se mueven contra él sin que pueda hacer nada para evitarlo—. Vamos a complicar la situación. Y la situación es... de por sí compleja.

—Tú no quieres actuar ante las cámaras..., y yo tampoco. ¿Qué miedo le tienes a mostrarte tal y como eres en privado, y a no airear más que verdades delante del público?

—No lo plantees como si fuera a beneficiarme profesionalmente —le espeto sin voz—. Tú lo único que quieres es que te dé carta blanca para acostarte conmigo siempre que quieras.

—¿Y cómo lo estoy haciendo? Yo creo que voy muy bien.

Vinny pone fin a la conversación besándome en la boca. Al primer mordisco en el labio inferior, al primer contacto con su lengua áspera, estoy perdida. Él se agacha lo justo para sujetarme una pierna por detrás de la rodilla y alzarla para profundizar la masturbación. Empuja ahora dos dedos hasta los nudillos, tan dentro de mí que un chispazo de dolor se entremezcla con intensos espasmos de placer. Me aferro a sus hombros y a su cuello para no perder el equilibrio, a pesar de que ya cuento con el apoyo de las taquillas, y cierro los ojos para entregarme a las sensaciones que me recorren de arriba abajo.

Siento que me aproximo al orgasmo cuando repentinamente aparta la mano.

—¡Cabrón de mierda! —aúllo—. ¡Menos mal que no te ibas a vengar!

Voy a darle un golpe en el pecho, pero él me coge de las muñecas justo a tiempo. No sé cómo lo hace, ni si es un truco entre jugadores de fútbol, pero, en un abrir y cerrar de ojos, me ha puesto de cara contra la pared y sujeta mis manos a la espalda, como si fuera su prisionera.

Y debo decir que la idea no me desagrada.

Abro la boca para seguir insultándolo, ansiosa por desahogar una frustración generalizada, pero toda réplica muere en mis labios cuando siento la presión de su erección contra las nalgas.

Ni siquiera me ha quitado aún el tanga, pero eso no me impide notar el calor que emana de su dureza.

—¿Vas a ignorarme otra vez? —me pregunta al oído. Su voz recuerda a un ronroneo. El roce de su aliento en la oreja me provoca un cosquilleo interno, y mi cuerpo se retuerce en respuesta apretándose contra él.

Sé lo que quiere: que claudique. Y en estas condiciones no puedo sino complacerlo.

—No...

Vinny me separa las piernas con cuidado y retira el tanga lo justo para que el calor concentrado en el aire me acaricie entre los muslos.

—¿No? —tantea, rozando suavemente mis pliegues empapados con la implícita amenaza de llenarme—. ¿Seguro?

—Se... seguro que no.

—Muy bien. Buena chica.

Vinny se inserta en mi cuerpo de una sola embestida. El empujón me aprieta la mejilla contra la taquilla, gélida en comparación con la temperatura de mi cuerpo. Mis gemidos revelan que no estoy en contra de eso, y que una parte de mí había venido a buscarlo al correr hasta el vestuario. No sé en qué lugar me deja eso, pero no estoy en condiciones de averiguarlo.

Cierro los ojos y me abandono al movimiento letal de sus caderas. Me inclino hacia delante con gusto, arqueando la espalda para que llegue más hondo, y él gruñe, encantado con la iniciativa. Aún me tiene agarrada por las muñecas mientras se sirve de mi cuerpo a gusto, golpeándome a un ritmo incesante y adictivo que hace que me olvide de todo; todo lo que no está sucediendo en este momento a nivel físico.

En un instante, me las suelta para agarrarme de las caderas y penetrarme aún más violentamente. Es ahí cuando me doy cuenta de que tiemblo tanto que no es seguro descansar las palmas en las taquillas, pero lo intento de todos modos y el sudor procura hacerme resbalar por la superficie de acero laminado.

Creo que pronuncio su nombre entre gimoteos y súplicas que él atiende acariciándome las nalgas con una ternura contradictoria; la antítesis del brusco encaje de nuestras caderas. Siento que me voy precipitando al orgasmo, y para no derrumbarme cuando llegue, apoyo los antebrazos firmemente sobre las taquillas.

Vinny no tarda mucho más. Sé que está a punto de llegar porque se pega mucho más a mí, hasta enterrarse en lo más hondo, y me cubre con todo su cuerpo hasta que se ha vaciado hasta la última gota. Me rodea el torso con los brazos, en parte para sostenerme, en parte para fundirme con su pecho, y ahí se queda mientras dura su orgasmo.

Todo mi ser se estremece a modo de queja cuando se retira.

—Me alegra que hayamos hablado —oigo que dice con un tono bronco que me excita—. Así no habrá más malentendidos.

16
Not Even In My Craziest Fantasies
Vinny

—¿Crees que va a venir? —me pregunta Noah, terminando de colocarse las protecciones—. ¿O hemos estado practicando para nada?

—Según su representante, en su agenda general figuraba el partido. Y me he asegurado de que me tenga muy en consideración para esta noche —dejo caer con ambigüedad, pero Ash capta la indirecta lanzándome una mirada de pasmo—, así que... No tendría por qué salir mal.

—A Vinny Bravano nunca le sale nada mal, además —comenta Ash en tono guasón.

—¿En materia de mujeres? Desde luego que no —le sigo el juego con un guiño.

Pero por si acaso he hablado demasiado rápido y luego tengo que meterme la lengua en el culo, consulto los últimos mensajes. Quiero pensar que Alexia me avisaría si, por causas mayores, no pudiera llegar a tiempo al estadio. O que me hablaría sin tapujos sobre su escaso interés por el deporte. O que me diría que solo me quiere por mi cuerpo, y que ya nos veremos en el hotel cuando ella chasquee los dedos.

Se supone que hemos adquirido confianza en los últimos días, pero vuelvo a no tener noticias suyas, y eso me inquieta. Tampoco Lara Cosima ha escrito, y esto segundo sí es del todo inexplicable y preocupante. Lleva teniéndome al corriente de cada paso que dan desde que se firmó el contrato, y sospecho que ni enterrándola viva lograrían privarla de contestar mensajes.

Se las arreglaría para encontrar wifi bajo tierra.

—No pienses en eso —me dice DiMarco, que, como siempre, es el primero en terminar de prepararse. Me planta una mano más amenazante que amable en el hombro—. No hace mucho, el fútbol iba sobre fútbol, no sobre mujeres. Va tocando regresar a esos buenos tiempos.

—Se echa novia tu amigo y de pronto te pones celoso —se burla Noah—. A lo mejor ella no es el problema, sino tú.

—Esa no es la actitud antes de salir a jugar un partido —se queja Ash—. Deberíamos estar fomentando el espíritu de equipo y vosotros nada más que lanzándoos pullitas. Lo llego a saber y firmo el contrato con los Patriots.

—Que sí, que sí... —le doy una palmada condescendiente en la espalda—, que los Patriots te querían en su equipo, ya nos hemos enterado. No hace falta que nos lo repitas cada veinticuatro horas.

—Y si tanto te gustan los Patriots, vete con ellos —rezonga DiMarco—. Ya encontraremos a otro idiota que sepa correr cuando se le manda. Hay atletas que evitan pagar impuestos estatales a lo largo y ancho de Norteamérica, no eres especial.

—¡Al final los pagué! ¿Es que no me lo vas a perdonar nunca?

—Jamás —le asegura DiMarco con resentimiento.

—¿Ya estáis discutiendo? —irrumpe el entrenador, cruzado de brazos bajo la entrada al vestuario—. Andando, que os esperan fuera.

Formando una fila india, nos preparamos para hacer nuestra aparición en el campo. El que encabeza la cola no es otro que el *quarterback*, que, como los demás, se presenta trotando ligeramente con el casco bajo el brazo.

El partido se celebra en nuestra casa, así que tenemos prioridad.

—Vamos a darle por culo a esos *rednecks** —masculla DiMarco por lo bajo en cuanto nos abrazamos en círculo. Noah suelta una carcajada, pero renuncia a corregirle (son los Roughnecks, no los *rednecks*, algo mucho más peyorativo) sacudiendo la cabeza.

Cierro los ojos y me concentro en el mantra del equipo: el *quarterback* empieza recitándolo y nosotros lo seguimos como un coro de fondo.

Cuando entro en el campo, ya no soy Vinny Bravano; soy el número 81, y no importa ni mi gloria, ni mis ansias por ganar, ni si están vitoreando mi nombre. Ni si mi chica ha venido a verme. Importa el trabajo en equipo, anticiparse a las necesidades de quien tengo al lado, y, sí, también la victoria, pero nunca es una victoria personal. Siempre es compartida.

Nada más formamos filas para comenzar el partido, un aullido generalizado se levanta en las gradas. Es mal momento para alzar la cabeza, pero Ash lo hace, y todos lo imitamos para echar una ojeada a la pantalla que destaca en el estadio. El corazón se me encoge al reconocer a Alexia con una coleta tirante y poco maquillaje, saludando a la cámara con una timidez adorable antes de agarrarse el cuello de la camiseta y mostrarlo para señalar con quién va: con los Boston Beasts.

Ya no me cabe la menor duda de que el morado y el blanco son, además de mis colores, los tonos que más favorecen a las pelirrojas.

* «Redneck» es un término peyorativo empleado en Estados Unidos y Canadá que viene a significar «paleto».

Ash me da un codazo, e inclinado desde su posición para que le vea, DiMarco me guiña un ojo mientras forma con los labios un insulto cariñoso: «Puto afortunado».

Le lanzo un beso a la pantalla desde mi posición. El público se vuelve loco, para bien y para mal; los que han venido en nombre de los Roughnecks están furiosos porque Alexia Lux se haya posicionado, pero a Alexia Lux le importa una mierda la opinión popular, porque capta mi gesto y me lo devuelve poniéndole morritos a la cámara.

Yo soy el siguiente en aparecer en la pantalla, sonriendo y con los brazos en jarras.

El árbitro nos llama la atención en ese momento, y es ahí cuando empieza la fiesta.

Porque no lo habría hecho si no hubiera llegado la estrella.

El *touchdown* que nos entrega la victoria es una jugada que pasará a los anales de la historia. Lo supe en cuanto tuvo lugar el primer pase y Ash echó a correr como si su vida dependiera de ello. DiMarco estuvo cerca de perder un diente, y a Noah le embistió por el costado un cabrón del equipo contrario..., pero consiguió recuperar el equilibrio a tiempo para recibir el balón, que yo le mandé desde una distancia de diez metros, y así darnos los seis puntos que nos otorgarían la ventaja definitiva.

Noah lo celebra levantando el puño; DiMarco se saca de encima de un codazo violento al liniero ofensivo que le tenía agarrado por la cintura, y Ash aplaude con las manos sobre la cabeza.

Soy yo el que busca entre las gradas el rincón que han reservado para Alexia.

La localizo a través del cristal del palco con los brazos en alto y una sonrisa orgullosa en los labios. Entonces, tal como habíamos planeado en el caso de ganar, la música inunda el campo a través de los altavoces; y no cualquiera, sino ese *single* que Alexia sacó para anunciar su primer y único disco de rock hace diez años.

La elección no es arbitraria, claro está. El que no se hubiera dado cuenta esta mañana de que Alexia se siente más cómoda en su piel de rockera es que está ciego o es medio imbécil... si se le ve solo de perfil. Durante los descansos entre entrenamientos, DiMarco no tuvo el menor problema en iluminarnos sobre las mejores canciones de ese álbum homónimo que nos preparó para introducirnos a «la nueva Stevie Nicks». En apenas un rato memorizamos los movimientos más básicos de la coreografía del videoclip aquel, del que precisamente hoy se cumple un aniversario, para mostrarle nuestro apoyo hacia el giro de su carrera.

Yo soy el que comienza el bailecito de la victoria *made in* Alexialand, pero Noah me sigue con mucho gusto, con esos movimientos insinuantes que multiplican los aullidos femeninos en la grada, y DiMarco, por una vez, sin que nadie le tenga que apuntar con una pistola, se une canturreando *Going Insane*.

Las cámaras están de nuestra parte y nos enfocan celebrando el triunfo con un *flashmob* en lugar de reproducir las caras largas de los perdedores. Solo cuando ya se ha enterado todo el planeta de que esta victoria es para Alexia, muestran la reacción de la homenajeada en vivo y en directo.

Me complace verla reírse como se ríe conmigo, como si nadie estuviera mirando. Aplaude, vitorea con el puño en alto, y sigue su propia canción al ritmo de los altavoces.

Cuando los Roughnecks ya están abandonando el campo, los jugadores de los Beasts nos giramos hacia el palco y nos ponemos de acuerdo para hacerle una venia dramática a quien lo ha hecho posible. Ella se levanta también y nos imita con una mano en el pecho y un aspaviento reverencial con la otra.

El entrenador acude en nuestra busca para que no nos pongamos más en ridículo —o para que no cabreemos más a los Roughnecks, que no habrán podido soportar que la personificación de la música celebre nuestro triunfo— y nos hace gestos nerviosos para que regresemos al vestuario. Pero antes de que Capobianco me dé un empujón amistoso, me giro y me aseguro de que Alexia me vea acercándome el pulgar y el meñique a la oreja.

Las cámaras captan el mensaje: «Llámame luego».

—Espero que hagas lo mismo por mí si algún día tengo que conquistar a una mujer —me advierte Noah mientras termina de guardar la equipación en la bolsa de deporte.

Siempre es el primero en llegar y el primero en irse; se cambia a la velocidad del rayo, como si las prendas le quemaran en la piel. Si no supiera que vive solo con su padre, pensaría que en casa le espera una abuela latina con la zapatilla en la mano.

—Lo primero es que tú no necesitas ayuda para conquistar a una mujer —se mete Ash.

—Lo segundo es que más bien necesitas ayuda para quitártelas de encima —secunda DiMarco, echándose al hombro la toalla con la que se seca el sudor.

Él nunca se ha cambiado delante de nosotros. Llega ya vestido y se larga también vestido, anunciando quién es, un liniero ofensivo al que no conviene provocar, y de dónde viene. Durante los primeros meses —los que soportó que nos burláramos de él— lo llamábamos Johnson's Baby, porque el hijo de puta siempre huele bien. Da igual que lleve seis horas entrenando o el equipo contrario lo acabe de arrojar a un contenedor para vengarse porque les ha hecho un corte de mangas.

—Y lo tercero es que por mi colega sería capaz de mucho más que de aprenderme una coreografía —apostillo yo, pasándole un brazo por los hombros. Ambos estamos ya listos; me he dado toda la prisa del mundo para llegar cuanto antes a Murphy's.

Tenemos por costumbre celebrar las victorias en casa en un pub irlandés del centro de Boston, donde solemos reservar antes de saber siquiera si seremos los ganadores. Le he escrito a Alexia la dirección por si acaso le apeteciera unirse a nosotros, y algo me dice —puede que ese «algo» sea mi ingenuo optimismo— que se presentará.

Veinte minutos después de azuzar con mi impaciencia al tardón de Ash, de esquivar a la prensa saliendo por la puerta trasera y de montarnos en el Pussy Wagon, llegamos a las puertas del bar.

Como somos muy previsibles celebrando las victorias en el mismo sitio, no es de extrañar que una horda de periodistas se haya apostado en la entrada a la espera de robarnos alguna respuesta. De mí no consiguen más que un guiño y un besito vacilón; Noah sacude la cabeza con una sonrisa de circunstancias, como si lamentara tener que ignorarlos; Ash levanta las dos manos para anunciar que la duda que sea que tengan no es su problema, y DiMarco... Bueno, DiMarco se hace «un DiMarco», como quien dice: se abre paso a codazos e insultando en el italiano más castizo que te puedas echar a la cara.

Ya iba camino de pedir mi cerveza negra cuando comprendo por qué hoy hay más reporteros de lo normal: porque alguien nos estaba esperando recostado contra la pared y con un cigarrillo en la mano.

Ni se ha molestado en arreglarse, porque sabe que no le hace falta, y lo que es peor aún porque indica premeditación: sospecha que voy a perder el oremus al verla con mi camiseta. No se equivoca.

Ahora lleva el pelo recogido en un moño despeinado, y combina los colores del equipo con unos shorts que ni se ven, unas medias de rejilla y unas botas de motera.

El cerebro se me cortocircuita y, cuando me acerco, no se me ocurre nada particularmente ingenioso que decir.

—¿Estabas esperando a alguien?

—Sí. —Se impulsa desde la pared para señalar con la cabeza un punto a mi espalda—. A tu amigo DiMarco —se burla.

—¿Ese es el que te gusta? Pues te has confundido de camiseta, porque él es el sesenta y nueve.

Sus ojos emiten un destello malicioso.

—Qué número tan sugerente, ¿no?

—Lo habría elegido para mí si hubiera podido. Por desgracia, a los *tight ends* nos corresponden los números del ochenta al ochenta y nueve.

—Te agradezco la clase de fútbol, pero he tenido suficiente deporte por lo que queda de día. Por cierto... —Aleja el cigarrillo estirando la mano a su espalda todo lo que puede, y con la otra me arregla el cuello arrugado de la camiseta. Me mira con intención al decir—: Buen partido, Bravano.

Creo que ya hemos tanteado lo suficiente la bienvenida como para ir al meollo de la cuestión. Le rodeo la cintura con un brazo, e ignorando los silbidos que me llegan desde atrás, la agarro de las nalgas para atraerla hacia mí.

—Buen culo, Landry —le susurro con los labios apoyados contra su frente.

—No me digas que te sabes mi apellido real.

—Tampoco es un secreto. Sale en Wikipedia.

—¿Has estado leyendo en internet para impresionarme? —exagera su asombro.

Bato las pestañas.

—Las cosas que hago por amor.

—Lo que no sale en Wikipedia es lo que me gusta beber. A lo mejor deberías preguntármelo para invitarme —sugiere en tonillo resabido—, como se hace con las chicas antes de meterles mano en un bar.

—Apostaba por que no querrías que un pobretón como yo te invitara a nada... salvo al cuarto de baño, o al dormitorio, o a la habitación de hotel...

—¿Ganar un partido saca toda la testosterona que llevas dentro? No sueles ser tan invasivo —señala, mirándome de arriba abajo. Pero no detecto la menor molestia en su voz; todo lo contrario. Parece secretamente complacida porque pretenda cortar el rollo rápido y fundirme con ella.

—¿Que no? A ver si esto te recuerda lo invasivo que he sido desde el primer día.

Antes de que pueda reaccionar, me agacho y me la echo al hombro con la facilidad de quien embiste a tíos de metro noventa por contrato profesional.

Solo que con ella tengo que ser más delicado, claro está.

No sirve de mucho. Alexia da un respingo de todos modos y me insulta por asustarla.

—¿Adónde piensas llevarme? —se queja—. ¿En serio vas a abandonar a tus amigos en una noche de celebración del equipo?

—Muy en serio, cariño. Será que mis amigos no me han cambiado por una monada en cuanto se les ha presentado la oportunidad... —dejo caer en voz alta, esperando que, en mi camino a una de las puertas de madera, todos los presentes me escuchen.

No es a esta discusión a la que se suman, sin embargo.

—¡Anda que saludas! —rezonga Noah—. ¡Encima que te hacemos promoción gratuita reproduciendo tus coreografías en vivo y en directo!

—¡Gracias! —logra articular Alexia antes de que cierre la puerta contigua de un golpe elocuente. Localizo el sillón donde Murphy en persona se sienta a hacer sus cuentas y la siento allí con la gentileza que no he demostrado antes. Al incorporarme, me topo con su expresión desorientada—. ¿Esto qué es? Pensaba que era un aseo.

—Es el despacho del propietario.

—¿Y podemos estar aquí?

—¿Hay algún sitio en el que tú y yo no podamos estar?

—Ser famosos no nos da derecho a hacer lo que nos dé la gana, guapo.

—Me encanta cuando admites que soy la cara bonita de esta relación.

—De mentira —apostilla ella por si acaso.

—Bueno... —Apoyo las manos en los reposabrazos y me inclino lentamente sobre ella. Alexia permanece donde está, esperando con el aliento contenido a que alcance sus labios. Los rozo con suavidad—, te puedo decir un par de cosas que no son mentira, nena; que me pone duro solo tenerte cerca, y que tú has venido hasta aquí porque no puedes estar sin mí. Lara Cosima no anotó nada en su lista sobre presentarte en la fiesta de celebración.

—A lo mejor me apetecía entretenerme un rato.

—Descuida, que entretenimiento vas a encontrar... y del bueno.

Justo cuando voy a besarla, Alexia hace un quiebro con la cabeza y se las arregla para escabullirse, escurriéndose por el asiento y pasando por un lado de mi costado. Cuando me giro, está de brazos cruzados en medio de la estancia.

Me dirige una mirada retadora.

—Tú no eras ese niño que se dejaba los ositos de goma que más le gustaban para el final, ¿no? Ya sabes... Hay dos tipos de persona: los que se comen primero lo que prefieren, y los que alargan hasta el final el momento de darse el gusto.

—¿Para qué prolongar la agonía si lo puedo devorar ahora mismo?

—Para no cansarte rápido.

Creo que empiezo a entender a qué viene esto.

—¿Tienes miedo de que me canse de ti? Cariño... —se me escapa una carcajada conmovida— contigo no he hecho más que empezar. Todavía no te he follado de lado —empiezo a enumerar, acercándome como si temiera ahuyentarla—, ni contigo encima de espaldas, ni contra una mesa, ni contra una pared... Bueno, creo recordar que eso último sí lo hemos hecho. Más o menos.

—Suena a que lo apuntas en una libretita —responde en tono de sospecha, entrecerrando los ojos—. ¿Vas tachando las posturas conforme las haces?

—No, lo tengo todo grabado en el disco duro. —Me señalo la sien—. Por eso no puedo ni concentrarme en lo que me debo concentrar; porque estoy reproduciendo una puta película porno desde que me levanto hasta que me acuesto. ¿Te apiadarías de mí y te harías responsable de mi sufrimiento?

Alexia apoya la espalda en la pared con las manos escondidas. Finge pensarlo perdiendo la mirada en el techo de madera, en los frisos del oscuro papel de pared... Mira a cualquier parte menos a mí, esperando que no me percate de que se siente halagada por mis palabras, pero también tiene sus dudas. Y me extrañaría que no las tuviera cuando ella no se esperaba que el deseo nos estallara en la cara de esta manera; cuando apuesto por que había decidido darse un tiempo para estar sola antes de abrirle la puerta a otro pobre obsesionado.

Clava en mí una mirada enturbiada por la desconfianza.

—Tú lo que quieres es poder agregar a tus memorias que te acostaste con Alexia Lux. Y no una vez, sino en repetidas ocasiones —determina con seguridad. Sé que no lo dice porque lo piense; es una prueba que me plantea, como hizo en la limusina al preguntarme si había estado a la altura de sus fantasías—. Eres un acumulador de trofeos nato, un tipo competitivo por naturaleza.

—¿Eso piensas de mí? —finjo ofenderme con una mano sobre el pecho—. ¿Así es como me describirías?

Ella se detiene a pensarlo como si no fuera consciente de que sigo rondándola como un animal en celo.

—También te importa tu hermana —determina con una entonación mucho más benevolente.

—Precisamente porque me importa mi hermana tienes que saber que contigo no acumulo trofeos, ni saco la vena competitiva. No me acuesto contigo por alimentar ningún narcisismo; me acuesto contigo porque me gustas —confieso de carrerilla—. Me gustas en serio, y desde que Toots entró a ese camerino y tú la recibiste con el único abrazo sincero que le habían dado en mucho tiempo.

Alexia deja de mirar al zócalo para hacerse la interesante, o la irresistible —las dos cosas son ciertas, de eso que no quepa duda— y me lanza una mirada perpleja.

—¿Cómo?

Le rodeo la cintura y escruto su expresión en busca de la duda, del miedo a la intimidad, y helo ahí, tan disparado que ni con toda su contención podría disimularlo.

Bueno, pues que vaya afrontando sus terrores nocturnos.

—Puede que hubiera algo de interés por mi parte hacia la Alexia Lux que vemos en los escenarios, pero yo no te escuchaba ni seguía tu carrera porque fueras una leyenda, sino porque en su día vi en ti a una mujer humana. Una mujer que todavía tiene tiempo para leer sobre el lupus, y solo porque una niña no ha podido ir a su concierto por culpa de la enfermedad. No tenías ninguna necesidad de mostrarte así de magnánima, y no solo le regalaste una entrada, sino que le concediste el deseo de su vida.

—No fue para tanto —balbucea ella, intentando desembarazarse de mis brazos. Lo consigue y trata de escabullirse, pero la cojo de la muñeca y tiro para volver a acorralarla entre mi cuerpo y la pared.

—Tranquilízate, nena, que no te voy a pedir matrimonio. Y no actúes como si una confesión sincera fuera lo peor que pudiera pasarte. Deberías estar orgullosa de ti misma y sentirte halagada por lo que te digo.

—Claro —ironiza—, porque el amor platónico de un jugador de fútbol es lo más halagador en lo que se me ocurre pensar...

—¿Es que no me escuchas? Te estoy diciendo que no es platónico. Y tampoco es amor. Pero conmigo no tienes que preocuparte de que te endiose, o de que vaya a decepcionarme cuando muestres tus defectos. Sé que los tienes y me gustan. Es más; aquí tienes una estría. —Le doy un pellizco en la cadera.

Ella da un respingo y me arrea un manotazo que me arranca una carcajada.

—Que te den —me espeta, aguantándose la risa—. Todas tenemos estrías.

—Yo mismo tengo estrías. Te salen cuando te pones como Hulk en el gimnasio. Si quieres —sugiero con una caída de ojos—, me quito la camiseta y te las enseño.

No espero a que asienta porque la manera en que se muerde el labio ya me lo dice todo. Me la saco por la cabeza de un par de tirones y la arrojo al suelo. Ella, después de confirmar que no miento y recorrer con los dedos las marcas blanquecinas entre mis hombros y mi zona pectoral, está preparada para corresponderme: se lleva las manos al borde de la camiseta, pero la detengo sujetándola por las muñecas.

—Prefiero que te la dejes puesta.

—¿Qué...? —Tarda en recordar qué es lo que lleva esta noche. Cuando cae en la cuenta, emite un bufido exasperado—. No puede ser. ¿En serio? ¿Te pone la idea de follarte a ti mismo?

—Pues claro que no. Me pone la idea de follarte a ti con algo mío.

—Fetichista —me acusa con una mirada brillante.

—Por suerte para ti, eso es todo lo malo que tengo.

Me arrodillo para meter las manos por debajo de la camiseta y tirar de los pantalones hacia abajo, que lentamente van revelando las piernas más bonitas de América. Ella colabora dándoles una patada que los borra de la escena, y me vigila desde su altura para anticipar mi siguiente movimiento. Levantando un hombro, le hago saber que no tengo nada preparado, pero que estaré encantado de improvisar.

Voy cubriendo sus rodillas y sus muslos de besos intercalados con mordiscos de advertencia, comprometido con un recorrido que desembocará en las bragas que ha tenido el mal tino de ponerse. Alexia da un bote cuando siente que la toco entre las piernas con la punta de la nariz, y como siempre ha de ser quien lleve el mando, o por lo menos tener esa sensación, me rodea la nuca con la mano para instarme a seguir ahí. Agarro el borde de la ropa interior con los dientes y tiro hacia abajo hasta que muestra lo que quiero ver, sin dejar de acariciarle las nalgas con las manos.

La atraigo hacia mí empujándola desde atrás, y cuando ya tengo los labios pegados a su sexo, recorro la parte trasera de sus muslos con manos impacientes. Una vez llego a la corva de la rodilla, se la doblo para que apoye la pierna sobre mi hombro, y entonces obtengo un acceso perfecto al lugar donde llevo queriendo meter la lengua desde que ha aparecido en el partido.

O desde que ha aparecido en mi vida.

Alexia se arquea y empieza a gimotear en cuanto la beso en la ingle.

—¿Esto es lo que me espera cada vez que me ponga tu equipación? —balbucea.

Le guiño un ojo desde abajo.

—Esto es solo el principio.

17
You're Making Me Fall In Love (From The Drawer)
Vinny

Y resultó ser cierto, porque a partir de nuestra victoria contra los Roughnecks, mi no relación pero sí relación con Alexia solo fue a mejor.

Es verdad que no ha llegado a decirme todavía que yo también le gusto... incluso si es evidente. No negaré que sigo siendo un crío en este aspecto: necesitaba esa clase de declaraciones por parte de la compañera de laboratorio que me volvía loco, aunque fuera mediante notita de papel, y necesito la misma reafirmación hoy día viniendo de la superestrella. Pero estoy procurando no forzar la situación porque no dejo de ser consciente de que Alexia acaba de salir de una relación larga, seria y que ha terminado como el rosario de la aurora. Es mi deber no ahuyentarla con exigencias que no está en condiciones de cumplir. Además de que, por mucha elocuencia que despliegue a la hora de escribir sus canciones, no es una mujer de palabras, sino de hechos. Siempre que se lo permiten el orgullo y la apretada agenda, se encarga de demostrarme que aprecia mi compañía. Como, por ejemplo, cuando en una de las fechas señaladas por Lara Cosima para airear nuestro pseudorromance, Alexia decidió pasarse por el estadio antes del evento oficial.

Alrededor de tres horas antes, por cierto.

—¡Cuñada! —exclamó Ash con los brazos extendidos.

Noah lo mandó callar chistando. Incluso sin conocer a Lex tan bien como yo, y sin tener ni la más remota idea del acuerdo que nos une, el *quarterback* se podía oler que no le haría ninguna gracia que la acorralaran con etiquetas.

—No me hagáis ni caso —pidió desde las gradas. Como estaban vacías, su voz levantó un eco que nos llegó a la perfección—. Solo vengo a empaparme de cultura deportiva.

—Sí, porque es justamente el cerebro la parte de las mujeres que se empapa cuando ven a un grupo de tíos musculados sudando como cerdos —comentó DiMarco, bizqueando.

—¿Cómo que «grupo de tíos»? —me quejé—. En todo caso, se derretirá por mí y solo por mí; a ti no te va a mirar dos veces. Y a ver si vigilas las tonterías que sueltas, que suenan muy desagradable, cabrón.

—¿Por qué no bajas y te echas una carrera con nosotros? —exclamó Ash—. El entrenador se ha relajado con las últimas victorias y nos da más libertad. Podemos enseñarte a jugar.

—No sé si quiero que me plaquéis —reconoció ella desde su sitio—. Tengo obligaciones que me requieren vivita y coleando.

—Por eso no te preocupes —dije yo—. Estoy aquí para protegerte.

—Qué ingenuo eres si piensas que eso me hace sentir segura —se burló ella.

Pero bajó, y, acompañada por los aplausos de todo el equipo, cruzó medio campo saludando como los monarcas ingleses. Y es que si algo hay que saber de Alexia es que es camaleónica. Se adapta a todas las circunstancias y se gana hasta al público más difícil.

DiMarco aprovechó que estaba distraída para lanzarle el balón, pero ella, demostrando unos reflejos impecables, lo cogió al vuelo. Enarcó una ceja en la dirección del atacante, y le devolvió el golpe con una fuerza inusitada que lo pilló con la guardia baja.

Quedó demostrado que hay tipos de la escuela de la violencia, como Myles, a los que solo te los puedes ganar de dos maneras: venciéndoles en una pelea física, o, en su defecto, humillándolos en una contienda verbal.

—Espero que no sea eso lo único que tienes para mí, guapo —se mofó Alexia.

—Yo tengo tantas cosas para ti como tú quieras y puedas recibir, pero me temo que, estando en un compromiso con El Bardo, no voy a poder enseñarte de qué pasta estoy hecho —fingió lamentarse DiMarco.

Para evitar que le echara una bronca o arsénico en la bebida por flirtear con mi chica, realizó un pase a su izquierda acto seguido. Noah capturó el balón sin apenas esfuerzo y, tras comprobar que Lex estaba en la posición adecuada, se lo arrojó con benevolencia.

Ella compuso una mueca de decepción y extendió los brazos en cuanto se la pasó a Ash.

—¿En serio, *quarterback*? No tienes que ser tan bueno conmigo. Voy al gimnasio, ¿sabéis? ¿O cómo creéis que una aguanta tres horas seguidas cantando y bailando en un escenario durante meses de tour?

—La verdad es que yo pensaba que la resistencia iba unida al talento —confesó Ash, avergonzado por su incultura.

—Bah. Seguro que te echas cuatro carreras en la cinta y luego levantas dos mancuernas de tres kilos cada una —la provocó DiMarco.

—Ten cuidado, chaval, que no creo que quieras que te demuestre lo en forma que está —repliqué yo.

—Claro que quiero que me lo demuestre... —le guiñó un ojo—, pero no en el campo.

—Ya está bien, ¿no? —le espeté.

—Uy, uy, ¿es que me vais a pegar alguno de los dos? —rezongó mi colega, cruzándose de brazos—. Me gustaría ver a la novia de América intentando placarme.

—No llevo protecciones, pero si me las prestas... —dejó caer batiendo las pestañas.

—No sé de qué estás hablando. Yo nunca uso protecciones de ningún tipo. —DiMarco le sacó la lengua y, al pitido de un compañero que estaba ejerciendo de árbitro, echó a correr para quitarle el balón a Ash. Este consiguió esquivarlo y, en su papel del mejor corredor de Estados Unidos, logró dejarlo atrás y hacer el pase definitivo para que Noah lograra ejecutar el primer *touchdown* del entrenamiento.

Alexia lo observó con los brazos en jarras y una sonrisa satisfecha, como si fuera un partido de liga y estuviese orgullosa del desempeño de su equipo. No llevaba la ropa adecuada para participar en un entrenamiento: unas Dr. Martens con plataforma, vaqueros cortos con medias rotas y jersey de manga caída.

Pero esto no le importó un carajo. Se recogió la melena en un moño despeinado y me lanzó un mensaje al guiñarme un ojo: «Dadme todo lo que tengáis».

Y lo hicimos.

Demostró que podía correr como alma que lleva el diablo, porque salió detrás de Ash y a punto estuvo de alcanzarlo... Aunque sospecho que esta hazaña casi tuvo lugar porque el corredor se apiadó de ella. Noah le enseñó un par de trucos para conseguir los mejores puntos esquivando al equipo contrario, y DiMarco se lo puso tan difícil, fue tan cabrón, de hecho, que a Alexia le dio un mareo tratando de alcanzar el decimocuarto balón.

Tuvimos que hacer una pequeña pausa para que recuperara el aliento. La ayudé a tenderse boca arriba en el campo y le sujeté las piernas mientras ella acompasaba la respiración.

—No se nota el gimnasio, ¿eh? —se mofaba DiMarco.

—Cállate, gilipollas, que me tienes ya calentito —le gruñí.

—Déjalo —se rio Alexia, todavía con los ojos cerrados—. Me gusta que me trate como si fuera uno más. Es bastante más inclusivo que dejarme ganar en una carrera amistosa.

Porque estaba mareada, que, si no, habría abierto un ojo para lanzarle una miradita condenatoria al pobre Ash.

—Hacen lo que pueden para agradarte. Y veo que tú también quieres agradarles a ellos. ¿No será que hemos llegado a ese punto de la relación en el que procuramos gustarles a los seres queridos del otro? —la pinché.

—No te veo yo intentando ganarte a Lara Cosima, y mira que es fácil. Con unos bombones ya la tienes en el bote.

Si Alexia supiera que su representante y yo tenemos una relación secreta desde antes de que ella me hiciera caso… Supongo que algún día se lo diré, pero esa mañana no pudo ser, porque el entrenador apareció en el estadio dando pisotones y se plantó en jarras, mosqueado por nuestra travesura. No me quedó otro remedio que coger a Alexia en brazos y disculparme con una sonrisa más pendenciera que arrepentida para sacarla del campo.

Ese fue su primer acercamiento voluntario, porque, al principio, Lex caminaba hacia mí con pies de plomo, como si tuviera la certeza de que acabaría pisando una mina antipersona por ingenua y descuidada. Solo nos veíamos en su hotel, o nos íbamos a mi casa después de un evento en el que hubiéramos hecho el paripé. Y a veces, ni siquiera. Después de aparecer en la correspondiente velada social para complacer a la prensa, se desinflaba como la noche de la cena en mi casa y alegaba estar cansada para dormir sin compañía. Supongo que caía de pronto en la cuenta de que estábamos fingiendo y le asustaba que lo que luego sucedía entre sábanas pudiera ser otra mentira de alto calibre. Yo me resignaba a respetarlo y a esperar a que comprendiera que ni yo soy tan retorcido, ni ella es capaz de interpretar en la cama.

Pero el otro día, por ejemplo, me llamó con una presunta crisis de vestuario para que fuera a su encuentro en los probadores de una tienda de marca.

Por supuesto, los encargados habían cerrado el establecimiento para el único uso y disfrute de Alexia Lux. Toots y yo solo pudimos infiltrarnos después de que la superestrella nos diera su beneplácito. Acostumbrado a los exabruptos de antiguas parejas o aspirantes a serlo, me temí que le molestara que hubiera invitado a mi hermana, incluso si no era cierto y simplemente me había llamado cuando estaba con ella. Pero cuando Alexia salió del probador con un brillante vestido de noche azul marino y la vio se le iluminó la cara. Esa reacción tan franca, imposible de falsear, me conmovió de tal manera que no pude ni saludar en condiciones.

—¡Perfecto! —aplaudió Lex, que ese día estaba particularmente activa—. ¡Necesitaba opinión femenina!

—¿Y yo qué soy? —rezongó Lara Cosima, de brazos cruzados—. ¿Un machirulo?

—Tú eres una pija sureña, Pumpkin —le respondió con afecto condescendiente—. Tu estilo ha sido envenenado con accesorios pasados de moda, y todavía hoy sigue afectado por la idea arraigada de que debo ir lo más tapada posible.

—¡Eso no es verdad!

Pero bastaba con ver su vestido de cuello vuelto y manga francesa para saber que sí, era cierto.

—Lo discutimos luego, si te parece. Tú —Alexia gesticuló con impaciencia hacia mi hermana para invitarla a pasar—, ven conmigo. ¡Necesito ideas!

Creo que a priori ni siquiera llegó a reparar en mí.

Alrededor de lo que parecía una sala de espera, los empleados habían colgado unas cuantas prendas que podrían servir para el propósito de esa noche: destacar en una gala de cine.

Por un momento pensé que estaba nerviosa porque coincidiría con Brian, pero luego recordé que al sujeto no le darían ni el premio al más tonto. Además, Lex tomó en su día las medidas pertinentes para terminar de sacarlo de su vida: separaron sus escasos activos en común, él se quedó con el perro y se regalaron mutuamente una serie de *unfollows*, que, por cierto, hicieron las delicias de los seguidores que son #TeamBravano.

No voy a decir cuánto me alegró ese punto y final.

Solo diré que me froté las manos ante la expectativa de que por fin fuera a ser toda mía.

Por otro lado, reconozco que no siempre se me hace fácil eso de interpretar sus gestos como actos de amor inconmensurable, conformarme con que no me saca la mano de la bragueta para entender que me aprecia y ser, en general, Míster Paciencia y Comprensión.

Una tarde me di cuenta de que llevaba sin responder a mis mensajes desde primera hora de la mañana, y no pude evitar tomármelo como algo personal. Sí, soy consciente de que es una superestrella internacional, y de que tiene asuntos muy importantes que atender, como, por ejemplo, disparar la economía norteamericana programando un puñado de conciertos. Pero también soy consciente de que me hizo *ghosting* durante días después de nuestra primera noche, y por más que uno le haga prometer a la parienta mediante tortura sexual que no volverá a repetirse, no se puede estar cien por cien seguro.

Así que allí estaba yo, una tarde de ocio, dando vueltas por mi casa como un tigre enjaulado y lanzando miradas ceñudas a un móvil que se negaba a sonar; un móvil al que solo le faltaba encogerse de hombros y alegar en su defensa que él no tenía la culpa de nada.

En esas andaba, convenciéndome de que llamándola estaría quedando como un auténtico patán, cuando se oyó la puerta de entrada. Toots hizo acto de presencia tarareando uno de los éxitos de Alexia, con el bolso echado al hombro y las mejillas arreboladas de cuando te has pasado de cervezas.

—¿Qué haces ahí parado? —preguntó nada más coincidir en la cocina.

Me pude imaginar lo que estaba viendo: a un pobre desamparado con cara de cordero degollado, y con un chándal monocromático y manchado de café por haber estado bebiendo compulsivamente.

No vi por qué no serle sincero a Toots acerca de la situación. Era la única que sabía qué pasaba entre su cantante preferida y su hermano mayor.

—Alexia lleva todo el día sin responder a mis mensajes. Si hubiera tenido algo que hacer, no habría estado tan pendiente, lo juro —le aseguré con las manos en alto—. Pero en el silencio, el silencio es mucho más notable, ¿entiendes?

—El Bardo, lo llaman —se burló en referencia a mi lamentable símil. Luego se quedó un buen rato mirándome, no sé si para tratar de disimular que estaba borracha o para decidir si mi estúpido agobio merecía consideración alguna.

Tuvo que inclinarse por el sí, porque, con un suspiro, dejó el bolso sobre la mesa de la cocina y sacó el móvil para mostrarme un selfi en el que aparecían Alexia y ella.

—No te ha contestado porque la he mantenido ocupada. Quedamos para almorzar alrededor de la una en un sitio a las afueras de la ciudad, y luego, entre unas cosas y otras, nos tomamos el café, y luego la copa...

Ya sabía que había habido copas de por medio, porque mi

hermana no sabe disimular, pero que lo admitiera en voz alta sustituyó la preocupación inicial por una mejor fundada.

—¿Copas?

—Tengo lupus, no un alcoholismo en rehabilitación —se quejó en tono cansino—. Y fui yo la que lo propuse. Me costó convencerla porque le preocupaba que te mosquearas. Gracias por eso, por cierto —añadió con retintín—. Si no hubiera sido por tu dramatismo agudo, podría hacer el capullo con mi cantante favorita sin que se pusiera a contar cuántas me bebo.

Podría haber hecho una serie de puntualizaciones pedantes, pero no por ello injustificadas, como que el alcohol interfiere con la medicación, y que no es lo que más le convenga consumir a un enfermo con inflamaciones o daños en tejidos y venas.

Me callé porque sé que mi hermana es muy responsable para la edad que tiene, y porque me conmovió imaginarme a Alexia vigilando a Toots al mismo tiempo que la divierte con su oscuro sentido del humor.

—¿Cómo es que habéis salido por ahí? —me arriesgué a preguntar, perplejo.

—Le di mi número cuando coincidimos en los probadores, y el otro día me llamó. —Se encogió de hombros. Recuperó su bolso con la intención de marcharse a su habitación, pero antes me sacó la lengua—. He sido más rápida que tú invitándola a salir, y sin estrategias publicitarias de por medio. Yo sí que llevo la sangre Bravano en las venas.

—Serás perversa… —me quejé con una sonrisa—. Cuidadito con lo de robarme a la novia, ¿eh?

—Lo mismo ya ha pasado. No la he visto muy preocupada por los mensajes que le estabas mandando cuando bailaba conmigo… —Se detuvo en medio del pasillo y se giró para lanzarme una mirada burlona—. Y ¿en serio, Vinny? ¿Te has vuelto medio loco porque no te ha contestado en... —consultó su reloj de pulsera— seis, siete horas? ¿Lo equivalente a una tarde?

Sacudió la cabeza y se internó en su dormitorio, dejándome a mí como un pasmarote. Me dieron ganas de decirle que habría que verla a ella si Noah no fuera de los que ignoran hasta los pedidos de auxilio si vienen en formato texto. Apuesto mi alma a que si alguna vez llegaran a la séptima base, o como quiera que se llame el estadio relacional de enviarse mensajitos a horas intempestivas con sonrisas bobaliconas, Toots mandaría a un equipo de SWAT a tumbarle la puerta de entrada si al *quarterback* se le ocurriera ir a lavarse los dientes sin el móvil en la mano.

Pero eso no se lo dije porque, claro está, se supone que yo no sé nada.

Esa no fue la última vez que Alexia demostró sentir una debilidad absolutamente justificada por mi hermana. A lo largo de la semana siguiente, tuve que resignarme a estar en contacto con ella mediante las dichosas redes sociales porque estaba inmersa en la creación de su próximo álbum, y no había manera de verla. Me enteré de pura casualidad de que Toots recibía las demos en el correo electrónico, además de imágenes de folios garabateados con algunos de los versos y dudas sobre las melodías que creo que le corresponde solventar a un equipo de sonido, no a una estudiante de Teorías de género.

No perdí la oportunidad de decírselo una noche que coincidimos en mi casa.

—Ya te vale —rezongué en cuanto el tema de conversación me lo permitió. Aunque antes de eso no había habido conversación; Alexia acababa de salir de la ducha después de un polvo de bienvenida—. A mi hermana le pides consejo musical, ¿y a mí no?

Alexia dejó de frotarse el pelo mojado y enarcó una ceja en mi dirección.

—Savy lleva más de diez años siguiendo mi carrera...

—Conque Savy, ¿eh? —repetí con regocijo.

—... y no siguiéndola en el sentido de hacer cola para comprar mi disco en cuanto sale —continuó, haciendo oídos sordos—, sino en el sentido de saber cómo se llaman las mascotas de los padres de mis exnovios. ¿Qué opinión crees que vale más? ¿La de la niña que ha crecido con mi música, o la del tío con el que me acuesto?

—¿Eso soy? —Hice un puchero—. ¿El tío con el que te acuestas?

Ella esbozó una sonrisa burlona.

—Tranquilo, que si te hago una canción, procuraré ponerle un título con más gancho. Pero ese vendrá a ser el contenido. —Me guiñó un ojo.

—No es justo. ¿Solo tengo derechos carnales? ¿No me vas a permitir escuchar un estribillo antes de tiempo? No será porque te dé mal fario, porque a tus fans bien que los tienes informados.

Me hice el ofendido porque me divierte sacarla de sus casillas, pero en el fondo estoy encantado con que Toots reciba atención por parte de Alexia. No esa clase de atención unidireccional que roza el paternalismo, sino el interés que cabe esperar viniendo de un buen amigo.

Alexia es más bien escueta a la hora de expresar sus sentimientos, pero el modo en que habla de mi hermana delata que la respeta, aprecia su opinión y se divierte en su compañía. Y no es que a Toots le escaseen las amistades; en todo caso, a mí siempre me han escaseado las parejas que no han huido en la dirección contraria nada más ver que mi prioridad es mi familia. Algunas se ponían celosas, otras no lo entendían, unas terceras la veían como un impedimento para que la relación llegara al punto que ellas querían... Y Alexia es todo lo contrario. Tiene asuntos más importantes de los que ocuparse que de mí, lo que se traduce en que valora que yo también anteponga a Toots y me vuelque en mi carrera profesional. No solo no envidia mi vínculo con mi hermana, sino que participa en él siempre que es invitada y se las arregla para que sea yo quien sienta unos celos irracionales del cariño que le demuestra. Además de que, como ninguno de los dos sabemos adónde conducirá esto del amorío mediático, nos permitimos fluir sin pensar en el futuro.

Alexia acabó interpretando mi comentario como una reprimenda justa, y en lugar de mandarme al carajo, como hace cada vez que me paso de listo, fue hacia su ligero equipaje y sacó la guitarra acústica de su funda.

No era la primera vez que la traía consigo. Ella misma me confesó que en periodos en los que la desborda la creatividad y está componiendo un álbum, no se separa de su instrumento.

—Llama a Savannah —me pidió después de tomar asiento en el borde de la cama.

Ni siquiera se había vestido aún. Solo llevaba puesta la toalla de baño y el pelo mojado sobre los hombros.

—Está en la facultad.

—Qué conveniente para ti —señaló poniendo los ojos en blanco—. Vas a tener la suerte de escuchar en vivo y en directo la canción bosquejada. Ni se te ocurra pensar que te la dedico.

—Complicado. Ya sabes que soy muy egocéntrico.

Alexia esbozó una sonrisa trastocada por una timidez repentina y agachó la cabeza para afinar la guitarra.

La he visto en concierto un par de veces, en videoclips, en actuaciones de premios... Incluso hay por ahí circulando algunos vídeos de ella cantando en la calle o en un pub, cuando algún listillo la ha señalado como Alexia Lux y los ánimos generales la han presionado para improvisar un estribillo rápido. Pero nunca, hasta ese momento, había cantado para mí. Y entre que estaba nerviosa porque era la primera vez que sacaba a la luz ese *single* en particular, que dicho *single* era una canción de amor en su versión acústica y que no solo estaba desnudándose con la voz, sino que iba ya ligera de ropa, la atmósfera que se creó fue tan íntima y especial que me sorprendí escuchando con un nudo en la garganta.

Alexia Lux, la cantante, es femenina y adorable de cara al mundo; una chica sencilla que no se pone maquillaje. Como ella misma dijo, es una criatura que apela a la mayoría de la población. Pero la Lex que yo conozco no le tiene miedo a abrazar de vez en cuando un lado masculino, ya sea bebiendo más cerveza que yo en Murphy's conmigo y con mis amigos, poniéndose prendas *oversized* de la sección de hombres cuando nadie mira y jurando como un marinero.

Esas eran las dos Alexias que conocía hasta que arrancó a cantar **These Past Days Have Been A Fairytale**. Porque resulta que, cuando empieza a rasguear una guitarra delante del tipo que le gusta, aunque ella lo pronuncie de otra manera y con un distanciamiento supuestamente necesario, se vuelve tan sensible que puede llegar a las lágrimas y hasta ponerse tierna, un rasgo que no pensé que su carácter temperamental permitiera que aflorara.

Yo tampoco me imaginaba entrando a formar parte del grupo de los que se emocionan con la música, pero allí estaba, pendiente de si sonreía con una estrofa o si me lanzaba una mirada furtiva para confirmar que estaba prestando atención; de si paraba para respirar o tragar saliva después de pronunciar alguna frase reveladora. Alexia no quiso que yo me diera por aludido con la letra, pero está claro que lo dijo porque no sabe que ya lo hago, y hasta con las canciones antiguas; hasta con las que tienen el nombre de Brian, o de Richie, o de Kylie. Porque esa es la magia de la obsesión, o del enamoramiento, o del hallarse embelesado, o como se quiera llamar: toda la música que escuchas va sobre ti, va sobre ella, va sobre los dos.

Alexia terminó de cantar y esperó a que el eco de los últimos acordes se extinguiera. Aún aguardó unos segundos hasta recuperarse, y entonces alzó la mirada y me preguntó:

—¿Qué te ha parecido? Es para el álbum pop, el que no me interesa una mierda, pero esta canción me parece... especial. Y no es como si pudiera vengarme de Jerry componiendo temas defectuosos, porque si no se posicionan en las listas de más escuchados, la que sufrirá soy yo, y de todos modos no puedo decepcionar a mis fans sacando una cara A que no sea de sobresaliente... ¿Qué haces? —jadeó con voz de pito al ver que me levantaba e iba hacia ella. Le quité la guitarra y la acorralé entre mis brazos apoyando las manos en el borde de la cama, justo a cada lado de donde estaba sentada—. Me acabo de duchar, Vinicius.

—Mejor para mí. Así hueles bien.

—Vinny...

—Me encanta cuando te pones a hablar de estrategias de venta, de Jerry y de álbumes con dos caras para intentar espantar un instante de complicidad; para así no tener que hablar de que has compuesto una canción muy romántica sobre... ¿cómo era? ¿Los días que hemos pasado juntos?, ¿que, por lo visto, han sido de cuento de hadas?

—Eso no...

—Coincido —interrumpí con un guiño—. Lo han sido. Y los que están por venir.

Tiré del nudo de la toalla para desnudarla y la arrojé a mi espalda sin contemplaciones.

Ella estaba ruborizada porque la había pillado en su propósito de escurrir el bulto, pero también encantada de que no me hubiera dejado manipular por sus burdas excusas. El color de sus mejillas me recordó la suave caricia de su voz al cantar, sus vistazos nerviosos, y me sobrevino una oleada de calor que supe que no podría soportar yo solo.

La tuve que tender sobre la cama, tal como vino al mundo, y convencerla con besos distraídos de que haber salido de la ducha no era una buena excusa para rechazarme.

—La próxima vez —susurré en su oído—, me la cantas en pelotas; solo con la guitarra encima.

—Lo que tú digas, cerdo —bufó con vehemencia.

Como si quisiera averiguar cómo se sentían mis carcajadas piel con piel, aprovechó que me reía para rodearme con los brazos y atraerme hacia su cuerpo cálido. Todavía estaba húmeda de la ducha, olía a mi jabón y a mi champú, y eso se me hizo terriblemente erótico. Rescaté con la lengua una de las gotas de agua que se habían quedado estancadas en el relieve de la clavícula, y subí hacia el cuello para darle un mordisco de advertencia. Ella gimoteó y me clavó las uñas en los hombros, el que parecía su rincón favorito. Los chicos ya me habían llamado la atención en los vestuarios por las líneas irregulares que me tatuaban sus travesuras.

—Estoy cachondo siempre que estás cerca —confesé mientras le separaba las piernas. Me di cuenta de que le temblaban las rodillas, y sonreí para mis adentros—. ¿Cómo lo haces?

—Yo creo que ayuda que seas un salido —replicó con la voz entrecortada. Su mano había trepado de mi espalda a mi nuca para acariciarme la cabeza. Le encanta la sensación de pasar la palma por el rapado. Siempre compone una expresión de éxtasis contagioso.

—Tú estás muy equivocada. A mí no me pone ni cualquier cosa, ni cualquier mujer... —Comprobé con un roce atrevido a su entrepierna que ella también estaba excitada, y la sonrisa maligna se me torció a un lado—. Y a ti tampoco.

Como era verdad lo que le dije, como es cierto que estoy cachondo siempre que la huelo, la toco o la siento en la misma habitación, no necesité ni que me acariciara ni que me hiciese ningún caso; el contacto piel con piel, su desnudez, sus discretos jadeos, todo eso contribuyó a endurecerme para hacer lo que empezó a pedirme cuando movió las caderas con impaciencia.

Recorrí la cara más sensible de su muslo presionando con el pulgar un segundo antes de penetrarla hasta que cerró los ojos y emitió ese sonido de liberación que me pone el vello de punta. Creo que es consciente de lo sexy que es cuando está en el escenario, vestida para la ocasión, o cuando me vacila en momentos contados, pero a la hora de la verdad, se pierde tanto en el movimiento y en el calor que dudo que recuerde siquiera su nombre. Dios sabe que yo no lo hago, joder; que me concentro en embestirla y lo único que sé es que quiero que me deje hacerlo hasta que perdamos las fuerzas.

—Vinny... —jadeó ella, agarrándome fuerte de la nuca. Interpreté su llamada como un ruego para que me moviera más rápido. La sujeté por la cadera para fijarla a la cama y me hundí profundamente en su cuerpo, una y otra vez, hasta que ya no podía o no quería hablar y se revolvía como si no soportara la quemazón.

Me encanta verla agarrarse a las sábanas para tratar de controlar un temblor superior a sus fuerzas. Superior también a las mías.

—Nena... —gruñí al sentir que me precipitaba hacia el orgasmo.

La rodeé del cuello y la atraje hacia mí para besarla en los labios. Ella no solo se dejó, sino que me miró a los ojos para pedirme que mantuviera las manos ahí, donde latía su pulso desbocado, y me cogió de la muñeca para tener dónde sujetarse.

No sé si fue por la confianza depositada, porque me había estado cantando una canción semidesnuda, porque adoraba a mi hermana, porque se divertía con mis amigos o por un conjunto de todas esas cosas, pero el impulso de soltarle que estaba sintiendo algo muy poderoso por ella estuvo a punto de ahogarme. Si no lo dije, fue porque jamás pronunciaré una jodida palabra que pueda ahuyentarla… y porque los dos nos corrimos unos segundos más tarde, y cuando se trata de Alexia y de mí, el orgasmo nos suele robar el protagonismo además del aliento.

18
Your Beautiful Big Heart
Alexia

Cualquiera diría que, después de convertirse en una veterana de las relaciones, una se acaba acostumbrando a la vorágine de emociones; esa que te tiene con el estómago revuelto, la cabeza en las nubes y la mirada fija en la pantalla de un chat las veinticuatro horas del día.

Pero no.

Contando rollos ocasionales y parejas serias, sumo más de diez experiencias románticas y, aun así, todavía me enfrento a mis sentimientos con la precaución de los novatos.

Quizá porque sé mejor que nadie que estoy lidiando con material peligroso.

Me imagino tendida boca arriba en la cama del hotel, esperando a que Vinny conteste a mi último mensaje, y una parte de mí se quiere dar un bofetón con efecto.

«No hace ni un mes y medio desde que Brian te llamó obsesa de las bodas en un baño, y mírate ahora, pendiente de los movimientos de otro tío. Es que no aprendes», me reprocha la voz interna.

«Estúpida», suele añadir.

Y con mucha razón.

«Pero él es diferente —me replica la romántica empedernida que llevo dentro—. Es sincero, y dulce, y no haría nada para hacerte daño».

Me imagino dando vueltas con una amapola en la mano, como la Megara de la película Disney *Hércules*. Solo que en lugar de tener a mi lado a un Hades que me advierta de que no deja de ser un hombre, me he rodeado de gente que alimenta mi locura.

—¿Qué dice Vinny? —pregunta Lara Cosima, plantándose delante de mí mientras termina de secarse el pelo con la toalla.

—No estoy hablando con Vinny —repongo a la defensiva.

En serio, ser tan obvia me fastidia.

—Ah, vale. Lo pillo. Te apetece jugar a quién es la más mentirosa de la habitación.

—¿Adónde vas? —inquiero, por cambiar de tema. Y porque se acaba de poner sus zapatos favoritos, las sandalias con un poco de tacón que no pueden faltar en una expedición a su centro comercial preferido—. ¿Qué necesitas comprar?

Ella suspira con hastío, como si fuera la decimoquinta vez que se lo pregunto.

—Le debo una cesta de regalos a un amigo de Vinny.

—¿Que le debes un...? —Me incorporo, ceñuda—. ¿A quién? ¿Por qué?

—Hicimos un trato el otro día. Nada de lo que tengas que preocuparte —desestima con un aspaviento—. La cesta incluye unas cuantas entradas para el concierto privado de Nueva York, el que celebras por tradición nada más sacas el nuevo disco. Sé que todavía no ha salido la fecha definitiva, pero le voy a mandar ya el pase vip, ¿vale?

—¿Mandar? ¿Por qué no se lo entregas en mano? Tiene pinta de que voy a pasar unos cuantos meses pegada a los chicos, y, por ende, tú también.

Y no me importa.

No sé cómo esperaba que interactuara un equipo de fútbol americano, pero, desde luego, no así; con una camaradería que salta a la vista, y con esa complicidad que solo surge en una relación cuando hay verdadera confianza y afecto mutuo.

Después de salir del despacho de Murphy y unirme a la fiesta, descubrí que son incluso más divertidos de lo que me lo parecieron mientras grabamos el videoclip. Entre los entrenamientos a los que me uno en contra de los deseos de Capobianco, las cervezas que nos tomamos en sus pubs de confianza y las ojeadas que Vinny me permite echar al chat de los Boston Beasts cuando lo oigo partirse de risa, hemos acabado forjando un vínculo tal que se permiten llamarme «cuñada».

Estremecedor, por un lado.

Halagador, por el otro.

—No sé —reconoce ella, torciendo el morro—. Es un tío raro.

—Define «raro» —le pido a punto de echarme a reír—, porque eso en tu idioma suele significar que llora cuando pierde su afición y sabe abrir una lata de cerveza con la boca, cuando en realidad esa es la descripción del hombre promedio.

—Eso no es cierto —replica con la boca pequeña.

—Sí es cierto, Pumpkin. Los tíos normales no son los que van de príncipe azul abriendo las puertas de los coches y diciéndote «buenos días, princesa».

Y gracias al cielo.

Ella pone los brazos en jarras para reflexionar sobre ello.

Suele preocuparle que parezca que sabe de lo que habla.

Me ilumina con la descripción más específica que se pueda ofrecer de Myles DiMarco:

—Raro en el sentido de que te daría un azote en el culo para que entraras en el coche. Fueras hombre o mujer —apostilla, contrariada.

—Vale, no se diga más. Ya sé a qué amigo te refieres —me río—. ¿Es que te ha dado un azote en el culo y yo no me he enterado?

La pantalla de mi móvil se ilumina. La habría ignorado para conocer la respuesta de Lara Cosima si no me hubiese extrañado que me haya escrito Manish.

Siempre dice que mi buzón de entrada y mis redes sociales personales deben de estar hasta arriba, y que no le gusta contribuir al agobio de responder a todo el mundo con un mensaje que suele poder esperar.

El texto es breve y adjunta un enlace.

> Amor, mira esto

El vínculo me dirige al artículo de una revista sobre el mundo de las celebridades. Solo que, esta vez, el protagonista de la prensa no es un cantante o un *influencer*, sino Vinny Bravano: una foto sacada de su Instagram, en la que lleva una gorra hacia atrás y una sonrisa, destaca justo debajo del titular en negrita.

> El *tight end* de los Boston Beasts, un advenedizo sin escrúpulos. Lo conocemos a través de la mirada de quienes lo trataron antes de la fama: su pareja, Stacey Sink.

Se me escapa una risita burlona.

Creo que se le puede describir de muchas maneras —últimamente, yo me referiría a él como ninfómano insaciable—, pero ¿advenedizo sin escrúpulos? Apuesto por que ni siquiera sabe qué significa esa primera palabra, y no porque sea un idiota, sino porque no hay una sola persona en su vida que no sea tan auténtica como él.

Aun así, me dispongo a leer el contenido, a ver con qué sorprende esta vez la prensa rosa. Y conforme voy avanzando en la lectura, mi sonrisa, al principio segura, se va resquebrajando, secándome la garganta en el proceso.

Según describe el articulista, Stacey, quien fuera su pareja desde los catorce a los diecinueve años, ha subido un TikTok contando su historia con él. Como es natural, se ha viralizado, y ahora todo el planeta sabe que Vinny la relegó a la última de sus prioridades en cuanto se mudó a la capital de Arizona para jugar en un equipo de fútbol de segunda división.

Stacey cuenta, llorando a lágrima viva en un vídeo que tengo la mala suerte de tragarme entero, que su novio le puso los cuernos mil veces durante el último año de relación, cuando un ojeador le consiguió la beca deportiva en la Universidad de Phoenix.

No me extraña un ápice lo que relata con un detalle que raya en lo morboso, porque es como si lo estuviera viendo: Vinny se hizo popular en la facultad hasta tal punto que tenía que sacarse a las mujeres de encima, pero siendo como es, un amante de la vida, no desaprovechaba ninguna oportunidad. Stacey se asegura de que no nos quepa la menor duda adjuntando fotos de conversaciones sexuales que fotografió con su móvil antiguo. También nos enseña imágenes tomadas en fiestas donde un Vinny más joven aparece abrazado con una actitud muy cariñosa a distintas chicas.

Como la conclusión de su vídeo es más que obvia —Vinny Bravano debe ser cancelado de forma inmediata—, dedica los últimos minutos a dirigirse a mí.

La chica, una rubia de ojos azules con la cara redonda, clava la mirada en la cámara y me advierte para que tenga cuidado. Acto seguido, enseña su última conversación con él, que, según la fecha, tuvo lugar hace una semana... y a altas horas de la madrugada.

En ella, Vinny le deja tres mensajes que no dejan lugar a dudas.

> No me cierres la puerta así, nena. Sabes que eres lo más importante para mí

> Aunque ahora esté lejos de casa, siempre te querré. Tienes que entender eso

> Por favor, respóndeme.

No es que Vinny Bravano tenga el monopolio de la coletilla «nena». Todos los listillos con una relativa popularidad en las fraternidades masculinas, los surferos con pintas de *hippy* y los moteros tatuados suelen llamarte así, y lo sé por experiencia. Pero no me cabe la menor duda de que cuenta la verdad; de que esos mensajes, tanto si se los envió hace una semana o hace veinte años, son suyos.

—¿Pumpkin? —logro articular con voz temblorosa.

—¿Mmm? —responde Lara Cosima desde la habitación contigua. Puedo verla desde mi posición: ha aprovechado que las sandalias dejan el pie al aire para, inclinada sobre el regazo en un ángulo incómodo, pintarse las uñas con el tono de siempre: *Nude Look* de Dior.

—¿Has visto... las últimas noticias?

Mi amiga levanta la cabeza bruscamente. Su olfato de animal de las redes le ha hecho saber, nada más oír la inflexión de mi tono, que estamos en problemas.

Se levanta como alma que lleva el diablo y me arrebata el móvil de las manos para leerse por encima el artículo. Es increíble el don que ha desarrollado para enterarse de un drama de actualidad con tan solo echarle una ojeada desinteresada a las ochocientas palabras de noticia.

—Lo voy a matar —masculla entre dientes—. No, primero lo voy a llamar, y luego lo voy a matar. Seguro que es una mentira cochina que la muy envidiosa ha contado a la prensa —añade para hacerme sentir mejor—, pero ¡lo llamo y lo mato!

Antes de que empiece a soltar los berridos habituales, me tapo los oídos con las manos y procuro hacerme una bola de algodón y poliéster hasta empequeñecer del todo.

Necesito abandonarme a una paz interior que no siento, pero que pueda aislarme del próximo escándalo.

—¿Cuándo se va a acabar esto? —murmuro para mí misma—. ¿Cuándo se va a acabar esta mierda de enterarme a través de los medios de qué pasa con mi vida y de quién es en realidad el tipo con el que salgo? ¿De verdad debo hacer como Brian y acostumbrarme? ¿Unirme al enemigo en lugar de luchar contra él?

Ella intenta consolarme echándome un brazo sobre los hombros. Me frota entre los omóplatos con la palma de la mano, un presunto masaje tailandés que aprendió cuando fue de vacaciones a Hawái —solo ella sabrá la vinculación entre dos países a miles y miles de kilómetros—, y apoya el mentón sobre mi coronilla.

—En lo único en lo que tienes que hacer caso a ese patán es en lo de no creerte nada que salga en la prensa. Por favor, ¡este artículo lo ha publicado el mismo medio que insinuó que tenías un brazo biónico, y solo porque te quedaste dormida tomando el sol y el lado derecho del cuerpo se te achicharró!

Se me escapa una risita cansada al acordarme de la situación. Fue una de las pocas veces que los medios me hicieron pasar un rato estupendo.

Por otro lado, esos ratitos de risas no pueden equipararse a las torturas psicológicas que he sufrido a su costa.

—Si crees que es una trola, ¿por qué has dicho que te vas a cargar a Vinny?

—Por haberse acostado con una mala pécora cuando todos aquí sabemos que puede hacerlo mucho mejor.

—No sé, Pumpkin. Todo esto empezó porque Vinny me besó en la Super Bowl. Y se ha prestado a fingir una relación. Es evidente que sed de fama tiene. Además, si no se le ha conocido novia, es que va de flor en flor. Podría ser exactamente como los demás...

Unos golpes en la puerta nos interrumpen.

Lara Cosima hace un gesto con la mano, dando a entender que podemos ignorarlo si es lo que nos apetece. Pero quien sea que esté al otro lado no parece de acuerdo con nuestra decisión, y sigue aporreándola hasta que pierde la paciencia.

—¡Abrid!

La voz de Vinny me acelera el pulso. Nerviosa, busco mi reflejo en el espejo más próximo y por poco lanzo un gemido ahogado. Tengo un aspecto lamentable; el de una chica que está intentando controlar un ataque de pánico y que, para colmo, acaba de despertarse de la siesta.

No puede repetirse la historia. No sé cuántas más veces podré exponerme a esta situación y sobrellevarla con elegancia, la que, como es obvio, es mi prioridad.

Mi nombre es Alexia Lux, ¿vale? Da igual si tengo problemas de ansiedad, que lo importante es estar guapa mientras disimulo.

—¡Soy yo! —insiste él.

—¡No estáis en una fase de la relación que te permita decir «soy yo» y que Lex entienda de quién se trata! —espeta mi amiga. Luego busca mi mirada para averiguar cómo nos sentimos respecto a la visita—. ¿O sí? ¿Queremos escucharle o le desahuciamos?

La opción razonable siempre será abrir la puerta, ofrecer un té y oír lo que el tipo tenga que decir, manteniendo en todo momento los aires de diosa inalcanzable. Y yo, siempre y cuando me sea posible guardar la compostura, he de hacerlo.

Por contrato y por amor propio.

Tan pronto como tiro del picaporte, él hace el resto. Empuja la puerta y se abre paso en la estancia sujetando en la mano una revista enrollada.

Apenas me da tiempo a fijarme en el pantalón de chándal gris y la camiseta ajustada negra cuando se gira hacia mí, más serio que nunca. Y se lo agradezco, porque eso de presentarte en la casa o el hotel de alguien con esos pantaloncitos y esa camisetita, hijos de la provocación, es una auténtica guarrada.

—Es mentira —anuncia sin ambages—. No le he puesto los cuernos jamás, y esa conversación que ha enseñado es de hace mil años. No sé cómo cojones se las ha arreglado para falsificar la fecha, pero cuando quieras pongo a cargar mi móvil antiguo y te enseño el chat real.

—Entonces sí le enviaste esos mensajes —sentencia mi representante en mi nombre.

Porque ahora me representa más que nunca.

—Sí, son reales —le responde a ella antes de girarse hacia mí y continuar—, pero es importante considerar la antigüedad, ¿no te parece? Lo dejamos antes de cumplir veinte, y porque a Stacey le sentó mal que cambiara mis planes de irnos a estudiar juntos a California por la beca en Phoenix. Aunque fue una ruptura aparatosa, o quizá justamente por eso, no me la pude sacar de la cabeza, y ella tampoco terminaba de dejarme ir, así que estuvimos hablando de forma intermitente. Retomamos el contacto del todo cuando a Toots le detectaron el lupus. Siempre había sido mi mayor apoyo, y se llevaba muy bien con mi hermana. Estuvo visitándonos una temporada, incluso. Se portó de maravilla. Pero por lo visto no lo hizo por cariño, sino porque esperaba que yo abriera los ojos para darme cuenta de que era la mujer de mi vida y dejara el fútbol para correr a su lado. Lleva odiándome por no haberla elegido desde entonces. En su opinión, la utilicé como paño de lágrimas por lo de Toots y luego la mandé a la mierda, cuando no es así —recalca, sacudiendo la mano en la que sujeta la revista—. Estaba dispuesto a mantener una relación a distancia, pero no le pareció suficiente. De ahí los mensajes. Le pedía que recapacitara porque entonces la quería. Evidentemente, no dio su brazo a torcer, y ahí terminó nuestro contacto. Hasta hoy, supongo.

—¿Quién... quién compra revistas físicas? —murmuro yo, demasiado nerviosa para decir lo que pienso de verdad.

La cabeza me da vueltas.

—Toots colecciona en papel todas en las que sale una noticia sobre mí, pero ese no es el tema. —Arroja la revista sobre la mesita de cristal y me encara apuntándome con el dedo de las advertencias—. No es verdad, Alexia.

Me cruzo de brazos para que no note que me tiemblan las manos.

—Entonces ¿por qué te presentas aquí hecho un manojo de nervios?

—Porque con el historial que tienes, no me extrañaría que te lo hubieras creído y ya me hubieras dejado de seguir en Instagram.

¿Cómo sabe que me lo he planteado?

Lo voy a decir otra vez: ser tan fácil de leer ME MOLESTA.

—¿Qué coño significa eso? «Con el historial que tienes»

—imito su voz haciendo las comillas con los dedos—. Historial tendrás tú, que tu exnovia te odia tanto que dedica su tiempo a falsear conversaciones privadas. A lo mejor yo no le importo una mierda a nadie, pero por lo menos no se entretienen molestándome hasta ese punto.

—Cuando hablaba de tu historial, no me refería a tu historial romántico, Lex, sino a tu historial con la prensa —responde con una paciencia admirable—. Me figuraba que no te habría sentado bien leer esa sarta de tonterías, incluso si clama al cielo que lo son.

—¿Ahora me estás llamando loca? —levanto la voz—. ¿Me sienta mal leer tonterías?

—No tergiverses lo que digo —me ruega, pero suena a orden.

—¡Pues no digas nada! ¡No hace ninguna falta! No me debes explicaciones, y no te las he pedido, tampoco. Estaba muy feliz pasando mi tarde libre con Lara Cosima. —Señalo a mi amiga con un aspaviento nervioso.

La pobre se ha reclinado en un rincón con cara de pánico.

—¿Me estás diciendo que te daría igual la posibilidad de que saliera contigo y anduviera pendiente de mi ex al mismo tiempo? —plantea con tiento, mirándome de hito en hito.

Aunque está manteniendo la compostura, la vocecita interior trata de convencerme para que me solidarice con él: «Es su exnovia la que ha iniciado el presunto bulo, y es su vida la que está en boca de todos. ¡Esto le habrá molestado más que a ti!».

Pero no permito que la empatía minimice mi indignación.

—No estás saliendo conmigo, Vinny. Esto es una puesta en escena, ¿recuerdas? —le pincho, y no sin ganas.

Una pequeña parte de mí ha estado expectante a lo largo de este tiempo, preguntándose cuándo saltaría todo por los aires y, en el caso de que no lo hiciera, si tendría que encargarme yo de ponerle un alto a la relación para que no fuera a más.

—¿Lo de pasar horas y horas follando cada vez que nos vemos también es una puesta en escena? —contraataca él, ni enfadado, ni dolido.

Parece sorprendentemente calmado.

—Bueno, yo mejor me voy marchando… —murmura Lara Cosima, incapaz de soportar este lenguaje no apto para oídos sensibles.

—¡Tú no vas a ninguna parte! —le ordeno antes de dirigirme a Vinny con los ojos entrecerrados—. No me digas que eres el único tío sobre la faz de la Tierra que no se acuesta con varias mujeres a la vez sin echarle cuentas a ninguna.

Esta acusación le ofende, porque pierde parte de su templanza para acusarme con el dedo.

—Y no me digas que tú eres la única tía sobre la faz de la Tierra que tiene delante a un hombre dispuesto a dar explicaciones, a dedicarse a ella por entero, y no solo no lo valora, sino que lo intenta sabotear. Si vamos a tirar de tópicos sobre el género binario, «los hombres son unos desalmados y las mujeres son unas histéricas», yo también puedo jugar a ese juego.

—¿Género binario? —repite Lara Cosima.

—Mi hermana estudia Teoría de género en la universidad —resume Vinny, como si eso lo explicara todo. Lo pronuncia casi con cansancio. Debe de verse en la obligación de aclarar a menudo que habla como un resabido siendo jugador de fútbol por culpa de Savannah.

Sacudo la cabeza para intentar aclararme las ideas.

—Lo siento mucho si te he dado la impresión equivocada —retomo con una serenidad en la que no me reconozco, y de la que estoy muy orgullosa—, pero nunca ha estado en mis planes tomarme tan en serio el sexo contigo.

Mi réplica no produce el efecto deseado. Vinny esboza una sonrisa burlona que deja muy clara la opinión que le merece mi mentira.

—Venga ya. Si no me quisieras solo para ti o no hubieras dado por hecho que somos exclusivos, no llevaríamos más de un mes follando a pelo.

Lara Cosima lanza un grito ahogado.

Debería permitirle que se retirara. Esto va a ser muy duro para ella.

—Eso no ha sido muy feminista por tu parte, señor Mi-hermana-estudia-Teoría-de-género —respondo con frialdad.

—Solo digo verdades como puños. Te he visto la cara en cuanto he entrado, y era igualita que la que te dejó la noticia de Brian en la Super Bowl.

—Oh, así que ahora te vas a comparar con mis novios de tres años.

—Sí, me voy a comparar. Y es más: voy a salir ganando —zanja con seguridad. Aprovecha que no encuentro una réplica a tiempo para acorralarme—. ¿Qué daño te va a hacer admitir que te ha sentado mal? A mí también me ha sentado mal, joder. No es la primera vez que Stacey intenta echar por tierra mi reputación, y que lo haga ahora a costa de hacerte daño a ti es la gota que colma el vaso.

—Sí, claro —bufo. El corazón me late a toda pastilla—. Ahora lo que te preocupa es que mis sentimientos salgan heridos, y no cerciorarte de que nuestro contrato sigue en pie y puedes seguir beneficiándote de Alexia Lux. O beneficiándote *a* Alexia Lux —corrijo con una sonrisa desdeñosa.

—¡Ya está bien! —me interrumpe Vinny, visiblemente enfadado. Al encontrarme con su mirada ensombrecida, se me para el pulso—. He dejado pasar un puñado de comentarios mezquinos hacia ti misma porque entiendo que si no eres capaz de valorarte, es un asunto que debes resolver por tu cuenta...

—Típico de los tíos —gruño de mala manera—, sacar la carta de la autoestima jodida.

—... pero no me vas a disfrazar del oportunismo de tus exnovios, ni vas a poner en mi boca palabras que no he dicho, Alexia. Sobre todo porque te he dejado muy clara mi postura: no, no se me cayó un mito después de acostarme contigo; no, no pienso describir con todo género de detalles tus lunares secretos en una biografía, y no, no pretendo hacerme la hostia de famoso a tu costa. Me la suda que cantes canciones pop; como si haces gofres en un roñoso bar de carretera a las afueras de la Kentucky apalache. Estaría loco por ti incluso si desafinaras y tuvieras la cuenta en números rojos, porque, artista o no, sigues siendo ingeniosa y temperamental, y sigues estando buena por ti y por todas tus compañeras. ¿A qué más crees que puede aspirar un tío? Para millones, ya tengo los míos. —Se encoge de hombros—. Solo me interesas tú, no el circo que se ha montado a tu alrededor.

—¡Qué bonito! —aplaude Lara Cosima—. Excepto lo de estar buena, que creo que se podría haber sustituido por algo más romántico. En fin, yo estoy en su equipo, Lex. Lo siento.

Podría ofenderme por lo chaquetera que ha resultado ser mi amiga, pero la mirada firme de Vinny me tiene atrapada y no osaría mover un dedo cuando el riesgo es que selle la discusión con un beso.

Sé que se lo estoy pidiendo. Sé, también, que llevo desesperada por esa explicación desde que he leído la dichosa noticia. Y sobre todo sé que no tiene sentido presentarme como una follamiga sin escrúpulos cuando él me ha visto pedirle más, y tirarle del brazo para que vuelva a meterse en la cama, y responder sus mensajes con una centésima de segundo de diferencia.

Lo quiera o no, irremediablemente, estoy otra vez en el punto de partida: perdiendo el culo por un hombre. Da igual que el anterior, y el anterior del anterior, y el anterior del anterior del anterior me salieran rana. Por lo visto, nunca aprendo la lección. Siempre que me rompen el corazón, mis exparejas se aseguran de dejar una semillita intacta para que el deseo y la obsesión puedan florecer de nuevo.

—Por si no te ha quedado claro —prosigue Vinny cuando considera que ha pasado tiempo de sobra para que asimile sus intenciones—, te lo digo con todas las letras: no estoy echando el rato contigo, ni me estoy tomando esto como un rollo pasajero. Quiero que te quejes de tu discográfica de mierda conmigo, que vengas a verme a los partidos y que me reserves el derecho único y exclusivo de tocarte donde y cuando queramos.

—¿Y si yo no quiero lo mismo?

—Pues te estás perdiendo el premio gordo, porque soy un encanto de criatura.

En cuanto se me escapa una carcajada, comprendo que no tengo nada que hacer al lado de su arrasadora confianza.

A lo mejor piensa que sabe mejor que yo misma lo que quiero en mi vida.

Se equivoca rotundamente.

Lo que pasa es que, a diferencia de una que yo me sé, no le da ningún miedo verbalizarlo.

¿Cómo se lo va a dar, si es de mí y no de él mismo de quien está hablando?

—¿Voy preparando otro contrato? Uno que incluya todo eso de los partidos, las quejas y los tocamientos —sugiere Lara Cosima, entrelazando los dedos sobre el regazo con plena disposición a servirnos de administradora.

O eso creo, porque mi visión está fija en Vinny, por lo que no es del todo fiable.

Él no aparta la mirada de mí.

—Sí, vete a prepararlo. —Y añade con la voz ronca—: Pero no lo traigas hasta dentro de una hora.

—Como mínimo —apostillo yo.

Vinny sonríe de lado, feliz de haber presenciado mi claudicación, y en cuanto mi amiga desaparece volando por la puerta, él salva el espacio que nos separa. Me pone las manos en la cintura y me coge en brazos para profundizar en un beso que borra de un plumazo mis últimos pensamientos.

—¿No te aburre conseguir siempre todo lo que quieres? —le pregunto en cuanto se separa lo justo para mirarme.

—Depende de lo que sea. Pero no te he dicho que te quiera, nena, te he dicho que me vuelves loco. —Se inclina para rozarme los labios con los suyos—. No adelantes acontecimientos.

19
The Weirdest Spring
Vinny

—¡Estoy tan feliz por ti!

No ha habido manera de detener el aluvión de enhorabuenas y abrazos entusiastas de Toots. Igual que la puse al corriente de lo que había entre Alexia y yo desde el principio, tuve la gentileza de informarla del cambio de planes. Desde entonces, no desaprovecha la oportunidad de darse dos besos a sí misma, felicitándose por tener a su cantante favorita de cuñada.

Está convencida de que todo empezó cuando la trajimos a casa. Se atribuye el éxito, como si hubiera sido obra suya levantarse con fiebre y una erupción en la cara.

—Estás feliz por ti —corrijo—, y baja la voz, que no tiene por qué enterarse toda la tienda friki de que estamos aquí. Sería lo que me faltaba después del vídeo de Stacey, que se me echara encima la prensa o se fuera diciendo por ahí que me van estas tonterías.

El recordatorio de mi exnovia ensombrece la expresión de Toots. Deja en el estante el muñecajo horroroso que estaba valorando si comprar o no, y menea la cabeza con desaprobación.

—No me lo esperaba viniendo de Stace. Siempre ha sido un encanto conmigo... y te quería muchísimo. O a lo mejor eso pensaba yo en mi ingenuidad. No es como si pudiéramos fiarnos de una servidora, que solo ve fantasmas donde no los hay —añade con resentimiento hacia sí misma. En cuanto se recupera del repentino ánimo ominoso, cuadra los hombros—. Pero no vamos a perdonar a Stacey ni aunque te amase con locura, eso por descontado —determina con seguridad.

Me saca una sonrisa verla pronunciarse en tono solemne, y la abrazo cariñosamente.

—Si tú dices que no vamos a perdonarla, pues no se la perdona. Pero en el fondo me preocupa la situación —confieso. Echo una ojeada a mi alrededor, a las dos paredes con estantes hasta el techo que exhiben Funko Pops—, aunque no tanto como me inquieta estar en este sitio. ¿Qué le veis a esos muñecos?

—¿Qué es lo que te preocupa con exactitud? —replica Toots, quizá porque ni ella sabe por qué le gustan al cumpleañero. Es quien recibirá uno como humilde obsequio en la fiesta de esta tarde, para la que mi hermana lleva siglos preparándose. Va a ser, desde luego, el acontecimiento de la década—. ¿Que esté en boca de todos que eres un infiel patológico, un oportunista sin escrúpulos y un pésimo novio? —enumera con aparente inocencia.

—Veo que ya hemos llegado al punto en el que podemos reírnos de lo sucedido —me quejo con fingida indignación.

—En efecto. Pero sin bajar la guardia —añade en tono bromista—, no vaya a ser que recibamos otro gol por la escuadra.

—¿Cómo que «gol por la escuadra»?

Ella se encoge de hombros con aire coqueto.

—Le pongo los cuernos a todos los Beasts viendo de vez en cuando el fútbol europeo.

Suspiro, resignado a que mi hermana lleve toda la vida

idealizando la forma de vida del continente vecino. Lleva unos cuantos meses empapándose de la cultura mediterránea, británica y francesa, en ese orden.

—En fin, muchas gracias por recordarme el contenido de las respuestas al TikTok de marras, Toots —ironizo—. Si te soy sincero, no me alegra haber perdido el favor de la prensa. Se estaba muy tranquilo siendo el niño de sus ojos. Pero con la preocupación me refería a lo de que Stacey se haya pronunciado años después.

—¿Qué crees que significa? ¿Que aún no te ha olvidado? —Savannah se ríe, encantada con mi ingenuidad, al verme callado—. Para llamarte Vinicius, estás muy flipado, tío. Ha grabado el vídeo ahora porque Alexia te ha hecho el doble de famoso de lo que eras. Si quería que alguien le prestara atención, tenía que ser mientras estuvieras en la cresta de la ola. ¿No tenéis un relaciones públicas que os explique estas cosas? ¿Un tal Otis?

—Lo tenemos, pero no sirve ni para tacos de escopeta. ¿No te parece que Stacey sigue resentida?

—Eso seguro. Pero lo del vídeo son lagrimitas de cocodrilo para conseguir interacciones, no una expresión del profundo dolor que está sintiendo. —Pone los ojos en blanco—. Menuda arpía, si lo piensas. ¿Por qué no lo supera? ¿Cuántos años han pasado desde que rompisteis? ¿Once? ¿Trece?

—Si es que soy inolvidable —suspiro con una mano en el pecho—. Menos mal que no me he echado más novias, o habrían formado un ejército para arruinarme la vida... —Sello los labios al recibir una mirada perdonavidas de ojos ambarinos—. Eso ha sido sexista, ¿no?

—No ha sido sexista, solo de pésimo gusto. Pero ¿sabes? Yo no me alegro de que no hayas tenido parejas —confiesa ella. No aparta la vista del estante que, por altura, le queda más cerca. Ralentiza la marcha cuando llega a la sección de

Star Wars—. Si te hubieras echado alguna que otra novia seria después de Stace, quizá ahora te verías en más problemas de este tipo, pero los problemas son una buena señal: significan que le has dado algún sentido a tu vida, que has salido y te has divertido.

—Créeme, Toots —interrumpo con gesto de advertencia—. Me he divertido a lo grande. Sobre todo con las mujeres. No me hagas entrar en detalles para demostrarlo.

—Sí, ya, eres un destructor de vaginas y toda la pesca. —Airea la mano para reducir mis conquistas a poco más que una estupidez insignificante—. Pero antes que eso eres un hombre tradicional que siempre ha querido presentarle su chica a su madre, quebrarse la cabeza para hacerle un regalo espectacular por vuestro aniversario y pasar por el altar algún día. Habrías sido mucho más feliz si te hubieras permitido tener eso, Vinny. Y yo, por la parte que me toca, también.

Se ha propuesto desnudar mi alma en el pasillo de los Funko Pops de una tienda friki, y lo ha hecho sin girarse a mirarme; consultando en todo momento la hilera de muñecos de Darth Vader, Anakin Skywalker, Padme y compañía.

—¿Por qué?

—Aparte de porque tu felicidad es la mía, y esos rollos sentimentales en los que no voy a entrar ahora —continúa con una sombra de sonrisa—, supongo que habrías dedicado más tiempo a planear citas que a estar pendiente de si a mí me faltaba algo.

Bizqueo, hastiado.

—No me digas que vas a llamarme «pesado» otra vez.

Toots se gira hacia mí en cuanto selecciona una cajita concreta.

—Te estoy muy agradecida por todo lo que has hecho por mí —me asegura con una mirada cariñosa—, pero iba siendo hora de que hicieras algo por ti. Visto lo visto, no puedo quejarme: has entrado en el mundo de las relaciones por la puerta grande. Con Alexia Lux, nada más y nada menos.

—Salir con Alexia no me va a mantener alejado de casa —me apresuro a justificarme—. Seguiré viviendo contigo, y...

Toots suspira en su camino al mostrador.

—No sé si es que yo me explico fatal, o es que tú eres más tonto que un botijo. ¡Quiero que seas libre! —Extiende los brazos—. Es más: ¡te lo exijo! Te mereces una vida propia, Vinny. Y yo también.

Ese último comentario me pone el vello de punta, sobre todo porque lo suelta y continúa su marcha.

—¿Qué quieres decir con eso de «yo también»?

Apuesto mi alma a que ha aprovechado para poner los ojos en blanco antes de girarse hacia mí.

—Pues mira, exactamente lo que has interpretado —me restriega con malicia—. A lo mejor quiero poder invitar a mi habitación a un tipo que me guste sin que mi hermano me obligue a tener la puerta abierta. O sin que amenace al sujeto con torturas que aún no ha concebido el hombre en cuanto yo me descuide y vaya al baño.

—¿Qué tipo te gusta?

Por favor, que no diga Noah Armstrong.

Se está muy bien fingiendo ser imbécil.

—Nadie en particular, pero imagina que me gustara... No sé, un chico de mi clase.

—¿Qué chicos va a haber en tus clases de Teoría de género y Nuevos feminismos, por Dios santo? —me desespero.

—Pues chicos muy sensibles, deconstruidos y respetuosos... supuestamente —añade por lo bajini—. ¿No es eso lo que quieres para mí? ¿A una persona honrada? —Enarca una ceja.

—No. Quiero que seas una virgen vestal.

Por favor, que no diga que es demasiado tarde para eso.

—Mira, ¡como si traigo a casa a Don Borracho! —pierde la paciencia—. ¡La cuestión es que los ámbitos de mi vida, incluidos la salud y el romanticismo, tienen que dejar de ser de tu incumbencia...! —Se calla en cuanto le llega el turno para pagar. Entonces esboza una sonrisa adorable que hace dudar al encargado de si era ella la que estaba refunfuñando hace unos segundos—. Por favor, cóbreme esto, gracias.

Después de que el encargado se lo pase por caja, Toots se entretiene envolviendo con mimo el Funko. Yo contengo un suspiro de cansancio —y una demostración del terror que siento de imaginarla con Don Borracho— y salgo a la acera para pedir un taxi que nos lleve al pub.

Y para que me dé el aire.

Siempre es la misma cantinela. Pero ahora que me paro a pensarlo, con lo de Stacey tan reciente y lo de Alexia tan presente, no puedo seguir negando la realidad; esa que no ya mi hermana, sino también mis compañeros me han estado señalando a lo largo de los años.

Yo no soy un tío de «aquí te pillo, aquí te mato». He estado yendo en contra de mi naturaleza familiar desde que me comprometí a cuidar de Toots. Nunca me ha llenado una relación sin ataduras, y me ha gustado todavía menos tener que despedirme de las mujeres que me exigían un compromiso razonable, incluso de las que preveía que podrían interesarme más de la cuenta, porque no cuadraban con mi estilo de vida.

El tiempo se me ha ido escurriendo entre los dedos, y aunque sigo tratando a Toots como si apenas levantara un palmo del suelo, la verdad es que ha cumplido veintitrés años, mide un metro setenta, tiene más cultura general que un humilde servidor y está a punto de incorporarse al mercado laboral. Y yo tengo treinta y cinco, y mi única novia seria ha sido una resentida que quiere hundir mi carrera, mi reputación y mi relación.

Mi relación.

Suena tan bien que se me relajan los hombros de solo pensarlo.

Es evidente que soy un novato en esto, o a lo mejor lo de echarse una novia es como montar en bicicleta y nunca se olvida. Lo llevo tanteando desde que hablé con Alexia, hace ya dos semanas, y he de decir que ambos lo tratamos con naturalidad. Ella se está quedando en Nueva York porque es donde se encuentra su estudio de grabación, y yo no salgo de Boston si no es para jugar un partido de la liga, pero nos mantenemos en contacto. Y según me ha informado Lara Cosima, vendrá esta noche a Murphy's, donde planeamos sorprender al cumpleañero.

Ella está presente en la vida de mis seres queridos, y yo procuro andar pendiente de sus necesidades. Es ese equilibrado toma y daca lo que me tiene ilusionado.

Toots sale de la tienda unos segundos después, feliz de haber encontrado el regalo perfecto. Tenía las mismas dudas que Alexia, que me escribió preguntándome con qué podría sorprenderle para acto seguido dejarlo en manos de su representante.

«Total —me dijo—, se supone que ya le ha mandado una cesta de regalos. Sabrá qué le gusta».

El taxi nos deja a las puertas del pub con los quince minutos de antelación que necesitamos para cubrir nuestros puestos. Me extraña que haya gente sospechosa pululando por la entrada, pero no le presto atención porque no parece que lleven cámaras y, además, ¿por qué coño iban a venir paparazzis a Murphy's un día entre semana? No hemos anunciado en ninguna red social que se vaya a celebrar una fiesta, y tampoco puede saberse porque el homenajeado no tiene ni Instagram, ni Facebook.

Twitter sí, pero se supone que es secreto porque lo dedica a fines deshonrosos.

Alexia está dentro ayudando a colgar guirnaldas. Es alta, pero a cualquiera le costaría llegar al techo de madera de la barra: está de puntillas sobre las Converse, que ha combinado con unos vaqueros largos y bajos de cintura, y un *crop top* de escote Bardot.

Me acerco por detrás con sigilo y la rodeo con las manos, rozando con deliberación la franja de piel que deja a la vista.

Ella se ríe con las cosquillas en el ombligo.

—No creo que le vayan a gustar las guirnaldas de colores —le confieso.

Alexia se gira hacia mí con una ceja enarcada.

—Pues que se aguante. Habrá que decorar, ¿no?

—Desde luego, pero él ve la vida en blanco y negro.

—Bueno, si pregunta quién las ha puesto, señala a alguno de tus amigos, que yo no me quiero llevar un comentario de las suyos. —Me da dos palmaditas en la mejilla e intenta escabullirse para continuar con las decoraciones, pero yo la retengo hasta que suspira, como si me encontrara cansino, y me da un fugaz beso en los labios—. ¿Contento?

—Ni por asomo.

—Peor para ti, porque he venido a celebrar una fiesta. No voy a perderme la música y las risas porque llevemos dos semanas sin vernos. Me merezco un descanso, ¿vale? Quince días encerrada en un estudio volverían loco a cualquiera.

Capto el agobio en su tono y me retiro lo justo para contemplar su hartazgo en su máximo esplendor.

—¿No ha ido bien?

Ella me lanza una mirada de hastío. Solo entonces me percato de la plasta de maquillaje que, más por necesidad que por gusto, se ha aplicado sobre las ojeras.

Todo para nada, porque los surcos se notan.

—La condición de sacar un disco de rock es que tenga una cara paralela con canciones pop. Eso se traduce en que debo completar treinta pistas para dentro de... menos de un mes, si no me equivoco en las cuentas.

Tuerzo el gesto.

—Eso es inhumano. ¿No puedes sacar el disco de rock y ya está?

Alexia se ríe como si hubiera dicho algo descabellado.

—No.

—¿Por qué no?

—Porque mi contrato con la discográfica me obliga a que sean álbumes pop, y bastante he tensado la cuerda con el cambio de género musical.

—¿Y qué es lo peor que puede pasar si rescindes el contrato?

Me mira de arriba abajo, pasmada con mi ingenuidad.

—No es tan fácil librarte de un acuerdo de esa magnitud, con tanto dinero de por medio. Ni encontrar otro sello que te acoja y te produzca los álbumes.

—Para una cantante de country que empezara ayer mismo, puede ser. Pero tú eres Alexia Lux, como insistes en olvidar —señalo con retintín—, y eso viene con unos privilegios, además de con el mejor culo de América. Consíguete al abogado de las estrellas para quitarte a la discográfica de encima, y verás que el resto de los sellos del mundo se pelean por acogerte, sea con rock, *house* o un coro góspel.

Con el ceño fruncido, Alexia abre la boca para replicarme. Pero se nota que iba a salirme con la respuesta predeterminada, la que probablemente le ha repetido su propio equipo hasta la saciedad para que haga lo que se le manda. Ahora sí se para a pensar en la respuesta, y le sorprende incluso a ella caer en la cuenta de que existe una solución.

Por desgracia, es más terca que una mula y suelta por lo bajini:

—Eso tomaría tiempo.

—¿Y? ¿Es que si no sacas un disco mañana, no vas a poder pagar el alquiler? —me mofo. Me da un manotazo amistoso en el hombro, avergonzada. Le sale el lado remolón cada vez que menciono que está podrida de dinero—. De ser así, en mi casa hay cuarto de invitados. Aunque, por ser tú, te dejo dormir conmigo.

Alexia gesticula nerviosamente para acallarme.

—¡Basta ya con tus charlitas! —se queja, pero su frustración va dirigida a ella misma, no a mí—. ¡No es justo que me hagas ver que las cosas son así de fáciles, cuando yo sé mejor que nadie lo jodida que puede llegar a ser la industria!

—Yo solo te recuerdo que eres la artista más influyente del mundo. Cuando das un concierto en Seattle, duplicas el PIB de la ciudad. Eso podrá variar un poco dependiendo del álbum que vayas a presentar, pero te aseguro que por pasarte al rock las tiendas no van a retirar tus vinilos.

—Es muy cómodo hablar del mundillo musical desde fuera —me replica, todavía sin querer dar su brazo a torcer.

—Nena —suspiro, fingiendo exasperación—, todo en esta vida tiene solución. Si dicha solución implica un sacrificio, pues ya solo hay que calibrar si estamos dispuestos a hacerlo. Pero si no te gusta dónde estás, te puedes mover.

—A lo mejor estoy en una isla y solo me rodea el agua. O estoy en una caja de cartón bajo tierra. O el suelo está minado.

—Yo creo que solo tienes miedo de que perseguir tus sueños te salga mal. De hecho, creo que eres la primera que se ha acomodado en el pop porque ya le has cogido el tranquillo y tienes la fórmula del éxito, perfectamente preparada para reproducirla una y otra vez. Es tan sencillo echarle la culpa de tu aburrimiento a la discográfica que, ¿por qué no hacerlo? Así puedes protegerte del fracaso sin verte obligada a aceptar la pura realidad: que te estás saboteando tú solita.

Alexia vuelve a abrir la boca para gruñirme, esta vez sí furiosa con mis deducciones.

Su gozo en un pozo, porque, justo entonces, se abre la puerta y DiMarco aparece con la prisa de quien cree que llega tarde. El «¡sorpresa!» de todos los jugadores, incluida mi hermana, le hace dar un respingo del susto.

Luego, ceñudo por no entender nada, busca en los rostros familiares una explicación.

—¡Es tu cumpleaños! —le dice Toots entre risas.

Hay un breve silencio en el que DiMarco nos observa como si le estuviéramos gastando una broma.

—¿Lo es? —pregunta, dudoso.

—Veintiuno de marzo, equinoccio de primavera —confirma Noah con las manos en los bolsillos y una sonrisa franca.

—Nos costó lo nuestro —agrego yo, acercándome para darle una palmada en el hombro. No soporta los abrazos. Las palmadas tampoco. Lo que pasa es que cuando está con la guardia baja, no le queda otra que tolerarlo—, pero acabamos descubriendo cuándo naciste.

—Y no te ibas a librar ni un año más de un homenaje en condiciones —aclara Ash, el segundo en aproximarse. Se pone a salvo de un posible manotazo violento cargando en una mano una pinta, que le tiende a la vez que le pasa un brazo traicionero por los hombros—. Felicidades, tío.

Rehago mis pasos para acercarme de nuevo a Alexia, esperando animarla a mimetizarse con el grupo.

—¿Por qué parece tan...? —vacila ella antes de carraspear con la vista fija en DiMarco—. No sé, se le ve fuera de lugar. Creo que es la primera fiesta sorpresa a la que asisto en la que el cumpleañero se lleva una sorpresa de verdad.

—Es que no tiene ni idea de cuándo nació —le explico en voz baja. Ella me mira sin comprender—. DiMarco ha estado siempre en casas de acogida. Digamos que lo encontraron siendo un crío donde nunca debería encontrarse a un crío, y más o menos se inventaron la fecha de nacimiento después de un examen médico.

—¿Y cómo habéis averiguado que su verdadero cumpleaños es hoy?

—Es una larga historia. Pero tenemos que darle las gracias a una de las chicas de Noah, que trabaja en la administración de un hospital con varias sedes en Norteamérica.

—Pues para tratarse de algo importante, no parece muy contento —apunta Alexia en voz baja, observando cómo se van pasando de un lado a otro al cumpleañero.

—DiMarco no demuestra su emoción regalando sonrisas, pero quien lo conoce sabe que el shock es una buena señal. Por cierto —me giro hacia ella con solemnidad—, creo que hace un segundo estabas a punto de cabrearte conmigo.

—Prefiero no volver a eso, y, créeme, tú tampoco quieres que lo haga. Voy a felicitar a tu amigo.

Me recuesto cómodamente en la barra y, con una sonrisa bobalicona, observo que Alexia se abre paso para darle un beso en la mejilla a DiMarco. Este, como siempre que le toca cumplir con su cuota de protagonismo, se ha sumido en un estado de ánimo entre huraño y tímido, y solo Dios sabe por dónde nos saldrá; a veces lo supera enfadándose con todo el mundo, y a veces se obliga a sobreponerse él solito pasando por el baño para arrearse un par de bofetadas.

Sospecho que se va a inclinar por lo segundo cuando Toots se le acerca con el regalo envuelto. No puede mirarla con desconfianza ni siquiera a pesar de odiar las sorpresas, lo material y los mimos que mi hermana le prodiga aprovechando su conmoción.

—No tendrías que haberme comprado nada —le gruñe.

—¿Que no? ¿Es que solo tú puedes hacerme regalos a mí? Te recuerdo que me has conseguido un puñado de entradas para ver a Alexia.

—No es para tanto. Ahora que es tu cuñada, te puede dar el triple, si quieres —masculla por lo bajini, rompiendo el papel de regalo como si estuviera minado. Su expresión se suaviza al ver de qué se trata—. ¿En serio? ¿Has conseguido la edición limitada?

—No es tan limitada como para que sea difícil encontrarla. Pero como no te gusta mucho ir de tiendas, supuse que te alegraría que alguien lo consiguiera por ti —se explica Toots con humildad.

—Qué bien —murmura—. Ya tengo la colección entera... —Aparta la mirada a regañadientes de su Darth Vader especial y le ofrece a mi hermana la primera sonrisa del día—. Muchas gracias, Savy.

—¡Ha dado las gracias! —exclama Ash—. ¡Aleluya! ¡Habría que inmortalizar este día!

—Que te jodan. A ti no te las iba a dar, que no me has traído nada —le espeta DiMarco entre dientes, sin apartar la vista del Funko que ahora protegerá con su vida.

—¿Que no? Yo no hablaría tan rápido, que luego te tienes que meter tus palabras por el culo. Dentro regalos, ¿no? —Ash nos hace un gesto a los rezagados para que saquemos nuestros presentes de dondequiera que los hayamos escondido.

Como se hace con los animales a la defensiva, me saco del

bolsillo la clave del regalo general y se la entrego para acto seguido dar tres pasos atrás. No estoy del todo de acuerdo con que nos comamos su espacio, pero parece que el resto no es de la misma opinión: Toots se queda a su lado, seguramente para proporcionarle el apoyo moral que no permite que le dé nadie más, y los jugadores van acorralándolo contra la puerta de entrada para vitorearlo.

DiMarco ni siquiera se ha movido desde que ha puesto un pie dentro. A ratos se le ve desorientado, pero también, en parte, conmovido.

—El regalo de todos está fuera —señala Noah—. Vamos a tener que salir para que lo veas.

—¿Me habéis comprado un coche? —pregunta, anonadado.

—Casi —respondo—. Haría falta que abrieras lo que te acabo de dar.

DiMarco se queda mirando el pequeño paquete con cara de pasmo.

—Si ha costado más de cinco dólares, no puedo aceptarlo —sentencia.

—Llevas seis cumpleaños acumulados, chaval —le recuerda Noah—, y somos once titulares en el equipo, más los suplentes, así que no ha sido un gran gasto. Tienes que dejar que te compensemos entre todos.

Es el *quarterback* quien empuja la puerta de entrada con la intención de guiarlo a la calle. En mala hora se le ocurre poner un pie en el umbral sin antes mirar a un lado y al otro, porque nos habríamos ahorrado todos una explosión de *flashes*.

Noah retrocede por inercia ante el avance de una masa de gente armada con cámaras. DiMarco, que lo iba a seguir a la acera, reacciona algo mejor cubriéndose la cara con el antebrazo. El cambio de la luz blanca con respecto de la oscuridad del pub me ciega incluso a mí, que estoy a una distancia razonable.

—¿Qué cojones...? —balbucea DiMarco, que tarda algo más que el resto en darse cuenta de lo que está pasando.

Y como sucede en estos casos, en los que no puedes ponerte a cubierto por más que puedas o quieras sin que te fotografíen escondiéndote tras una columna, el avance de los paparazzis es imparable. A nadie se le ocurre detenerlo, al menos, porque no estamos acostumbrados a esta clase de atención mediática. DiMarco sobre todo, que se ocupó de estudiarse las salidas traseras de los estadios para no enfrentarse a un micrófono nunca más.

—¡Alexia! —grita uno de ellos, pasando por el lado de DiMarco—. ¡Dicen unos rumores que estás celebrando la despedida de soltera!

—¿Despedida de soltera? —repiten Toots y la aludida a la vez, a cuál más asombrada. Alexia es la que contesta—: No, no, claro que no. Es... es un cumpleaños.

—¿De quién? —pregunta otro paparazzi—. ¿Tuyo?

Pero no necesitan que nadie les responda, porque salta a la vista: nada más entregarle su regalo, mi hermana le ha colocado en la cabeza una corona de cumpleañero a DiMarco.

La masa de gente que ha irrumpido en el pub sin permiso ni perdón se abalanza sobre él sin contemplaciones.

—¿Qué relación tienes con Alexia? ¿Simplemente es la amiga de tu amigo?

—¿Qué te ha regalado ella?

—¿Desde hace cuánto os conocéis? ¿Cómo es que Vinny os la ha presentado tan rápido?

—¿Crees que Vinny y Alexia van en serio?

Me apresuro a aproximarme a él antes de que alguien salga perjudicado con un estallido de los suyos, pero no llego a tiempo. DiMarco ya le ha dado un empujón contundente a un tipo que se le había acercado demasiado.

—¿Qué coño hacéis aquí? —ruge entre perplejo y furibundo—. ¡Fuera!

—Es un establecimiento público —señala uno de los paparazzis con un resentimiento llamativo, casi encantado de haberlo mosqueado.

A lo mejor trabaja para alguno de los medios en cuya lista negra está incluido DiMarco.

—¿Y qué? —replico. Mi objetivo es calmar a la muchedumbre, pero sueno tan crispado como tengo el ánimo—. Es una fiesta privada.

Pero no se nos ha ocurrido que necesitaríamos contratar seguridad, porque no suele hacernos falta. Lástima, porque nuestros gorilas de confianza habrían puesto orden en un abrir y cerrar de ojos. En ausencia de profesionales, es DiMarco quien debe hacerse cargo de la situación extendiendo los brazos para barrerlos fuera del pub.

—¡Alexia! ¡Alexia! ¡Dicen que tu relación con Vinny es una estrategia de relaciones públicas! —grita un tipo. Se escabulle por debajo del brazo de DiMarco y le extiende el micrófono a Alexia, que se ha quedado paralizada.

Ella no deja de alternar miradas cargadas de angustia entre los paparazzis y DiMarco, que justo entonces se gira para ver cómo el periodista le cierra el paso a la estrella.

Yo no podría haber sido tan rápido como él, entre otras cosas porque cuento con que Alexia sabe defenderse sola; es un animal mediático, se ha visto en estas en numerosas ocasiones, y no le hace ninguna gracia cuando libran sus batallas. Pero a DiMarco le ciega siempre la fobia hacia el mundillo de la prensa, y no lo piensa al dar media vuelta y agarrar por detrás al paparazzi.

El resto de los que no han sido invitados lanzan una exclamación ahogada, pero al cumpleañero no puede importarle menos. Le tira del cuello de la camisa y lo arrastra hacia la salida para arrojarlo a la acera sin contemplaciones. La mala suerte quiere que el tipo no recupere el equilibrio y caiga de espaldas al suelo... encima de su propia cámara.

Una parte de mí no puede evitar alegrarse, esa que contaba con que este fuera un día para el recuerdo de Myles. La otra, la que ve la cara de espanto y desprecio con la que lo están mirando, no sabe si compadecerse o darle una sacudida por bocazas e impetuoso.

Por suerte o por desgracia, no me da pie a echarle la bronca.

—Que os jodan a todos, hijos de puta.

Después de desahogar, seguramente, la ansiedad que ya traía y el agobio que se le ha venido encima, abandona el pub y se larga en solo Dios sabe qué dirección.

20
Then I Fall in Love
Alexia

Dieciocho pistas completadas.

Eso es más de un cincuenta por ciento del álbum.

La Alexia de hace tres meses no habría podido lograrlo sola. La inspiración es una dama escurridiza. Tan pronto como te permite estrecharla entre tus brazos, de un día para otro coge sus zapatos y se escabulle de puntillas, dejándote dormido en la cama donde hasta hacía un segundo estabas soñando con ella.

Claro que la que últimamente se levanta a horas intempestivas, sustituyendo su cuerpo por una almohada para que Vinny pueda abrazar algo mientras descansa, soy yo; «la dama más escurridiza de todas», en opinión del hombre que ahora mismo duerme a pierna suelta.

Para variar con respecto de la rutina que hemos implantado estas últimas tres semanas, que consistía en quedar en hoteles o escaparnos en ratos libres para coincidir en la misma ciudad, hoy he amanecido en el apartamento de los Bravano.

Aunque podría haber habilitado un despacho propio donde ahora se encuentra la habitación de invitados, Vinny prefirió tener un lugar en el que alojar a sus visitas y se conformó con poner un escritorio a medida en su dormitorio.

Ese escritorio que, con la silla orientada hacia él, me sirve para terminar la letra de una de las últimas canciones.

El día se prevé soleado pero gélido, como es habitual en Boston incluso en abril. La luz se filtra por las ventanas abiertas de par en par. Al bello durmiente no le molesta. Descansa de lado, con una pierna sobre un cojín lo bastante firme para soportar su peso. Está gloriosamente desnudo. Los rayos de sol inciden en su cuerpo creando dibujos luminosos en una piel bronceada todo el año.

Después de darme un par de golpecitos en la barbilla con el lápiz, empiezo a garabatear palabras con la mente en blanco.

Como si el sonido del grafito sobre la libreta que llevo conmigo a todas partes fuera atronador, Vinny estira una pierna, se lleva un antebrazo a los ojos para cubrirse del sol y se va incorporando despacio.

Lo primero que hace es buscar mi cuerpo palpando a su lado, un gesto inconsciente que me llena de una inesperada calidez.

No tarda en localizar mi silueta a contraluz.

—Adicta al trabajo... —se queja con la voz ronca por el sueño.

Todavía no ha abierto los ojos del todo. Me mira con los párpados entrecerrados, marcas de las sábanas en la cara y los labios levemente hinchados. Debe de ser la única persona sobre la faz de la Tierra que se despierta guapa, o a lo mejor es el modo en que yo lo miro.

Prefiero no pensar en ello ahora mismo.

—Así es como se saca adelante un imperio.

—Para el imperio es más importante que prestes atención a sus súbditos.

—Ya te presté atención anoche, bonito.

—¿Y? Anoche era anoche, y hoy es hoy. Si no me prestas atención todo el tiempo, me moriré.

Me río con la ocurrencia, pero por más que mi cuerpo se desvive por levantarse e ir hacia él, me mantengo firme en el asiento para seguir anotando rimas. Tanto me concentro que ni siquiera reacciono cuando Vinny se aproxima por detrás y me llena el cuello y el hombro de besos.

Yo solo voy un poco más vestida que él. Me he tomado la libertad de ponerme la camiseta que llevó ayer por casa para cenar con Savannah, nada más. Cuando desliza una mano sobre mi pecho y desciende hacia el ombligo, doy por hecho que va a aprovecharse de la ausencia de ropa interior, pero esquiva hábilmente mi entrepierna y me recorre los muslos con los dedos.

Cuando echo la mirada atrás para adivinar en qué está pensando, me topo con que la caricia ha sido una excusa para leer mis garabatos.

—Conque enamorada, ¿eh? —comenta con regocijo en referencia al título del tema, *When I Fall In Love*.

El corazón se me acelera.

Me apresuro a cerrar la libreta, y doy media vueltecita sobre la silla giratoria para encararlo, ceñuda.

—No es una declaración de sentimientos, sino un mero recurso estilístico.

—Ya... —Me mira de arriba abajo con un brillo especial en los ojos—. Uno no escribe sobre las cosas que no conoce... o no siente.

—Por esa regla de tres, los autores de *thrillers* escribirían sus libros desde la cárcel, porque tendrían un par de asesinatos a sus espaldas.

—No cambies de tema.

—Estoy siguiendo el tema, Bravano. Eres tú el que quiere interpretarlo como le da la gana.

—De acuerdo, de acuerdo... —Levanta las manos para librarse de toda culpa—. No he dicho nada.

Cómodo en su desnudez, se dirige al armario regalándome una vista espectacular de su parte trasera. En cuanto corre la puerta y empieza a rebuscar entre los pantalones colgados, me aclaro la garganta con teatralidad.

—¿Quién le ha dicho que se vista, señorito?

Él me mira por encima del hombro. Debe de ver algo interesante en mi expresión, porque se olvida del armario y regresa con una sonrisita arrogante. Se apoya en los reposabrazos de la silla antes de inclinarse sobre mí y darme el beso de buenos días.

—¿Sigues preocupada por DiMarco? —me pregunta en voz baja, recorriendo mi mentón con los labios entreabiertos.

Aunque el recordatorio de lo que pasó a finales de marzo me pesa, me entrego a sus caricias con los ojos cerrados. Hablamos del tema en su día, pero Savannah lo mencionó anoche y estuvimos planteando maneras de compensarle por lo sucedido.

Por lo visto, el jugador ha estado de un humor extraño desde entonces. Toots cree que se avergüenza de su propia reacción y no sabe cómo expresarlo, y Vinny es de la opinión de que se le mezclaron la sorpresa y el shock y solo necesita tiempo para gestionarlo.

No es que una se pueda fiar de la intuición de un hombre en materia de sentimientos, por otro lado. Cuando a un tío le duele el alma, su mejor amigo suele animarle a tomarse un ibuprofeno. Y a cerrar el pico, que están retransmitiendo el fútbol y se quiere enterar de lo que dice el comentarista.

—Me acuerdo todo el tiempo —confieso. Lo rodeo por los hombros para acercarlo más a mí, necesitada de su calor.

Vinny me ha repetido hasta la saciedad que no fue mi culpa, que no se podía predecir que la fiesta acabaría de esa manera, y que no es como si yo hubiese llamado a los paparazzis para que le arruinaran el día especial. Pero claro que fue mi culpa, y claro que debería haber considerado que alguien daría el chivatazo y la prensa se presentaría en el pub.

A estas alturas, ya debería saber que, allá donde vaya, mi intimidad será violada a la mínima de cambio. Esto nunca ha afectado a la mayoría de mis parejas porque todas pertenecían al mundo de las celebridades: actores, cantantes... incluso modelos. Algunas de ellas eran más grandes que yo, y las que no, estaban encantadas con la atención recibida.

Esto ya no es así.

Aunque Vinny actúe como si no fuera importante, sé que no le hace ninguna gracia. Pero quienes menos disfrutan estando en el foco mediático, con diferencia, son sus seres queridos, y Vinny antepone el bienestar de estos al suyo propio.

Al final, hay un problema.

Uno que no sé cómo abordar.

—Era su primer cumpleaños... —murmuro—. Un acontecimiento para la historia. Y se lo jodí con solo aparecer.

—Se lo jodieron —corrige con paciencia—. Tú también fuiste abordada sin miramientos, Lex. De hecho, DiMarco se cabreó especialmente cuando un tipo fue a por ti. Créeme que él no te odia, ni nada parecido. Es más, es posible que se haya obrado un milagro y hasta le caigas bien. ¿No ves que no para de ligar contigo? Eso solo lo hace con las chicas que son dignas de su respeto.

Sonrío como si eso me tranquilizara, y me dispongo a abandonar el tema en cuanto Vinny atrapa mis labios en un beso urgente y profundamente sensual. Le echo los brazos al cuello y voy recorriendo los relieves macizos de su cuerpo con los dedos, siempre traviesos y ávidos de más. ¿De qué más, si ya me sé su anatomía de memoria?, ¿tan bien como él se ha estudiado la mía?

Se supone que a estas alturas debería haberse hartado de mí. La pulsión sexual de mis exparejas no se extendía más allá de las dos primeras semanas. Luego, como todo en esta vida, la relación se equilibraba, pero Vinny es tan insaciable como he descubierto que puedo serlo yo misma con la persona indicada.

Mis manos siguen bajando por los costados, que se van estrechando como un triángulo invertido hasta desembocar en las caderas. Delineo los oblicuos con los pulgares y acaricio la zona de sus ingles en círculos, tentándolo antes de por fin rodear su erección.

—Te has levantado juguetón —señalo.

—Tú no te quedas atrás.

No se equivoca.

Arrojo a mi espalda la libreta que descansaba sobre mi regazo y, aguantándole la mirada con aire retador, me dejo caer del asiento a la moqueta. Clavo las rodillas firmemente en el suelo y empiezo a masturbarlo con suavidad, repartiendo besos alrededor de su ombligo, recorriendo con la punta de la lengua esa fina hilera de vello oscuro que desemboca en su entrepierna.

Sin dejar de acariciarlo de arriba abajo, ladeo la cabeza para prolongar los roces de mis labios por la base del miembro, la piel satinada que destaca unas venas finas. Solo cuando está lo bastante duro para mi gusto, succiono la punta y le doy un largo lametón hasta la base. Espero a que él gruña una incoherencia y me recoja el pelo gentilmente, y entonces relajo la garganta para metérmela en la boca.

Vinny emite un sonido excitante que me incita a aguantar unos segundos tensando los músculos. Solo cuando se me humedecen los ojos, me retiro lo justo para respirar.

Marcando con dedos firmes el ritmo que reproducirá también mi boca, succiono con los labios con lentitud hacia el prepucio y vuelvo a empujarla hasta el fondo. Él me clava las uñas en el cuero cabelludo, pero no me quejo. Solo gimoteo y me reacomodo sobre la moqueta para seguir dándole placer, alternando lamidas inocentes con succiones que le hacen jadear con impaciencia; con miradas con las que confirmo que está sobreexcitado.

—Levántate —gruñe—. Quiero correrme dentro de ti.

—No eres muy original.

—Tu coño es mi rincón favorito del mundo, qué se le va a hacer.

—Tampoco eres muy romántico —me río—, pero, siendo así...

Vinny me ayuda a incorporarme sujetándome por la nuca, y me empuja con su propio cuerpo para que caiga de espaldas a la cama. Me coge de los tobillos para atraerme hacia sí, de manera que pueda rozar su polla con mi entrepierna, anticipando lo que me espera. Me mira desde su altura, ahora superior, y tengo que contenerme para no gemir solo por lo sexy que es.

Una voz interrumpe el momento justo en el que iba a penetrarme.

—Eh... ¿Vinny? —lo llama Savannah.

—¡Estoy ocupado! —ruge él.

—¿Cómo que ocupado? —rezonga una voz femenina—. ¿Hasta para tu propia madre?

Vinny se separa de mí como si le hubiera lanzado una descarga eléctrica. Yo, todavía medio mareada, busco su mirada en busca de una explicación.

Me dice todo lo que debería saber poniendo los ojos como platos.

De acuerdo, bien. No la ha invitado para obligarme a conocerla.

No me habría extrañado viniendo del señor Yo-contigo-formalizo, la verdad.

Que Vinny me arroje enseguida una camiseta y los *shorts*

que llevaba anoche, me dice todo lo que necesito saber para enfrentarme a la señora Bravano: no es alguien a quien se pueda hacer esperar, y sí alguien a quien su hijo respeta profundamente.

Esto último no me pilla de nuevas. Solo hay que ver cómo trata a las mujeres de su vida para saber que le han dado una buena educación.

Muerta de curiosidad —y de angustia, porque quién coño quiere conocer a su suegra tan pronto—, me visto a la velocidad del rayo. Quiere la casualidad que acabe justo a tiempo para cuando Vinny abre la puerta, disculpándose, y compone su mejor sonrisa para recibirla con los brazos abiertos.

—¿Y esta sorpresa tan agradable?

Será falso... ¡Si es el primero que la quiere matar por arruinarnos el polvo!

—Estaba por la ciudad y he pensado en pasarme a saludar... —La señora Bravano se tiene que poner de puntillas para no desaparecer entre los brazos de oso de su hijo. No sé cómo me localiza, porque ni siquiera llega a apoyar la barbilla sobre su hombro para ver lo que hay detrás—. ¡Oh! ¡No imaginaba que tendrías compañía!

—Pues debes de ser la única persona sobre la faz de la Tierra que no lleva por bandera unas expectativas respecto a eso —se ríe Vinny. Se asegura de que estoy presentable de un vistazo rápido y, acto seguido, se aparta para gesticular hacia mí—. Mamá, ella es Alexia.

—No seas idiota. Esta mujer no necesita presentación —sentencia la señora, abriéndose paso con la seguridad de quien se siente en su propia casa. No lo piensa dos veces y me da la clase de abrazo que solo se comparte con un ser muy querido. En el funeral de su padre. Después de veinte gin-tonics—. ¡Por fin una novia! ¡Al final resulta que sí conoceré a mis nietos antes de morirme!

Vinny se echa a reír.

Yo no le veo la gracia.

De acuerdo, llevamos un par de meses saliendo, y eso solo si contamos los flirteos, los aquí te pillo, aquí te mato y el buen rollo de nuestro primer contrato. Y sí, en mucho menos de ese periodo de tiempo, se han construido imperios y se han desatado guerras por el amor de una mujer. Pero no es ni de lejos suficiente para que una chica del siglo XXI se sienta cómoda pensando en tener hijos.

Ni siquiera para conocer a la suegra.

¡Y con estas pintas!

—Mujer de Dios... —Vinny sacude la cabeza, exasperado con el comentario de la señora Bravano—. Mira la cara que le has dejado a Alexia. Esas cosas no se dicen.

—Yo a vuestra edad ya había tenido a mis dos niños. Y porque tu padre tuvo aquellos problemillas de próstata, que, si no, a saber cuántos Bravano habría por el mundo hoy día. ¡En fin! —Da una palmada resuelta, y alterna una mirada entre su hijo y yo—. ¿Os apetece un *brunch*? Yo invito.

Vinny solicita mi beneplácito enarcando una ceja.

Por lo que veo, se lleva muy bien con su madre y, como nos pasa a todos a partir de cierta edad, ya no la ve tan a menudo. ¿Y cómo no se van a querer con locura, si son idénticos? La señora Bravano podría haber trabajado de modelo si hubiera medido veinte centímetros más, pero no creo que le vaya mal en la vida considerando que a las caras bonitas las tratan mil veces mejor. Tiene los ojos ambarinos de su hija menor, el cabello rubio de toda su descendencia y la sonrisa canallesca que trama travesuras de su primogénito. Se ve de dónde ha sacado Vinny su implacable seguridad para conducirse por la vida, porque la señora no espera a que asienta y nos mete prisa con aspavientos.

—¡Vamos, vamos! ¡Poneos algo decente, que salimos en quince minutos! ¡Tengo más hambre que un perrillo chico!

Vinny se disculpa con un resignado encogimiento de hombros, pero se nota que está disfrutando con la situación. Y yo no tengo por qué temerla, ¿no? Se supone que esto es lo que llevo pidiéndole a mis parejas desde que puedo recordar. Richie era huérfano, por ejemplo, y no creo que a los padres de Kylie les hubiera gustado saber que a su hija le iban las mujeres, pero ahí donde Brian fue la excepción presentándome a sus padres muy rápido —tanto que fue sospechoso; se notaba que quería echarme el lazo—, la inmensa mayoría sacaba la carta de que «ya se habrían enterado de nuestra relación por las noticias» y no hacía ninguna falta una presentación oficial.

He crecido queriendo gozar de todos los privilegios y miedos de un compromiso convencional, que pasan por cambiarte veintiocho veces al borde del ataque de histeria porque no sabes qué opinarán tus suegros de un jersey de cuello vuelto: si que eres elegante, que eres una remilgada, o, peor, que eres francesa.

—Oye, ¿estás de acuerdo con lo del *brunch*? —me pregunta Vinny, aun así, mientras se dirige a la ducha. Se ha parado bajo el umbral del baño contiguo a su habitación para echarme un vistazo valorativo.

—Parece una mujer muy simpática. —Chasqueo la lengua con dramatismo—. Es una lástima que me haya dicho que me ponga a parir retoños antes de mencionarme su nombre.

Él se ríe.

—Así es ella. Se llama Vivian. —*Cómo no*. Todas las madres se llaman Vivian, o Karen, o Janet, o Pamela—. ¿Te duchas conmigo, y así vamos más rápido? —sugiere con aire juguetón.

—¿Podrías jurar eso ante un juez? —me mofo—. Que me sé yo muy bien cómo van tus duchas.

—Créeme, no haría esperar a mi madre.

Y no lo hace, pero no porque le falten ganas de prolongar el aseo hasta que empiece a salir el agua fría. Me da la impresión de que pretende relajarme al insistir en aplicarme el gel por todo el cuerpo y presionar con dedicación los puntos donde se me concentra la tensión.

Al cabo de veinte minutos, y a excepción de Savannah, que tiene que estudiar, estamos todos listos en la puerta de entrada. Vivian comanda la expedición al coche con chófer del que lleva disfrutando desde que su hijo se lo paga. No le da ninguna vergüenza admitir que le encanta gozar de una pensión gracias a él, porque como viuda sin experiencia laboral, tras la muerte de su marido habría acabado sin un techo sobre la cabeza. Es una de las cosas que me cuenta con toda la naturalidad del mundo mientras surcamos las calles de Boston.

—Debe de ser muy desagradable para vosotros que la relación esté en boca del planeta entero —comenta en un momento dado. Salta de tema en tema con una facilidad sorprendente. Es una mujer transparente y sociable. Quizá de un modo casi grosero—. Tenéis que quereros mucho si lo estáis sobrellevando con semejante fortaleza.

A eso es exactamente a lo que me refería.

Sociable de un modo grosero. Si no supiera que es un encanto, pensaría que está cuestionando nuestros sentimientos.

—Bueno, los dos estábamos acostumbrados ya —resuelve Vinny con desahogo—. En mayor o menor medida. Yo soy la menor medida —aclara, por si cupiese la menor duda.

—No lo creo, cariño —replica ella con brío—. A mí nadie me ha perseguido nunca por el supermercado para que le dé una exclusiva sobre mi hijo, y ayer fue el tercer día que me pararon en la sección de congelados para preguntarme si ya me has presentado a Alexia.

Salta a la vista que a Vivian Bravano no le molesta gozar de una cuota de protagonismo, y que no nos cuenta la anécdota para hacernos sentir mal; ni a mí, ni mucho menos a su primogénito, pero no deja de ser inquietante que a tan solo un par de meses de la noticia del noviazgo la anden siguiendo.

Se me forma un nudo en la garganta, que solo me aprieta más cuando Vinny reacciona frunciendo el ceño.

—¿En serio? Lo siento mucho, mamá. ¿Por qué no me lo has contado?

—¡Porque no es nada grave! —desestima con un aspaviento—. Lo que ya me gusta un poco menos es que me aborden en cuanto pongo un pie fuera de casa, porque no siempre estoy presentable y algunos llevan cámaras. De esas profesionales, ya sabes, las que te sacan todos los poros. Y, mira, no me hago una limpieza facial desde que murió Nelly, que era mi esteticista de confianza. El caso es que sé cómo quitármelos de encima. No les cuento nada, por cierto, por eso no te preocupes.

—No es eso lo que me preocupa, precisamente —se queja él.

—¿Y qué hago? ¿Mudarme? Me encanta el barrio. Aunque a lo mejor me echan —comenta con desenfado—. A mis vecinas no les gusta que los paparazzis anden por ahí pisoteando sus jardines, y ya saben que es culpa mía que no abandonen la zona. El otro día, uno se tropezó con las gardenias de Gertrude. Te podrás imaginar la que se armó: casi hubo que llamar a los SWAT. —Menea la cabeza con desaprobación—. ¡Esa mujer tiene una habilidad encomiable para convertir sus problemas en el problema de todo el vecindario!

—¿Que te están rodeando la casa, dices? —Vinny no cabe en su asombro—. ¿Por qué lo cuentas como si fuera lo más natural del mundo?

—Hijo, si yo estoy bien —lo tranquiliza poniéndole la mano sobre el muslo—. Nunca me ha disgustado tener un poquito de atención, y, en el fondo, a mis vecinas lo que les pasa es que se mueren de envidia porque sus hijos ni son guapos, ni juegan al fútbol, ni se han echado una novia famosa. Ah, y aprovechan siempre que pueden para recordarme que siguen enfadadas porque no he compartido mi receta de *pannacotta*. Pero es que imagínate cómo habría reaccionado tu abuelo paterno si hubiera ido por ahí regalando la fórmula de la felicidad, como él la llamaba, a los yanquis... que también los llamaba él así...

Intento sonreírle cuando me dirige un guiño cómplice, pero me horroriza tanto conocer su situación que no encuentro la energía para corresponderla. Me da miedo ver en los ojos de Vinny el mismo espanto que yo siento, así que evito su mirada directa.

Incluso por esas confirmo que tiene la mandíbula apretada.

No le divierte que anden acosando a su madre.

No le divierte en absoluto.

—Discúlpeme, señora —interviene el chófer—. Voy a tener que cambiar la ruta para despistar al coche que tenemos detrás. Lleva siguiéndonos desde que hemos dejado el apartamento.

—¿Cómo? —se extraña Vivian—. Harold, a ver si es que has visto tú muchas películas.

—Es el Mercedes azul marino, señora. Estaba aparcado en la entrada mientras yo esperaba a que bajaran. El tipo había salido a fumar y ya tenía una pinta sospechosa. No le he quitado ojo de encima, y henos aquí ahora. He efectuado cinco maniobras de despiste, pero no ha cambiado el recorrido.

—Madre mía. —Vivian se cruza de brazos, visiblemente contrariada—. ¿Esto es normal, Vinicius? Las últimas veces que he venido a verte no ha pasado nada similar.

El estómago se me retuerce de angustia. Se ha pronunciado desde el desconocimiento, no con segundas intenciones para acusarme de mala influencia, pero tendría que estar ciega para no saber quién es la culpable de la situación.

—Bueno, ahora he ganado la NFL —replica él. Como si hubiera sabido exactamente qué pensamiento ha cruzado mi mente, entrelaza los dedos con los míos y me aprieta la mano—. He pasado de ser un jugador más a convertirme en una estrella nacional.

Tendría que haber agregado que también es problema mío y así compartir con él esa carga, pero, una vez más, me acuerdo de la reacción de DiMarco al verse acorralado por unos paparazzis que venían a por mí... y la vergüenza me paraliza de tal manera que, durante unos instantes, no puedo hablar.

El chófer todavía efectúa un giro hacia la derecha y continúa recto por una calle hasta que yo encuentro la voz.

—Pare aquí —le pido en un arrebato—. Me voy a bajar.

—¿Qué? ¿Por qué? ¡Estamos lejísimos del sitio de *brunch*! —exclama la señora Bravano.

—Lo siento, Vivian —le ofrezco una sonrisa de disculpa—. Me encantaría conocerte en otra ocasión, pero apuesto mi vida a que hasta que no me quite de en medio, el coche no nos va a dejar en paz.

—No vas a ninguna parte —rezonga Vinny, agarrándome del brazo antes de que se me ocurra abrir la puerta—. Si es verdad que nos está siguiendo por ti, te va a sacar fotos o se te va a tirar encima tan pronto como pises la calle, y eso por no mencionar que la gente te reconocerá...

—Es un miércoles por la mañana. La mayoría está trabajando.

—Alexia, no llevas guardaespadas, y...

—Déjame, ¿vale? —le corto de mala manera—. Si puedo evitarlo, no va a volver a pasar lo que ocurrió en el cumpleaños de DiMarco.

—Eso no fue cul...

—Sí lo fue —zanjo. Antes de que Vinny se defienda y sigamos montando una escena con la pelea de enamorados, cojo de la mano a la señora Bravano y se la estrecho afectuosamente—. Un placer conocerte, Vivian. Espero que coincidamos en otro momento.

Se la ve muy afectada por la situación.

—Pero, mujer, no te vayas así... ¡Podemos parar en cualquier otro sitio!

—Voy contigo —decide Vinny.

—De ninguna manera —atajo, ya al límite de mi paciencia. A sabiendas de que no puedo largarme con la conciencia tranquila si he sido una auténtica neurótica, intento suavizar la despedida inclinándome para darle un beso rápido—. Quédate con tu madre y nos vemos luego, ¿de acuerdo?

El chófer, que, por lo visto, es el único en este vehículo con un mínimo de sentido común, ha obedecido mi petición y se ha detenido en la acera más próxima con las luces de emergencia. Comparto con él una mirada a través del retrovisor, la suya agradecida —al final, su objetivo como conductor es que su pasajero más habitual esté cómodo y pueda llegar a su destino sin complicaciones—, y salgo con rapidez.

Por suerte para mí, en la misma calle hay un hotel de cinco estrellas al que puedo dirigirme para ponerme a salvo.

No lo hago a toda velocidad. Quiero que el del Mercedes me vea bien. No solo me giro en su dirección, sino que busco el rostro del conductor con mi mejor cara de pocos amigos. Gracias a la cercanía del coche, que justo unos segundos después pasa por mi lado, descubro que hay dos tipos: el chófer y el paparazzi, que es el que ocupa el asiento del copiloto. El hecho de que ralentice la marcha y esté a punto de frenar con brusquedad al reconocerme indica que no estaba exagerando: yo era el objetivo. Yo era el problema.

Quién iba a serlo, si no.

Solo es un segundo, pero justo cuando estoy empujando las puertas de cristal del hotel y el esbirro levanta su cámara, nuestras miradas se encuentran.

Antes de entrar a mi refugio temporal, y sin miedo a lo que se pueda opinar al respecto en redes sociales, le hago un corte de mangas.

«Vete a joderle el día a otra, cabrón».

21
America's Bride & The Perfect Cath
Vinny

El partido de la semifinal se jugará mañana en el estadio MetLife, en Nueva York.

Está siendo el año de los Boston Beasts. A pesar de haber derrotado a todos los equipos de la XFL estamos frescos como una rosa. Supongo que eso es lo que pasa cuando ganas la Super Bowl, que el resto de los partidos son pan comido.

Sobre todo me alegro de que la victoria nos haya traído a la capital del mundo, porque es donde Alexia se está quedando para finiquitar el álbum.

Me pude imaginar que no le haría gracia la encerrona de mi madre, pero sospecho que lo que la tiene particularmente circunspecta no es ni haber conocido a la mujer que me engendró, ni tener que someterse a las órdenes de la discográfica. Por más que he intentado convencerla de que DiMarco se repondrá y a mi madre no le importa un carajo que la persigan con el coche, no he conseguido que se saque de la cabeza que tiene la culpa de nuestras desgracias.

Quizá porque no logro disimular del todo que el asunto no me es indiferente.

Claro que me molesta que le pisen las gardenias a la vecina. Aunque se diviertan peleándose como dos marujas en el supermercado, mi madre y Gertrude se aprecian, y es más:

yo mismo le tengo cariño a esa vieja refunfuñona. Y aunque la persecución de la prensa la pueda hacer sentir joven y deseada, no me parece ni moral ni necesario que anden rebuscando en su basura y molestándola mientras se tiñe las canas.

Lo de DiMarco no me enfureció menos. Es injusto que se haya esforzado lo indecible por evitar las fotos y las entrevistas para que se le echaran encima sin contemplaciones, y, para colmo, en el único día que habría podido soportar que le demostráramos que le queremos. El numerito no solo le sirvió para reafirmarse en que el protagonismo no trae nada bueno, sino que lo que pasó ha estado afectando a su juego y, por esta razón, el entrenador le ha metido más caña de la que un tío temperamental como él puede soportar sin largarse dando un portazo... con las consecuencias que eso podría conllevar, como el despido.

Al final, ni Toots ni yo estábamos equivocados: lo que le tiene encerrado en sí mismo es una mezcla de vergüenza hacia su comportamiento y de rabia hacia la manera en que lo acorralaron.

Pero estoy aquí para demostrar que nada de eso está relacionado con Alexia.

He aprovechado que entrenamos por la tarde para acercarme por la mañana al edificio de sesenta plantas donde se encuentra la discográfica de Alexia. Lo bueno de esta ciudad es que puedes recorrértela andando, y mucho mejor, porque el tráfico es criminal.

Gracias al paseo por la acera, puedo reconocerla recostada contra la entrada, acompañada del segurata que suele ir con ella a actos públicos y últimamente también reuniones privadas.

Está fumando con la mirada perdida en los coches que pasan por delante.

Aunque cualquiera que se le acercara sería placado en el acto por el gigante que la protege y que mira a un lado y al otro como si esperara un ataque a traición, no puedo evitar inquietarme. Que Alexia esté en la calle es un peligro; dura menos sola que un billete de cien en Times Square durante la noche del 31 de diciembre. Y eso que lleva unas gafas de sol al estilo *Desayuno con diamantes* y una gorra de los Red Sox, accesorios que no van a juego con la sudadera gris con capucha tres tallas más grande.

Saco el móvil conforme me acerco y escribo un mensaje rápido.

> Deja de fumar

Supongo que el teléfono le vibra, porque lo saca del bolsillo trasero del tejano. Primero frunce el ceño, después mira hacia la acera de enfrente, y por último da una calada rápida antes de arrojarlo al suelo.

Su reacción me arranca una sonrisa.

¿No es adorable cuando obedece en nombre de su salud?

> Cómo lo has sabido? Me estás espiando?
> O estás en plan «piensa mal y acertarás»?

> Qué poco crédito me das. Yo siempre pienso lo mejor de los demás, hombre

Alexia levanta la mirada justo en este momento, a tiempo para cazarme a dos pasos de alcanzarla. Ha merecido la pena venir de sorpresa con tal de atestiguar su reacción. Se permite emocionarse en lugar de buscar a su alrededor para confirmar que nadie asiste al reencuentro, que nadie nos hace una foto.

Y si nos la hacen, parece que poco le importa, porque se arroja a mis brazos igual.

Divertido, doy una vuelta con ella, sujetándola a un palmo del suelo. Cuando la dejo de nuevo en la acera, le aparto un rizo de la cara.

—¿Qué haces aquí? —pregunta con la voz temblorosa por el sobresalto. Ella se retira también los mechones caoba que se le han soltado del recogido—. ¿No llegaba esta tarde el equipo?

—No todo el equipo tiene una novia a la que visitar, así que me he adelantado.

—Pues... —Se muerde el labio, pensativa—. No sé qué podemos hacer. Me esperan dentro en cinco minutos para terminar las grabaciones.

—No he venido a frustrarte la jornada, ¿eh? Puedo acompañarte en tus responsabilidades... si el álbum no es alto secreto, claro.

Ella se extraña.

—¿Quieres entrar en el estudio?

—¿Por qué no iba a querer entrar en el estudio? —Me meto las manos en los bolsillos—. ¿Quién no iba a quererlo, mejor dicho? Nada como ver a una artista en su hábitat natural.

Alexia pone los brazos en jarras y me mira de hito en hito.

—Lo tenías todo pensado, ¿no?

—Y luego pretendía llevarte a comer —confirmo con una sonrisita traviesa—. He reservado en un sitio que creo que podría gustarte. Tranquila —me apresuro a añadir—, que es muy íntimo.

—Eso de íntimo suena a que me vas a esconder detrás de un biombo.

—Como se les ocurra ponernos detrás de un biombo, se quedan sin propina.

Ella suspira con exagerado alivio, a lo que yo sonrío y me inclino para robarle un beso rápido en la frente. Le echo el brazo por la cintura y la escolto al interior del edificio.

Por lo que se ve, la pausa no podía prolongarse mucho más.

Alexia no es de las que se desahogan cada vez que se les presenta la oportunidad, sino de las que dejan caer pistas de su frustración en momentos puntuales. Creo que no le gusta sentarse a debatir su malestar con el foco puesto en ella, o tal vez nunca lo haya hecho. Y es que estos días, por más que le he preguntado sobre las grabaciones, ha sido bastante escueta y simplemente ha señalado que está acumulando cansancio, y de ahí su inapetencia general.

—Hoy vamos a tener un espectador, si no es problema —le anuncia al equipo en cuanto llega a la sala.

Es tal como se ve en los videoclips y películas: un espacio acondicionado específicamente con tan solo un micrófono en medio, unos asientos para el descanso del artista y un par de instrumentos apoyados contra la pared. Al otro lado del cristal, un grupo de especialistas con cascos como orejeras para la nieve manipulan la mesa de mezclas. Es allí, con ellos, adonde Alexia me manda con un movimiento de cabeza antes de ocupar su puesto.

Nadie se queja porque me haya invitado. Debe de ser común que entren familiares y amigos a ver qué se cuece en las entrañas de un estudio. Lo que no sé si es habitual es que uno de los encargados de sonido me pida que deje el móvil apagado sobre la mesita.

—Últimamente los discos se filtran antes de la fecha estipulada —explica el tipo—. No es que eso se refleje demasiado en las ventas, sobre todo en las de un álbum como puede ser el de Alexia, pero es un bajón para el cantante. Mejor evitar ponernos en situaciones donde alguien ajeno a la producción pueda obtener una copia anticipada, o, peor, un audio mal grabado que no le haga justicia a las canciones.

—¿Cómo se filtran? —pregunto, muerto de curiosidad.

—Suponemos que sucede durante las fiestas que se celebran unas semanas o meses antes del lanzamiento para que personas concretas de la industria escuchen el disco y se formen una opinión. O cuando se invita a alguien ajeno a estas sesiones. Por eso es preferible mantener los dispositivos apagados.

—¿Estamos preparados? —interrumpe el otro especialista, el que maneja el cotarro. Se nota por el modo en que Alexia ha estado asintiendo conforme le hablaba, interiorizando cada una de sus recomendaciones. Apenas habrá cumplido los cincuenta años—. Cuando quieras, Lex.

Levanta la mano para que la vea bien. La cuenta atrás comienza con la palma extendida: en el número cinco. Ella me lanza una mirada fugaz, tal vez nerviosa porque esté presente. Correspondo su amago de sonrisa alzando el pulgar.

Entonces, la música comienza y Alexia cierra los ojos para concentrarse en el ritmo.

No soy una persona que dedique sus ratos libres a navegar frenéticamente por internet para enterarse de las noticias u opiniones profesionales. Si algo sé sobre cómo la trata la crítica musical, es porque muchas veces Toots se ha puesto de mal humor y ha tenido a bien explicarme que un atrevido ha cuestionado los talentos de su cantante preferida.

Por lo visto, no se considera que Alexia tenga una de las mejores voces del panorama actual. Sobre todo se valora su destreza para escribir letras, crear ritmos pegadizos y producir con una rapidez que no está reñida con la calidad de sus proyectos. Además, tiene presencia en el escenario, es atractiva y blablablá, pero, si dejo a un lado mis favoritismos y subjetividades, y como muy bien señaló mi hermana, hoy día, ¿qué artistas femeninas no son guapísimas? ¿Acaso podrían hacerse famosas si no apelaran a una estética concreta? Toots suele quejarse de que las pocas que no encajan en el canon deben «compensar» con habilidades de otro mundo, como un carisma arrollador o una voz prodigiosa.

La de Alexia puede no serlo, de acuerdo, pero resulta familiar de haberla oído tanto en la radio. Además, muchas de sus fans han pasado gran parte de su adolescencia entonando sus canciones. Que conecte con un recuerdo de la infancia apela a la ilusión de uno, y le hace más proclive a conmoverse con lo que oye.

Las letras ya se sentían como personales cuando te parabas a escuchar sus discos canción por canción, incluso si dicha canción era muy comercial y tenía un ritmo vivaracho. Pero cuando uno la conoce, se da cuenta de hasta qué punto vuelca su pasión en cada línea.

Estoy dos horas y media acomodado detrás de los especialistas, escuchando las valoraciones y recomendaciones de quien descubro que se llama Don, todas ellas objetivas y bastante acertadas. Y durante esas más de dos horas me da tiempo a escuchar seis pistas, las cuales me consta que ha grabado recientemente porque describen a una mujer harta de que su hombre la haya dado por sentada, a una mujer que al final se siente sola pese a estar rodeada de gente, una mujer asustada por los apetitos voraces de sus detractores, que esperan a que tropiece para hacer carnaza... Lo que ella es, detrás del escenario y pese a la leyenda: una mujer a secas.

Es curioso que se declare humana una y otra vez en sus letras, y lo único que consiga sea que la idealicen más aún. Pero, mirándola bien, ¿cómo no la van a idealizar? Obra milagros de los que muy pocos podrían estar orgullosos.

Cuando abandona la sala y nos reunimos en un pequeño

saloncito previo al estudio propiamente dicho, Alexia está cansada y proclama que se muere de hambre.

—¿Estás contenta con el resultado? —le pregunto pasándole un brazo por la espalda.

Alexia no solo no me aparta, sino que se reclina contra mi costado mientras nos dirigimos a la salida.

—Estos días solo estamos grabando la cara A, la pop, así que todavía no he podido meterle mano a lo que me interesa..., pero sí, estoy contenta. Es lo cómodo, como dijiste el otro día. Estoy acostumbrada a trabajar con Don en este tipo de sonidos.

—¿«Como dije el otro día»? —repito en cuanto nos quedamos a solas en el ascensor—. ¿Estás dándome la razón?

Alexia se quita la goma del pelo. Liberada la melena, se la echa hacia atrás y se la vuelve a recoger en un moño rápido.

—Es posible —confiesa, reticente. Me lanza una mirada entre molesta y llena de cariño—. Una chica nunca quiere escuchar que lo que le pasa es que está cagada de miedo. Pero claro que lo estoy. Puede que no esté del todo satisfecha con lo que tengo ahora mismo, pero si dejara de tenerlo, si me lo arruinara yo misma apuntando demasiado alto o saliéndome del camino establecido, seguramente me sentiría aún peor. Mencionaste los sacrificios —señala—, ¿te acuerdas? Pues yo no sé hasta qué punto estoy dispuesta a hacerlos.

—Estás más dispuesta de lo que crees, porque ya le has llevado la contraria a la discográfica. Vas a grabar muy pronto tu álbum personal. La valentía suele ser recompensada, Alexia.

Ella me mira con un brillo divertido en los ojos.

—¿Desde cuándo eres el gurú de la música? ¿Estoy ennoviada con un sabio?

—Un erudito, diría yo —puntualizo con sorna. Trato de que la sonrisa se quede en su sitio, intacta, cuando agrego con desenfado—: Quizá no tenga la sensibilidad necesaria para entender a una artista, como dijo Brian aquella vez..., pero no será porque no lo intente.

Salgo del ascensor en cuanto las puertas se abren. Alexia aún tarda unos segundos en reaccionar. Se ha dado cuenta incluso antes que yo mismo de la vacilación en mi comentario.

Me alcanza en el vestíbulo del edificio, cuando me detengo para esperarla, y me coge de la mano.

—No te creerías ni por un segundo lo que soltó ese imbécil, ¿no?

—Yo no me creo nada con lo que no esté de acuerdo —me encojo de hombros—, pero a lo mejor tú sí le viste su parte de verdad a lo que señaló. Es cierto que tener sensibilidad no está reñido con ser jugador de fútbol; hizo una comparativa propia de un niño de parvulario... o de un prejuicioso, mejor dicho, porque no vamos a insultar a los niños de parvulario. Aun así, quizá yo no puedo entenderte ni aportarte nada porque no tengo en mí a esa musa que sí compartís los artistas.

El móvil me vibra en el bolsillo. No suelo sacarlo cuando estoy hablando con alguien, y menos con ella, pero la conversación me hace sentir inseguro y cualquier distracción es buena.

Echo una ojeada rápida a la pantalla, y veo que Noah me ha escrito.

> Llámame cuando puedas. Urgente

Frunzo el ceño, pero Alexia me distrae cogiéndome de la muñeca para bajarme el brazo.

Espera a que la mire a los ojos para replicar:

—Si quisiera un novio que fuera a juego con mi espíritu artístico, me lo buscaría en la industria musical. Y, con todo, no sería garantía de que fuera a encontrarlo. Hay muchísima gente en el mundillo que no tiene talento; que es tan solo un producto de marketing.

—Creo que Brian no hablaba de espíritu artístico, sino de simple sensibilidad.

Alexia bizquea.

—No necesito a un hombre sensible a los valores bohemios, Vinny. Necesito a un hombre sensible a mis preocupaciones. No tienen que importarle mi trabajo o mis aspiraciones, o conocer los entresijos de las discográficas; tiene que importarle lo que a mí me importa, sea lo que sea eso, ¿entiendes?

—Lo entiendo. —Cabeceo. No es el mejor sitio para debatir ningún asunto personal. Estamos en medio del vestíbulo de la planta baja del rascacielos. Pero no hay apenas trasiego, y los recepcionistas y seguratas estarán tan acostumbrados a toparse con estrellas que ni siquiera reaccionan—. ¿Y cumplo con tus requerimientos?

Ella responde llanamente:

—Con creces.

—Entonces, yo tan contento. —Y le robo un beso.

Con los dedos entrelazados, reanudamos el recorrido hacia la salida.

Un tipo grande y con cara de bueno se interpone en nuestro camino con un bolígrafo en la mano y un trozo de papel mal recortado.

—Disculpad... —empieza él, nervioso—. Sé que no es muy educado abordar a la gente en medio de la calle... Bueno, esto no es la calle, pero...

—¿Dónde quieres que te firme? —interviene Alexia con delicadeza.

Él se gira hacia ella y la mira como si la viera por primera vez. Antes incluso de que se resuelva el malentendido, ya sé qué es lo que pasa.

No sé cómo consigo contener una risotada.

—En realidad, señorita, era... Quería pedirle un autógrafo al ochenta y uno. —Me dirige una mirada brillante—. Al gran *tight end* de los Boston Beasts. Soy un admirador de su trabajo. Llevo... llevo siguiendo su carrera desde que jugaba en Phoenix. ¿Podría firmarme...?

—Pues claro que sí, hombre.

Acepto el bolígrafo que me tiende y, divertido por la cara que se le ha quedado a Alexia, que no sabe dónde meterse, le dedico unas breves palabras y mi autógrafo al tipo, que resulta que se llama Fred.

Lee la frase estándar con la que firmo a todo el mundo y se da por satisfecho con una sonrisa de oreja a oreja. Enseguida se retira al lugar de donde ha salido: la entrada del edificio, que protege con su altura y sus músculos enfundados en un traje tipo sastre.

—Fíjate —me regocijo en cuanto se marcha—. Para que luego digas, ¿eh? Hoy soy más famoso que tú.

—Pero solo por hoy —rezonga ella.

—Y luego vas y piensas que es tu culpa que los periodistas se nos echen encima... pedazo de egocéntrica —me burlo—. Yo también soy un sujeto muy interesante, ¿sabes? Todo el mundo me adora.

—Pues sé menos adorable, y así nos quitaremos de problemas —refunfuña, ruborizada por el malentendido.

—Lo siento, no puedo evitarlo. Es como si yo te pidiera a ti que dejaras de ser sexy como el diablo. —Suspiro con dramatismo—. No va a pasar. Hay que resignarse...

El móvil vuelve a vibrarme en el bolsillo. Es Noah otra vez, pero en este caso no me envía un mensaje. Extrañado, porque no es de los que se comunican en su tiempo libre, respondo al teléfono con un «¿qué pasa?» lleno de curiosidad.

—Vinny, perdona —responde con más seriedad de la

que es habitual en él—. No quería escribírtelo, y tampoco podía llamarte hace un rato. Mira, estoy en el hospital, en el de la calle Cambridge.

—¿Qué dices? —Cambio el teléfono de mano—. ¿Estás bien? ¿Te ha ocurrido algo?

—Sí, yo estoy perfecto. Es que me ha llamado Savannah. No parece ser muy grave, pero sabiendo cómo te pones, te tenía que avisar.

—¿Cómo? ¿Que Savannah está en el hospital?

Alexia frena al mismo tiempo que yo y busca mi mirada con gesto de preocupación.

—Sí. Tiene pinta de que se ha roto un hueso y, además, está muy nerviosa. Me ha pedido que no te moleste, pero...

—Has hecho bien —le corto con impaciencia—. Voy para allá.

22
I'm Doing My Best Here
Vinny

—¿Toots? —balbuceo nada más cruzar el umbral y verla en la cama. No está tendida, sino recostada, y lleva la ropa de calle. Aun así, el corazón se me acelera y me precipito hacia ella como si estuviera sangrando—. ¿Qué...? —Pierdo el habla al fijarme en el brazo escayolado—. Joder, Toots. ¿Qué ha pasado?

Al verme, mi hermana parece desorientada. Busca en la habitación a quien supongo que será Noah, él único que le estaba haciendo compañía. Nada más localizarlo en una discreta esquina, a punto de salir huyendo pero disimulándolo con elegancia, se le ensombrece la mirada.

—¿Le has llamado para contárselo? ¿En serio?

—Y tan en serio —contesta él, demasiado complacido para el gusto de Toots.

—¡Pues claro que me ha llamado! —le apoyo yo, mosqueado.

—Eres un cabrón —le espeta ella.

En su línea de ignorarla todo lo que puede, así estemos en una situación límite, Noah ni se inmuta. Es más: le hace una pequeña reverencia a todas luces burlona.

—A tu servicio.

—¿Encima te ríes de mí? ¡No se puede confiar en ti!

—Pues ya lo sabes para la próxima —ataja en tono neutro—, pero que te quede claro que tu DiMarco habría hecho lo mismo.

Toots se queda perpleja.

—¿Cómo que «mi DiMarco»? —No obtiene respuesta, porque Noah abandona la habitación para darnos la intimidad que necesitamos para pelear en paz. Ella se resigna a la sustitución, e intenta evitar la disputa con un suspiro de hastío—. No es para tanto, Vinny.

—¿Quieres decir con eso que no pensabas decírmelo?

—¡Pues no!

—¿Y cuál era tu plan? ¿Esconderte de mí hasta que te quitaran el yeso? Qué coño ha pasado, ¿eh?

—Pues que me he roto un brazo, ¿no lo ves? Bueno, no un brazo; solo un hueso tonto que se soldará en menos de un mes —resuelve acompañando sus palabras con un gesto. Con el fin de calmar los ánimos, agrega en tono amistoso—: ¿Quieres echar una firmita en la escayola?

—¡No, no quiero echar una firmita en la escayola! —replico con retintín—. ¿Te has caído?

—Hombre, no me lo he partido boxeando. Claro que me he caído. Fue en las escaleras de la universidad, y mi amiga Clara me trajo enseguida. Ha pagado ella el taxi, por cierto. ¿Te importa prestarme dinero para que se lo devuelva? Dice que no es necesario, pero no quiero deberle nada.

—Savannah —la interrumpo antes de que intente cambiar de tema por tercera vez—, si solo te has partido un brazo y ya te lo han escayolado, ¿por qué te han metido en una habitación del ala de ingresados?

Mi hermana vacila.

—Pues porque... porque... Ya sabes que el lupus puede afectar a los huesos, se supone que se nos rompen con más facilidad en algunos casos, y... Bueno, quieren tenerme en observación.

—Eres una pésima mentirosa —bufo—. Puedo poner fin a todo el asunto simplemente preguntándole a tu médico. O a Noah, a quien has llamado antes que a mí.

—¡Estabas en Nueva York! ¡Él era el único que seguía en Boston! —Abre la boca para añadir algo más, algo que con toda probabilidad no me iba a gustar un pelo, pero se contiene por los dos y respira hondo para retomar el asunto con paciencia—. Vinny, mírame. ¡Mírame! —Extiende el brazo sano—. Estoy bien. Y si no lo estuviera, lo último que necesito es que entres como una tromba en la habitación pegando voces. Ni que me hubiera atropellado un tren, joder.

—Vigila ese vocabulario.

—Y tú vigila a tu novia, que de tanto fugarte para estar conmigo, la vas a acabar perdiendo.

Sé de buena tinta que no hay quien le gane en crueldades cuando se pone a la defensiva, pero aun así jadeo, ofendido por el contraataque.

—Ella ha sido la que me ha prestado su avión para venir.

—Genial —masculla entre dientes—. En lugar de una aliada, tengo una enemiga.

—No se puede hablar contigo cuando te comportas como una cría consentida. Te dejo porque están los médicos esperando, pero no pienso largarme —le advierto con el dedo en alto.

Toots bizquea.

—Pues peor para ti, que no te pagarán el partido de mañana.

No le quito el ojo de encima hasta que me aseguro de que el especialista que lleva todos sus casos ocupa mi lugar.

No era mi intención abandonar la habitación, solo apartarme, apoyarme en la puerta y quedarme calladito, pero

Noah aparece por el pasillo y me hace un gesto seco con la cabeza para que hablemos.

Por más que me moleste darle la razón, porque en los casos en los que Toots me excluye le cojo el gusto a quejarme, es verdad que el *quarterback* era el único del equipo que iba a quedarse en Boston. Y de todos los chicos, sorprendentemente, es el último al que Toots habría llamado. Siempre ha odiado que la vea en el hospital, que la sienta frágil, que la sepa enferma.

«Orgullo femenino», lo llaman.

Rematada estupidez, si me preguntan a mí.

—A ver si tú me dices qué ha pasado y no me tomas por tonto —le gruño.

—No te creas que a mí me lo ha dicho. Se lo he tenido que sonsacar a la amiga —suspira, sacudiendo la cabeza con desaprobación—. Por lo visto, nada más salir de la universidad, un grupo de periodistas la han estado siguiendo, a ella y a la tal Clara. No conseguían darles esquinazo, y con el agobio de quitárselos de encima, Savannah ha tropezado al bajar las escaleras.

De solo imaginar a mi hermana sufriendo un traspié de esa magnitud, y todo por culpa de un puñado de hijos de puta ansiosos por una exclusiva, me invade una rabia ciega de la que solo puedo desahogarme tomándola con alguien.

Si por casualidad veo rulando por internet una foto del accidente, se van a arrepentir de haber nacido.

Entonces caigo en la cuenta de algo.

—¿Por qué coño la han perseguido? Lo de mi madre lo puedo entender, porque le gusta la atención y no los ahuyenta; más bien procura que siempre tengan miguitas de las que comer para volver más adelante. Pero ¿Toots? Utiliza el apellido de soltera de mi madre, nunca he subido fotos suyas a redes sociales, y...

—Vinny —me dice, mirándome con severidad—, ya no eres un jugador de fútbol más. Eres la pareja de Alexia Lux. Deberías empezar a acostumbrarte a que estas cosas pasen, y no tomarte lo de tu madre o lo de DiMarco como episodios aislados. Ahora la prensa está más interesada en tu figura. Si fueron a hablar con tu exnovia del instituto, ¿por qué no iban a hablar con los compañeros de clase de Savannah para sonsacárselo todo?

—¿Qué es «todo»?

Noah cambia el peso de pierna, incómodo de pronto, y se mete las manos en los bolsillos del vaquero.

—Según se ve —empieza con tacto—, alguien cercano a Savannah ha contado que está enferma, y que conoció a Alexia en un *meet & greet* hace años. He estado mirando en internet, y las redes están que arden. Ha resurgido el vídeo que se viralizó en su día, en el que tu hermana está en el hospital, y...

Un pitido en el oído me impide seguir escuchando.

Esta es mi peor pesadilla: que Toots se quede indefensa ante la prensa, que su sufrimiento esté a la vista de los peores usuarios de la red.

He intentado protegerla de esto tomando medidas quizá drásticas, como sugerirle que utilizara el apellido de soltera de nuestra madre en la universidad, evitar subir fotos de ella a mi Instagram y mencionarla en entrevistas más personales, no ir a su encuentro después de los partidos, cuando la prensa quiere averiguar cómo y con quién celebras tus triunfos... Y lo he procurado porque Toots nunca ha querido que la defina el vídeo de marras, que mi madre se empeñó en subir junto con un enlace de recaudación de fondos porque entonces no teníamos dinero para pagar su tratamiento.

También porque aprendí a raíz de mi ascenso a la élite deportiva que los medios y los usuarios de internet son crueles. Serían capaces de sexualizar a una menor de edad postrada en una cama, porque, en su día, vi con mis propios ojos cómo pasaba; ¿cómo no lo van a hacer ahora, que no lleva aparatos dentales, ni vías intravenosas? Noah ha tenido que soportar que amenacen de muerte a muchas de sus parejas por el simple hecho de que él hubiera perdido un partido; que las pongan de zorras para arriba después de fallar un *touchdown*, lo que en muchos casos desembocó en la ansiedad de las susodichas, y en una presión inaudita sobre los hombros del *quarterback*, tanto en el juego como en la relación.

Si se me ocurre no ya arruinar una jugada, sino jugar con Alexia, hacer un comentario sobre Alexia que no es del todo caballeroso, o incluso romper con Alexia, parte de la rabia popular caerá sobre mi hermana. E incluso si todo fuera como la seda en ese aspecto, si me convirtiera en el *tight end* perfecto y mi rutina de pareja con Alexia fuese un sueño hecho realidad, tampoco dejarían en paz a Savannah. Los medios, cuando no explotan una situación de vulnerabilidad para hacer dinero a costa de la compasión, una compasión no pedida y asquerosa porque viene de desconocidos que, al final, solo sienten morbo, la instrumentalizan para tener de qué hablar en los debates televisivos.

Ni Toots lo va a soportar, ni yo tampoco.

—Clara me ha dicho que tu hermana lleva unos días con ansiedad. Por eso la tienen en observación —confiesa Noah, mirándome a los ojos—. Ha visto cosas desagradables en internet sobre ella, y de pronto su bandeja de mensajes se ha llenado de comentarios sucios o cargados de lástima. Conociéndola, no sé qué se habrá tomado peor. Y te podrás imaginar por qué no te lo ha dicho… —Su voz se va apagando. Lo busco con la mirada para instarlo a seguir, pero tiene la vista clavada en un punto a mi espalda—. Hola.

Giro en redondo y me topo con el rostro ceniciento de Alexia. Sorprendido y aliviado a partes iguales, se me escapa un agobiado:

—¿Qué haces aquí?

Ella no lo interpreta como lo que es, una expresión de asombro. Sintiéndose fuera de lugar, se pasa una mano nerviosa por el cuello.

—Quería ver cómo estaba Savannah.

—Puedes pasar —responde Noah—. Creo que el médico solo le está haciendo un reconocimiento general, nada para lo que necesite privacidad.

Alexia asiente con aire huraño y cruza rápidamente por nuestro lado para internarse en la habitación. La sigo con la mirada y luego con los pies, pero me abstengo de cruzar el umbral cuando la veo detenerse a un lado de la cama de Toots y cogerla de la mano.

A mi hermana se le ilumina la cara al verla, y no es para menos. Alexia nunca se ha comportado con ella como una estrella internacional, ni ha usado en su contra la enfermedad mirándola con pena. Siempre me conmueve verlas interactuar, pero esta vez incluso se me forma un nudo en la garganta.

Alexia le acaricia el dorso con el pulgar, y se gira para escuchar lo que el médico tiene que decir.

Ni siquiera sé cómo ha llegado tan rápido a Boston. Es verdad que no hay mucha distancia desde Nueva York, en avión se salva en apenas hora y media, y si coges el coche no llega a cuatro horas. Debe de haber conseguido un billete en el último momento después de lograr que la disculpen en el estudio.

—Es una putada —comenta Noah con un hombro apoyado en la pared.

—¿El qué?

—Que una mujer sea perfecta para ti, que no tenga un solo defecto, y el único problema sea lo que gira en torno a ella; todas esas pequeñas cosas que no encajan contigo o que no te permitirían descansar en paz, pero de las que nadie es culpable.

—No sé qué estás insinuando —replico, ceñudo—, pero no la pienso dejar por esto. Alexia sufre la presión mediática como la que más, ¿sabes?

Noah me escudriña con esos ojos azules suyos que parecen inhumanos.

—Entonces te gusta más de lo que imaginaba, o de lo que puedas imaginar tú mismo.

Me pongo firme con el comentario, porque viniendo de él, encierra un significado mucho más inquietante de lo que pueda parecer a simple vista.

Sé lo que quiere decir: he expulsado a gente de mi vida por muchísimo menos. No solo porque no me gustara cómo se reía la novieta de turno, o porque no me hiciera gracia la cara que ponía cuando le hablaba de mi hermana. Ni siquiera estoy hablando exclusivamente de personas. He rechazado oportunidades laborales y acuerdos millonarios para seguir cuidando de Toots como a mí me gusta, a tres pasos por detrás, a una habitación de distancia, a una llamada de presentarme donde ella mande. Incluso si Alexia no tiene ninguna culpa de lo que está ocurriendo con mis seres queridos, si hubiera sido otra persona, eso no la habría librado de que la descartara sin miramientos.

Pero ni siquiera me he planteado arrancarla de cuajo. A lo mejor porque está más arraigada en mí de lo que creía, y con la tontería de tomarme la relación con desenfado, de procurar no hacer mucho ruido por si yo la espantaba a ella, ni me he dado cuenta de que escalaba en importancia hasta dominarme por completo.

Vuelvo a mirar hacia el interior de la habitación. Toots se está riendo con algo que Alexia acaba de decir. Se ha retirado lo justo para alcanzar una silla por el respaldo y arrastrarla en su dirección para sentarse. El gesto clama al cielo: piensa quedarse un buen rato, algo que nadie le ha pedido que haga. Algo que nadie, además de mis colegas, ha hecho jamás.

Podría haber cumplido con su parte llamándome para preguntarme qué tal está, pero aunque ella no se dé cuenta, siempre está dispuesta a ayudar.

—No creo que tengas razón, Noah —murmuro con una mezcla de ternura y preocupación.

He dejado correr tanto tiempo en silencio que él no sabe a qué me refiero.

—¿En qué?

—En eso de que no podría habérmelo imaginado. Me temo que llevo sabiendo que llegaríamos a este punto desde el primer día.

23
I Think I Should Leave Now
Alexia

Han transcurrido tres días desde que pasó lo peor que podía pasar. Tres días desde que no puedo pegar ojo sin que me despierte una pesadilla. Tres días desde que comprendí que seguir con esto me va a costar algo más que la salud.

Incluso si a él no se le ha ocurrido pensarlo, incluso si todavía no me ha echado la culpa, sé que me va a costar su respeto, su paciencia y hasta su cariño.

He intentado disimular por el bien de Vinny, por el bien de Savannah y por el bien de Lara Cosima, que si me hubiera visto fuera de mis cabales mientras terminábamos de perfilar la cara A —la cara B la grabaremos la semana que viene, junto con las canciones extras del álbum *deluxe*—, le habría dado un tabardo de los nervios.

En general, a mi representante le perturba todo: que llegue tarde a una firma y que no me haga de rogar lo suficiente antes de aparecer en el escenario, las dos caras de la moneda. Minucias que solo a ella, obsesa de la imagen y de las pretensiones de la elegancia en la impuntualidad, le importan. Pero sabe que con este disco nos estamos arriesgando, y no necesita más razones para pasar las noches despierta.

Yo tampoco.

Y, sin embargo, mis miedos no han hecho otra cosa que aumentar exponencialmente.

Está programado que el *single* vea la luz el viernes que viene. Jerry todavía no ha escuchado las canciones de rock. Aunque le hayan dado el alta a Savannah, no termino de creerme que esté fuera de peligro. Y es que estaría siendo una ingenua si, en mi posición de víctima preferida de la prensa, no interpretara este último ataque mediático como un aviso de que los problemas no han hecho más que empezar.

Para acabar, Vinny está tan encantador como siempre. O eso se esfuerza por aparentar, pero el sexo se ha vuelto más intenso, como si lo nuestro se fuera a acabar mañana, y a veces lo pillo mirándome con una circunspección de difícil lectura.

¿Y cómo no me va a mirar con recelo? Tanto si se está planteando mandarme al carajo para proteger a su familia de forma consciente como si no, seguro que su voz interior, más sabia y leal a los suyos, sí acaricia a la posibilidad. No puede estar tan ciego a las muchas complicaciones que se nos han acumulado desde que se nos ocurrió formalizar la relación.

—¿En qué estás pensando? —me pregunta en el camino de regreso a mi apartamento.

Mientras terminaba de grabar la cara principal del disco, he estado alojándome en mi antiguo piso, el que una vez compartí con Brian. La inmobiliaria con la que me puse en contacto para venderlo me ha permitido posponer unos días más el anuncio de la venta para que pueda descansar un rato de hoteles y disfrutar de una mínima intimidad.

Mala idea, porque entrar en una casa que todavía huele al que habría sido mi marido era precisamente lo último que necesitaba.

En cuanto a Vinny, regresó a Boston después de jugar el

partido contra los Giants para cerciorarse de que la salud de Savannah progresaba adecuadamente. Si no se desmarcó del partido exigiendo una sustitución como titular, fue porque su hermana le pidió casi de rodillas que no se perdiera la semifinal de la liga por su culpa. Y porque yo prometí quedarme a cuidar de ella para que él pudiera despreocuparse, pues, por desgracia, todos sabemos que las súplicas de Savannah no son suficientes para que Vinny dé su brazo a torcer.

Aunque el hermano mayor me tomara el relevo veinticuatro horas más tarde, he seguido acercándome al hospital mientras ha durado la convalecencia de Savy. El objetivo era hacerle compañía a ella, no tanto a él, pero de todos modos charlábamos en el pasillo con nuestros respectivos cafés, y luego me acompañaba a la puerta, donde me recogía el equipo para regresar al aeropuerto y, por ende, a mis obligaciones.

Nos vimos un par de veces en su casa, eso sí: cuando tuvo que ir a coger las mudas para su hermana, y cuando Savannah le amenazó con poner a los médicos en su contra y bloquear la puerta de su habitación si no se iba a dormir un rato.

Pero estando conmigo hizo de todo menos descansar. Las preocupaciones no le quitan las ganas de amor, y a mí, que sé que estoy a punto de perderlo y entiendo que he de aprovechar mientras pueda, menos todavía. Seguimos entendiendo el sexo como una forma de comunicarnos, ya sea para desahogar las angustias o para decirnos lo que no logramos expresar verbalmente.

Es la primera vez en estas turbulentas setenta y dos horas que nos quedamos a solas, sin prisa por estar en otra parte. Yo tengo mucho que decirle, pero nada que le vaya a gustar. Que *nos vaya a gustar*, en realidad, porque soy la primera que no se siente preparada.

Aun así, no suelto su mano camino del apartamento.

En mi absurdo egoísmo, quiero alargar el momento tanto como me lo permitan las crueles circunstancias.

—En lo tranquilo que está todo —le respondo en voz baja cuando ya se había olvidado de la pregunta que acababa de hacerme—. Nueva York no descansa ni siquiera de noche. Me extraña que haya tan poca gente en la calle.

Lo que me extraña, más bien, es que todavía no me hayan parado o no me hayan echado una foto desde la acera de enfrente. Es verdad que llevo un pañuelo en la cabeza, y que Vinny pasa desapercibido cuando viste de paisano y se cubre la cabeza rapada con una gorra, pero eso de andar de incógnito es un privilegio al que la gente como yo no está acostumbrada.

Estoy especialmente alerta desde que le arruiné el cumpleaños a DiMarco. A veces me sorprendo mirando por encima del hombro, incluso cuando me acompaña el segurata que Lara Cosima me endosó después de horrorizarse con el relato del espectáculo en Murphy's. Mi propia amiga me ha señalado, no sin inquietud, que empiezo a comportarme como una neurótica.

En cuanto diviso el portal, aprieto el paso para ponerme a salvo.

Por si acaso.

Saludo al vigilante de la entrada y no me detengo a confirmar que Vinny me ha seguido hasta que estoy a las puertas del ascensor. Él, al igual que estos últimos días, se me queda mirando vacilante, como si supiera que debe decir algo para tranquilizarme pero no supiera cuáles son las palabras exactas.

Y si no las sabe Vinny Bravano, es porque no las hay. No las han inventado aún.

¿Qué me va a decir? ¿Que no pasa nada? Sí pasa. Ya ha pasado, de hecho.

¿Que lo solucionaremos? Si existiera el modo de blindar la vida personal de una estrella, apuesto por que ya lo habrían descubierto, y seguramente habrían monetizado el secreto para venderlo a precio de oro.

¿Que me quiere y esto no le importa? Incluso si llegara a esa conclusión en un arrebato delirante, no sería tan benevolente durante mucho tiempo con los inconvenientes asociados a mi nombre.

El bienestar y la felicidad de Savannah siempre han sido y siempre serán su número uno.

Lo entiendo y lo respeto.

Como si hubiera leído mis pensamientos, Vinny opta por sumirse en un silencio hermético, cosa rara en él.

No es hasta que hemos llegado al apartamento cuando se decide a hablar. Y como me pasó la última vez que abrí esta puerta, de pronto no quiero estar aquí. Me convenzo de que es porque aún flota en el aire el perfume de Brian, porque hay demasiados recuerdos encerrados, ya podridos, un futuro echado a perder; pero enseguida comprendo que la sensación nacía de un pálpito.

El que se confirma cuando Vinny anuncia con voz neutra:

—Hay algo que te quiero decir, Lex.

Finjo entretenerme dejando las llaves sobre el aparador de la entrada. Aprovecho que estoy de espaldas para respirar hondo con la mayor discreción antes de girarme hacia él con gesto sereno. Vinny tampoco ha entrado en el salón, como si supiera que no ha venido a ponerse cómodo, sino solo a asegurarse de que llegaba sana y salva.

Como si hubiera querido despedirse caballerosamente y nada más.

—Yo también estaba esperando para hablar contigo —reconozco con un nudo en la garganta.

Mi respuesta le extraña.

—¿Esperando? ¿A qué?

«A que le dieran el alta a tu hermana», podría responder, porque es cierto. Pero no me gustaría que lo malinterpretara. No he esperado a que Savannah se recupere para dejarlo porque me parezca cruel abandonarlo mientras la persona que más quiere recibe cuidados médicos. He esperado porque una vez hubiera roto la relación, él podría no haber estado de acuerdo con que fuera a visitar a su hermana, y yo no habría podido resistirme a hacerlo porque la aprecio de corazón.

—Al momento oportuno —contesto después de carraspear. Me aparto de él para que su cercanía y su olor corporal no me confundan. Cuando ya he puesto una distancia prudencial de un par de pasos, me cruzo de brazos para esconder el temblor de mis manos—. Tenemos que tratar lo de... Lo que está pasando.

—¿Qué está pasando? —plantea con una ignorancia fingida que me saca de quicio.

Le bufo a nadie en particular, manteniendo una sonrisa crispada en los labios.

—¿En serio debo hacerte una lista? Vinny, agradezco que no lo hayas puesto sobre mis hombros en todo este tiempo, pero que no me hayas echado la culpa no significa que no haya visto que... que te afecta. Como es normal —apostillo.

Él sabe de sobra de qué estoy hablando, pero se niega a participar en la conversación, tal vez porque sabe que solo puede acabar de una manera. Y yo no soy idiota. Sé que le hace tan poca ilusión como a mí este desenlace.

Se acerca para rodearme por la cintura.

—A mí lo único que me afecta es que estés tan tensa —replica en voz baja, con ese tono sugerente que me invita a cerrar los ojos y abandonarme a sus caricias.

Mi cuerpo me traiciona estremeciéndose al sentir el roce

de sus labios en el cuello. Tengo que apartarlo de mala manera, impaciente por expresarme. Y, sobre todo, agobiada y decepcionada conmigo por haber estado callando con la esperanza de que se resolviera por arte de magia. He sido cómplice de lo que sucedía con mi lamentable pasividad. Una persona más valiente habría puesto un alto de inmediato.

—Y una mierda que eso es lo único que te afecta —mascullo en un arrebato de odio hacia mí misma—. Hasta ayer, tu hermana estaba en el hospital porque la ansiedad ha estado cerca de provocarle un brote de lupus. ¡Y se ha roto un brazo! —se me quiebra la voz en mi afán por hacerme oír. Me obligo a recuperar la compostura, y a no dejarme amedrentar por la sombra que se apodera de su semblante—. Vinny... esto... esto... Debería haber previsto que la prensa se nos echaría encima de forma... particularmente anormal. De hecho, lo vi venir; por eso Lara Cosima salió enseguida con la idea de que me buscara un novio, porque recibiríamos tantísima atención mediática que el fracaso de Brian, que no es moco de pavo, quedaría en el olvido. Supo aprovecharse de la memoria cortoplacista del público y de lo rápido que reaccionan a estímulos nuevos, pero se nos ha ido de las manos, es obvio, y ha pasado lo que no querías que pasara: que Toots estuviera en boca de todos por las razones equivocadas.

Vinny se prepara para responder a lo grande. Su cuerpo entero se crece, inspirado de pronto. Pero los dos sabemos que no hay contraargumento posible. Estoy exponiendo los hechos tal como son, y, por desgracia, son inapelables y exigen una solución a la de ya.

—No es tu culpa —es lo único que atina a responder sin incurrir en mentiras y torpes consuelos. Incluso él se da cuenta de lo pobre que suena su réplica, porque se le oye vencido; resignado a rogarme con la ilusión de que no siga señalándome.

—Es mi culpa. De forma indirecta —aclaro—, pero lo es, porque, al final, es a mí a la que quieren sacar información. Soy yo a la que hostigan a través de otras personas. Personas que te importan, y… y… y las personas que te importan a ti son personas que me preocupan a mí ahora. Así lo siento. Por eso no puedo continuar exponiéndoos a semejante acoso.

Esta vez sí encuentra un fallo en mi argumento, porque esboza una sonrisa sin humor.

—No nos trates con paternalismo, Alexia. No somos un grupo de críos indefensos. Yo sabía dónde me metía, Toots está feliz de tenerte en su vida, mi madre no cabe en sí de gozo con lo de que salga con alguien, y el equipo entero te adora. Por eso DiMarco salió en tu defensa.

Me encomiendo a Dios con una mirada de auxilio al techo.

—DiMarco habría aprovechado cualquier excusa para patear a un paparazzi, Vinny. Y no lo culpo, porque yo misma he sentido esa necesidad en más de una ocasión. No dudo que tu compañero sea buena persona —me apresuro a dejar claro con las manos en alto—. Me extrañaría que estuviese haciendo vudú con un muñeco con mi cara a pesar de habérselas hecho pasar canutas. Pero es que esto va a ocurrir otra vez, y otra, y otra, y aunque ahora no estés furioso conmigo, acabarás resentido, acabarás odiándome, y, lo siento, pero…
—Me cuesta pronunciar las palabras definitivas. Tengo que conformarme con un sencillo—: No lo voy a permitir.

El gesto de Vinny pasa de ser comprensivo a convertirse en una mueca de incredulidad.

—¿Me estás diciendo lo que creo que me estás diciendo, Alexia? Porque eso sí que no lo voy a permitir yo. No por una excusa como esta.

—No es una excusa cualquiera, y me temo que no tienes ni voz ni voto sobre mis decisiones.

—Cuando las tomas para no hacerme daño, como si fuera un pobre incauto que no sabe defenderse solo, sí. Alexia —pronuncia mi nombre con una nota de angustia en la voz y da un paso al frente—, no hace falta llegar tan lejos. Se pueden buscar soluciones. Podemos... No sé, conceder una entrevista, satisfacer las dudas generales de una vez por todas y pedir tranquilidad y discreción...

Se me escapa una carcajada sin energía.

—No seas ingenuo, Vinny. Nuestras peticiones caerán en saco roto, porque ya lo han hecho antes. Soy quien soy, y esté con quien esté, sufrirá las consecuencias.

—Y yo las asumo —sentencia él con determinación. Vuelve a salvar el espacio que nos separa, que hasta ahora me había estado doliendo, y esta vez no tengo fuerzas para apartarlo. Aun así, dejo los brazos lánguidos cuando me envuelve con los suyos, negándome a darle esperanzas—. Vamos, Lex, abrázame. ¿No ves que no dices más que tonterías? —insiste en tono afectuoso, aunque con un deje de temor en la voz—. ¿Qué vas a hacer? ¿Seguir saliendo exclusivamente con patanes que quieren esa fama a toda costa, incluso si eso significa que nunca te querrán a ti? ¿Quedarte soltera toda la vida, cuando necesitas el amor como inspiración para crear, y como impulso para vivir?

—Vinny, te estoy haciendo un favor.

Al ver que no correspondo su contacto, se separa de forma brusca y me mira como si le hubiera traicionado.

—No, no me estás haciendo ningún puto favor. ¿Qué te crees? ¿Que soy una dama en apuros?

—Creo que eres un hijo ejemplar, un hermano protector y un gran amigo, y no vas a poder serlo si yo estoy en medio. O, si no, mírame a la cara y dime que seguirías conmigo a costa de la salud de tu hermana.

Vinny se aparta más aún, igual que si le hubiera dado

una descarga eléctrica. Pero eso le habría dolido menos. Busca en mi rostro un elemento familiar, asombrado por el golpe y dudoso sobre si despreciarme por ello.

—No tienes por qué caer tan bajo.

—No es caer bajo. Es contarte sin pelos en la lengua lo que va a suceder. Savannah ha estado protegida en una burbuja toda su vida, o, por lo menos, desde que le detectaron la enfermedad. ¿Cómo crees que sobrellevaría la exposición? Esto apenas ha empezado, y ya ha aterrizado en el hospital. Lo siento, pero esa chica me importa —agrego, quizá muy a la defensiva—. Y la conciencia no me va a dejar dormir tranquila si vuelve a verse en circunstancias similares. Si tú no me terminas odiando, me odiaré yo, y no sé qué es peor.

—Así que vas a tirarlo todo por la borda sin intentar buscar una solución.

—¡No hay una solución! —acabo gritando con los nervios a flor de piel—. ¡Y si la hay, no la he encontrado en diez putos años! ¿Por qué la ibas a encontrar tú, que acabas de llegar al planeta Alexia? ¿Por qué no te puedes largar antes de que la cosa empeore y nos impliquemos con el otro más aún? Mejor que sea ahora, que todavía no estás enamorado de mí.

Un silencio pesado se cierne sobre nosotros. El nudo en mi garganta solo se agranda, se intensifica, me ahoga tanto que noto que se me humedecen los ojos. Él no aparta su mirada de la mía, tensando más la cuerda sin darse cuenta… o, peor, sabiendo perfectamente lo que hace: obligarme a retirar eso que he dicho. Porque ni siquiera tiene que negar con la cabeza o señalarme lo ingenua que soy con una sonrisa triste para que capte el mensaje.

Ahora entiendo el porqué de su comportamiento anormal. No estaba pensando en dejarme. Solo estaba pensando en mí, a secas. Y no en lo malo que me rodea, sino en las virtudes que tengo y que tanto parecen gustarle.

Dicen que el amor vuelve callados a los hombres, y a las mujeres, más atrevidas. Es verdad. Yo no habría encontrado el valor para retirarme si no lo quisiera. En su lugar, me habría quedado con él, sin preocuparme por si estaba siendo egoísta o me engañaba a mí misma, como hice con Brian y con los demás.

—Alexia... —murmura, y vuelve a envolverme con su dulzura, esta vez cubriéndome las mejillas con las manos. Se inclina sobre mí y me besa para transmitirme lo que quizá no le ha transmitido a nadie, y que por eso se le atraganta: que a mí sí me quiere lo suficiente para alterar sus prioridades.

Por un momento, no entiendo nada de lo que está pasando. Sus labios solo me aturden más, me colman de unos anhelos que me he prohibido satisfacer. Anhelos que todavía hoy, meses después de conocerlo, me hacen sentir como otra persona; una que me gusta ser y que siempre obtiene lo que necesita. Me digo que no es posible enamorarse tan rápido, ni odiar la ausencia de alguien que aún no se ha ido; pero la voz interior me replica que lo que no es normal es que la química se produzca desde el principio, que una persona se acople a otra en cuestión de días, como si llevaran toda la vida caminando en la dirección del otro, queriendo encontrarse pero sin saber que se buscaban. Sin tener ni la más remota idea de qué era lo que echaban en falta, en realidad. Y me sigue costando creérmelo, porque yo no tengo tan buena suerte. Lo que tengo, lo poco que tengo, porque la fama no es nada, el dinero no es nada, nada es nada, ha sido producto del esfuerzo, del apoyo de los fans, de haberme rodeado de un equipo con conocimientos sobre el mercado, de ese porcentaje de suerte que a algunos les da la espalda desde sus comienzos. Todo lo demás, lo que de verdad ha dependido del azar o de mis decisiones, se ha torcido: Brian, Richie, Jacob, Kylie... y muchos más fracasos. ¿Por qué con

Vinny ha ido como la seda desde el minuto uno? Ni siquiera el hombre indicado del que habla todo el mundo suele llegar a la vida de una mujer sin hacer ruido en el proceso, y él se me ha metido bajo la piel antes de que pudiera preverlo.

Quiero romper el beso y pedirle que se largue antes de que decir adiós sea más difícil, pero él se me adelanta separándose de mis labios para atender el lóbulo de mi oreja, mi cuello, mi escote, mis hombros... Toca esos puntos secretos que ha descubierto que me vuelven loca y yo, entre jadeos, decido que no me puedo resistir. Que incluso tengo derecho a despedirme a mi manera; a darle la oportunidad de disuadirme a la suya, mucho más dulce.

Mis manos se dirigen velozmente a la cremallera de la chaqueta. Vinny se deja desnudar por mi impaciencia, la misma con la que él procura desvestirme a mí. Entre besos y pellizcos, entre gemidos y nombres susurrados, acabamos desnudos y empujándonos el uno al otro para llegar cuanto antes a una cama, un sofá, una alfombra... lo que sea. Casi agradezco que sea lo segundo y no lo primero, porque así no podrá ponerse cómodo abriendo una brecha de separación entre los dos: por limitaciones de espacio, tiene que tenderse sobre mí cuan largo e irresistible es, y poner su cuerpo macizo en contacto con el mío.

Ya siento el roce de su piel mucho más que familiar, porque en la familiaridad hay comodidad. Pero aunque con él esté como en casa, sigue surgiendo entre los dos esa chispa de nervios que me incita a demostrarle que puedo hacerlo mejor; que la próxima vez que quiera estar dentro de mí, tendrá incluso menos ganas de salir de la cama.

Le rodeo la cintura con las piernas para que ni una parte de sí quede desatendida, y aunque empieza a dolerme el pecho y a quemarme los pulmones, no renuncio a besarlo. Eso se convierte en todo lo que quiero en este mismo momento:

besarlo, devorarlo, acoplarlo a mí, dejar que me maneje, me manosee, me rompa. Lo que quiera. Lo que queramos. Y eso es cuanto hacemos, palparnos y lamernos; tocarnos la cara, los hombros, las cinturas. No tiene ni que poner su mano traviesa por debajo del ombligo para que sienta que ardo. La dulce fricción de su erección contra mi sexo es suficiente para ponerme a sollozar de necesidad, para activar el nervioso movimiento de cadera que le ruega compasión, o todo lo contrario: que le pide castigo.

Es la primera vez que no hablamos en el proceso, pero siento que es, por otro lado, el polvo más significativo. Viniendo de él, el silencio solo podía ser terriblemente elocuente; terriblemente honesto.

Cuando empiezo a temblar por las ansias, Vinny me penetra de un empellón. Un gemido ahogado es lo único que resuena en el silencio de la habitación hasta que vuelve a ganar espacio y empieza a empujarse contra mí. Una y otra vez. Hemos follado más lento y más rápido, más sucio y más violento, con mayor o menor ternura, pero ahora todo se mezcla porque las emociones están a flor de piel. La postura ayuda a que las embestidas sean más profundas, y que me mire en el proceso, apartándome el pelo de la cara, lo hace del todo perfecto.

—Lex... —murmura él antes de inclinarse para besarme la comisura de la boca.

—No me lo digas —consigo balbucear—. Ahora no.

—¿Y cuándo? Si me vas a echar en cuanto me corra. ¿O no? ¿Vas a tener piedad?

Me muerdo el labio para mantener a raya un gemido. Solo consigo negar con la cabeza, con tristeza y también con el injusto deseo de que se plante y me diga que de ninguna manera, que me va a convencer de lo contrario. Pero en el fondo él es el primero que sabe que esto solo puede acabar en una desgracia; que las circunstancias le están obligando a elegir entre su hermana y yo, y habría que estar completamente ciego o ser estúpido de remate para no saber dónde están sus lealtades.

Donde deben estar.

Donde también están las mías.

Vinny se inclina para tomar mis labios y aumenta el ritmo de sus movimientos. Siento que el fundido en negro me acecha; se me cristaliza la mirada y me estremezco entera. El orgasmo me alcanza siendo devorada por su boca impaciente y atravesada por las últimas estocadas. Me aferro más a sus hombros, pendiente de su liberación.

Vinny apoya la cabeza entre mis pechos y se corre como si le fuera la vida en ello. Yo le abrazo por el cuello y lo mantengo pegado a mí.

Parece que lo esté consolando, o que me quiera consolar yo.

Lástima que no crea que vaya a conseguirlo en ninguno de los dos casos.

24
Fake Idol
Alexia

No hay nada más inspirador que el desamor.
Pero eso yo ya lo sabía.
Como mis detractores no dejan de recordarme, me dedico exclusivamente a hablar de lo mal que me va con los hombres. Por desgracia para ellos, la cara B del álbum no va a contar cómo me dieron la patada, cómo no me quisieron suficiente o cómo aguanté lo indecible porque pensaba que, así, algún día, ese hombre que yo creía que encarnaba mis sueños caería rendido a mis pies.

Spoiler para las confundidas: eso nunca pasa. Perdonarle los desmanes a un tío solo sirve para que te pase por encima una y otra vez.

La cara B del disco, la que estaba obsesionada con abordar para dar rienda suelta a mi pasión, no habla de nada similar. Habla de que basta con que llegue una persona que te quiere bien para darte cuenta de hasta qué punto has estado equivocada.

¿Sobre qué?

Pues sobre todo.

Habla del dolor verdadero, el que se siente cuando alguien que adoras se marcha; no del sufrimiento morboso que a veces nos inventamos o exageramos para glorificar experiencias descorazonadoras y así no tener que aceptar que hemos estado perdiendo el tiempo y, en el fondo, no estábamos enamoradas de ese tipo con el que la relación era una montaña rusa con subidas y bajadas bruscas, sino que nos habíamos empecinado en romantizar una idea de él absolutamente irreal. Habla de que, a veces, en una relación que te da cuanto necesitas, la rutina se impone o los demás interfieren, y ese milagro que iluminaba tus días se va al traste sin que tú puedas hacer nada para impedirlo, y ¿cuánta impotencia hay en eso? No se puede cuantificar.

Habla de qué es, en realidad, enamorarse. No es poner las virtudes de ese hombre por los cielos para no ver que te lleva a los infiernos, ni fantasear con que demuestra su amor insuficiente con gestos que nunca han estado en su carácter, ni tolerarle desaires con la excusa de que nadie es perfecto, o peor: porque aún se tiene la absurda esperanza de que algún día cambiará.

Habla de cómo he abierto los ojos gracias a Vinny.

La cara B de este álbum es mi proyecto más personal hasta la fecha. Por las letras y por los ritmos. Es como regresar a casa a los treinta en el mismo cuerpo, solo que curtido y con una serie de experiencias que respaldan tu nueva filosofía, y encontrártela exactamente igual que como la dejaste. Me ha supuesto unificar lo clásico con lo novedoso, aportar lo que fui a lo que soy hoy.

Puedo decir, pues, que tras estas dos semanas grabando sin salir del estudio, probando distintas melodías con Don, estoy tan orgullosa de lo que he creado que el miedo se ha disipado.

Da igual si no le gusta a nadie, porque, por primera vez en años, me gusta a mí.

—¿Preparada? —pregunta Jerry.

Lleva mirándome con recelo desde que he entrado anunciando, y sin agachar la cabeza, que la maqueta está lista. Es él quien no parece contento porque haya seguido sus instrucciones al pie de la letra. He compuesto un disco con veinticinco pistas divididas en dos secciones, tal como me pidió, pero salta a la vista que tenía la esperanza de que me arrepintiera de mi atrevimiento y regresara a su despacho con tan solo quince temas poperos.

No puedo culparle porque lo pensara. Lleva diez años sucediendo.

—Cuando tú lo estés —respondo, tranquila.

En el estudio de grabación, que va a reproducir ahora el álbum completo, solo estamos él, Lara Cosima y yo. Le he pedido a los técnicos que se marchen y me den intimidad con las dos personas que todavía no confían en el proyecto. Don siempre me respalda ante la cúpula cuando quiero arriesgarme con una canción más *indie*, más *folk*, más *country*..., pero hoy no necesito ni quiero niñeras que hablen en mi nombre.

Con todo lo que viene pasando desde que me despedí de Vinny en la puerta de mi apartamento, me siento más que preparada para defender mi creación con uñas y dientes.

—Adelante —dice Jerry.

Se reacomoda las gafas de sol sobre la nariz, que hoy tienen los cristales anaranjados, y se recuesta de brazos cruzados. No es la mejor actitud para asistir a una sesión de escucha, pero ya sabía que iba a ser duro de pelar, cuando no un grosero redomado.

La gente se cree que se le van a permitir todas las actitudes simplemente porque está podrido de dinero.

Lara Cosima va de un lado para otro, angustiada por las futuras valoraciones de la discográfica, que prevé negativas. Esa falta de confianza en mí me ha dolido, y no cuento con hacer caso omiso como he hecho con otras tantas previas, incluso si todas se han dado en el contexto de favorecerme como artista. Me lanza miradas vacilantes porque no le he respondido a una sola llamada en quince días, porque tengo el pelo sucio, porque sospecha que mi apariencia zen no se corresponde con mis ánimos convulsos.

Intenta no fijarse en la grasa de mi cuero cabelludo, pero hay aspectos de la imagen que son superiores a ella, y su gesto horrorizado acaba aterrizando en mi coronilla oscurecida, mal disimulada con el *clean look* que me enseñó apoyándose en las mentes maestras de TikTok.

Lo preparo todo para empezar la reproducción, y un segundo después, el instrumental de la primera pista inunda la habitación. La expresión de Jerry se suaviza, como si hubiera esperado que la cara B comenzara con un solo de guitarra eléctrica.

Me habría echado a reír por su reacción si tuviera energía o humor.

O si no llevara anestesiada desde que corté toda mi comunicación con Vinny.

Con el mundo exterior, en general.

Todavía no he decidido cómo me siento. No lo sé. No sé nada. Me he encerrado en el estudio con el móvil desconectado y he dormido hecha un ovillo en el sofá. Solo porque me estuvieron rogando, angustiados por mi estado, permití que Don y quienes le tomaban el relevo me cuidaran en la medida de lo posible trayéndome algo de comer de la máquina expendedora.

Si no fuera tan difícil perder kilos pasada la adolescencia, habría adelgazado dos o tres en el transcurso de estos días.

Apenas he pegado ojo, y, cuando lo he hecho, solo he soñado con el álbum. Es lo que conlleva bloquear tus pensamientos y emociones hundiendo la cabeza en el trabajo: que este se convierte tanto en tu salvación como en tu condena.

Por desgracia para Jerry, la reproducción de la cara B no

es lo que esperaba. Lo sé incluso antes de que se extingan las últimas notas de la cuarta pista. Ni siquiera hemos llegado a la mitad cuando se pone de pie y empieza a dar vueltas por la habitación.

—¡Esto es espantoso! Es decir... No es espantoso en el sentido de malo —se obliga a corregir a desgana—. Tiene calidad. Pero suena demasiado...

—¿Rockero? —completo en tono desapasionado.

—¡Exacto! —me apunta con el dedo—. Me has quitado la palabra de la boca. Sabía que me entenderías, Lex... —continúa en tono meloso.

—Quedamos en que una parte del disco tendría canciones encuadradas en el género, Jerry —le explico con lentitud, como si estuviese hablando con alguien corto de entendederas. Todavía no descarto que lo sea en cuestiones ajenas al marketing, como los sentimientos humanos—. No comprendo tu sorpresa, y menos todavía ese «sabía que lo entenderías». ¿Qué pretendes decirme?

—A ver, Alexia. Cedí a esa cara B porque me pusiste contra la espada y la pared —me recuerda, pero su mirada resentida cae sobre Lara Cosima, que es quien consiguió el trato—. Y porque quería que vieras que apoyo tus ideas, por supuesto. Pero esto... esto es... —Tuerce el gesto, espantado—. ¿No roza el heavy metal?

Huelga decir que los productores musicales no suelen tener mucha idea sobre música. Simplemente son los que mueven el dinero y pueden permitirse un equipo de abogados que te apriete las tuercas si en algún momento olvidas dónde estampaste tu firma con diecinueve años y ninguna idea de lo que estabas haciendo.

Ellos sí sabían que te estabas metiendo en la boca del lobo, por otro lado, pero les encantaba la idea de conducir a Caperucita hasta la bestia disfrazada de abuela sin un asesor legal que respaldara sus intereses. ¿Que seas guapa? Genial, saldrás bien en las fotos, en los videoclips, en las portadas de las revistas. ¿Que tengas talento? Estupendo. Ganarás premios que te ayudarán a posicionarte en las listas de Billboard, Los 40, MTV... ¿Que estés a la deriva porque eres joven, inexperta y no conoces los entresijos y perversidades industria? Eso es, con diferencia, lo que les convencerá de ofrecerte un contrato: que seas maleable como la plastilina y acates órdenes igual que un soldado raso.

—No, no roza el heavy metal —aclaro, pero sé que la verdad no va a disuadirle de lo que ya ha decidido: no va a financiar la salida al mercado de este disco.

—Las letras están bien, supongo —murmura Jerry. Busca soluciones mientras se rasca la barba—. Pueden reutilizarse en un momento dado...

—¿Reutilizarse?

Jerry me enfrenta con gesto sombrío.

—Alexia, cariño, no pretenderás que te publique esto, ¿verdad? Las canciones pop me encantan, son perfectas —prosigue con suavidad—. Y tienes suficientes para que el disco salga solo con ellas. Será más corto de lo acostumbrado, pero siempre podemos sacar el álbum *deluxe* el mes que viene. O cuando hayas empezado la gira, si no te da tiempo; la gente se habrá puesto a escucharlo de nuevo, las pistas principales se habrán posicionado otra vez en las listas, y...

Me giro hacia Lara Cosima en busca de una aliada. No para que me defienda, sino solo para compartir con ella mi estupefacción, la rabia que noto cociéndose bajo las capas y capas de asfalto bajo las que he intentado enterrar mis emociones.

Mi amiga se ha quedado de una pieza también, pero más que furiosa, parece resignada.

—Me lo prometiste —se me ocurre decirle a Jerry.

Es un reproche patético.

No tengo nada mejor, me temo.

—Bueno, sí, te di cierta libertad —cede a desgana, molesto con el que anticipa un numerito sentimental—, pero lo hice de boca. No se firmó nada al respecto, así que no existe ninguna obligación contractual por parte de la discográfica. Además de que se lo advertí a tu representante. Si no me convencía tu proyecto, podría descartarlo.

—No dijiste eso, Rowland —le reprocha Lara Cosima con frialdad.

—Sí lo dije. Y es tu palabra contra la mía, porque no hubo más testigos durante nuestra conversación —determina Jerry—, así que buena suerte si quieres hacer algo al respecto. Conociéndote, intentarás sacar adelante una demanda. Por eso, déjame decirte de antemano que no prosperará.

Por lo general, el jefe intenta mostrarse como un buen tipo, flexible y preocupado por el bienestar de sus artistas. ¿Por qué? Es perfecto para la prensa, y te garantiza la confianza inicial de tus futuros esclavos.

Pero no es más que pura fachada. En el fondo es un depredador, un tiburón de los negocios que devorará a quien ose interponerse entre un éxito rotundo y el dinero que percibirá por él.

Cuando ha sacado su lado cruel, siempre me he achantado. Tiene el poder suficiente para destruirme. Yo soy la cara que se muestra al mundo; Jerry Rowland es quien lo hace posible, y ha puesto sus huevos en todas las cestas de la industria. Si quiere cerrarme las puertas, me quedaré fuera, y tiritando.

Pese a ello, no sé por qué, no me dejo vapulear. Quizá porque recuerdo a tiempo a Vinny diciéndome que soy Alexia Lux, y que todo en esta vida tiene remedio. No estoy en una isla, cercada por agua; no estoy en un suelo minado.

Este tipo es solo un tipo, mortal y, además, patético.

Y, lo que es más, yo también puedo pagarme un equipo de abogados.

—Solo para asegurarme —retomo con voz neutra—, ¿no piensas publicar el álbum tal como está bajo tu sello discográfico?

—No —ataja con naturalidad—. La cara A o nada.

Inspiro hondo y suelto el aire con lentitud.

—Que sea nada, entonces.

—¿Qué? —jadea Lara Cosima, poniéndose en pie de golpe—. ¡Lex! No, no, no. No le prestes atención, Jerry, no está pensando con claridad. Voy a salir a hablar con ella un momento, y...

—Estoy pensando con tanta claridad que me voy a elevar como Dios —la interrumpo con un desdén que la deja inmóvil en el sitio.

—¿Cómo has dicho? —replica él en tono amenazante—. Te recuerdo que tienes un contrato con nosotros, y que bastante he hecho por ti ya financiando esa parte de rock que podría habernos llevado a la ruina económica...

—¿Cuánto dinero ha sido? —le corto.

—¿Perdón?

—Que cuánto dinero ha sido —exijo saber con paciencia—. Si no me lo puedes decir ahora porque no lo sabes con exactitud, averígualo. Y, cuando lo tengas, envíame la factura. Te pagaré hasta el último centavo.

Jerry pasa de la perplejidad a la rabia.

—¡No quiero el dinero! ¡Quiero que...!

—Pues lo vas a tener que aceptar para que estemos en paz. Y prepara a tus abogados para que litiguen con los míos, que se pondrán en contacto con vosotros tan pronto como les transmita mi deseo de rescindir el acuerdo.

—Lex —gimotea Lara Cosima, que se me acerca por detrás con las manos en alto. Parece que tenga que calmar a una bestia desatada. Incluso si eso fuera así, soy la bestia desatada más letal dentro de la mansedumbre que está demostrando del planeta entero—. No hagas nada de lo que te puedas arrepentir. Esto...

La freno levantando una mano.

—No me lleves la contraria ni cuestiones mis decisiones nunca más —le advierto—, ni en público, ni en privado. Sé perfectamente lo que tengo que hacer, cómo y con quién. Y, a partir de ahora, será muy lejos de aquí.

—Estás cometiendo un grave error —me asegura Jerry. La rabia hace temblar su labio superior—. Ese contrato estipula que no puedes librarte de mí sin antes darme un último disco, y tenemos preferencia sobre otras discográficas para...

—No —le acallo, ya al límite de mi tolerancia. Me atrevo a apuntarlo con el dedo, furiosa—, tú estás cometiendo un grave error. El error de tu puta vida. No tienes a un solo artista de mi talla en toda tu cartera de clientes. Puedes costearte una mansión en Santa Mónica y un viajecito anual a las Maldivas gracias a mis ganancias. Cuando debas vender tu casa, y cuando te quedes en números rojos porque has invertido tus ahorros para defenderte de mis abogados, te acordarás de mí. Te acordarás de hoy, Jerry, y de que deberías haber dado tu brazo a torcer antes de que se te partiera.

Recojo mi maqueta, el ordenador que contiene las pistas, el pendrive... Todo aquello que protege mi proyecto, un proyecto desde hoy sagrado y, por ello, intocable. Ya a salvo en un bolsón cerrado con cremallera, abandono el estudio sin mirar atrás.

Odio que mi primer pensamiento al salir sea que Vinny estuvo aquí, conmigo, no hace mucho tiempo; que si no hubiera sido impulsiva y justa, ahora podría sacar el teléfono del bolsillo y llamarlo para proclamar mi victoria y decirle que lo quiero, que sin sus ánimos y su inspiración jamás me habría enfrentado a nadie. Y que esto sea lo primero que viene a mi mente significa que la discusión ha resquebrajado la cómoda indolencia en la que me había refugiado y que sigo necesitando para gozar de una mínima estabilidad.

Lara Cosima me alcanza en el ascensor para así poner a prueba la fibra de cordura restante, esa que me está salvando de perder la cabeza.

—Lex, no hagas esto. Por favor, vuelve con Jerry y discúlpate, dile que era una broma, que es el día de los Inocentes... Debe de serlo en algún país, ¿no? En Mozambique, a lo mejor. Le comentas que tienes familia allí y que por eso te has confundido —insiste a la desesperada. Le cae una gota de sudor por la frente, arramplando con su perfecto maquillaje—. Lex, solo es un disco más, solo has de aguantar el último tirón...

Le sostengo la mirada, incapaz de comprender el motivo de su nerviosismo. Sé que cualquier error de cálculo puede alterar la paz de Lara Cosima, meticulosa hasta lo enfermizo, pero mi numerito la ha llevado al límite de su tolerancia, y ¿por qué?

—¿Tanto te importa? —inquiero con recelo—. ¿Es por el dinero? Te pagaré lo mismo así mis ventas desciendan un noventa por ciento.

—¿Dinero? —Está a punto de desmayarse por la impresión de que la acuse de materialista, incluso si lo ha sido toda la vida—. ¡Por supuesto que no es por el dinero!

—¿Y por qué es? Eres mi amiga —señalo, remarcando cada sílaba—. Te lo recuerdo por si lo habías olvidado.

La confusión le desencaja la cara.

—¿Qué? ¿Cómo iba a olvidarlo? ¿A qué viene eso?

—Lo digo porque ya ha pasado antes. Lo de que priorices mi fortuna, mi fama y mi imagen en detrimento de mi felicidad. Necesito que ahora abogues por mi estabilidad mental y los proyectos que me ilusionan, no por la conveniencia contractual —recito con una falsa serenidad que no sé por cuánto más tiempo lograré mantener—. Si pidiéndotelo así, sin ambages, sigues de parte de Jerry...

Dejo la frase en el aire, porque no estoy muy segura de qué quiero decir.

—¡Alguien tiene que preocuparse de tu fortuna, tu fama y tu imagen en este momento, y es obvio que esa persona no vas a ser tú! —rezonga, enfadada. ¿Enfadada? ¿Ella? *Ya hay que tener valor*—. Alexia, no te estoy diciendo que renuncies al estilo nuevo que quieres probar...

—No es el «estilo nuevo que quiero probar». Es *mi* estilo —le recuerdo, apuntándome al pecho—. El original. El que comenzó en el garaje, contigo y conmigo soñando sobre una manta de pícnic manchada de grasa de motor, betún y Fanta de limón. El que sacrifiqué hace diez años siguiendo tu consejo, y todo para ser relevante en la industria. A lo mejor ya no quiero seguir siéndolo si el precio es ser manipulada.

—¿Manipulada? ¿Por mí, quieres decir? ¿Y a qué viene eso de «siguiendo mi consejo»? —repite, pasmada—. ¡Yo no fui la única que te lo recomendó, y tú estabas tan ansiosa por convertirte en lo que eres que aceptaste sin reservas!

—Por supuesto que tenía mis reservas. Pero a nadie le importó una mierda —le gruño con resentimiento.

—Mira —empieza ella, esforzándose por mantener el tipo—, eso lo debatiremos otro día, cuando estés en condiciones de...

—No, no vamos a debatirlo, porque no es negociable. ¿Por qué intentas pasarme por encima todo el tiempo? —me desespero. Es al pronunciar en voz alta lo que lleva rondándome largo tiempo cuando se me humedecen los ojos—. ¿Es que no escuchas lo que te estoy diciendo?

—¡No intento pasarte por encima, Alexia! Solo te estoy sugiriendo que esperes un poco más y renueves tu imagen dentro de un año, o de dos... Cuando el rock esté de moda, o cuando después de tantear grupos de posibles consumidores, hayamos planeado una estrategia publicitaria para que incluso si no se lleva, tú solita te conviertas en el rock personificado.

—Lo necesito ahora —atajo con sencillez.

Ella emite un jadeo indignado.

—¡Un excelente día para sacar a la caprichosa que llevas dentro!

Su respuesta me deja de una pieza.

—¿Caprichosa? —levanto la voz—. ¿No estar sometida a los dictámenes de un millonario perverso y sin pajolera idea de música es un capricho? ¿Poder tomar decisiones sin que me las eche atrás hasta mi propia representante es un capricho? ¿Hacer lo que quiero por una vez en diez años, diez malditos años, y todo porque de ello depende mi cordura, es un capricho?

—¡Pues sí! ¡La vida no es una sucesión de días de vino y rosas, Alexia! ¡Cuando uno quiere algo, como en este caso vivir de su arte, ha de hacer sacrificios! ¡Sacrificios muy duros!

—Lo sé, y ya lo has visto: he sacrificado a Jerry para vivir de mi arte, no de su producto comercial de mierda. ¿Te tengo que sacrificar a ti también, Lara Cosima, o vas a apoyarme?

Ella se queda helada al oír mi arrebato, y yo tampoco reacciono con indiferencia a las implicaciones de mis propias palabras.

—¿Estás amenazando con despedirme? —consigue articular con los ojos muy abiertos.

—Supongo que sí —suspiro con hastío. Se le desencaja la mandíbula al escucharme—. Si ya no voy a ser una celebridad creada para el consumo popular, no necesito una representante sin escrúpulos que me ayude a mantener esa imagen de niña que no ha roto un plato. Quizá deba buscar a una persona que me apoye más a mí y tenga menos en cuenta la opinión del público. O quizá deba representarme a mí misma y hacer este camino sola.

Justo en ese momento, el ascensor llega a su destino, la planta baja, y las puertas se abren. Pero Lara Cosima se las apaña para situarse justo entre los sensores, y me bloquea el paso extendiendo los brazos.

—No me vas a hacer quedar como la villana por limitarme a desempeñar mi trabajo, Alexandra Landry —determina con severidad. Tiene los ojos vidriosos por las lágrimas, y no sé cómo lo percibo cuando una lámina de humedad opaca también los míos—. Y ya que estamos con las verdades, permíteme decirte que esta tampoco es la primera vez que haces eso: cuestionar mi amistad o mis buenos sentimientos solo porque he de pensar con la cabeza fría para que sigas estando donde estás. En lo más alto, que no es poco; que es, de hecho, lo que me pediste en ese garaje —agrega—. Pero si quieres echar por tierra todo mi esfuerzo y ser quien tú quien lleve tu carrera, adelante, porque yo no voy a permitir que me trates así.

La barbilla le tiembla al concluir su alegato.

Eso no me detiene.

A veces, tu vida depende de tener la última palabra.

—¿Y yo sí he de permitir que me trates como a una adolescente rebelde, como a una oveja descarriada?

—¿Es que no te has dado cuenta de que lo eres? —jadea, pasmada con mi presunta ingenuidad—. Tienes talento y presencia, eso no lo voy a negar, pero no estás al día de las tendencias y eres demasiado emocional. Sin alguien que te pare los pies, dinamitarías tu carrera en cinco minutos: los cinco minutos que has hablado con Jerry. O dime que me equivoco, venga. Dime que no estás amenazando a tu sello discográfico y despidiendo a tu mánager porque desde que rompiste con Vinny cualquier excusa para dejar salir tu rabia es bienvenida.

—No metas a Vinny en esto —la advierto con la voz ronca.

Lara Cosima compone una mueca exasperada.

—¿Cómo no voy a meter a Vinny en esto, si Vinny *es* esto? Permites que un hombre que no sabe cómo funciona la industria te meta propuestas descabelladas en la cabeza. ¡Y ese idealismo dañino ni siquiera es lo peor! Te conduces por la vida con el corazón en la mano, y si no estuviera yo para apaciguar tus arrebatos, mantener a raya a los medios y pasar noches en vela tramando estrategias que blinden tu vida personal, ya te habrías liado a bofetadas con los paparazzis o habrías salido hecha un cuadro a la calle.

—Lo capto, Lara Cosima —respondo con sequedad—. No soy nada sin ti.

—¡No he dicho eso! —Se lleva las manos a la cabeza, desesperada—. ¡Solo estoy poniendo mi trabajo en valor, porque tú siempre lo das por sentado y, cuando no, directamente lo demonizas! Todo el mundo necesita a alguien que le ayude, que tome las mejores decisiones en su nombre cuando él no puede por circunstancias personales, y...

—Oh, llevo diez años de «circunstancias personales» y no me he dado ni cuenta. Mira, creo que ya has cumplido con tu parte durante el tiempo suficiente —concluyo, hastiada con la conversación, y también con un miedo aterrador a que siga escalando en intensidad y acabemos dirigiéndonos acusaciones que jamás olvidaremos—. Se acabó, Lara Cosima. Ya no trabajas para mí.

La esquivo tratando de mantener la compostura, pero me tiemblan las piernas, las manos, y tengo un nudo en la garganta del tamaño de una pelota de tenis. No me sentí tan mareada y fuera de mí misma ni después de romper con Vinny, porque, de alguna manera, este despido lo siento también como un adiós a nuestra amistad. Siento como si cortara todos los lazos de los que pendía mi estabilidad mental.

Aunque ya la he dejado atrás y una señorita bien de Luisiana jamás perdería los papeles berreando en público, Lara Cosima tiene que tener la última palabra:

—¡Solo me estás dando la razón! —grita a mi espalda—. ¡Si ahora mismo pudieras pensar con claridad, verías por qué eres incapaz de cuidar de ti misma! ¡Estuviste a punto de arruinar el espectáculo de la Super Bowl por un tuit, has cortado toda relación con Vinny por un accidente que escapó a tu control y ahora me mandas al infierno porque con alguien debes pagar tu miseria! ¡No puedes evitar sabotearte a lo grande cuando estás dolida! ¡Y que sepas...! ¡Que sepas que no todo el mundo lo comprenderá como yo siempre he intentado entenderte a ti!

No me molesto en responder. Ya he alcanzado la puerta de salida y pronto estaré sentada en el coche, refugiada en el confortable silencio de Oliver.

Pero sí, si pudiera pensar con claridad, le diría que tiene razón. No puedo evitar sabotearme cuando estoy dolida. Sí, leí una estúpida noticia sobre Brian y decidí no cantar en la Super Bowl. Es más: descubrí que estaba saliendo con Willa, y decidí meterme en camisa de once varas por despecho yendo hasta Boston, hasta Vinny, para proponerle una relación mediática que me haría sentir bajo escrutinio, manipulada por nuestros representantes y, en definitiva, una farsante en mi propia piel. La prensa me acosa y me persigue como nunca, y en lugar de compartir ese sufrimiento con él, o con mi mejor amiga, que es la persona que más quiero en este mundo, decido dejarlos a dos.

Como si fuera su culpa.

O como si fuera la mía.

Y todo porque alguien debe tenerla..., ¿no?

En algún momento de mi vida, no sé por qué, interioricé que a la desgracia le gusta la compañía. Desde entonces, actúo como si coleccionar tragedias fuera mi deber.

No tengo ni que esperar a calmarme para entender de dónde viene Lara Cosima. Y es que de no haber sido por ella, por su gestión, por la fuente inagotable de ideas que es, por ser cansina y agobiante y un puñetero grano en el culo, habría sufrido como una miserable... y no habría salido jamás de Abita Springs.

Pero ¿a nadie más le pasa como a mí? ¿Nadie ha llegado nunca a un grado de frustración tal que solo quiere mandarlo todo al infierno?, ¿todo lo malo... y todo lo bueno? La gente normal se queda en el primer paso, en la fase del pensamiento, en esa fantasía morbosa de hacer lo que yo he hecho.

Yo, en cambio, paso a la acción y arruino cuanto sea necesario.

Por lo visto, es mi puta especialidad.

¿Querías soledad, Alexia Lux? Pues toma dos tazas.

25
We Would've Been The Happiest
Vinny

Considerando que el último partido de la XFL cae en el día presente, 13 de mayo, y mi contrato con Alexia finalizaba dos días después, esperaba llegar a mediados de mes henchido de ilusión; preparado para arrasar en la segunda liga del año y romper el papeleo en las narices de la artista para formalizar lo nuestro a la vieja usanza. Pero apenas quedan unos minutos para enfrentarnos a los Defenders, y lo único en lo que pienso es en que no habrá celebración después. Porque, si es por no haber, no habrá chica animando en la grada, ni chica que luzca mi camiseta, ni chica que me saque una sonrisa con sus ingenuas preguntas sobre las posiciones de fútbol.

Hace un par de semanas que no sé nada de ella. Y no es porque me haya forzado a no consultar las últimas noticias del mundo cultural, sino porque se las ha apañado para desvanecerse de la faz de la Tierra. Los paparazzis ni siquiera han podido sacarle una foto realizando el irrisorio trayecto del coche al portal de su casa.

Quizá porque ha cambiado de domicilio. Se supone que también se ha cambiado de número, o a esa conclusión llegó Toots la mañana que regresé a Boston después de pasar la última noche con Alexia.

No me quedó otro remedio que soltar la sopa. Me vio nada más cruzar el umbral, y eso fue todo. No me enorgullezco de decir que no entré en las mejores condiciones. Y no, no es porque sea de los que beben para ahogar las penas o de los que descargan sus frustraciones hundiendo los nudillos en la pared más próxima. Es solo que las decepciones se me notan.

—¿Cómo que te ha dejado? —jadeó, perpleja.

—Lo que oyes.

—¿Por qué? —Se apresuró a levantarse del sofá para ir a mi encuentro y medir de cerca mi estado de ánimo; igual de lamentable que tres metros más lejos—. Si todo iba sobre ruedas, ¿no? Es verdad que la he visto algo estresada últimamente..., pero pensaba que era por el álbum.

—El álbum la trae por la calle de la amargura, sí. Parece ser que no era lo único.

Tuve que darle la respuesta larga, porque no se conformó con mis balbuceos evasivos. Me sentó a la mesa de la cocina, me preparó una de esas repugnantes infusiones que asientan el estómago y me obligó a desembuchar hasta que logré salir de mi entumecimiento generalizado y comenzar a discernir qué opinión me merecía la película.

Hasta el momento había estado pensando en ella y en que sus razones eran legítimas. De hecho, se me ocurrió que era más valiente que yo por dar el paso necesario. Recuerdo haber sonreído con amargura porque por fin me había topado con lo que estaba buscando: una persona que pusiera en primer lugar lo que para mí era prioritario.

Pero ¿a qué precio?, me pregunté justo después.

—No me lo puedo creer —concluyó Toots, debatiéndose entre la pena y la rabia—. Voy a llamarla ahora mismo.

No me negué porque seguía intentando decidir cómo me había sentado la ruptura.

Más allá de como una patada en las pelotas, quiero decir.

Experimenté una mezcla de tristeza, rabia, incomprensión; un ramalazo de amor súbito y un agradecimiento que no habría sabido verbalizar. Pero, sobre todo, impotencia por tener la certeza de que no daríamos con una solución ni juntos ni por separado.

En este caso, dos cabezas no piensan más que una.

De hecho, que hubiera dos cabezas involucradas en un idilio romántico era justo el problema.

—Lo tiene apagado —se lamentó mi hermana, mirando la pantalla iluminada con resignación—. Le mandaré un mensaje.

—Basta, Toots. Ha tomado su decisión.

—¡Una decisión basada en que yo me tropezara al bajar unas escaleras! Lo siento mucho, Vinny, pero soy muy egoísta —anunció con ironía— y no voy a permitir que me responsabilicéis de vuestra ruptura. Quiero dormir en paz por las noches, ¿vale?

—Lo tuyo ha sido la gota que ha colmado el vaso, no la única razón.

—Sí, ya, luego está lo de DiMarco, lo de mamá...

—A lo mejor hasta tiene razones ocultas —insinué en mi desesperación—. Aunque no le ha resultado sencillo cortar conmigo, eso lo sé yo muy bien, que haya podido hacerlo significa o que tiene mucho valor, o que no le importo tanto como pensaba.

Toots dejó de mirar la pantalla del móvil para fulminarme con un vistazo perdonavidas.

—¿Qué dices, idiota? ¡Si esto es un caso de «si le quieres, déjalo ir» de manual! Piensa que te está haciendo un favor, y no os podéis ni imaginar los dos cuánto se equivoca. Si algo le gusta más a los fans que una nueva relación amorosa, eso es una ruptura. Dándote la espalda va a lograr el efecto contrario: que me persigan el doble, y no porque yo pueda ser un miembro añadido e interesante del cuadro familiar, sino para interrogarme sobre lo que ha pasado entre los dos.

Imaginar a mi hermana de nuevo en una situación de acoso borró la autocompasión de mi lista de tareas pendientes.

—No voy a permitir que eso pase.

Toots paró de teclear frenéticamente en su móvil, dejando a medias el mensaje para Alexia, y me miró con la ternura exasperada que yo le dirigía cuando era niña y sugería alguna ingenuidad. Fue una de esas situaciones chocantes en las que reparé en cuánto ha crecido, en lo sabia que es y en lo poco que yo he tenido que ver con su salida del cascarón, tan obsesionado como he estado siempre con retenerla un rato más en el nido.

—Es que tú no puedes hacer nada para permitir o impedir, Vinny, y ella tampoco —concluyó con cansancio—. Es algo con lo que los dos tendréis que aprender a vivir si entra en razón y os dais otra oportunidad. No sois las primeras personas en este mundo que se ven en una situación parecida, y en este caso, eso del «mal de muchos, consuelo de tontos» tiene que serviros para recapacitar. La gente es acosada por la prensa y sale adelante. ¿Por qué no lo ibais a hacer vosotros? Solo necesitáis adueñaros de la narrativa.

—¿Adueñarnos de la narrativa?

—Ajá. Decidir qué fotos salen a la luz, qué personas de vuestro entorno se prestarán a ser retratadas por la prensa, cuánta información se filtra... Las estrellas pueden tener vida privada si se organizan, Vinny. Quizá solo hasta un punto, pero se puede, porque ya ha sucedido que de pronto se destape un escándalo ocurrido en el set de grabación de una película de los dos mil; uno del que nadie supo nunca nada.

—En los dos mil, las redes sociales no eran tan problemáticas como ahora.

—Lo sé, pero siguen sin ser omniscientes. —Suspiró, triste al ver que no conseguía hacerme entrar en razón. Soltó el móvil sobre la mesa de la cocina para sentarse a mi lado. Me cogió de la mano y la apretó cariñosamente hasta que yo enfoqué la vista en ella. Vi en su rostro la determinación de mi madre, la mía cuando me he propuesto poner el mundo a mis pies—. Estoy segura de que acabará volviendo en sí misma. Apuesto a que ahora solo está asustada, pero, al final, Lex es como todos nosotros: solo quiere ser feliz. Y nadie huye por mucho tiempo de un lugar o una persona que le alegra la vida.

Al principio elegí, de forma voluntaria, aferrarme a esa teoría optimista. Era cierto que Alexia se había despedido de mí a lo grande y, al mismo tiempo, me había mirado como si no tuviera la menor intención de abandonarme. Pero conforme pasaron los días y no solo no tuve noticias sobre ella, sino que ni la prensa publicó novedades, ni tampoco Toots logró contactar con ella, la voz interior empezó a machacarme con que estaba siendo esa clase de imbécil en el que nunca quise convertirme: el que se autoengaña aun cuando le han puesto las cartas sobre la mesa porque es demasiado débil para encajar la verdad.

Y es que la verdad estaba ahí, delante de mis narices. Por unas razones o por otras, y sin entrar esta vez en si eran o no legítimas, en si la hacían o no una bella persona, Alexia había decidido terminar la relación. Mi deber no era estar colgado del teléfono e ir como un alma en pena hasta que se le ocurriera salvarme de mí mismo. Mi deber era aceptarlo y seguir adelante.

Claro que no llegué a la fase del duelo relativa a la aceptación en cuestión de veinticuatro horas. La negación me duró bastante más, y eso antes de que llegara la etapa de los arrebatos irascibles, en los que ni me reconozco.

Hoy puedo decir que no he conseguido librarme de la rabia que me entró una mañana en el cuerpo y que no ha parado de sacudirme desde entonces. Rabia porque incluso si me dio motivos, e incluso si estoy conforme con dichos motivos, mi mente rehúsa amistarse con ellos y opta en su lugar por inventar líneas argumentales alternativas que me ayudarán a sobrellevarlo, así sea a través del odio. Pienso que, después de todo, quería librarse de mí porque nunca me quiso, o que he dejado de servirle para sus estrategias comerciales y su lavado de imagen ahora que no va a ser más esa Alexia Lux en tonos pastel y canciones acústicas, sino una Alexia Lux con sombra de ojos desvaída y guitarras eléctricas.

Soy injusto con ella, y una parte de mí es consciente, pero una vez esta teoría ha entrado en mi mente, no he podido convencerme de que no es más que una patraña. A fin de cuentas, ¿es o no es cierto que nunca me dijo que me quisiera? ¿Es o no es verdad que ni siquiera confesó que le gustara?

A lo mejor solo se sentía atraída por mí, y a lo mejor eso debería bastarme.

Quizá la misma Alexia pensó que me bastaría porque no me da miedo hablar sucio y la desnudo donde pillo, porque halagué más veces sus encantos femeninos y sus talentos manuales que su ingenio o su lado artístico.

Entonces, ¿me lo busqué yo por tardar tanto en expresar mis sentimientos?, ¿o en el fondo estoy mejor sin alguien a mi lado que, en teoría, no me valora?

—Joder, macho —gruño en voz alta.

El barullo que había liado a mi alrededor, cortesía de los Boston Beasts que se preparan para la acción, cesa de repente. Diez tíos se giran para mirarme, tres de ellos con especial fijación. Finjo no percatarme de que me someten a un intenso escrutinio y se giran para cuchichear mientras termino de colocarme las protecciones.

Me repito que he de concentrarme en el juego, si no por mí, por mis compañeros. Hoy se juega la final de la XFL contra los Defenders; tanto si ganamos como si no, y más nos vale ganar, ya disfrutaré de tres meses de descanso para lamerme las heridas hasta que empiece de nuevo la liga nacional.

Aunque si este prolongado episodio de autocompasión cesara de repente, no me opondría.

—Oye —me llama Noah, dando un paso adelante. Los tres idiotas han disuelto el corro de la patata para enfrentarme con toda la pinta de llevar a cabo una intervención.

Cómo no, el *quarterback* la comanda. Es el más prudente —Ash peca de benevolente en exceso, y DiMarco es un caballo desbocado—, el que mejor habla —estudió una carrera de letras en la universidad, ahí donde se le ve—, el que no permite que los conflictos afecten a su ánimo y ni mucho menos a su modo de jugar... Es, de lejos, el más frío de los cuatro.

—¿Qué pasa?

—Que estás hecho un llorón, eso pasa —se queja DiMarco—. Entiendo que te ha dejado una estrella internacional y eso requiere un rato más de duelo que si hubiera sido... yo qué sé, tu estilista. Pero han pasado dos semanitas. —Le da un toque impaciente a su muñeca desnuda—. Yo creo que ya está bien.

—Vamos a ignorar el comentario clasista de Myles, por el bien común —suspira Ash, mirando al aludido de soslayo—. ¿Qué tendrá que ver ser una estrella o ser estilista?

—Ya está bien, ¿de qué? —pregunto sin energía. Me pondría en pie para igualarlos en estatura y no sentirme un crío reprendido, pero cuando tengo que mencionar a Alexia, me desinflo como un globo—. ¿Lo tengo que superar en cinco minutos, o...?

—La tienes que llamar ya, mejor dicho —corrige Noah.

—Exacto. No te ha dejado por un motivo lógico —sentencia DiMarco, cruzado de brazos—, porque yo me pongo nervioso de la nada y me lío a hostias con cualquiera. ¿No se lo dijiste para que dejara de sentirse mal por lo de mi... mi... cum... lo que sea? —concluye de mal humor.

Enarco una ceja, esperando que se entienda que me pregunto cómo demonios iba eso a hacerla sentir mejor. Que sea fácil provocarle no quita que a ella le doliera que uno de sus estallidos tuviera lugar en un día especial, y por su acción indirecta.

—¿Lo de que odias a los paparazzis, dices?

—Y a los ultras del fútbol europeo, y a los fans de los Eagles de Filadelfia, y a los que defraudan a Hacienda, y a los votantes del Partido Republicano, y a la familia Kardashian, y a los que van gritando por la calle cuando hablan por teléfono, y a los que basan su personalidad en cuatro capítulos conspiranoicos de *Los Simpsons*, y a los ciclistas, y a los que le hacen una cuenta de Instagram a su perro...

Ash le pone una mano en el hombro justo cuando ha cogido aliento para seguir enumerando.

—Lo hemos captado —le interrumpe con suavidad—. Todo el mundo te saca de quicio.

—Esa viene a ser la moraleja, sí. Si hubiera aparecido con uno de esos vestidos fosforitos que se ponen las chonis de *Jersey Shore*, también me habría tocado los cojones. ¿A qué viene eso de romper con alguien porque yo me he cabreado? ¿No sabe que yo estoy siempre cabreado?

—No ha roto contigo por eso, Myles. De todos modos, si tanto te preocupa que se lleve la imagen equivocada de ti y no quieres sentirte culpable, siempre puedes decirle lo que acabas de comentar.

—Le envié un mensaje —confiesa, metiendo la mano bajo la camiseta para rascarse el bajo vientre con aire distraído—, pero no le ha llegado.

Pestañeo, extrañado.

—¿Cómo que le has enviado un mensaje? ¿De dónde has sacado su número?

Él me mira como si la respuesta fuera evidente.

—Tío, la seguridad de tu móvil es una basura. Todo el mundo sabe tu contraseña.

—¿Qué dices?

—Y tanto —secunda Ash—. No la has cambiado en años: la fecha de nacimiento de Savy.

Joder. Parece que soy demasiado previsible. Incluso para que estos tres imbéciles, con las mismas capacidades deductivas que un ladrillo, saquen conclusiones acertadas.

«Relájate, hombre —me dice la voz interior—. Son tus amigos».

—No le habrá llegado porque se lo ha cambiado, o porque lo tendrá apagado... No sé qué le pasará al condenado teléfono, pero Toots lleva dos semanas tratando de hablar con ella y no hay manera.

—Pues que una persona lleve dos semanas con el teléfono apagado puede significar algo muy turbio, Vinny —comenta Noah—. Como que tiene una depresión de caballo.

El pulso se me acelera de imaginármela encerrada en una habitación de hotel, enterrada bajo las sábanas y sin la compañía de su mejor amiga.

—A lo mejor solo significa que no le apetece hablar con nadie —replico a la defensiva.

—Quizá eso significa para la gente de tu edad, pero, créeme —insiste Noah, el único que puede referirse a mí como un viejo. Aún no ha cumplido los veintiséis—. Si una persona que está en los círculos de internet y canta para los milenials o los de la generación Z, como lo es Alexia, no sube una foto a Instagram en quince días, es que algo terrible ha sucedido.

—Sí, que ha roto con su novio —bufa DiMarco.

—Tampoco nos pongamos agoreros, ¿no? —interviene Ash al ver mi cara de espanto—. Le habrá sentado mal la ruptura y estará desconectando, como cualquiera que haya cortado con su pareja. De ahí a insinuar que la han ingresado en un psiquiátrico, un hospital o algo peor... Si hubiera pasado algo muy grave, nos habríamos enterado por la tele.

—Eso es cierto —suspiro, aliviado.

—¿Es que no has intentado escribirle tú? —inquiere DiMarco, mirándome como si le hubiera traicionado—. ¿No sabes cómo funcionan las relaciones, o qué? Tienes que ir a pedirle perdón.

—Pero si me ha dejado ella —rezongo, pasmado con su seguridad.

—Da igual —sentencia DiMarco con solemnidad—. Tienes que disculparte tú siempre.

—No estoy de acuerdo con eso —replica Noah—, pero lo que sí me parece feo es que no hayas intentado averiguar cómo está. No habéis acabado mal, ¿no? Podríais haber seguido en contacto...

—Si lo decís porque está afectando a mis entrenamientos... —interrumpo, convencido de que ese es el elefante en la habitación del que han querido hablar desde el principio.

He sido físicamente incapaz de dar lo mejor de mí; de dar siquiera lo mínimo. Voy a ser titular porque Capobianco confía en mis habilidades incluso estando para el arrastre, no porque me lo haya ganado.

—Lo decimos porque está afectando a todo. Al espíritu

del grupo, fundamentalmente. Eres el corazón del equipo, Vinny —me recuerda Noah con una tentativa de sonrisa amistosa. No le sale ponerse risueño en momentos serios—. Si tú estás jodido, nosotros estamos jodidos...

—Mirad, agradezco los consuelos y las palabras bonitas —le corto antes de que mis últimas sensibilidades hagan de las suyas y me emocione más de la cuenta—, pero no me apetece hablar del tema. Ni recibir consejos. Lo que debí haber hecho en el pasado se queda.

Sería lo que me faltaba; recibir lecciones de dos tipos que han tenido más novias que vergüenza, y de un tercero al que le dan pánico las mujeres. Claro que eso no lo voy a verbalizar, porque podría arder Troya y no estoy tan furioso, ni con ellos, ni conmigo, ni con Alexia, como para arremeter contra sus puntos débiles.

Entiendo de dónde vienen y cómo se sienten, porque yo también me morí de impotencia sabiendo que no podría ayudar a Ash cuando estuvo seis meses lesionado, o cuando al padre adoptivo de DiMarco le dio un infarto y todo apuntaba a que no sobreviviría, o cuando a Noah le dejó aquella primera novia suya. Todos estamos con todos cuando las nubes ensombrecen nuestro camino a la gloria... o solo a la paz mental; protegemos la de los otros porque sabemos que está directamente relacionada con la nuestra, y porque, qué coño, son nuestros amigos, nuestros hermanos, y nos importan.

Pero hoy es demasiado pronto para intervenciones y palmaditas en la espalda. No sé nada de Alexia, no sé si debería saber algo de Alexia, no sé si tengo que querer saber algo de Alexia, no sé si he de hacer algo por o con ella... y por ahora prefiero la incertidumbre a la pena de los últimos días.

Me levanto del banco, esquivo el brazo con el que DiMarco trata de retenerme y alcanzo el casco para dirigirme acto seguido a la salida. Como indica el reloj que pende sobre nuestras cabezas, es la hora de salir a entretener a los Estados Unidos de América.

Pienso en lo divertidos y felices que volvieron los aficionados de los Beasts el día de la Super Bowl; en lo feliz que volví yo pese al numerito del beso, quizá porque sabía que algo grande estaba por llegar... o ya había llegado, pero aún no había decidido quedarse.

Parece que hayan pasado años desde entonces, y no. Son solo meses.

Qué lástima que sea eso lo que dura la magia.

26
I Can Be Myself With You
Vinny

Nada más abrir los ojos, un ramalazo de dolor me sacude el brazo como una descarga eléctrica. He de morderme la lengua para no gritar, porque no sé dónde estoy ni quién me acompaña, y un hombre tiene que mantener la reputación intacta.

Creo recordar que no hace ni unos minutos estaba corriendo como alma que lleva el diablo con el balón en la mano, camino de hacer historia en la final de la XFL...

¿Qué ha pasado, entonces?

Mis dudas quedan resueltas cuando logro enfocar la vista. El borrón que había asumido que formaba parte de la decoración se materializa en el rostro de mi hermana.

—Joder, ¡qué susto nos has dado! —exclama en cuanto abro los ojos del todo y me pilla observándola. Hasta el momento, había estado distraída tecleando en el móvil con gesto preocupado. Se inclina hacia mí con toda la intención de abrazarme, pero entonces recuerda que aún lleva la escayola y el gesto puede ser contraproducente para su curación. Tiene que conformarse con besarme la mejilla. Acto seguido se echa a reír, confundiéndome más de lo que ya lo estoy—. Por fin estamos en igualdad de condiciones.

No entiendo a qué se refiere hasta que bajo la mirada y me topo con que mi propio brazo está envuelto en...

Sí, una escayola blanca.

Ni siquiera sé hasta qué punto estoy jodido, pero se me escapa una carcajada de pura incredulidad que a ella se le contagia.

—Si dices que estamos en igualdad de condiciones, será porque no tengo daños cerebrales, ¿no? —atino a preguntar después de recuperarme del estúpido ataque de risa. No sabía cuánto lo necesitaba para liberar tensiones, y eso que me ha dado un extraño mareo—. Lo último que recuerdo es que... un jugador de los Defenders me embestía por la escuadra, y... ¿He perdido el conocimiento? —tanteo, todavía sin adivinar la gravedad de mi diagnóstico.

—Sí. Por eso te han estado haciendo pruebas. Quieren descartar un traumatismo craneoencefálico. Cómo suena eso, ¿no? —Finge estremecerse con el morro torcido—. Traumatismo craneoencefálico.

—Un término magnífico para un crucigrama... Seguro que, además de sonar tremebundo, duele de cojones —bufo, intentando incorporarme para mantener una conversación en condiciones—. ¿Qué ha pasado luego, si se puede saber? Mientras estaba inconsciente, quiero decir. Porque he estado inconsciente, ¿no? No recuerdo haber llegado hasta aquí.

—La ambulancia ha venido por ti. Y si lo dices por el partido, acaba de terminar. —Se retira lo justo para no taparme la pantalla de la televisión, que habrá tenido que pagar para ver los resultados: los Boston Beasts ganan con catorce puntos de diferencia—. Los chicos se las han podido apañar sin ti, como ya ves. Apuesto a que están cambiándose a toda prisa para venir a comprobar que sigues vivito y coleando.

—¿Por qué no lo han suspendido? —Y añado, en tono ofendido—: ¡Podría haber muerto!

—No ha sido tan preocupante, pero la verdad es que he

pasado mucho miedo —reconoce con la boca pequeña. Se entretiene alisando las arrugas que forma la sábana bajo mi cuerpo. Me mira de reojo—. Supongo que ahora sé más o menos cómo te sentiste tú el otro día, cuando Noah te llamó para decirte que... Bueno, que estaba en el hospital.

Dudo bastante de que su preocupación pudiera compararse en lo más remoto con lo que yo siento cada vez que descubro, sobre todo si me entero por terceros, de que no se encuentra en perfecto estado de revista. Pero ahora mismo, ya sea porque el golpe en la cabeza me ha reseteado o porque la posibilidad de haber quedado impedido me invita a abrazar la vida, el perdón y todos los valores éticos, me siento magnánimo: le agradezco la disculpa implícita por la actitud injusta que tuvo unas semanas atrás, esa de la que no volvimos a hablar en el buen nombre de la paz, y apaciguo los nervios que le han dejado las manos heladas con una sonrisa sencilla.

—Ahora que te has espabilado y pareces estar de maravilla, espero que me permitas echarte la bronca —prosigue con retintín. Me dan ganas de suspirar. A estos críos les tiendes la mano y te toman el brazo—. El entrenador nos ha acompañado en la ambulancia y me ha chivado que llevas distraído en las prácticas desde lo de Alexia. Si no estás en condiciones de jugar, que te cambien por algún otro de los cuarenta jugadores de plantilla, y santas pascuas. No eres secretario, Vinny. Lo peor que puede pasar si cometes un descuido no es que canceles una cita periodental sin querer. Estamos hablando de que podrías romperte la cabeza.

—Pero un secretario y yo tenemos en común un detalle —contraataco en mi defensa—, y es que no podemos faltar al trabajo porque suframos mal de amores.

—Un mal de amores que te has buscado tú solito —bufa por lo bajini. Aparta la mirada y se cruza de brazos, ofreciéndome el perfil de la indignación—. Un secretario no habría sido tan imbécil.

—¿Tú también vas a darme la tabarra con eso? —La enfrento, hastiado—. ¿Escuchaste la historia tal como te la conté, o, para variar, te quedaste con lo que te interesaba?

—Me quedé con que no luchaste por ella. Se te nota la falta de experiencia amorosa, Vinny. No hacerle caso a una mujer cuando te quiere dejar exclusivamente por tu bienestar y el de tu familia es de primero de novela romántica.

Pongo los ojos en blanco, mosqueado y divertido a partes iguales con su pretensión. En cuanto puede, Savannah se convierte en una niña repelente que se cree que lo sabe todo. Y lo peor es que en este caso, al igual que en muchos más de los que quiero reconocer, tiene razón.

—No sé si es que yo me explico fatal, o es que el mundo se empecina en malinterpretarme. Lo que me pesa no es que Alexia se quitara de en medio, porque comprendo los motivos y me conmueve que antepusiera tu tranquilidad, Toots. Con ese gesto dio a entender que sabe quién soy y respeta mis prioridades. Lo que me tiene en un sinvivir es no haber encontrado las palabras perfectas para calmar sus miedos y hacerle saber que no pasa nada; que podemos solucionarlo o aprender a vivir con ello, como tú misma dijiste... Además de mis pajas mentales, supongo —reconozco con un cabeceo resignado—. Cuando una persona se va te deja con las dudas que solo habías podido ahuyentar porque estabas demasiado ocupado disfrutando del presente.

¿Quién dice que los hombres no sepan hacer varias cosas a la vez, o, en este caso, compartimentar la mente para tramar distintos abordajes de un mismo problema? Una parte de mí está dolida, sí, y otra cree que Alexia ha podido deshacerse de mí porque el vínculo que creo que desarrollamos ha resultado ser unidireccional. Pero también llevo desde el día aciago buscando el discurso ideal, ese *deus ex machina* que salvará la situación. He tenido que contenerme para no llamarla, escribirle, hacerle señales de humo, presentarme en su casa, en la de Lara Cosima o en la que sea que figure en cualquier página web para no irrumpir en su vida, en definitiva, sin antes dar con el quid de la cuestión, negándome a aceptar que ese fuera nuestro final.

Pero, como muy bien ha dicho mi hermana, soy jugador de fútbol americano y me falta cultura romántica. No me dedico precisamente a redactar declaraciones de amor. Si lo hiciera, estaría en el hospital por un dolor de pecho o de cabeza por un exceso de meditación, no porque un tío como un castillo me ha metido un viaje a la costa oeste sin billete de avión.

—Como tú no has dado el paso por la razón de siempre, que no es otra que la tullida de tu hermana pequeña... —continúa Toots, empecinada en salvarme la vida.

—Creo que referirte a ti misma en esos términos es de mal gusto.

—No, porque estoy tullida de verdad. —Levanta el brazo escayolado—. Repito: como tú, en el fondo, no has dado el paso porque temes delatar que prefieres a Alexia antes que a mí, o que sacrificarías mi felicidad y mi vida en las sombras por estar con ella... —Pone los ojos en blanco, denotando lo estúpido que le parece el planteamiento—, me he ocupado de tomar las medidas pertinentes.

—No me he quedado de brazos cruzados y sufriendo como un perro porque tema delatar que tengo mis favoritas —rezongo—; me he quedado de brazos cruzados porque es un hecho que no pienso volver a ponerte en una situación parecida. Si Alexia no se manifiesta y yo no consigo averiguar cómo resolver el entuerto...

—Descuida, que la solución está clara —ataja. Inspira

hondo y cuadra los hombros antes de anunciar—: Quitarme a mí de en medio. Y, por suerte para ti, esta realidad está a punto de materializarse, porque hace un mes solicité una beca para ir a estudiar el máster a la Universidad de París-Saclay, y…

—¿Perdón? —interrumpo con la voz aguda—. ¿Has dicho París? ¿París… Francia?

—No va a ser París, Oklahoma. —Pone los ojos en blanco. No sé cuántas veces lo ha hecho en los últimos días. Va a acabar viéndose el cerebro más de lo que vemos a nuestra madre—. Y no me parece que esté lo bastante lejos de ti para que empecemos a limar este vínculo insano, Vinny. Pero es la que más me ha gustado —confiesa, ahora con una sonrisa entusiasta—, la que tiene el programa de estudios más interesante, y la que está en la ciudad europea que más me llama la atención. El caso es que me llamaron ayer, y… Bueno, estaba esperando a mañana para decírtelo y así no arruinarte la victoria de la XFL con una noticia que no te va a sentar nada bien, pero, ya que estamos… En fin, que me han concedido la beca. Me mudaré después del verano.

—Pero… pero… —La cabeza me da vueltas, ya no sé si por la caída y el rato que he estado inconsciente o porque esta bromita del día de los Inocentes está pasando de castaño oscuro—. ¿Con quién has consultado esto?

El brillo ilusionado desaparece del rostro de mi hermana.

—Pues con quien lo consultan todas las personas que ya son mayorcitas y, por tanto, pueden hacer lo que les dé la real gana: con la almohada. Pero si lo preguntas por mamá —añade a regañadientes—, lo sabe y le parece magnífico. Hace mucho tiempo que ella asumió que tengo veintitrés años, un carácter precavido que me protegerá de ponerme en peligros absurdos, y un pronóstico de salud considerablemente mejor que el diagnóstico general de los enfermos de lupus.

No es que a mi madre le importe un carajo la salud de Toots, porque es la primera que la llama a diario exigiendo un detallado informe de cuándo, cómo y por qué tosió por última vez. Lo que pasa es que es optimista por naturaleza, y decidió creer a ciegas en las buenas noticias que los médicos le dieron en su día para aferrarse a que la niña de sus ojos podría llevar una vida normal y corriente.

No creo que Toots lo sepa, pero mi madre y yo hemos discutido en infinidad de ocasiones a propósito de cómo abordo los problemas de salud de mi hermana. Opina que lo último que necesita es que la sobreproteja y le cree una sensación de anormalidad que la distancie de la gente de su edad. Y en eso he de decir, a mi pesar, que estoy conforme.

Es cierto que, en mi afán por cuidar de ella, contribuí indirectamente a crearle inseguridades, miedos irracionales y hasta una pizca de hipocondría, pero conforme ha ido creciendo, Toots ha comprendido que no puede permitir que mis neuras afecten al modo en que quiere vivir su juventud, y que no debe prestar atención a nada distinto de sus sensaciones corporales para determinar si está en condiciones de ir a la universidad, de salir de fiesta a las casas de fraternidad, y, por lo visto, también de mudarse a París.

—A París, por Dios —murmuro, aterrorizado—. ¿No podías irte a... Nueva York, o algo así?

Busco su mirada con la esperanza de disuadirla, de que mi tono alarmado baste para hacerla comprender la magnitud de su decisión, la distancia física que pondrá entre nosotros; el infinito sufrimiento que me ocasionará levantarme cada mañana y no poder confirmar de un vistazo rápido a su dormitorio que está a salvo.

Pero ella no se inmuta.

Y eso que sé que me quiere y me echará de menos... o eso me gusta pensar.

—Vinny —me llama con ese tonito manipulador de niña adorable. Ha cogido mi mano sana con su mano sana. Cada vez que me fijo en nuestras sendas escayolas, me dan ganas de reírme. Claro que las cosquillas no duran mucho; la mera existencia de París-Saclay me corta el rollo—. Es lo mejor. No creo que en Europa me molesten tanto los paparazzis, sobre todo porque, para cuando regrese, porque regresaré —añade con intención. Logra el efecto deseado: relajarme, dentro de lo que cabe—, vuestra relación ya se habrá asentado y yo seré directamente irrelevante.

—Nada te asegura que Lex y yo vayamos a arreglarlo, y en el Viejo Continente también venden cámaras y hay gente maleducada, ¿sabes? No viven como las tribus del Amazonas.

—Vale, quizá no me ponga del todo a salvo —reconoce a desgana—. Pero me habré visto abriéndome camino en el extranjero sin la barrera protectora que eres tú, y podré afrontar en mejores condiciones lo que quiera que la prensa espere de mí. Además... —Una sonrisa tímida y culpable curva sus labios. Es la inseguridad del gesto lo que me convence de aflojar, de escucharla, aunque sea a disgusto—. Me ilusiona salir de aquí, Vinny. Hay tantos sitios que no he visto, y tantas personas que no he conocido, y tantos platos que no he probado, y tantos idiomas que no he aprendido... Siento que me perderé todo lo bonito que la vida puede ofrecer, y que te arrastraré conmigo a un agujero de miedos y de hospitales, si sigo siendo tu prioridad.

—Lo mucho que te quiero no cambiaría ni si te mudaras a la Antártida —replico, pero tratando de sonar comprensivo—. Siempre serás mi número uno.

Sigo tan turulato por el golpe que me han dado que no

puedo reaccionar como lo habría hecho en condiciones normales. Quizá me habría marcado un DiMarco y habría arremetido contra el mobiliario urbano, actos vandálicos mediante. O a lo mejor no. A lo mejor estoy donde estoy, sujetando su mano y esforzándome por no hacer de su partida un problema del que soy protagonista, porque es cierto lo que he dicho y la quiero con locura.

Y es porque la quiero con locura por lo que debo entenderla.

—Ya lo sé —responde ella en voz baja—. Por eso sé que acabarás alegrándote por mí. Esto me hará feliz, estoy segura, y a veces es más importante estar feliz que estar a salvo.

—¿Y si te equivocas? —no puedo resistirme a preguntar—. ¿Y si llegas Francia y ves que allí no hay nada interesante para ti?

—Pues podré decir que he estado en la ciudad el amor. ¿Podrás decirlo tú? —me pincha con una sonrisita maliciosa, y después me pellizca el costado para obligarme a devolverle el gesto.

Quiero aunar la sabiduría de mis treinta y cinco años para darle uno de esos consejos que trascienden, pero estoy seco de inspiración desde que la musa de Alexia se marchó consigo. Solo puedo rogarle que vaya sin expectativas, y expresarle con todas las letras que, aunque me duela, aunque vaya a echarla de menos, aunque cabe la posibilidad de que me vuelva loco de remate, terminaré apoyándola como mejor pueda y sepa.

Pero no consigo verbalizarlo porque esa frase suya, más sabia que cuando intenta ser sabia, conjura el rostro de Alexia, y entonces lamento hasta físicamente que no esté aquí para oírlo también: «A veces es más importante estar feliz que estar a salvo».

Puede que uno nunca se sienta del todo a resguardo siendo la novia de América, pero uno puede resignarse o puede intentar vivir su vida a pesar de ello. Elegir algo distinto a la segunda opción es ponerse piedras en el camino.

Como si la hubiera invocado, Toots ladea la cabeza hacia la puerta y exclama su nombre. No con asombro, porque no le sorprende que esté aquí en vista de que casi pierdo la vida en el campo, sino con verdadero regocijo. Se baja de la cama de un saltito para ir a recibirla, y yo, más allá de que no puedo mover ni el brazo ni las piernas por todas las sorpresas que se me han juntado de golpe, me quedo como un pasmarote.

Por primera vez en la historia, no sé con qué tontería de las mías romper el hielo.

Ella y yo nos despedimos forzosamente hace dos semanas. Yo me fui con un «te quiero» metido a presión en la garganta y con la cruda sensación de que era delito pronunciarlo.

Estoy furioso por muchas razones, pero no estoy disgustado por eso en particular. Simplemente no sé qué esperar de una visita intempestiva y más guiada por el deber que por el deseo.

¿Habría venido a verme si no hubiera sabido que estaba en el hospital?

Pese a la incertidumbre, la compasión relaja mis músculos tensos. No tiene ni que acercarse para que la vea pálida y ojerosa, y, aun así, guapa como siempre. Tan guapa que hace cosquillas. Tan guapa como tienes que serlo para que más de trescientos millones de personas te lleven en el corazón. Lleva una fina gabardina encima de un vestido de punto hasta los tobillos, del mismo color beis que las botas de tacón. Aunque no se ve el cierre encima de la pierna, sé que lo tiene porque la he visto ponerse ese calzado, la he visto quitárselo... se lo he quitado yo mismo, también.

Parece que venga de reunirse con gente importante.

Toots se marcha después de desearme toda la suerte del mundo con un guiño.

Durante esos primeros instantes de reencuentro, solo reina el silencio.

Inspirando hondo, Alexia reúne el valor para acercarse más. De lejos no había podido apreciar que tiene los ojos inyectados en sangre, como si hubiera llorado o estuviera al borde de un ataque de nervios.

No se atreve a tocarme, pero da la impresión de que quiera hacerlo o el impulso sea superior a sus fuerzas, porque se mete las manos en los bolsillos de la gabardina.

—Lo he visto en directo —confiesa con un nudo en la garganta. No suena como ella: habla en voz baja, vacilante—. No estaba en el estadio, pero en el bar donde me he citado con Don y sus expertos en sonido habían puesto el partido, y... —Agacha la mirada, no sé si nerviosa por estar aquí o avergonzada por la misma razón. Se frota la frente con la mano temblorosa—. Estoy en Boston terminando unas gestiones relativas al trabajo, y... y quería relajarme un momento, y... y entonces ha pasado esto. —La voz se le quiebra.

Me encantaría sacudirla por los hombros y decirle que se lo tiene merecido por abandonarme ante el menor atisbo de problemas, incluso si en ese caso soy yo el que peca de injusto. Pero verla tan vulnerable y afectada por lo mismo que a mí me tiene sin dormir me inclina a apiadarme.

Trato de sonar como el Vinny de siempre al responder:

—Oye, no te hagas la protagonista de mi desgracia, ¿vale? El que está postrado en una cama soy yo.

Alexia levanta la barbilla tímidamente para encontrarse con mi mirada. Escruta mi expresión en un silencio prudente que lo dice todo: quiere asegurarse de que no le guardo rencor.

—¿Estás... —se fija en la escayola— bien?

Encojo los hombros con naturalidad, disimulando que estaría temblando si esta habitación no tuviera puesta la dichosa calefacción para derretir un glaciar.

—Estaré mejor cuando me hayas firmado en la escayola.

—Pensaré en alguna frase ingeniosa —me promete, y se esfuerza por regalarme una pequeña sonrisa que en el último momento se le tuerce.

No sé si mira alrededor en busca de una silla en la que sentarse, o de una excusa para desaparecer acto seguido. No me quiero arriesgar a descubrirlo, y antes de que se le ocurra salirme con que tiene asuntos urgentes que atender, la invito a quedarse apoyando la mano sana en un lado de la cama.

Alexia se muerde el labio, indecisa. El accidente debe de haberla asustado de veras, porque no hace la pregunta que brilla en su mirada interrogante —«¿te parece buena idea que nos acerquemos?»— y cede a mi petición.

Su perfume de siempre me acaricia las fosas nasales cuando se inclina sobre mí con la excusa de arreglarme el cuello de la bata de hospital. Me acuerdo de una escena muy similar que se remonta a apenas unas semanas atrás: ella se había despertado antes que yo, y en lugar de correr al escritorio para seguir componiendo éxitos, había decidido quedarse sentada a mi lado, recorriendo los relieves de mi rostro con las caricias aventureras del dedo índice. Si se inclinara algo más, las puntas de su melena me harían cosquillas en la cara, y...

Y yo *estaba enfadado, joder.*

—¿Cómo estás? —le pregunto en voz baja, aun así.

Ella se humedece los labios, que trae pintados de rojo, y me mira con cansancio.

—¿Quieres que te dé la respuesta educada, o quieres que sea sincera?

—¿Tú qué crees, cariño?

Alexia reacciona al apelativo afectuoso tragando saliva.

Una chispa de emoción nostálgica enciende su ojos azules.

—Te he tenido tan presente que me he buscado unos abogados para que le recuerden a la discográfica que soy Alexia Lux, y que puedo irme cuando quiera —anuncia con relativo orgullo. Incluso exagera una pose digna de reina de Saba, un papel que no está en condiciones de representar.

Suelto una risita serena.

—¿Y cómo ha ido?

—Resulta que ni los mejores letrados de Nueva York pueden conseguirme un acuerdo provechoso que me libre de mis condiciones contractuales. No sin ponerlo en manos de un juez y enfrentarme a un juicio abierto con el consiguiente escándalo mediático... —cabecea, resignada—. Así que Jerry publicará el disco de pop a principios del año que viene, cuando estaba previsto. Ya sabes... Lo equivalente a la cara A.

—¿Y la cara B?

—Me la rechazaron. Pero la estoy financiando yo misma, sin sello discográfico.

—¿Te rechazaron el álbum de rock? —repito, perplejo—. ¿Entero?

Alexia se encoge de hombros, pero su lenguaje corporal me dice todo lo que tengo que saber: que le costó una batalla sangrienta, que todavía le duele, que ha estado sufriendo por causas ajenas a mí durante mi ausencia... Y a raíz de todo esto comprendo que debo ser más suave con ella.

—En cualquier otro momento, quizá hace tres meses, habría dado por hecho que se debe a que es una basura y he de ceñirme a lo que conozco, el pop reventón de Los 40. Pero he decidido creer en mi proyecto, apostar por él y sacarlo adelante. Sola.

—Eso ya lo has dicho: sin sello discográfico.

—No, quiero decir... Sola sola —recalca. Antes de hacer la aclaración, vacila, como si fuera a hablar en un idioma que le resulta extraño. Hasta su voz sale distinta, pese a que lo pone todo de su parte para disimular—. Sin Lara Cosima, quiero decir.

Vaya.

Eso sí que no me lo esperaba.

—¿Cómo? ¿Sin Lara Cosima? ¿Es eso posible siquiera?

—Pensé que hacerme valer pasaba por despedirla —se disculpa por su ingenuidad con un encogimiento de hombros que esconde una culpabilidad paralizante—. No entré en razón hasta unos días después, y entonces... entonces me daba vergüenza llamarla.

—¿Vergüenza? —repito. Por lo visto, es a lo único que me dedico en esta conversación—. ¿Llamar a tu mejor amiga?

—Jamás nos habíamos peleado antes. No por nada grave, al menos. Solo cuando me enteraba de que me había cogido un vestido sin pedirme permiso, o cuando ella se desesperaba con mi cabezonería y tenía que marcharse de la habitación antes de que terminara de ponerla histérica. Solo eso en más de veinte años de amistad —señala con cierta admiración—. Es lógico que no tenga ni idea de cómo proceder, ¿no?

Sacudo la cabeza, tan estupefacto que solo se me ocurre sonreír con incredulidad. A fin de suavizar el golpe, porque sé que lo que le voy a decir no le va a gustar, la cojo de la mano.

—No digas que me tenías presente mientras tomabas decisiones tan radicales, mujer —suspiro, entristecido—. Yo no te dije que te arruinaras la vida; te dije que siguieras tu instinto... Pero iba implícito que debías ser razonable y justa con los demás.

No sé si no le molesta mi comentario porque está demasiado harta para discutir o porque ella misma lleva pensándolo un tiempo. Vuelve a humedecerse los labios, esta vez manchándose ligeramente el borde del arco de Cupido con el carmín, y me lanza una mirada que pretende ser socarrona.

—Míranos, hablando como dos personas normales. «Hola, ¿cómo estás?» —me parafrasea—. «Pues el trabajo va regular, y la vida personal, peor aún. ¿Y tú? ¿Te firmo la escayola?».

—¿Y qué esperabas que sucediera? —Enarco una ceja—. ¿Que te expulsara de la habitación después de señalarte al grito de «esa mujer me abandonó»?

—Yo no te he abandonado —replica a la defensiva, ceñuda—. Pretendía hacerte la vida más fácil.

—Joder, Alexia —me desespero—, pues muy fácil no va a ser con un brazo menos.

Ella jadea, pasmada.

—¿Me estás echando la culpa de que un jugador te haya embestido?

—No, y tampoco tienes la culpa de que estuviera distraído en ese momento. Supongo que no puedes hacerte responsable de cómo los demás sobrellevemos tu ausencia, o cómo de locos nos volvamos por ti. Pero ya ves que mi vida sin Alexia Lux no es la hostia en verso. Y parece que la tuya... mucho menos.

Acepta mi respuesta con un asentimiento cabizbajo. Deja correr el silencio unos segundos antes de abordarme nuevamente en tono conciliador.

—Cuando nos peleamos —empieza a contarme—, Lara Cosima me soltó que necesito a alguien con la cabeza fría a mi lado, porque soy... una persona impulsiva, por decirlo de forma delicada. —Hace una mueca, hastiada consigo misma—. Pero es que cuando tomo las decisiones correctas, esas raras ocasiones en las que pienso en frío antes de actuar, solo sufro las consecuencias. Las sufro como una endemoniada —murmura con la vista clavada en nuestros dedos entrelazados—. Sé que lo mejor para mi carrera es seguir la senda del pop, igual que obedecer a mi mánager, igual que cumplir mi contrato... Igual que sabía que lo mejor para tu familia y para ti era no volver a acercarme, pero... no es eso lo que quiero, Vinny.

Inspiro hondo.

—¿Y qué es lo que quieres?

Ella se muerde el labio para contener una sonrisa que es el colmo de la exasperación, pero una carcajada crispada acaba desbordándola. Sacude la cabeza, como si no pudiera creerse lo que va a hacer, y después de lanzarme una mirada ansiosa, toma su rostro entre mis manos.

Solo me iba a dar un beso rápido en los labios, pero yo no tengo un pelo de tonto. En cuanto su pelo nos cubre como una cortina de terciopelo, aprovecho para rodearle la nuca con la mano sana y mantenerla pegada a mi boca. A mi boca, a mis dientes, a mi lengua; a todo lo que recibe en cuanto separa los labios y se somete a mi castigo, con el que pretendo convencerla de que ha cometido un error.

Deslizo la palma por su sedoso cabello, por su espalda, y me abrazo a su cintura con fuerza para retenerla a mi lado. Alexia se separa un segundo para acariciar mi boca con la suya y jadear, entre aliviada y desesperada por un contacto más íntimo. Así es como nos entendemos: a través de la piel, de la carne, porque ella todavía no sabe decirle «te quiero» a los que hemos venido después de Brian, pero no por eso se corta a la hora de demostrarlo.

Lástima que yo no vaya a conformarme con menos esta noche.

—Quiero que lo digas —exijo después de apartarla lo justo para vernos las caras. Mantengo la mano sobre su nuca—. No que lo hagas; que lo digas. ¿Qué quieres, Alexia?

—No pretendía dar a entender que voy a volver contigo —se apresura a aclarar—. Simplemente respondía a tu pregunta: querías saber cómo estoy, y yo te he dicho...

—Yo tampoco pretendo dar a entender que voy a volver contigo —la corto. Mi réplica la pilla por sorpresa, y por poco suelto una carcajada divertida con su arrogancia que habría arruinado la segunda parte de la respuesta—: Estoy cabreado, Alexia. Acepté salir contigo, no con Teresa de Calcuta, lo que significa que esperaba... No sé. Delirios de grandeza, arrebatos de locura, sexo explosivo, síntomas del síndrome del impostor..., pero no esperaba actos de amor desinteresado. ¿Y qué es lo que recibo? Justo eso. Una generosidad no pedida que ni siquiera sé para qué me va a servir ahora que Toots se larga a París.

—¿Cómo? —se extraña, con los ojos como platos—. ¿Por qué se marcha?

—Eso no es lo que se está debatiendo. —Le presiono la nuca suave y sugerentemente, como si pretendiera masajearla, y ella cierra los ojos un instante—. Si lo que quieres es a mí, vas a tener que decirlo. Si lo que quieres es meterme la lengua, vas a tener que decirlo también. Pero con todas las letras, Alexia.

—Y yo que pensaba que entenderías por qué actué como actué...

—Yo lo único que entendí fue que te costó muy poquito darme la patada, porque si me hubieras querido de verdad, te habrías sentado conmigo a encontrar una solución. Y si estoy equivocado y sí me quieres de verdad... vas a tener que decirlo —insisto, esta vez con un guiño bravucón—, porque yo no estoy por la labor de seguir inventándomelo.

Alexia comprende que está en una encrucijada. La vacilación inicial no le dura demasiado tiempo. Se recompone con una profunda inspiración, y clava en mí una mirada determinada.

—Tú tampoco me has dicho nada —replica con la barbilla alta.

Se me escapa una risita condescendiente.

—Porque no me lo permitiste el otro día, ¿te acuerdas? Nena... —le dedico una caída de ojos—, debes de ser la única que no se ha enterado de que estoy tan enamorado de ti que no me aguanto ni de pie.

Ella acoge mi humilde declaración de amor dejando de respirar y negándose a mirarme durante un segundo. No puede ser porque se haya desacostumbrado a que la mimen o le cueste creerlo. En todo caso, porque se siente aún más culpable por haberme abandonado.

—Si te digo que yo también te quiero ahora mismo —empieza con un temple asombroso—, vas a pensar que lo hago por pena, porque estás ingresado en un hospital, porque necesitas consolarte con algo después de haberte perdido la victoria de la XFL... incluso solo porque me lo has pedido. ¿Estás seguro de que quieres que la gran declaración tenga lugar aquí y ahora?

—¿Acaso cabe la posibilidad de que tenga lugar en otro momento, y en otro sitio? —Enarco una ceja—. Porque si puedes prometerme que te lo oiré decir mañana o pasado, supongo que puedo hacerte un hueco en mi agenda. A fin de cuentas, debes de quererme un poco si has venido corriendo al saber que me han roto un hueso.

—Bah —desestima con un brillo divertido en los ojos—. Eso es porque soy una bellísima persona. Teresa de Calcuta, ¿recuerdas?

—¿También estabas viendo el fútbol en directo porque eres una bellísima persona?

—Me he aficionado al deporte —se justifica ella—. No tiene nada que ver contigo.

—Ya, claro... —me mofo—. Dime en qué posición juega Ash, experta en fútbol.

—Pues... —carraspea, acorralada—. No sé. Corre como alma que lleva el diablo.

Suelto una carcajada.

—Bueno, sí, el término oficial es algo muy parecido a eso. Claro que tú corres más, incluso, porque no ha habido quien te pille estas semanas. —Entorno los ojos—. Ni quien te retenga en el sitio una vez te propusiste largarte.

—Apagué el móvil para centrarme en las grabaciones finales —responde con un cabeceo culpable—. Esta mañana he visto los mensajes de Savy... Incluso tenía uno de DiMarco.

—¿Y qué decía?

Ella esboza una sonrisa que esconde una sonora carcajada.

—Que va a seguir «macizando a hostias» a los paparazzis conmigo o sin mí. No es el mejor de los consuelos —reconoce con aire risueño—, pero que se tomara la molestia de escribirme lo dice todo.

—Exacto. Dice que cada uno de esos seres queridos por los que has dado dos pasos atrás, Alexia, están de tu parte y desean que sigas justo donde estabas: a mi vera.

—¿Es ahí donde también tú quieres que siga?

—Yo preferiría tenerte encima o debajo, no al lado, pero...

—No parece que eso vaya a pasar pronto. Tienes un brazo roto.

—Y otro perfectamente funcional, cariño.

Se lo demuestro tomándola de la barbilla y trayéndola hacia mí para darle un beso en esos labios rojos que quiero tatuados en los míos. Me propongo borrarle el carmín, o robárselo para quedármelo yo, y lucir manchas de pintalabios durante el resto de mi estancia en el hospital. Así ganaré fuerzas para afrontar el alta, el día de mañana y todos los que transcurran hasta que me diga que me adora.

Alexia se separa, agitada, y yo sonrío satisfecho, porque ya no hay rastro de carmín en sus labios. Nos miramos un rato en silencio, ella tratando de averiguar si he superado la rabia y la frustración por las que pasé tras la ruptura, y yo preguntándome si sería de muy mal gusto follar aquí y ahora para asegurarme de que tenemos futuro.

—Lo siento —se disculpa con un hilo de voz.

—Espero que lo sientas por él y por todos sus compañeros, porque por poco perdemos —se burla Noah en tono amistoso.

Los dos nos giramos hacia la puerta de entrada, por donde el equipo empieza a entrar en tropel y sin pedir permiso. Va a ser verdad eso que ha dicho Toots de que todos han salido corriendo del estadio en cuanto han obtenido la victoria. Ni siquiera se han cambiado la equipación o se han retirado las protecciones, sudan como bestias y algunos hasta llevan el casco en la mano.

—Por supuesto que sí —le asegura Alexia, de pronto cohibida por ser el centro de atención de mis amigos—. Supongo que tengo que retirarme para daros... intimidad.

—Aún me tienes que firmar la escayola —le recuerdo.

Alexia asiente, obediente, y mete la mano en el bolso que había dejado en una silla próxima. No tiene que rebuscar demasiado para dar con un rotulador negro de punta fina. Rodea la camilla —me temo que me han roto el brazo bueno, el derecho— y se queda observando la escayola con gesto aprensivo. Después de pensarlo unos segundos y encontrar inspiración en una mirada cómplice, se inclina y garabatea algo con cuidado.

Debajo va su firma, ese rayajo tan deseado por algunos.

—Ya está. —Se rasca la nuca con el gesto torcido—. A ver cómo salgo de aquí sin que me vean.

—¿Tan rápido te vas a ir? —se queja Ash—. Y yo que pensaba que íbamos a pasar un rato todos juntos, reconciliándonos...

—¿Reconciliándonos? ¿Quién cabe en ese plural? —se burla Alexia.

—Pues el equipo entero —resuelve Noah—. Si estás con un jugador de fútbol, lo siento mucho, pero también te has casado con todos sus compañeros.

—No voy a dar abasto —se ríe ella.

—Tampoco te quejes —replico yo—, que vas a ser la envidia de las chicas de este mundo.

Se gira hacia mí para guiñarme un ojo.

—Eso seguro.

A lo mejor todo sigue pendiendo de un hilo y lo único que hemos solucionado en este rato es la precipitación de la ruptura y cómo nos sentimos al respecto, pero sé que me quiere porque entró hecha un guiñapo y se marcha con una inyección de vitalidad; porque estar conmigo potencia su optimismo y su lado travieso.

Ella también hace mi vida más grande.

—Bueno, pero para que pueda largarse sin que la persigan... —retoma DiMarco, hablando por primera vez—. Podríamos escoltarla nosotros a la salida, como el caballo de Troya. Somos más altos que ella. Si fuéramos rodeándola muy pegados, nadie la vería.

Alexia ha levantado la cabeza nada más escucharlo hablar. Su expresión se suaviza al verlo adelantarse a la primera fila de jugadores. A él le cuesta, pero acaba alzando la barbilla para intercambiar con ella una mirada que lo dice todo. No se han visto desde el cumpleaños, y aunque DiMarco es muy valiente a la hora de mandar mensajes, se le complica vivir esos mismos momentos sentimentales cara a cara.

—No es mala idea —comenta Noah, suavizando la tensión sin proponérselo. Se gira hacia mí—. ¿Podrías soportar que te dejáramos solo cinco minutos?

—Toots debe de estar fuera, así que no tendré que pasar por esa experiencia traumática.

Como si nos hubiéramos puesto de acuerdo, Alexia y yo nos miramos.

No, no se sabe en qué punto estamos. Supongo que es evidente que nos queremos, y que por eso y por múltiples razones, no estar juntos es una estupidez; una autolesión. Pero ella todavía tiene que poner sus asuntos en regla para dejar de pasar las noches en vela, y yo... yo no puedo acompañarla, en parte porque es un camino que siempre ha tenido que recorrer sola, con mi apoyo silencioso, y en parte porque los médicos han de averiguar si me he roto la cabeza.

No hace falta que nos digamos nada más. Alexia se inclina para darme un beso rápido en los labios, envolviéndome sin saberlo con la nube de su perfume, y trota hasta los chicos para efectuar el truco del caballo de Troya.

Sospecho que acabaremos patentando la experiencia.

Verla rodeada de mis amigos, riéndose con algo que Ash acaba de decir, me llena de orgullo y de una profunda satisfacción. Todos se burlan sugiriéndole que se pegue más a DiMarco, que es el único que no apesta a sudor —ya se sabe, Johnson's Baby—, y ella, más porque siente una clara debilidad por él que porque le importe el sudor, obedece reclinándose hacia el costado del 69.

Como si se tratara de un mensaje secreto que hay que leer en la intimidad, espero a que se hayan marchado para ver lo que Alexia me ha escrito en la escayola.

«Ven a buscarme en cuanto te la quiten y te diré lo que quieres oír».

27
Right Where I Met You
Alexia

Sé que han pasado dos tristes semanas desde que le escayolaron el brazo a Vinny porque a) estoy tachando en el calendario los días que quedan para que le quiten el yeso, b) era el tiempo que quedaba para que se celebrara mi primer concierto-presentación en Nueva York, donde mis fans escucharían por primera vez el álbum de rock, y c) es lo que he tardado en reunir el valor necesario para enfrentar a Lara Cosima.

Me he tenido que asegurar de que, como siempre que está triste, no ha aprovechado para irse al Regina Louvre de París, donde suele esconderse para pasar los malos tragos. Mis fuentes —Paolo y Manish— me han chivado que no le apetecía tomar un vuelo intercontinental y se ha conformado con el Mandarin Oriental de Manhattan, de no mucho menor caché.

«Seguro que se ha ido allí porque sabe que irás a verla antes de dar el concierto», me ha dicho Manish.

«Yo creo que se ha ido allí porque está hecha una pija», aportó acto seguido Paolo.

No le quito la razón ni a uno ni al otro.

Heme aquí, pues, con mi mono con transparencias y mis botas de la suerte debajo de la gabardina: de pie ante el número de su habitación, que un botones indiscreto me ha susurrado al oído después de que yo le regalara una entrada.

Sé que mi aspecto es sospechoso. Incluso yo tengo la impresión de que pretendo pedirle que vuelva a quererme haciéndole *flashing*.

Desde luego, se iba a quedar deslumbrada con los brillos del traje.

Es el primero que no elige ella.

Y ¿a quién voy a engañar? Eso me hace sentir absolutamente GENIAL.

Toco a la puerta con los nudillos. Esperaba tener que imitar una voz de pito para que se dignara a recibirme, porque cuando se aísla en un hotel no hay quien se comunique con ella, pero Lara Cosima abre la puerta como si hubiera estado esperando a alguien.

No pone cara de decepción, aun así. Con el flamante batín de seda que la acompaña en todos sus berrinches y la cabeza llena de rulos, se recuesta en el marco con los brazos cruzados.

—Espero que sea el servicio de disculpas —comenta con retintín.

Su descaro me deja a cuadros.

—¿Perdona?

—Ahora inténtalo sin la inflexión interrogativa.

—Oye, he venido a hablar contigo, pero no con los humos tan subidos. Me quiere sonar que tú y yo participamos en una discusión a partes iguales.

—Lo que sea. —Se da la vuelta y se adentra en la suite—. Pasa, que puede que a ti no te importe tu reputación, pero a mí sí me preocupa la mía.

—¿Y en qué te iba a afectar que te vean hablando conmigo en un pasillo, listilla?

—A lo mejor piensan que hemos vuelto a colaborar y que yo te he elegido esas botas.

—¿Qué le pasa a las botas ahora?

Ella deja la crítica al aire, como cada vez que insulta el vestuario ajeno para hacer mala sangre, pero en realidad se trata de una queja vacía de contenido. ¿Cómo no le van a gustar estas botas, si se compró unas iguales, solo que en otro color?

Procuro hacer todo el ruido posible pisando la moqueta con los tacones —no tengo mucho éxito, evidentemente— y cerrando la puerta de una patada.

—Había venido a pedirte que volvieras, pero si esa va a ser tu actitud, mejor regreso en otro momento. Ya sabes, cuando puedas mirar atrás y ver lo que pasó con objetividad.

Lara Cosima se gira hacia mí, todavía de brazos cruzados.

—Refréscame la memoria. ¿Qué fue lo que pasó con objetividad?

—Que... que... que exploté y lo pagué con quien tenía a mi alrededor. No eran las formas y debería haberme sentado a compartir contigo lo que me hacía desdichada, pero ¿sabes qué? —añado en un arrebato de orgullo—. Mantengo todo lo que dije.

Ella tuerce el morro.

—Vaya disculpa más horrible.

—Por lo menos yo he asumido mi parte. ¿Tú qué has hecho?

—¿Qué esperas que asuma? —rezonga, indignada—. ¿Que he hecho tan bien mi trabajo que me he convertido a tus ojos en una tipa odiosa? Sí, eso puedo aceptarlo. Pero lo que diste a entender de que me olvidaba de tus sentimientos para seguir ordeñándote como a una gallina de los huevos de oro... —Se calla, como si fuera incapaz de pronunciar lo que una falacia semejante le sugiere—. Eso, además de una mentira como una casa, fue hiriente y gratuito.

—Las gallinas no se ordeñan. Deberías saberlo, por Dios. Tu familia tiene granjas.

—Ya, bueno, lo que sea. —Hace un aspaviento impaciente antes de secarse las palmas de las manos en la bata—. Estoy nerviosa y digo estupideces.

Lo sé, lo he notado. Se pone particularmente soberbia cuando sabe que debe pedir perdón. Por eso no me he largado por la puerta grande en cuanto ha sacado toda su chulería. Soy lo bastante orgullosa para dejarme disuadir de disculparme si no se aprecia mi iniciativa. Y ella también lo es, pero la conozco lo suficiente para saber que, cuando se cruza de brazos y no cambia de postura, es porque le tiemblan las manos y no quiere que se note.

Está tan agobiada como yo misma.

—Mira, Pumpkin —empiezo, tratando de sonar razonable—, esta es la verdad: me he sentido coartada por todas las personas de mi entorno. He sentido que me trataban con paternalismo, que me manipulaban para aceptar sus asesoramientos como la única opción loable, y que incluso dirigían mi vida privada como si fuera un ámbito más de mi carrera profesional. Tú tenías un pase vip para hacer todas estas cosas porque respeto tu opinión, te quiero y sé que te mueve el deseo genuino de verme triunfar...

—Y de verte feliz —apostilla con rencor.

—Y de verme feliz, claro que sí —le concedo con un cabeceo—. Pero al final, ni todas las buenas intenciones del mundo habrían podido aplacarme, porque el resultado era el mismo: estaba frustrada. Aun así, valoro todo lo que has hecho y espero que podamos reestructurar esta... empresa nuestra para que las dos estemos cómodas. Seguro que tú tampoco te has sentido bien con tanta presión encima.

—No, no me he sentido bien. Por eso no voy a volver a trabajar para ti —sentencia. Al verme dar un paso atrás, físicamente sacudida por el giro dramático en la conversación, ella se apresura a especificar—: Te quiero con locura, no me malinterpretes. Es justo por eso por lo que creo que no deberíamos exponernos a pasar este mal rato otra vez. Hay un dicho que utiliza una palabra muy fea que dice algo así como que tener relación con personas con las que trabajas no es lo más óptimo, y coincido.

—¿«Donde tengas la olla, no metas la polla»?

—Exacto —suspira, agradecida porque lo haya dicho yo y no ella—. Me he replanteado mil veces cada decisión que he tomado por ti porque tenía demasiado presente que te enfadarías conmigo, o que me tildarías de mala amiga, cuando en mi trabajo todo debería ser más... fluido, ¿sabes? Más dinámico. Más llevadero.

—No hace falta que digas sinónimos. Lo capto. ¿En eso has estado pensando estas dos semanas?

—No he estado solo pensando. He estado buscándome un nuevo trabajo. ¿Tienes idea de la cantidad de artistas, actores y actrices, y modelos que han llamado a mi puerta al enterarse? Yo pensando que estaría tirando currículos hasta el año que viene, y resulta que soy yo la que debe hacer una criba de los perfiles que le interesan.

Se me escapa una sonrisa de imaginarla agobiada con una extensa pila de ofertas de empleo. Apuesto a que se ha sentado con el mismo atuendo que luce ahora mismo, con su pluma Montblanc y sus gafas de ver cuadradas, y ha empezado a descartar acuerdos millonarios como quien se lima las uñas.

—Pues claro que ha llamado todo el mundo a tu puerta

—reafirmo con una sonrisa sencilla—. Pumpkin, eres la mejor en lo que haces. Supongo que me sentaba mal que priorizaras mi carrera porque, ante todo, entiendo que eres mi amiga... No sé, era demasiado irracional.

—Claro que soy tu amiga —me asegura con demasiada vehemencia. Se vuelve especialmente intensa cuando se siente atacada—, pero de ahora en adelante me gustaría dedicarme solo a eso: a ser irracional contigo hasta el punto de poder decirte que no hagas la Super Bowl si te ha dejado tu novio. O si no te apetece en el momento. Me he estado sintiendo no ya como una profesional lamentable y una pésima amiga, sino... como... como una mala persona, Lex —reconoce con la boca pequeña—. Y quería dejar el trabajo desde hace mucho tiempo por todo esto, pero empezamos juntas con mucha ilusión, y... y me parecía una traición abandonarte. En el fondo, saber que mi perfil profesional no cuadra con tus objetivos me ha aliviado.

—De nada, entonces —me quejo con el ceño ligeramente fruncido.

Soy yo la que la echó con cajas destempladas, vale, pero que te digan que se alegran de haberse librado de ti...

Lara Cosima me mira con preocupación.

—¿No crees tú que es lo mejor que podríamos hacer? ¿Ser las mejores amigas, y ya está? No es como si ese trabajo fuera menos exigente. También le dedicaré las veinticuatro horas del día.

—Claro que es lo mejor. Pero eso no quita que no vaya a echarte de menos, o que no se vaya a notar tu ausencia en el equipo, o que... Bueno, inevitablemente, te veré mucho menos. Sobre todo si coges como cliente a otro cantante. Dudo que nuestras giras coincidan.

—A no ser que trabaje para tu telonero —señala con una

sonrisita que trama ardides—. Si nos vemos menos, igual nos soportamos algo más, ¿no? No creas que no me he dado cuenta de cómo me has mirado en los últimos tiempos —se lamenta con tristeza. No puedo argumentar nada en contra de su apreciación, porque es verdad. En los últimos tiempos, he mirado por encima del hombro a todo el mundo, y a ella en particular, mucho más; todo porque me habría gustado que me hubiese apoyado en mis causas perdidas, en mis suicidios profesionales y mis saboteos. Incluso cuando ya lo estaba haciendo a su manera prudente, me parecía insuficiente—. Creo que necesitas un representante algo más *indie*. Puedo buscarte a alguien perfecto para el puesto, si te parece bien.

—Vale, pero ¿lo puedes buscar después de venir y abrazarme?

Lara Cosima esboza una sonrisa de oreja a oreja, y trota hacia mí como cuando tenía tan solo trece años y llevaba un corsé para la escoliosis que no le permitía moverse con naturalidad. La recibo entre mis brazos e inmediatamente recupero la energía que había perdido y que venía buscando para enfrentarme no ya al concierto, sino al resto de mi vida.

—Siento haber sido tan mala clienta, Pumpkin —susurro, esquivando con habilidad los aparatosos rulos para apoyar la mejilla en su hombro—. Y una amiga poco comprensiva.

—Y yo siento haberme comportado como una jefa tiránica. No transmití del todo bien mis objetivos. Me importa lo que quieras ser, Lex, y me parece legítimo.

—¿Pero? —Enarco una ceja.

—Sin peros ya. Como no soy tu representante, no tengo que describirte el panorama actual. Pero ojalá todo lo que te he dicho todos estos años no caiga en saco roto.

—Imposible. Seguro que, aunque ya no sea mi representante, mi mejor amiga me lo sigue recordando.

Lara Cosima se pone de puntillas y me da un beso sonoro en la coronilla.

—Eso seguro.

—No te quepa la menor duda de que aprecio todo lo que has hecho por mí —añado, todavía pegada a ella—. Si no hubiera sido por ti y tus insistencias, no habría salido de Abita Springs... y tampoco habría empezado con Vinny la relación falsa que ha derivado en una muy real. Bueno —me muerdo el labio—, todo empezó, más bien, cuando coincidimos por casualidad en la fiesta de compromiso de Terry, pero tú me entiendes.

—Sobre eso... —Mi amiga carraspea y rompe el abrazo para mirarme fijamente, como si quisiera anticipar una reacción violenta—. Ya que estamos abriendo nuestros corazones, quizá te interese saber que Vinny y yo maquinamos aquella coincidencia.

—¿Cómo? —jadeo, estupefacta.

—Sé mejor que nadie que después de una decepción amorosa te encierras en ti misma y te conviertes en una criatura huraña. Y también lo pagas con los demás; tu querida Pumpkin incluida. —Referirse a sí misma en esos términos ha sido deliberado. Pretende recordarme que ya nos hemos perdonado y no me conviene enfurecerme—. Así que pensando en que te quedaste un poquito... picada con el señor Bravano, contacté con él para que fuera con ese amigo suyo a la fiesta. ¡No le di instrucciones de hacer o decir nada, lo juro! ¡Puedes preguntárselo! —se apresura a aclarar con las manos en alto—. Solo quería que os vierais de nuevo y que pareciera fortuito, porque de ningún otro modo habrías aceptado su compañía. ¡Y lo sabes!

—Oh, cariño... —murmuro en tono admonitorio, por

un lado perpleja con su habilidad para guardar secretos, y por otro molesta conmigo misma por no haberlo visto venir. La conozco desde los ocho años, por Dios; ¿de qué me sorprendo?—. Te la habrías cargado si no tuviera un concierto al que asistir. Y si no acabáramos de solucionar nuestros problemas. Si tienes algún que otro crimen que confesar, es ahora o nunca.

—Lo de la cesta de regalos para DiMarco fue el soborno que debí pagar para que se dignara a acompañar a Vinny. Si no, no habría podido entrar. Y... ¿te acuerdas de ese vestido azul drapeado tan bonito que perdiste? —Esboza una sonrisita culpable con la que apela a mi perdón—. Es posible que me lo pusiera sin tu permiso, y que me quedara un poco holgado, así que le metí un poco la cintura, y... Bueno, no podía devolvértelo habiéndolo entallado.

—¿El de Saint Laurent? Madre mía, Lara Cosima. —Dejo caer los brazos con los que hacía un segundo estábamos sellando el renacimiento de nuestra amistad—. Eres de otro mundo.

—Pero al final ha salido todo a pedir de boca, ¿no? Vinny y tú estáis muy enamorados, y... y como se perdió el Saint Laurent, Balenciaga se encargó de hacerte un traje a medida.

—¡Que te salga bien la jugada no significa que...! —Me obligo a callar y a recuperar la compostura—. Mira, no puedo tener esta discusión ahora mismo. Esta noche se decide si de verdad sale todo a pedir de boca. Más te vale que así sea, o no volveré a prestarte nada jamás. Ni siquiera la joyería de Tiffany's —apostillo, viendo que iba a preguntar si los collares y diademas entraban en el trato.

Ella palidece de solo pensarlo, y yo la perdono en el acto. Porque es adorable, porque me quiere, porque demuestra su afecto a su manera manipuladora y terriblemente efectiva, porque tiene unos ojos que no le caben en la cara, porque es frágil y también tierna...

Porque sí, sí que es de otro mundo..., pero qué mundo, ¿eh?

Si pudiera, me mudaría allí para siempre.

28
How To Win Your Boy Back
Alexia

He conseguido convencer a Lara Cosima para que venga al concierto, aunque solo sea para despedirse de mi faceta como artista. Ha prometido escuchar mis discos de rock como una humilde fan más, y no me cabe la menor duda de que lo hará...

... y se quedará horrorizada.

De niña fingía que le gustaban mis grupos de cabecera porque no quería decepcionarme, pero siempre ha sido una sensiblera de las baladas, del country... y de Bruce Springsteen, ahora que lo pienso. Pero creo que se debe a que su padre tenía una foto suya firmada de cuando era joven y se enamoró de él nada más verlo.

Al ser privado, el concierto tiene un aforo limitado. Asistirán sobre todo críticos musicales, otros artistas e *influencers*, y cada uno de ellos habrá de dejar el móvil en la entrada porque el álbum no se publicará oficialmente hasta mañana.

También Savannah y Vinny tenían entrada. Lara Cosima se las entregó a DiMarco junto con la cesta de regalos, y no me cabe la menor duda de que este se las cedió a los hermanos Bravano.

O quizá no.

Ahora que vuelvo al rock, a lo mejor al 69 le interesa venir.

—¡Mucha suerte! —me dice mi amiga entre bambalinas, aplaudiendo con entusiasmo.

Se nota que viene en calidad de apoyo moral. Si estuviera aquí como representante, estaría dando vueltas como un pollo sin cabeza.

—Sabes que se dice «mucha mierda», ¿no? —replico, conteniendo una sonrisa—. ¿O todavía no lo has aprendido después de todo este tiempo?

—Prefiero no decir palabras malsonantes, si puedo evitarlo. ¿Crees que Vinny vendrá? —me pregunta con una ilusión indisimulable.

—Me extrañaría. Tiene el brazo roto.

—El brazo, no las dos piernas. E incluso con las dos piernas rotas, podría demostrar interés si lo tuviera; me he fijado en que en la entrada al edificio hay una rampa, además de ascensor y otras facilidades para personas con discapacidad —enumera, redicha como ella sola. Podrás sacar a la dulce Lara de la obsesiva Cosima, pero nunca al revés; incluso siendo espectadora, se ha fijado en la accesibilidad de las instalaciones—. Y seguro que lo tiene. Interés, digo.

La verdad es que no le he recordado el concierto porque no creo que esté en condiciones de venir. Pero hemos estado hablando desde que le dieron el alta —cuando tarda en contestar, se excusa en que se demora más de la cuenta tecleando con una sola mano— y ambos tenemos motivos para esperar con ganas el reencuentro.

Verlo tan vulnerable en el hospital, decidido a mantener la pose de indignado por haber sido descartado sin miramientos, me hizo consciente de qué es lo que quiero. A quién quiero. Contar *a posteriori* con el perdón de DiMarco y las bendiciones de Savy aplacó bastante mis temores.

Conseguí escabullirme de la locura de obligaciones que siguieron al proceso de pulir el disco y me cité con esta última para hablar de lo ocurrido. Y he de decir que la chica tiene un don para convencer a los demás del que es su punto de vista.

—Más allá de que te preocupe que vuelva a vivir una experiencia desagradable a manos de los paparazzis, cosa que comprendo porque a mí tampoco me haría gracia, ¿no te paraste a pensar en cómo me sentaría cargar con la culpa de la ruptura? —me planteó en cuanto entramos en materia. Yo nunca he visto a Savannah como una niña en constante necesidad de atención, como Vinny no ha dejado de pintarla, pero esa tarde reparé en que tampoco es la adolescente madura y entusiasta por la que yo la tomaba, quizá influida por el modo en que nos conocimos. Es una mujer hecha y derecha—. ¿Te imaginas cómo me sentí viendo a mi hermano hecho polvo sabiendo que, una vez más, iba a tener que renunciar a lo que quiere por mi culpa? O no ya por mi culpa, porque yo no hice nada malo de forma activa, sino simplemente porque existo; porque cabe la posibilidad de que algo terrible me suceda, como cabe la posibilidad de que le suceda algo terrible a cualquier otra persona.

—No era así como yo pensaba al tomar la decisión... —intenté justificarme.

Ella me calló cogiéndome de la mano, dando a entender que no pretendía echarme la bronca.

—Sé que te movía la mejor de las intenciones. Pero, Lex... Mi hermano no necesita que te preocupes por mí hasta el absurdo, porque para eso ya está él. Necesita, en todo caso, que tú le pares los pies cuando pone el grito en el cielo..., ¿no te parece? —añadió para que no pareciera un reproche—. Que le restes importancia, quiero decir.

No me quedó otro remedio que estar de acuerdo con ella.

—Bueno, pero no te habrás pedido la beca en París para alejarte de todo esto y ayudarnos a Vinny y a mí, ¿no? —tuve que preguntar, por si acaso.

Savy se rio de mí de buena gana.

—Es París, Lex. No necesito que dibujen una diana en mi espalda para querer coger mis bártulos y llegar lo antes posible. Además... —añadió, desviando la mirada a sus dos manos, entrelazadas en el regazo. Hizo la puntualización en esa pose entre abnegada y esquiva—: Por fin he asumido que aquí no voy a tener lo que quiero. A lo mejor allí encuentro algo mejor y consigo no solo conformarme, sino darme por satisfecha.

Su explicación me aplacó. Dediqué el resto del café a recomendarle los mejores restaurantes, parques y rincones secretos de la ciudad del amor. Savannah los apuntó en una lista que ya había creado para propósitos turísticos.

Vinny no volvió a salir en la conversación, pero no pude evitar tenerlo presente.

Sé que lo que nos separó, más allá de mi testarudez, mis miedos y que era yo una bomba de relojería en el momento en el que me conoció, carece de solución. Seguiremos enfrentándonos a paparazzis, a la prensa, a la opinión popular, y puede que mis peores pronósticos se cumplan y esa presión acabe con nosotros.

Pero nos merecemos darle una oportunidad a esto. Nos merecemos no rendirnos a la mínima de cambio.

Abrazo a Lara Cosima, un ritual preconcierto que pronto terminará —pero que seguro que reinventaremos de alguna manera, o eso espero—, y le hago un gesto al encargado de sonido para que se cerciore de que todo esté en su sitio.

Cuando salgo al escenario, puedo contar alrededor de trescientas, quizá cuatrocientas personas entre la mole de gente que permanece en la semipenumbra. Es apenas un tres por ciento de la multitud que puedo congregar en un estadio si programo un concierto en Buenos Aires.

Ajusto el micro a la altura de mis labios y carraspeo. Pruebo que funciona dándole un toquecito que enseguida se hace sentir en los altavoces.

Perfecto.

Ha llegado la hora.

—Antes que nada, quiero daros la bienvenida a este... resurgir, como he decidido llamarlo. Sé que muchos habéis venido porque sentís curiosidad; otros, porque queríais una exclusiva... y algunos más porque de verdad os encanta mi música. Aunque os agradezco a todos que hayáis venido, espero con especial cariño la valoración de estos últimos, de mis fans.

»Me gustaría abrirme con vosotros. Porque, la verdad, llegar hasta aquí no ha sido fácil. Hacerse famoso nunca lo es. Meterse de lleno en un mercado tan competitivo, menos aún. He tenido muchas dudas a la hora de sacar este álbum, que, como ya sabéis, he pagado de mi bolsillo. Sé que voy a enfadar a algunos sectores comerciales, que muchos fans se sentirán decepcionados, que quienes ganan dinero gracias a mi trabajo tendrán que recortar sus vacaciones... —añado con una risita para restarle hierro al asunto—. Pero necesitaba hacer algo por mí misma, algo que homenajeara a la Alexia original. Y no habría sido posible si en el camino no me hubiera encontrado o no hubiera sido acompañada por personas que ven a esa Alexia real. Que quieren a esa Alexia. Que respetan a esa Alexia. Por esto quería darle las gracias a mi representante y amiga, pero sobre todo amiga, mejor amiga, amiga del alma; a Savy, el mejor referente de resiliencia que una chica pueda imaginar... y a él, por supuesto. Porque por lo visto resultó tener razón en algo: todo tiene solución. Distinto es que el camino alternativo no nos guste o nos dé un miedo aterrador.

»Este álbum, como ya digo, es novedoso en el género, pero también en contenido: le hablo a mis seres queridos, a quienes me han inspirado, a quienes merecen que su historia sea contada. Muchas gracias por vuestra atención.

Ajusto el pie de micro para poder cantar y tocar la guitarra al mismo tiempo, y espero con una sonrisa serena a que se vayan extinguiendo los aplausos del público. Aunque sea una presentación, hemos venido a darlo todo. No hay bailarines esta vez, pero sí juegos de luces, máquinas de humo y proyecciones a mi espalda. Lo que no hay, y me percato de ello demasiado tarde, es un instrumento que percutir.

Más perpleja por no haberme dado cuenta de que he salido con las manos vacías que otra cosa, lanzo una mirada dudosa a las bambalinas. Los técnicos de sonido se retiran los cascos, como si así pudieran entender mejor mis aspavientos: «¿Dónde está la guitarra? ¡Traedla, por Dios! ¡Tengo un concierto que dar!».

Los encargados captan la pequeña crisis y se dan media vuelta para buscar, unos en los camerinos improvisados, otros en el resto de las estancias y los pasillos que he recorrido mientras llegaba la hora.

Pero ninguno regresa con la guitarra eléctrica que he elegido para la ocasión.

Un mal día para perder el instrumento. El público es más exigente que nunca, y lo demuestra que se haya sumido en un silencio punzante y cargado de recelos. Está empezando a preguntarse cuál es mi problema; por qué no empieza la música.

Justo cuando iba a plantearme reproducir las pistas sin acompañamiento, una voz logra hacerse oír por encima del pasmo generalizado.

—¿Se te ha perdido algo, guapa?

El corazón se me acelera como a una ridícula *groupie*.

No tengo que esforzarme localizándolo entre la gente; los técnicos han subido las luces del público, claramente compinchados con él, y el muy listillo ha conseguido abrirse camino a brazadas para llegar al borde del escenario. Me mira desde abajo con una sonrisa pendenciera que lo dice todo, y con la mano sana me alarga la guitarra.

Todo el mundo capta la referencia directa a la Super Bowl, y no tardan en levantarse las risitas y algunos aplausos. Yo misma siento el impulso de aplaudir al ver lo guapo que está y lo mucho que le favorece darme una segunda oportunidad.

—¿Pretendes convertir esto en una costumbre? —finjo quejarme, rodeando el mástil con una mano.

—Creo que «tradición» suena más bonito.

Cojo la guitarra que me ofrece, incapaz de apartar la vista de él. Así es como tardo en darme cuenta de que ha anudado un pedazo de tela púrpura a la altura de la cejuela, entre el mástil y el clavijero. Ante la mirada expectante del público, desanudo lo que enseguida descubro que es una camiseta de fútbol americano.

Y no cualquiera, sino la suya.

Quizá la que yo misma llevé por cortesía de él.

Vinny me guiña un ojo con aire guasón.

—Por si te da suerte... que me ha chivado un pajarito que hay una canción en el álbum que se titula *The Number 81*.

—Ya, ya... —me burlo, aunque ruborizada porque haya descubierto el homenaje—. Tú solo quieres robarme el protagonismo.

—De eso nada —se defiende con una mano en alto—. Si acaso, compartirlo.

Con su humilde pretensión estoy más que de acuerdo, así que aprovecho que el *body* va ceñido a mi cuerpo para ponerme encima la camiseta. El público ha decidido que pueden esperar un rato más para escuchar los primeros acordes, y ayudan a Vinny a subir al escenario. Lo veo acercarse a mí con ese brillo travieso en la mirada que tan familiar se me hace ya, y solo de pensar en que vaya a besarme, el pulso se me dispara. No porque estemos rodeados de gente, porque la gente nunca ha sido el problema —sobre todo cuando no va armada... con su *smartphone*—, sino porque he esperado tanto este momento que por un instante siento que me voy a desmayar.

Él no me besa; solamente me saca la melena del interior de la camiseta, donde se había quedado atrapada, y me la peina con aire distraído sin dejar de mirarme a los ojos.

—Tenía que venir a desearte buena suerte —dice con la voz ronca. El micrófono está lo bastante lejos para que solo lo oiga yo, y su enorme corpachón nos cubre del juicio ajeno—. Estaré ahí abajo si me necesitas.

Cuando amenaza con darse la vuelta, lo retengo a la desesperada:

—¿No me vas a dar un beso? Ya sabes..., por lo de seguir la tradición.

Vinny enarca una ceja, disimulando de pena cuánto se alegra de oír eso.

—No me suena que tuvieras una gran opinión sobre los besos en un escenario.

—Cuando se trata de ti, no me importa armar un escándalo. Ya no.

Qué forma tan sencilla de zanjar lo que nos ha tenido con el alma en vilo durante un mes entero, ¿no? Claro que me importan los escándalos, y claro que me importa que salgamos perjudicados, pero solo me importa cuando la tragedia ya nos ha caído encima o cuando estoy sola en mi casa, sin sus brazos para ahuyentar las pesadillas. Ahora que se acerca a mí y evita que la guitarra se interponga entre los dos para acariciarme la cara, siento que me insufla suficiente energía y ganas de luchar para rebelarme contra las injusticias con las que la prensa quiera victimizarme.

Vinny me besa con ternura y dedicación. Es un beso apto para todos los públicos, porque esto no deja de ser un evento público. Pero se asegura de hacerme entender que esta noche se nos hará eterna con una caricia atrevida en la cadera y un pellizco que no reprime sus ansias por desnudarme. Cuando intenta escabullirse para que me ponga al frente del espectáculo que está a punto de comenzar, reacciono impulsivamente cogiéndolo de la muñeca para atraerlo hacia mí.

Él me mira expectante.

—Todas las canciones que voy a cantar son para ti —confieso en voz baja, y no sé cómo logra oírme entre el zumbido de los focos, el griterío de la marabunta que nos observa y el acelerado latir de mi corazón—. Es la mejor forma que se me ocurre de decir «te quiero»... Además de la original.

Vinny extiende los brazos con gesto divertido, como queriendo decirme que ese no es su problema.

—Sigo queriendo oírlo, nena.

Acto seguido, me lanza un guiño y salta fuera del escenario.

Con ánimos renovados e impaciencia por enseñarle al mundo lo que tengo preparado, rasgueo la guitarra para preparar a los espectadores. Mientras el sonido eléctrico se extingue, me llevo una mano a la camiseta de fútbol y beso el escudo de la NFL que destaca en el centro del cuello de la camiseta.

No sé cómo se las apaña cierto sector del público, pero oigo un grito de ánimo:

—¡Esa es nuestra chica!

Busco las voces familiares entre los rostros pasmados que se giran en dirección del aullido. La gente tiene la cortesía de abrir un pasillo para que se vea con claridad la pancarta que sujetan entre cuatro. El mensaje que reza es bastante específico: AUNQUE VINNY ESTÉ FUERA DE TU LIGA, HA GANADO LA NACIONAL Y LA EXTRADIVERTIDA.* ESO DEBE CONTAR PARA ALGO.

Me echo a reír, divertida y conmovida a la vez con el gesto.

No presenciaba una gamberrada tan adorable desde que estaba en el instituto.

—¡Venid aquí, anda!

Dicho y hecho. El público amplía aún más el pasillo y los cuatro fantásticos avanzan. Ash ha aparecido con la camiseta del equipo, porque toda publicidad es buena; Noah, fiel a su estilo texano, combina la camisa de cuadros abierta con los vaqueros acampanados, pero ligeramente ajustados por los muslos. DiMarco lleva, para mi sorpresa, una camiseta de *merchandising* antiquísima, la del primer y único tour del álbum de rock que hice a los diecinueve años.

Y Vinny se sigue llevando a sí mismo, que ya sabemos que no es poco.

Siguen brillándole tanto los ojos que parece un niño con unos zapatos nuevos, y yo no debo quedarme atrás en mi entusiasmo. Se me olvida incluso dónde estoy, emocionada porque hoy me llevaré a casa la satisfacción de haber hecho algo con lo que me identifico... y también a mi jugador.

—En honor a mi camiseta, este tema de apertura se titula *The Number 81*... y habla sobre las ochenta y una veces que me he enamorado de ese hombre de ahí. —Lo señalo sin ninguna vergüenza, porque el problema nunca ha sido que sepan lo que siento. Los técnicos sitúan un foco revelador entre

---

* Se dice que la X de XFL no significa nada, pero el antiguo responsable de la liga, McMahon, dijo en una entrevista que la NFL era la «*No Fun League*», y la XFL hacía referencia a «*Extra Fun League*».

los chicos, que se burlan de él con codazos amistosos. Al aludido le da igual. Me mira con la mano sana sobre el pecho, y me lanza un beso—. Te quiero, Vinny Bravano. Esta noche y todas las que sigan..., vas a ser mi mejor canción.

Bonus track

Burning Red

Vinny

El otro día me preguntaron qué es lo peor de salir con una superestrella. Fue en un plató de televisión con una entrevistadora bastante profesional con la que se pactó de antemano qué temas no se tocarían. Estuve con el culo apretado los cuarenta y cinco minutos que duró hasta que se pasó a los *sketches*, porque no me fiaba de que fuesen a dejar fuera el asunto de mi hermana. Pero el acuerdo se respetó, y yo pude relajarme lo suficiente para incluso bromear con el público.

Alexia dice que he resultado tener un don para engatusar a la gente, así que en el reparto de responsabilidades obligatorio en toda relación, yo me he quedado con el de dar la cara en público y opinar sobre nuestras intimidades.

Poca cosa.

¿Y qué es lo peor de salir con una superestrella? Le habría dicho que tener que pasar meses sin verla porque está de gira por Europa, pero todavía no he sufrido esto en mis carnes. Ahora que Alexia se representa a sí misma —no le ha gustado ninguno de los mánagers que Lara Cosima le mandó—, necesitaba apoyo de sus seres queridos durante los conciertos, y nos llevó a Toots y a mí por las principales capitales norteamericanas y europeas. Ella ya había terminado sus exámenes y no empezaba el máster en París hasta meses después; la temporada de la NFL, la próxima tarea deportiva en mi agenda, no comenzaría hasta septiembre. Así pues, pasamos con ella el verano entero, alternando conciertos con rutas turísticas.

¿Lo peor? Quizá… que se levante de la cama a horas intempestivas, despertándome a mí de paso, para escribir nuevas letras. Pero no me molesta del todo, porque esas letras son un homenaje a todos sus seres queridos, en los que me incluye. En el disco de rock hay un tema por Lara Cosima —*She's A Freaking Genius*—, uno por Toots —*Every Woman You've Loved 'Til Now*—, uno para sí misma —*Fake Idol*, en el que no sale muy bien parada—, uno para sus fans, en el que se abre en canal para que sepan que no siempre ha sido dueña de sus decisiones: *My Dear Fan*. Incluso hay uno para DiMarco: *The Wildest Spring* narra una historia conmovedora sobre un chico con una infancia dura.

Sorprendentemente, no le ha molestado, y es su tema preferido de un disco que ha estado quemando desde que salió a la luz.

Hasta Brian recibe para el pelo con *Mr. Terribly Bad*.

He pensado en hablar con un psicólogo sobre el hecho de que sea mi canción predilecta.

Todas las demás las protagonizo yo, por cierto. Van desde lo más obvio —*America's Bride & The Perfect Catch*, con juego de palabras relacionando el fútbol incluido— hasta las bromas internas —*It's Awesome To Have A Fake Boyfriend*—. Este protagonismo no está nada mal. Me encanta ser el alma de la fiesta, y sería injusto por mi parte mosquearme porque pretenda demostrarme su amor de la mejor forma que sabe.

Luego, si la canción no me gusta, no se lo digo y ya está. También hay que saber cuándo cerrar el pico.

Entonces... ¿qué es lo peor? ¿Que no se toma bien los fracasos en el ámbito profesional y lo paga conmigo? Alexia no conoce el fracaso, y tiene la mala suerte de que me hagan gracia sus prontos de mal humor.

De acuerdo, según ella, el volumen de ventas del álbum de rock no puede ni compararse con los éxitos estratosféricos de sus trabajos previos. Pero lejos de lamentarse, ve por el lado bueno los beneficios: a lo mejor al público *mainstream* no le ha convencido, pero la crítica ha sido más benevolente que nunca. Dicen que, cuando una puerta se cierra, se abre una ventana. Y es verdad. Nunca podrá tener a todo el mundo contento, lo que no significa que no pueda conquistar nuevos planetas.

Y aquí seguimos: ¿qué nos molesta de Alexia Lux? Quizá que uno no puede tener una cita con ella en un sitio público sin que te molesten veinticuatro fans, quince aspirantes a *influencer*, nueve paparazzis y el resto de la fauna silvestre. Pero estaría mintiendo, porque estamos comiendo en la mesa más apartada de un garito de hamburguesas, ya vamos por los postres y me lo estoy pasando de maravilla.

—Con esta cita gastronómica ya van... —Consulto mi nota más reciente del móvil, que actualizo casi a diario desde que regresamos de la gira—. Setenta y siete. ¿Te sientes ya compensada por aquella primera en la que te dejé tirada?

Alexia se limpia una mancha de kétchup con la servilleta y deja a un lado su hamburguesa.

—Ni por asomo —aclara con brío.

Llevamos los disfraces de rigor, que en su día patentamos para comenzar a tomarnos a risa las constantes violaciones de intimidad: el mío consiste en una gorra de un equipo de béisbol que detesto, unas gafas de sol similares a las de su antiguo productor, y la camiseta de los Patriots, nuestros enemigos en el campo desde que a los Boston Beasts nos adjudicaron el mismo estadio para entrenar.

Alexia opinó que un bigote sería excesivo.

Ella, por su parte, se pone un pañuelo que le cubre toda la cabeza y el cuello, y va variando de gafas de sol porque, como todo el mundo sabrá, tiene tanto dinero que podría no repetir ni un solo día si no le diera la gana.

A veces, los disfraces sirven. A veces, como hoy... no mucho.

—Código rojo. Paparazzi a las tres —comento con naturalidad. Incluso sin verle los ojos, sé que los pone en blanco—. Tranquila, no creo que se acerque.

—Si se acerca, ya sabe lo que le espera.

Parte del éxito de Alexia en los sectores más revolucionarios se debe a su nueva imagen de chica rebelde. Ha cambiado su forma de vestirse, su forma de peinarse, su forma de cantar, y aunque ahora es menos atractiva para el público general, los más sibaritas se han vuelto locos con ella. Con esta nueva imagen ha surgido un comportamiento de tolerancia cero al acoso. Así pues, cada vez que alguien invade su espacio o actúa como un capullo, ella se hace un DiMarco.

Y se queda muy ancha, aunque luego Lara Cosima la llame preguntándole si se ha vuelto loca.

Lara Cosima también es una cosa que me gustaba de Alexia, pero que ahora se ha convertido en un grano en el culo. Desde que el entrenador le dio un ultimátum a DiMarco por unas declaraciones problemáticas que salieron sobre él, tuvo que buscarse a alguien que le ayudara a limpiar su imagen, y la amiga de Lex se ha tomado como un reto transformarlo en un príncipe azul. Sus maquinaciones no solo afectan a DiMarco: también al resto del equipo, que debe prestarse a toda clase de puestas en escena vergonzosas.

Cada vez que lo pienso, me dan escalofríos.

—¿Quieres que nos vayamos? —le sugiero.

—De ninguna manera.

—¿Quieres que les mandemos un mensaje?

Ella sonríe, encantada con la dinámica que establecimos una tarde en París, cuando Toots nos dejó solos —por decimocuarta vez en la gira; apenas le vi el pelo—. Saca una servilleta del dispensador, la planta sobre la mesa y rebusca en su bolso dos utensilios de escritura: siempre son rotuladores negros. Son los que mejor se ven luego en las fotos, que al día siguiente buscamos para echarnos unas risas.

Me tiende uno con actitud solemne. Ella se da toquecitos en la barbilla con el tapón cerrado, pensativa.

Hemos convertido el arte de vacilar en una competición.

Yo no lo pienso dos veces y garabateo mi frase. Alexia está lista segundos después.

—¿Preparado?

—Preparado.

—A la de tres.

—Una.

—Dos...

—Y tres.

A la vez, levantamos las servilletas en la dirección del paparazzi. Yo me he aficionado a enseñar el pulgar también, pero Alexia siempre manda su mensaje con cara de póquer. En cuanto el *flash* nos deslumbra, volvemos a nuestra vida y nos enseñamos al mismo tiempo nuestro mensaje. Yo he decidido hacerle publicidad escribiendo «Escuchad su nuevo álbum», y ella ha anotado «Tonto el que lo lea».

Hoy en día, tenemos toda una colección de servilletas. A veces nos levantamos políticos: una vez, Alexia replicó la petición de Greta Thunberg en su idioma materno —«*Skol-*

strejk för klimatet*»—, y yo la he acompañado nombrando varias ONG con las que se puede contribuir a paliar los efectos de desastres naturales, como el terremoto de Marruecos. Otras, simplemente nos cabreamos, y ella les dice que no la provoquen, que tiene la regla, y yo que puedo levantar el doble de mi peso sin inmutarme. En alguna que otra ocasión, le pongo que la quiero o «Mira qué monada tengo a mi lado». Ella no es tan asidua a las demostraciones de amor públicas, pero también se le ha escapado un «81 besos le daba».

Un día, cuando las redes ya estaban locas por nuestro próximo mensaje, se nos olvidaron las servilletas en el bar. El propietario las subastó y ganó más de setecientos dólares entre las dos. Nos hemos planteado donarlas, pero preferimos custodiarlas en una carpeta catalogada «de alto secreto».

Solo es una de tantas tonterías a las que nos hemos aficionado para aprender a tomarnos a risa el acoso y derribo, y desde hace tres meses y medio, está funcionando.

Reconozco que he sentido la tentación de rogarle a través de estos mensajes en servilletas que se case conmigo. Por suerte, puedo domesticarla, como el impulso irracional que es, y recordarme a tiempo que es demasiado pronto, y que se merecería una pedida de mano algo mejor.

—Ahora sí que he terminado —anuncia después de guardarse las servilletas en el bolsillo. Me tiende la mano—. ¿Nos vamos?

Me levanto a la vez y acepto su ofrecimiento de muy buen grado. Salimos del restaurante con la tranquilidad de que el coche nos está esperando en la acera, y de que nos protege el guardaespaldas de Alexia.

---

* «Huelga escolar por el clima» en sueco.

Siempre nos escolta a la suficiente distancia para que podamos olvidarnos de que existe.

—¿En qué piensas? —me pregunta camino al Cadillac.

—En lo que me preguntó la entrevistadora sobre qué es lo peor de salir con una superestrella.

—Pues hace tiempo de eso, ¿no? —Enarca una ceja—. ¿Has llegado a alguna conclusión sobre mis defectos?

Finjo pensarlo.

—Todavía no —admito, apretándole la mano. Me inclino sobre ella y le robo un beso—. Pero en cuanto existan... te los cuento.

Nota de la autora

Si por casualidad me hubiera leído una aficionada al fútbol americano, que me permita explicarme antes de considerarme una inculta (que lo soy, de todos modos. A mí me va el senderismo): los equipos que juegan en la NFL no son los equipos que juegan en la XFL, dos ligas diferentes, pero en el altar de la trama se realizan sacrificios imperdonables. Vinny y los chicos tenían que jugar partidos después de la Super Bowl, que para algo esto es un *sports romance*.

Por supuesto, los Boston Beasts no existen. El resto de los equipos mencionados, sí.

Como os habréis fijado por las letras y los títulos de capítulo, en esta novela he querido hacerle un homenaje a la música de Taylor Swift... coincidiendo, sí, con que ahora se ha echado un novio que es lo más bello de la cristiandad (Travis Kelce, buscad fotos en Google, no os arrepentiréis). Con «ahora» me refiero a 15 de octubre de 2023; a lo mejor, cuando se publique este libro, ha vuelto con Joe Alwyn, quién sabe.

No importa, porque aquí prevalece la fantasía: salvando referencias que me hacía ilusión meter —la llamada de once segundos, que, en la vida real, fue ejecutada por Joe Jonas en veintisiete; la entrevista en la que ponen a Travis Kelce a elegir entre matar, besar y casarse con tres artistas distintas, por mencionar un par—, cualquier parecido con la realidad es mera coincidencia. Los dramas que sufre Alexia, la apariencia de Alexia, el carácter de Alexia; nada de eso ha pretendido emular en modo alguno la vida de Taylor Swift, que es privada y que entiendo que se debe dejar al margen. La idea de esta pareja era inspiradora en sí misma, como muchas de vosotras señalasteis en su día, y hasta ahora no había representado debidamente a la reina del pop (con permiso de Madonna) en mis novelas, así que por qué no fusionarlo todo en un libro simpático.

Por desgracia, a Travis Kelce tampoco lo conozco en persona, así que si bien el carácter de Vinny ha podido coincidir con el del jugador en algún que otro aspecto —Kelce es un encanto de criatura, *as far as I'm concerned*—, también es de mi invención, como asimismo su vida personal.

Si os acabáis de enterar de que había referencias a Taylor Swift porque no os va su música o su personaje, no os angustiéis. El plan era que las swifties sonrieran con los guiños, y las no swifties pudieran almacenar la información sin sentir que se perdían nada. Pertenezcáis a un grupo o a otro, muchísimas gracias por leer. Amad y compartid este fanfic de Travis Kelce y así me permitirán publicar uno sobre Lara Cosima.

Me despido con todo mi amor.